周大新文集

长在中原十八年

ZHANG ZAI ZHONG YUAN SHI BA NIAN

周大新／著

人民文学出版社

图书在版编目(CIP)数据

长在中原十八年/周大新著. —北京:人民文学出版社,2015
(周大新文集)
ISBN 978-7-02-011501-3

Ⅰ. ①长… Ⅱ. ①周… Ⅲ. ①散文集—中国—当代 Ⅳ. ①I267

中国版本图书馆 CIP 数据核字(2016)第 058296 号

选题统筹 付如初
责任编辑 于 敏
装帧设计 陶 雷
责任印制 任 祎

出版发行 人民文学出版社
社 址 北京市朝内大街 166 号
邮政编码 100705
网 址 http://www.rw-cn.com

印 刷 三河市鑫金马印装有限公司
经 销 全国新华书店等

字 数 301 千字
开 本 640 毫米×960 毫米 1/16
印 张 27 插页 2
印 数 3001—4000
版 次 2016 年 10 月北京第 1 版
印 次 2019 年 4 月第 2 次印刷

书 号 978-7-02-011501-3
定 价 39.00 元

自 序

自1979年3月在《济南日报》发表第一篇小说《前方来信》至今，转眼已经36年了。

如今回眸看去，才知道1979年的自己是多么地不知天高地厚，以为自己的生活和创作会一帆风顺，以为自己可支配的时间多得无限，以为有无数的幸福就在前边不远处等着自己去取。嗨，到了2015年才知道，上天根本没准备给我发放幸福，他老人家送给我的礼物，除了连串的坎坷和成群的灾难之外，就是允许我写了一堆文字。

现在我把这堆文字中的大部分整理出来，放在这套文集里。

小说，在文集里占了一大部分。她是我的最爱。还在我很小的时候，就对她产生了爱意。上高小的时候，就开始读小说了；上初中时，读起小说来已经如痴如醉；上高中时，已试着把作文写出小说味；当兵之后，更对她爱得如胶似漆。到了我可以不必再为吃饭、穿衣发愁时，就开始正式学着写小说了。只可惜，几十年忙碌下来，由于雕功一直欠佳，我没能将自己的小说打扮得更美，没能使她在小说之林里显得娇艳动人。我因此对她充满歉意。

散文，是文集的重要组成部分。如果把小说比作我的情人的话，散文就是我的密友。每当我有话想说却又无法在小说里说出来时，我就将其写成散文。我写散文时，就像对着密友聊天，海阔天空，话无边际，自由自在，特别痛快。小说的内容是虚构的，里边的人和事很少是真的。而我的散文，其中所涉的人和事包括抒发的感情都是真的。因其真，就有了一份保存的价值。散文，是比小说还要古老的文体，在这种文体里创新很不容易，我该继续努力。

电影剧本，也在文集里保留了位置。如果再做一个比喻的话，电影剧本是我最喜欢的表弟。我很小就被电影所迷，在乡下有时为看一场电影，我会不辞辛苦地跑上十几里地。学写电影剧本，其实比我学写小说还早，1976年“文革”结束之后，我就开始疯狂地阅读电影剧本和学写电影剧本，只可惜，那年头电影剧本的成活率仅有五千分之一。我失败了。可我一向认为电影剧本的文学性并不低，我们可以把电影剧本当作正式的文学作品来读，我们从中可以收获东西。

我不知道上天允许我再活多长时间。对时间流逝的恐惧，是每个活到我这个年纪的人都可能在心里生出来的。好在美国麻省理工学院的布拉德福德·斯科博士最近提出了一种新理论：时间并不会像水一样流走，时间中的一切都是始终存在的；如果我们俯瞰宇宙，我们看到时间是向着所有方向延伸的，正如我们此刻看到的天空。这给了我安慰。但我真切感受到我的肉体正在日渐枯萎,我能动笔写东西的时间已经十分有限,我得抓紧,争取能再写出些像样的作品,以献给长久以来一直关爱我的众多读者朋友。

感谢人民文学出版社给了我出版这套文集的机会!

感谢为这套文集的编辑出版付出大量心血的付如初女士!

2015 年春于北京

目　录

辑　一

辑 二

辑　三

辑　一

长在中原十八年

在中原长到十八岁，之后，方去山东当了兵。

十八年的中原生活，前三年的情景在我脑子里是个空白。只能从娘片段的话语中知道，我身子皮实，学会走路比较早；能吃，总是吃得肚子滚圆，被邻居们称为小胖子；黑，尤其是夏天出了汗，又黑又滑像泥鳅；胆小，怕黑，天一黑就不敢乱跑。村里的老人们喜欢喊我：黑蛋。

这三年是在懵懵懂懂过日子，会哭，但不记得苦和恼；会笑，但不记得欢和乐。

第四年的日子在我脑子里划了些很浅的刻痕。我如今还能记住的，是奶奶把白馍掰碎泡在碗里，放点盐末和香油喂我，我记得那东西很好吃。再就是一件事中的一个场景和两句对话：奶奶去世入殓时，我被人抱起去看奶奶躺在棺材里的样子。只听见一个人说，娃子太小，看了怕会做噩梦。另一个人说,他奶奶亲他,让他看看吧……

连奶奶的长相也没能记清楚。

这一年我模糊感觉到了,我可以依靠的亲人会和我分离。

长到第五年,记忆变得连贯了。这一年发生的大事是舅舅娶亲。舅妈家在十里地之外的一个村子,早上空轿去迎舅妈,让我坐在轿里压轿。童子压轿是我们那儿的规矩。不知道是抬轿的那些人故意捣蛋还是轿有问题,反正我在轿里被弄得左右乱晃,没有我原来猜想的舒服,下轿撒尿时提出不坐轿,结果被训了一顿。

这一年,我正式开始了我快乐的童年生活。我们那儿的地势算是平原,平原上的田野有一种空阔之美。春天,鸟在天上翻飞,大人们在麦田里锄草,我和伙伴们就在田埂上疯跑玩闹;夏天,蝉鸣蛙叫,大人们在雨后的田里疏通水道排水,我和伙伴们则脱光了衣裳在田头的河沟里戏水欢笑;秋天,大人们在挥着钉耙挖红薯,我们则在红薯堆里找那种芯甜皮薄的啃着吃;冬天,雪花飘飞,我们会跟在打兔子的人身后跑着听他的枪响……就是从这时候起,我开始感到人离不开土地。没有田地,人活得会很乏味。

那时家里吃得最多的是红薯。早上吃红薯稀饭和红薯面饼,中午吃蒸红薯和凉拌红薯丝,晚上吃红薯干稀粥和红薯面窝头。夏天的中午,娘有时也蒸点红薯面面条或拌点红薯粉凉粉,总之,差不多顿顿离不开红薯。尽管娘不时给我点优待,变着法子让我吃点别的,可我还是一听见"红薯"肚子里就难受,就想哭。也是因此,我的第一个理想开始出现:此生不吃红薯。

这一年我开始跟着大人们上街去赶集。离我们家最近的集镇是构林镇,我们村离镇六华里,这段路程对当时的我来说，是个不短的距离，可我跑得兴致勃勃，只有实在跑不动了才会爬上大人们的脊背让背了走。到街上就会看到好多好多的人，就会在商店里见到好多没有见过的好东西，就会看到耍猴的，就会喝一碗好喝的胡辣汤，啃一根甜甘蔗，如果父亲能卖出些鸡蛋和两只鸡，我还能吃到包有玻璃纸的糖块。也是从这时我开始觉得：外边的世界比村子里好。

六岁时我开始上小学读书。这一年国家开始了“大跃进”，村里人们干活时总插些红旗，还经常听到锣鼓声；看到有人挨家挨户地收铁器，说是要炼铁；全村人开始在一起用很大的锅做饭，每顿饭都在一块儿吃。这样吃饭的好处是，我和我的那些伙伴可以边吃饭边在一起玩。早饭后我要背个书包，步行四华里去河湾小学上课，中午再跑回来吃饭，午饭后再去上课，下午课上完再往回赶。一天十六华里地，这对于一个孩子来说的确不是一件轻松的事。每每走累时，就很羡慕天上的鸟，就在心里想：人要能飞那该多好！那年代疟疾多发，学校里的学生差不多是轮着得这种病，轮到我时，娘并不惊慌，只在院中的太阳下铺个席子铺床被子，让我躺下，再在我身上盖两床被子，让我度过冷得发抖的那段时间。发完疟疾我常常双腿很软无力走路，但又怕不能听课学习跟不上同学们，便要坚持到校。逢了这时，常常是在同校高年级读书的一个堂姑背着我走，她岁数大些，个子也高，有些力气，但我会把她压得呼呼喘息。

这一年我开始隐约明白，人活着大约必须得吃苦。长到第七年，我已经要正式干活了。学校放暑假之后，我的主要任务是照看弟弟加上喂家里偷养的一只山羊，每天都要割些青草喂那家伙。放寒假时主要是拾柴。去田里捡拾遗留下来的玉米秆和棉花根子，去河堤上和河滩里用竹耙子搂树叶搂干草，总之，把能烧锅的东西尽可能多地弄回家，以满足家里整个冬天做饭用。这时，村里的食堂已半死不活，吃饭差不多要靠自家做了。这个时期，我最盼望的是有亲戚来，一来了亲戚，娘便会改善伙食，或者做一回鸡蛋臊子面，或是烙一张葱油饼，我会跟着解解馋。我那时想，人要是天天都能吃到臊子面和葱油饼，那该是多么幸福的生活呀！我开始有了第二个理想：天天能吃臊子面和葱油饼。

八岁那年，饥馑突然到来了。我从来没想到饥馑的面目是那样狰狞可怕。先是家里的红薯吃完了，后是红薯干和萝卜吃完了，再后是萝卜缨和野菜吃完了，跟着是难吃的糠和苞谷棒芯吃完了，接下来是更难吃的红薯秧吃完了，最后是把榆树皮剥下来捣碎熬成稀汤喝，把棉籽炒熟后吃籽仁。全家人那时的全部任务是找吃的，所有可能拿来填饱肚子的东西都被娘放进了锅里煮。村里那时除了耕牛，再也见不到任何家禽和家畜。我那时什么别的事也不再想，读书、写字、做游戏，早忘到爪哇国了，唯一想的事情就是把肚子填饱。我那时才算知道了饥饿的全部滋味，无论看到什么，先想它能不能吃，能吃，就是有用的，就生尽法子要填进嘴里。村子里开始饿死人了，我也全身浮肿，所幸国家的救济粮到了，我得以活了下来。这场饥馑让我觉得世上最好的东西其实就是粮食，所以后来养成了储粮备饥的习惯，不管粮店离家多近，都想买点米面放在家里，看到有米面在家才觉得心里踏实。也是因此，我倘是看见有人浪费粮食，就特别难以忍受。当了军官之后，我一直不敢把发的粮票全部吃完，每月都要节省下来一些准备应付饥荒。储粮备荒是我觉得最重要最正确的口号。

这场饥馑让我体验到了绝望的滋味：当我看到娘再也没有东西下锅站到灶前发呆时，我小小的胸腔里都是慌张、疼痛和恐惧。

高小、初中是在构林镇读的，我那时已暗暗下定决心：一定要考上大学，过天天能吃饱饭的日子。村里的大人一再教导我：你娃子只有考上大学才能当官，只有当官才能吃香的喝辣的，你只有吃香的喝辣的才能让你的爹娘跟着享福。我于是暗下了考大学当官的决心。我学得很刻苦，我的每门课业在班里都排在前列，我是班里的学习委员。冬天上早自习时，我走六华里赶到学校，天还没有亮，点上煤油灯便开始读书；夏天下大雨，没有伞，蓑衣也会淋透，淋透就淋透，到学校把衣裤拧干了穿上就是。没料到的是，“文化大革命”在我读初中时突然爆发了，我的大学梦只做了一小截。

“文化大革命”初期，我和同学们一起去“破四旧立四新斗争牛鬼蛇神”。我们把班里的学生分成“红五类”和“黑五类”，把有地主富农亲戚的同学当作黑五类，对他们极尽蔑视和奚落。我们把离过婚的一位女教师视为坏分子，在她的脖子上挂上了一双破鞋。我们把民国和民国以前的所有东西都视为旧东西，把一些好瓷器砰砰砸碎。后来，“大串联”开始，我随同学们步行去了韶山，看完毛主席的家乡后，又坐车去了长沙、株洲和上海。这是我第一次出远门，第一次看见构林镇以外的世界。坐船过洞庭湖时天在下雨，我望着烟雨迷茫的湖面在心里想，湖南出过那么多的大人物，这块土地可能真有灵气，来走走看看也许会有好处，只不知自己此生会走出一条啥样的道路……因为学校不上课，又少有我喜欢的小说读，“大串联”回校后，我便迷上了拉胡琴和打篮球。白天的很多时间，我都是在篮球场上度过的。

打篮球原本只为打发无书读的时间，没想到倒为自己打通了连接另一条道路的阻隔。1970 年的冬天，驻守山东的一支部队来我们邓县招兵，领队的是一个姓李的连长，这连长酷爱打篮球且是团篮球队的队长，他这次来招兵还带有一个任务，就是为团篮球队再带回几个队员。他站在我们学校的球场边上看我们打球，偶尔也下场和我们一起打。我的球技不属一流，但身高一米七八，可能有点培养前途，他的目光因此注意到了我。于是，另一条道路便在我眼前展开了——这年的 12 月下旬，我去山东当了兵。

这一年，我十八岁。

多年后，当我回想当兵这件事时我才明白：一个人，可以影响另一个人的命运；一个机会，可以使一个人的人生发生重大改变。

我坐上了东去的运兵闷罐列车，我隔着列车门缝望着疾速后退的中原大地，心里有依恋，有不舍，但都很轻微，心中鼓荡着的，多是欢喜。

我终于可以独自外出闯荡了……

活在豫鄂交界处

我家所在的邓州构林镇，位于河南省境的西南部，离鄂北的名城襄樊也就三十公里。

解放前，因为这里是两省交界，离豫鄂两省的省城远，官府的权力抵达此地时小了许多，故此地匪患严重，土匪一杆子一杆子的，特别多。

1948 年夏天那个阴云飘动的早晨，襄阳城南门外宋家香烟铺子二十八岁的老板娘，奉丈夫指派，进南门去城里的米铺里买米。原本一个时辰就可回来，没想到竟一去不回，再无踪影。真实的情况后来才知道，原来是一杆子土匪想抢米铺，结果因米铺防守太严没有得手，正生气要撤时看到了来买米的宋家老板娘，见她还有姿色，就顺手捂了嘴塞进马车抢走了。香烟铺子的宋老板哪知道真情，慌得跑遍了襄阳和樊城的几乎每一个角落到处找，可哪里找得到？他去警察局想求警察帮忙寻找，警察局长训斥他道：现在国军和共军正准备打仗，襄阳的军警都在紧张备战，谁还有心去为你找个女人？……

他于是只有把头绝望地抱紧。

几天后的一个黄昏，有个过路的马车夫进店里来买香烟，听人说了老板娘失踪的事，问了问她的长相和穿着，那人回忆着说，他这趟去河南邓州拉桐油，在那儿的构林镇上见过一个很像老板娘的女人。宋老板不相信这个捕风捉影的消息，他认为妻子决不会跑那么远到那样一个陌生的地方。可他的大女儿，十九岁的蔓蔓想娘想得厉害，就要立刻去找娘。当她不顾父亲的阻拦，用锅底灰把脸抹黑，拎着一把纸伞，挎着一个小包袱于第二天早晨急急走出她家的香烟铺子时，她并不知道她此生的命运就要发生改变了。

她慌忙地赶到汉江边，上了渡船。

江对面的樊城她过去跟爹来过，街市上的繁华和襄阳不相上下，可眼下因为备战变得行人稀少街面萧条了。她无心去看街景，只是匆匆问明了去河南邓州的路，通过了军队设的路卡，三步并作两步地向北边走。

天开始下雨。那时候鄂豫两省间的通道还是明清时期留下的驿路，因为战争的频繁发生也因为土匪的猖獗，沙土驿路上既无马车也无牛车，六十来华里的路全靠宋蔓蔓的两只脚走。还好，大约因为天正下雨的缘故，路上并未遇见土匪和歹人，当她终于看得见“构林关”那三个字时，她身上的力气差不多已全被路面吸走。时间已近黄昏，雨早已停下，正当她准备进镇街时，一个哼着小曲的中年男人一摇一晃地迎面走来。她忙迎上去问：大叔，我从湖北襄阳来，想向你打听一个人，行吧？

哦？那人仔细地看蔓蔓一眼，很是意外地叫道：嗬，你这姑娘胆可够大的，这兵荒马乱的岁月，你敢一个人走这样远的路，不怕土匪把你抢了？说吧，你找谁，这构林镇上的人没有我不认识的。

我找俺娘，三十八岁，襄阳口音，几天前离家的。

那人的眼珠在飞快地转着，一刹之后带了笑说：你找我那可真是找对了，你娘我见过，前几天才来我们镇上，一直住在一家客栈里。你可以跟我先去我家歇歇，然后我就去叫你娘来跟你见面。蔓蔓一听这话，高兴得"啊"了一声，一直紧皱的眉头松开了，连连鞠躬说：谢谢大叔，谢谢大叔。之后，就跟着那人到了他家。那人的屋子很破旧，屋里除了很多空酒瓶、一张床和一条旧被子外，差不多没有别的东西。你先在家里坐坐。那人边说边退出门去，蔓蔓感激地看着他的背影，唯一让蔓蔓诧异的是，他出去时顺手锁上了门。这是干什么？是怕别人来打扰我？

蔓蔓哪里料到，她把信任给错了人，这个名叫四赖子的男人，是构林镇上有名的酒鬼和赌徒，他根本没见过蔓蔓的娘，镇上也根本没有从湖北过来的女人，他对蔓蔓说假话收留蔓蔓的全部目的，是想把蔓蔓转卖给那些想讨老婆的光棍汉，以换得一笔喝酒和赌博的钱。四赖子干这事已不止一次，所以他没用多久就在镇上找到了一个想娶媳妇的男人，他说他有一个姑家表妹，今年一十八岁，人长得花容月貌，就是家里穷些，最近他姑妈得了重病，急需钱用，因此委托他为表妹找个好人家，现在表妹就坐在他屋里，想在今晚娶走的话就赶紧拿出两块现大洋来。那光棍汉一听有这好事，高兴地说：麻烦四哥就站这儿等着，我这就去找人赊账。不大工夫，那光棍汉以自己的房子为抵押，真的从一家杂货铺老板那儿赊来了两块大洋。四赖子伸手想接，那光棍汉缩回手说：咱们一手交钱，一手交人。四赖子有点不高兴：你还信不过我呀？咱们是街坊,我还能跟你玩空城计?走,去我家,我让你看看是真还是假!

两个人来到四赖子那两间草房前,隔了窗棂一看,蔓蔓那阵已把油灯点上,正在灯下心神不安地坐着。光棍汉一看蔓蔓果真长得眉清目秀,当下就把两块大洋塞进了四赖子的手里,低了声说:谢谢四哥,今晚容我先和她成亲,明天再请你喝喜酒。说着就要推门进屋,四赖子急忙拉住他轻声交代:我这表妹并不愿今晚就立马成亲,我们得略施小计才能让她顺从地跟你回去。边说边示意他站在门外,自己打开门锁走了进去。蔓蔓一见他回来,喜出望外地站起身问:见到俺娘了?四赖子轻声说:外边有个人来带你去见你娘,你快跟他走吧。蔓蔓一听,拿起自己的小包袱,向四赖子施了一礼,就兴冲冲地向门外走去。

光棍汉没细听四赖子和蔓蔓的对话,只管心花怒放地带着蔓蔓往家走。他俩前脚刚走,四赖子已兴高采烈地锁上门去了一家酒馆,响亮地对着伙计喊:拿酒来!

蔓蔓跟着光棍汉走到他家门前时,觉着事情有些不对,忙问:我娘不是在客栈么,你咋领我来了你家?光棍汉被问得有些发怔,怔了一刹才反问:你娘不是病重在家?你不是来和俺成亲的么?蔓蔓一听大吃一惊,当即转身就要去找四赖子。光棍汉这时开始明白是四赖子说了假话,可他知道钱到了四赖子的手,就是肉包子打狗,有去无回,他不能人财两空,他必须让这姑娘做了自己的老婆,才算不吃亏。他决不能让这姑娘走,于是上前一把抓住蔓蔓的手说:我已经花了两块大洋买了你做老婆,你必须跟我成亲。边说边要把蔓蔓拉进屋里。蔓蔓这时才看清了危险,死命地挣,两个人的撕扯加上蔓蔓的哭喊惊动了两边的邻居,但这种事邻居们不好管的,那年头男人花钱买女人再正常不过。蔓蔓到底力不抵男人,很快被光棍汉拉进了屋里。按这类事情正常的发展程序,一场悲剧眼看就会出现,她将和她娘一样被人强行占有。但两个当事者和构林镇人都不知道,一个更大的事件此时已在他们的身边发生——中原人民解放军的一支部队已经奉命急行军悄然到此,以截断南阳和襄阳之间的联系。当蔓蔓绝望的哭喊持续地在镇街上飘荡时,解放军的一个连已不费一枪一弹解除了民团的武装并开始在街上巡逻,蔓蔓的哭喊使得解放军的连长带人敲响了光棍汉的门。

脸上被抓满血印的光棍汉开门一看是些带枪的兵,顿时吓得腿有些发软,忙说:老总,我是——衣服已被撕得乱七八糟的蔓蔓一见有人来过问,急忙扑到连长面前抱紧了他的腿说:快救我——

不消几分钟,连长便问明了事情的来龙去脉。连长明白之后,眉头就皱紧了,指着光棍汉说:我们这支队伍主张婚姻自主,你强迫这姑娘和你成婚,是不行的,我们有保护这姑娘的责任。光棍汉也不敢和拿枪的人耍横,只说:人是我花了两块大洋买来的,你们不让成亲,也中,那总得把钱给我吧?连长摸了摸自己的衣袋,里边并没有装钱,其实就是里边装了钱,他也不能把钱用在这事上。蔓蔓一见连长没有钱,立马又哭开了,这当儿,连长身后一个用绷带吊着右臂的瘦高个子通信员说:连长,我有钱。说着,就真掏出了两块大洋。连长看着高个子,说:二有,那是组织上给你养伤用的。二有在前不久的一场战斗中伤了右臂,因为这场战斗的伤员太多,上级让伤员们就地疏散养伤,能回老家养伤更好,可领两块大洋离队。二有的家就在这构林镇附近,被连里确定回老家养伤,因此领了两个银圆的钱。按连队原来的安排,他随连里行军到构林镇后，就可以离队回家了。二有说：先尽急用吧。我家离这儿不远。到了家就饿不着我。连长犹犹豫豫接过了那两块大洋，转手递给了光棍汉。光棍汉接了钱显然怕连长再变卦，赶紧进屋关门上闩。

现在你怎么办？连长看着重获自由的蔓蔓问。蔓蔓说：我回襄阳。连长说：据我了解，襄阳那儿马上就会变成战场，子弹可不认你是不是襄阳人。我劝你还是先留在这构林镇上，等战事过去了再回家。

不不不，蔓蔓急忙摇头，我害怕这个镇子。

那……连长沉思着：要不你先跟这个二有去他家住几天，他家离这镇子不远，他是我的兵，我敢保证他会保护你，等襄阳的战事一过去，你就让他送你回家。

蔓蔓看了一阵吊着伤臂的二有，半晌才点了点头说：那好吧。她的话音刚落，二有就有些急了，叫道：连长，这不太好，我忽然带个姑娘回家，会让人误解的。连长有些不耐烦，说：这点屌事你都给你家人解释不明白？好了，赶紧带上这姑娘走，部队马上就要行动，没时间跟你啰唆！

于是就在这个夏雨过后有一牙月亮的晚上，蔓蔓跟着二有来到了那个离镇子只有三公里的周庄。二有的一家对蔓蔓给予了最热情的接待，二有的爹娘以为这个城里打扮的姑娘就是儿子领回来的媳妇，欢喜得眼都眯了起来，可二有明确地说：她只是在咱家避几天难，与我毫不相干，你们甭操别的心。蔓蔓出于对二有拿钱相救的感激，从第二天起自动担负起给二有伤臂换药擦洗的任务。随着这种近距离接触的增多，蔓蔓和二有相熟了起来，他给她讲部队打仗的事，她给他讲母亲失踪的经过和她在襄阳城南门外的经历。两个人就在这种交谈中互生了好感。蔓蔓问：你说实话，你现在后不后悔为我花了那两块大洋？二有说：两块钱救了一个人，咋能会后悔？十几天后，传来消息说襄阳已经解放，蔓蔓挂念着家人，急着想回家，二有说：为了你路上安全，我送你。蔓蔓没再客气，两个人于是步行上路，蔓蔓背着贴饼子和煮鸡蛋在前边走，二有吊着伤臂在后边紧紧相跟。

襄阳和樊城已被战争改变了模样，她家的香烟铺子也早已被炸倒。幸存下来的街坊们告诉她，她走后第五天，她被土匪劫走的娘偷跑了回来，可仅仅过了几天，她父母就又被倒塌的香烟铺子压死了，妹妹随着逃难的姑姑向山里跑了，至今没有消息。蔓蔓站在家屋的废墟前捂脸大哭。二有默站在一边，等她终于停下哭声时把她紧紧搂到了怀里。二有说：既是这个家没了，你就还跟我回河南的家吧。蔓蔓没有说话，蔓蔓只是又一次哭出了声……

蔓蔓没有了别的办法，只好跟着二有又回到了河南。这一次，二有的娘看出这姑娘真有可能成为儿子的媳妇，就大着胆子对蔓蔓说：姑娘，你要是觉着跟俺二有过日子不委屈你的话，我就为你俩办桌喜酒。蔓蔓听罢看了二有一眼，二有也正看着她，她于是把头点点。她把头这么一点，第二天就成了二有的媳妇。

1952 年，我在周庄出生了。长到四五岁之后我才知道，二有是我的远房二伯，蔓蔓是我的远房二娘。我从老辈人的嘴里听说，他俩成婚后，因为蔓蔓的湖北口音和她的清秀长相，使她成了我们周庄村里最受关注的新媳妇。二有伯的伤臂好了之后，经常领着蔓蔓去构林镇赶集，给她扯了好多块花布让她做衣裳。蔓蔓因此成了我们村里花衣裳最多的媳妇。

但这种好日子并没有持续多久，在后来的土改运动中，二有伯的家被划为了地主。这是那个年代里很可怕的一个头衔，这个头衔立刻像唐僧手中的金箍一样，束住了二有伯和蔓蔓二娘的头。所幸二有伯有一个军人退伍证，这个证件保证了他们夫妇不承受地主家人该受的歧视和批斗。

二娘把二有伯的退伍证当作宝贝似的保存着。他们就在这个证件的保护下生下了几个孩子，过了十几年的安稳日子。

这之后，1960 年来到了他们的生活里。这个年份在他们的生活中之所以显得特别，除了灾害和饥荒之外，还因为蔓蔓二娘在这一年把二有伯的退伍证丢了。可能是饥饿的威胁太可怕太紧迫，证件的重要性相对降低，所以使蔓蔓二娘放松了对它的看管，致使老鼠——差不多可以肯定是家里那些饿急了的老鼠，毁掉了那个证件。

已经过去的那些安稳日子多少麻痹了蔓蔓二娘的神经，使她没有想办法立刻去补上这个证件。结果，当 1966 年的"文化大革命"来到时，她和丈夫、孩子所组成的小家，同婆婆等地主分子一起，受到了猛烈的冲击，孩子们从此不得上学，全家人在村里受到了歧视。她想找县民政局为二有伯补发一个退伍证，可苦于找不到二有伯所在的部队，找不到证明人就办不成。她一气之下得了一个奇怪的病：瞌睡症。动不动就会睡过去，而且睡得香甜无比。通常，她一觉要睡二十分钟或半个小时，这一觉和下一觉的间隔可长可短。即使是正在做饭，正在说话，正抱着孩子，她说睡立马就可以睡过去。我长到记事时，经常看到二娘在坐着睡觉，怀里的孩子在咿呀乱闹，旁边的村人在大声说笑，家里养的那只黑狗在她身边大叫，可她照样在睡觉。

因为没钱也因为这个病没有严重的后果，二娘并没有找大夫也没有吃药。二有伯可能催过二娘去看病，见她不在乎也就没有坚持。二娘有了这个病后，坏处是容易误事，全家人要吃饭时发现她还坐在灶前睡觉，客人跟她正聊着天她却睡着了。但也不是没有好处，凡是她不想打交道的人，即使那人来到了她面前，她也可以立马闭上眼睡过去，对方还不好怪罪；凡是她不想听的话，对方的声音再大，她也可以闭上眼睡过去，完全不听；凡是她不高兴见到的事，她闭上眼就睡，可以做到眼不见为净。正因为她有这个病，在我长大以后，我还从没有见二娘生过气发过火吵过架，她在清醒时总是笑意盈盈。

较长时间的睡眠可能对人的健康很有益处，我的二娘因为有了这个瞌睡病，因为延长了睡眠时间，她的身体一直很好，很少得别的病。她要为几个孩子，为她那个穷家操劳，辛苦是肯定的，但你却看不见她脸上有多少疲劳。在她过了五十岁之后，我的二有伯再次负了伤，这次是在村里修桥时不幸被砸断了一条腿。二娘肩上的担子更重了，要操心的事情更多，要干的活儿也更多，但大约因了瞌睡病的保护，劳苦并没有损坏她的健康。如今她已经八十岁，还能抱着小孙女满村里走，还能为全家人做饭，还能饶有兴味地抽纸烟，当然还常常打瞌睡。前不久我回故乡探亲，见到了她，她很高兴地拿出一个小红封皮的本本让我看，我翻开，见是县民政局为死去多年的二有伯补发的一张革命军人退伍证，上边填着二有伯的名字，注明了退伍的时间。

我终于找到了两个能证明你二有伯当过兵的证明人，所以他们就给我补发了。八十岁的二娘骄傲地说。我有些诧异地问她：二有伯都已经去世几年了，你要这个证还有啥意思？

当然有意思了，有了这个证，就证明你二娘我当初嫁的是一个正经的退伍军人，不是一个地主的儿子，证明我这当初的选择没有错，证明我的命并不苦。

我怔怔地望着二娘，长久无语。

村边水塘

我们那个位于中原西南部的村子周围，无大江大河流过也无波光潋滟的湖泊，有的只是许多天然的水塘。这些水塘像一面面不大的镜子镶嵌在村子的四周，倒映着蓝天白云、竹篱茅舍和青砖瓦屋，滋养着村中一代又一代人。

这些水塘的形状各异，有圆有方有狭长，也有不规则的多边形。面积大小不一，大的，水面面积有一千余平方米；小的，只有几丈见方。水的深浅也各个不同，深的，有一丈多；浅的，不过几尺许。水塘的岸上都植有柳树、杨树，塘里或有苇或有荷或有菱角，不少的塘里还放养有鲢鱼、鲤鱼。

每天的清晨，歇息了一夜的水塘就开始笑迎客人。小伙子们会拿了牙具到塘边洗漱；姑娘们会拿了木梳蹲在塘边对着如镜的水面梳理长发；被关了一夜的鸭子和鹅，开始嘎嘎叫着奔到塘岸，欢快地扑进水中开始一天中的首次畅游。

当太阳移至头顶之后，水塘则差不多成了女人们的世界。各家的女人吃罢午饭之后，大都一手拎着棒槌一手抱着洗衣盆，袅娜着走到塘边，在青色的洗衣石旁蹲下，一边捶洗着衣服一边漫无边际地聊天，说到热闹处，成群的笑声在水面上回旋，会惊吓得那些在苇丛里打盹的鸭子都飞上了岸。

黄昏来临时分，在地里干了一天活儿的牛们开始由各家的孩子牵着，慢腾腾地踱到塘边饮水。间或，牵牛的孩子和饮水的牛会一同被塘水中倒映的晚霞迷住，凝了眸长久地盯着水面不动。也许是因为塘水的甘甜也许是因为干活时出汗太多，牛们饮水时总是把嘴深深地扎进水里，长长的一气痛饮之后，有时还会快活地抬头长哞一声。这时辰，一些奶奶、婶婶们也会来到塘边，催促那些仍赖在水中玩耍的鹅、鸭回家进笼。牛的长哞和鹅鸭们的叫声汇聚在一起，像歌一样好听。

春末夏初是水塘的容貌最漂亮的时候。这时节，塘里的苇子会嫩叶婆娑，荷花会开得五彩缤纷，塘边的柳树枝条低垂，草鱼们会高兴于水温的升高，不时跃出水面斜斜地一飞。偶有微风起时，一塘清水会荡起好看的涟漪；逢到细雨飘时，水面上和荷叶上会溅起万千珍珠似的水滴。到了夜晚人静之后，蛙声会此起彼伏响成一片，声播数里。

三伏天是水塘里最热闹的时辰。孩子们会脱光了衣服跳进水塘里洗浴；喜抓鱼的男人们会拿上罩鱼的家什跳进塘里罩鱼；会摸藕的少年们会顺着荷叶秆扎进水中摸出白生生的嫩藕；老汉们会坐在塘边，一边吧嗒着旱烟袋一边把双脚惬意地伸进水里。每年的这个时候，水塘里总是被欢乐的笑声填得满满的。

水塘在人们年复一年的笑声里竟也慢慢发生着变化。最显著的变化是水在日渐减少。早先那些年漫到塘岸的水如今都不知流到了哪里,人们只见塘中的水位在一天一天地下降变低。有些小的水塘竟完全地干涸了。近一两年塘水消失得更快,前不久我回到故乡,见几乎所有的水塘都露出了底。最大的那个水塘虽然还有一点点水,但水已变黑发臭。水塘里已没有了蛙鸣荷香,没有了鱼跃人笑。只剩几茎苇子在风中摇晃,发出类似呜咽的声响。我记得我当时在塘边呆愣了许久。

不过几十年时间,我从少年走到了中年;而水塘,也从盛年走到了暮年,进入了垂死状态。

变化竟是如此快呵!

村里的老人们望着干涸的水塘叹息:八成是管水的神灵发了怒了……

而我却在猜测:下一个走进暮年就要消失的,将会是乡间的什么景致?树林、绿地、清新的空气还是翩飞的鸟群……

再爱田园

在中国漫长的农业文明时代，人和田园的关系非常亲密，人爱田园爱得如胶似漆。也因了这爱，为田园的归属曾发生过无数的争吵、械斗和战争，产生过很多含着泪水和鲜血的故事。曾经，三十亩地一头牛，老婆孩子热炕头，是中国男人最理想的人生追求。

但渐渐地，中国人对田园的爱意在变淡。

这种变化的起点说不太清，可在二十世纪五十年代的人民公社化以后，这种变化越发明显起来。最初，人们只是不再关心田园里的收成，收多收少与己无关；后来，是像男人不再心疼自己女人一样的不再疼她，任其贫瘠荒芜；再后来，开始对她厌恶甚至有了恨意；最后，像那些对妻子不忠的男人一样对她开始了背弃和逃离。

我们那一代，逃离田园的方法是去当兵。

接下来，有些人是想法子让工厂招工。

后来，是考大学。

再后来，是进城打工、做生意。随着城市化的步伐加快，人们逃离田园的速度也更快了。总之，想尽一切办法逃离田园，再也不和她相伴过日子。

不爱之后，就分手。实在无法分手的，便常常叹气：唉，咱命苦，只能困在这田地里。在整个中国，已没有几个人真心实意地想种地。

细究人们不爱田园的原因，可能有以下几点：

其一，在田园里劳作最苦。要受风刮日晒雨淋，要弯腰屈腿缩肩，要一身土一身灰，还怕天旱、水淹、冰雹砸，要对老天爷小心翼翼。

其二，在田园里劳作回报太低。改革开放前，干一天挣的工分也就值几分钱；改革开放实行分田到户后，一亩地一年也就挣几百元千把块，连进城当个保洁工也比种田强。

其三，在田园里劳作太乏味。听不到音乐，看不到电影和歌舞，喝不到咖啡和干红葡萄酒，没有城里的那份热闹。

其四，在田园里劳作最被人看不起。种田人是中国最低等的人，谁都可以看不起他们，谁都可以嘲讽取笑他们。

但不管有多少原因，人都不应该不爱田园。因为，是田园养育了我们，供给我们每天吃的东西，没有田园，人类到目前为止还活不下去。

也因为，田园里埋葬着我们先辈的骨殖，留存着太多的有关人和地的大道理。

还因为，田园能纾解我们心里的紧张和阴郁。面对春天绿油油的庄稼地，我们会丢下烦恼，心旷神怡；看着黄澄澄的秋季田野，我们会荣辱皆忘，欢呼雀跃。现在北京城里的一些白领金领小姐和小伙，去郊区花钱租一小块地种植庄稼，或租几棵果树养育，目的就是纾解他们在高楼大厦里积郁起来的不快心绪。

归根结底，田园是我们中国人灵魂的栖息地之一。我们应该重建和田园的亲密关系，我们没有理由不爱她。

可在城市化的今天，要让人爱田园更不容易。首先需要政治家提高人在田园劳作的回报率，要让一个勤快农民每年的收入和城市里一个熟练工人每年的收入不相上下。其次需要科学家把田园劳作的舒适度大幅度提高，要实现更高程度的农业机械化，要把对老天爷的依赖程度继续降低。再次需要法学家把田园打扮得更加高贵，谁想糟蹋田园，必须像糟蹋女人那样付出极高的代价。接下来就需要我们作家的出场，作家可以通过自己的作品呼唤人们对田园再生爱意，可以用自己的笔让田园再添妩媚。我们中原作家大多来自农家，对田园有充分的了解，写这个不会太费力。

我们要敢于在作品里展示田园的魅力并赞美她，对那些破坏田园的人要敢于谴责，不要认为这是在呼吁向农耕经济倒退。

要敢于去揭露大工业的丑陋之处，让人们对污染严重的一些工业项目的上马保持一份警惕，不要认为这是在反对工业化。

不要对城市里的龌龊也去献媚，要敢于对城市的无序扩展表示反对，不要认为这是在逆潮流而动反对城市化。

我坚信，在这个经济全球化的时代，再爱田园是世界各国各民族都面临和关心的问题，目前世界上城市化程度高的国家，已开始意识到对田园保护的意义。这类作品写好了，应该能走出国界，赢得世界上更多读者的注意。

上帝也会嘉奖我们！

死死生生

今年春节回故乡探亲，离着村子还有很远，就看见了那片墓园——那个中间立着几株松树和柏树的村人公墓。分明地，觉得它比自己当初离家时大了许多，心里不觉一沉：又有人被送进了那里歇息？果然，进了村头一眼就看见瞎爷爷家的院门上没有贴红纸春联，贴的是一副黄纸联：有心思亲亲不在，无心过年年又来。这么说，瞎爷爷是不在了，那个长年提一根烟袋，拉一头绵羊的独眼老人已经走了；那个常常独自坐在门前吃饭喝酒的老汉从此离开了我们。我再也听不见他殷勤让我喝酒的声音：小子，过来抿一口！再也看不到他牵了羊在田野漫步的悠闲样子了。瞎爷，我们真是阴阳两界分了。

进了家和母亲聊起来才知道，当初送我去当兵的绪子叔也已去世了。绪子叔当年是生产大队的支部副书记，正是在他的支持下，我才得以当了兵。倘若不当兵，我如今仍会在村里种地，我不会像现在这样住在北京城里，更不可能有时间整日坐在屋里读书写字。我心里永远感激绪子叔帮我走出了人生关键的一步。我记得我入伍离家的前一天，曾想带一份礼物去向绪子叔表示心中的谢意，可家里当时又实在拿不出钱去买贵重东西，最后没办法，我只好用两个鸡蛋去换了一盒两毛钱的“白河桥”香烟。绪子叔看见那盒香烟后，叹口气说，你们家的家底我知道，你不该再去胡花钱，到队伍上好好干吧，争取能当上一个军官……绪子叔，我如今能为你买好烟抽了，你却已经走了。

邻居告诉我，村里和我同辈的那个身体异常强壮的二哥，也因为得病去世了。这消息令我很吃惊，二哥大我也就十来岁，我们当年一起在麦场上摔跤玩闹的情景还历历在目，可他竟也已去了彼界。我至今还记得，他当兵复员回村是在一个黄昏，他回来时领了一个非常漂亮的媳妇，那位二嫂站在黄昏时的光线里，一双美目四下里顾盼，我当时非常惊奇：女人竟可以长得这样美丽！我在心里为二哥高兴，不过同时也对他生了一点妒忌。我还记得，二哥复员后在村上当了保管员，每当分粮分菜分柴时，他总要多少给我家一点照顾，他那样做自然不合村上的规定，可对于处于极端贫穷中的我的家庭十分宝贵，曾令当年刚懂世事的我感觉到了人间的温暖。二哥，你为何要走得这样急切？你有儿有女，现在的年龄正是享福的时候，为什么要去睡到公墓里？

更使我意外的是，晚我一辈，按辈分向我叫爹的一个近门媳妇茯芩，竟也死了。茯芩在我们村里的晚辈媳妇中，是长得最好的一个，身条、脸盘、眼睛，都让人看着特别顺眼。一说话就带着笑意，让看到她的人都能感觉到她的善良和温顺。她生有一儿一女，两个孩子模样都长得很周正，人们平时都夸她儿女双全是有福气的人。她还特别勤快，无论是家里活儿还是地里活儿，她都做得麻利而有套路。我曾和妻子说起过，茯苓要是生活在城市，穿上时髦的衣服，做做头发，戴上首饰，那肯定是一个人见人爱的美人，会把许多演员比得没了颜色。没想到恰恰就是她，会在三十二岁的年纪上告别这个世界。母亲说起茯苓的死因，连连叹息。原来这茯苓虽身在农村，心气却很高，一心想让儿子能通过上学走出农村，到外边去干番事业，没想到这儿子偏偏贪玩，书一点也读不进去，早早辍学在家里。茯苓早婚，十七岁生下儿子，眼见已经十几岁的儿子没有任何向上的愿望，她绝望了。在一次对儿子的劝说遭顶撞之后，她愤而拿上农药去田野服了毒。那是令全村人震惊的一刻，所有的女人都为她流下了眼泪。茯苓，你拿生命和还没有完全懂事的儿子赌气，不是在犯傻呀?!

我算了算，在我参军离家的三十年间，我们这个村子，死了五十多个人。新增五十多座坟墓，那片公墓当然要变大了。我是在一个朝阳初升的早晨走进公墓的，那一座座坟墓没有让我感到害怕，只让我感到了一丝怅惘:那些我所熟悉的活生生的生命，就这样变成了一堆无知无觉的土?人挣扎一生落此结果是不是有点太残酷?上帝如此安排人的归宿依据的是什么道理?我望着一点一点升高的朝阳，忽然意识到，什么事情都是有升有落，如果太阳只升不落，那会是一个什么结局?如果人是一种只生不死的动物，那地球将怎样安排如此多的生命?

从墓地里出来，正是大人们下地干活孩子们上学的时辰。我走上大路，迎面碰上了一群背着书包的小学生，孩子们好奇地打量着我，他们不认识我，我自然也不认识他们，问起他们父母的名字，我也大多不认识。是呀，他们父母生下来的时候，我已经离开了家。一位已下地干活的本家叔这时由地里走过来，向我一一介绍那些孩子都是谁家的孙子孙女，我努力在那些孩子的脸上辨认他们爷爷奶奶的面影。啊，生命就是这样一代一代地延续着。本家叔告诉我，我当年出去当兵时，村里有一百四十多口人，现在，全村有三百六七十个人。三十年时间，死去了五十多人，净增了二百多人，生的远远超过了死的。也因此，村子才显出一派兴旺景象。

近午时分，村子里响起了唢呐声，邻居婶子告诉我，是村东头青山的儿子娶媳妇。我说，村子里又要添一个人了。婶子笑着更正我的话：不是添一个人，至少要添两个人，到明年的这个时候，就又要有孩子出生了。我走上村中的大路，从远处看着那长长的迎亲队伍，听着那热闹的喧嚷声，被墓地引发的那份不快不知不觉消失，心里也渐渐高兴起来。正午的村子笼罩在婚礼所带来的喜庆气氛中，连牛叫、狗吠听上去也分外亲切。

临离家那天的黎明时分，忽然有人拍门叫母亲，我听到开门关门的声音后又沉沉睡去。起床后正看见母亲手里捏着红鸡蛋满面笑纹地走进院里，问起才知道，邻家的媳妇要生产，怕出意外，才把曾当过接生婆的母亲叫了过去。生的是儿子还是女儿？我问。母亲高兴地答：一个胖小子！

我那天拎了包离家时，邻家的那个婴儿正在哭闹，响亮的婴啼和着村中清晨时分的各种声音，让人心神为之一振。我那刻望着村外的那片公墓在心里说：死去的各位乡亲，你们安心歇息，不管你们当初的死因是啥，都心平气和吧，有生有死才是世界，生生死死才是人间。反正我们有后人，村子的将来就交由他们去操持吧。

地上有草

地上有草。

你可能知道这个事实，却很少去想它的意义。

有草的地方，其实就是好地方。

我的家乡，便是一个盛产草的地方。

我们那儿土层很厚，雨水又多，所以村边、宅前、河坡、塘畔、田埂、地里甚至院中和院墙头上，一到春天，便都是绿生生的草了。而且草的种类繁多，什么葛麻草、蒿草、茅草、黄背草、刺脚芽草、毛眼睛草、龙须草、狗尾巴草等，应有尽有。母亲在我很小时就教我辨认草的种类，可那繁多的草名我实在记不清楚。据说，因为我们那儿是气候的过渡带，南方和北方的草都可以在那儿生长，所以啥样的草都可以在我们那儿找到标本。

我小时候，我们村子的南边是一片一望无际的草场，那里草深过人，是一个天然的放牧场所。里边有狼，有獾，有兔，有野猪，胆小的人一般不敢独自走进去。后来，国家在那里办了一个黄牛良种繁育场，少时的我，每当看见一些骑马的人赶着成群的黄牛在那片草场上放牧时，就会和伙伴们大着胆子跑进草场，去看马、看牛，顺便看草。那真是一个美丽的草的世界，各种各样的草缠绕纠结拥拥挤挤，风一吹过，只见万千的草梢一齐俯身摇头，如水里的波浪一样直荡远方。草场里还有一股好闻的味道，近似于刚摘下来的梨子的味儿，让人闻着特别舒服。

听母亲说，我长到半岁的时候，因为天热，便经常被脱得精光放到门前的草地上玩。母亲说我在草地上爬得很欢实，常在手上抓了些草叶往嘴里塞，就像小鱼儿到了水里。母亲说，她每次要把我往屋里抱时，我总是扭着身子表示不乐意，偶尔还会大放悲声。

长到三四岁的时候，逢母亲下地锄草，我便跟到地里，学母亲的样儿把她锄掉的草捡起来，拿回家摊在门前，预备晒干了烧火做饭。

五六岁的时候，便牵了小羊到村边的河埂上让它吃草，这是母亲分派给我的任务。这活儿我倒乐意干，看着小羊不停地把草芽用舌头卷进嘴里，直到把肚子吃得圆鼓鼓的，我心里就有 种莫名的快活。

上小学之后，一到放暑假，家里给我的任务便是割草交给生产队喂牛，以此挣些工分分口粮。每天吃罢早饭，我就手里拎一个装草的筐子，筐子里放一把磨得锃亮的镰刀，跑到村外的河堤、田埂上找草旺的地方，找到了就蹲下去割，直到把筐子装满，而后扛在肩上往家走。

到了三年自然灾害时期，我又和母亲一起，去把一些青草的芽儿掐下来放在锅里煮了吃,把一些草的根挖出来,晒干捣碎熬成糊糊吃。那期间不少饥饿的日子,就是这样在草的帮助下度过的。

我至今还记得和儿时的玩伴们在蒿草丛里捉迷藏的情景。几个人分成两帮,一帮到村边那一人深的蒿草丛里藏起身子,另一帮人负责去把人找出来,找不出,就要认罚。把自己的身子缩在草丛里,在头顶上再放一把青草,眼见得伙伴从面前过却没有发现自己,那份快活儿真是没法去说。

草,给我留下了多少难忘的记忆。

可能就是因为这些经历,我对草怀了很深的感情。不论什么时候看见草,都会有一种温暖和亲切的东西从心里涌出来,都想伸手去触摸它们;如果是看见一块草地,就总想在上边坐一会儿。有一年我在欧洲的喀尔巴阡山里穿行,看见山坡上全铺着绿毯一样的青草,高兴地对着山坡高喊了几声,那一刻,真是心旷神怡,让人直想变成鸟儿飞起来,去看遍这山中所有的绿草地。

也是因了这些经历,在我的内心里,总觉得草似人,它也是有生命的活物。它初春绽出细芽时,犹如人的幼年,怕被践踏,需要保护;春末长成身个时,犹如人的青年时期,绿嫩可人;秋天茎粗叶宽时,犹如人的壮年时期,可傲然顶风。也正因有这种想法,我不愿看见草的枯萎。每当秋风转凉,草叶变黄时,我心里都会有一丝怅然生出来。虽然知道它们的根还活着,可又总觉得那是一代草走向了它们生命的终点。倘是看见有谁在这时点火去烧枯干了的草,心里便对他生出一丝气恨来:为何要这样绝情?为何要这样对待垂死的生命?

大约就是因为这些经历,使我心里总认为,人是离不开草的。1986 年,我去了一趟西北,当我所坐的汽车在戈壁滩上穿行时，车窗外满目的荒凉让我更坚定地认为，人和草休戚与共，只要草从一个地方撤出了，那么人，是早晚也必须从那个地方撤走的。

人与草生死相依。

细想想，草作为一种物，给人提供的用途实在不少。它可以让人拿去喂牛、喂羊、喂猪、喂马、喂驴，喂一切人们需要喂养的动物，间接地为延续人的生命服务；它的一部分还可直接变成人的食物和药物，比如一些野菜和中药材，其实就是草族中的成员；它还可以让人晒干了裹在身上取暖或烧火做饭，甚至连它被焚后的灰，还可以让人拿去肥田。我们可以掐指算一算，有哪一种草会没有一点用处？用处最少的草，也可以用来晒干了烧火做饭。

草作为一种触发剂，能让人脑中掌管愉悦的部分很快兴奋起来。不管什么人，只要一走上绿草地，精神便会立即为之一振。我们经常可以看到孩子们在草地上欢蹦乱跳，看见一些青年男女在草地上打闹嬉戏，看见成年人在草地上含笑踱步，那其实都是草的功劳，是草，让人们快活了起来。据说美国一些医生把在绿草地上散步，作为治疗抑郁症患者的方法之一。

草作为一种生命形态，给人的启示也很多。它的顽强——即使头顶压了砖头，也要想办法从砖缝里探出头来；它的坚强——即使把头割了，身子也能坚强地挺立在那儿；它的甘于平凡——长在再偏僻的地方也毫无怨言；它的勇敢——暴风骤雨冰雹袭来都能毫无怯意地去面对。我们人，其实是可以从草身上学到一些东西的。我记得母亲很早就向我叮嘱过：人活一世，草活三季，长短虽不同，可经历是一样的。母亲的意思，大概就是要我像草那样，凡事要看开，遇事能坦然面对。

可人给草的是什么呢？

常是漠视和蔑视。人们很少给草以尊重，无论大人孩子，都可以无视它的存在，随时都可以踏在它的头上身上。

多是折磨和杀戮。用镰刀割，用铁铲捅，用铡刀切，用火来烧，甚至把根也挖出来。

这不公平！

有一年，我有幸去了一趟以色列。当我和我的同伴驱车在以色列的国土上奔走时，我有一个惊奇的发现，草，在这里得到了最好的尊重和照顾。所有长草的地方，都得到了保护。不长草的地方，当地的犹太人也要想办法种上草。以色列的国土上很多地方都裸露着石头，土很少，他们为了使草能在这里生长，从很远的地方取来土在石头上铺好，而后再种草。不论是城市还是乡村，凡是空地，都长着修剪得整整齐齐的草。他们对草的这种重视，让我再一次感到，犹太人聪明，他们知道，善待草，其实就是善待人自己。

这几年，在中国的很多城市里，也开始看见种草的人，看见修剪得颇为整齐的草坪。在内蒙古的草原上，也有了专门保护草的人。对于野草，只要它长的地方不妨碍人的正常生活，也都不再坚决拔除了。一个夏季的傍晚，我在北京街头看见一个不大的孩子，对正站在草坪里照相的一对男女说：请爱惜草坪！我当时听了很高兴，有了这一代人，今后草们在中国的生存环境可能会好多了。

一个温暖的春天的晚上，一幅画面悄然在我的梦中展现——我奉命坐在一架直升机上观看我们的国家，天哪，除了农田、道路、河流、湖泊、房屋之外，我们的国土上全是草和树，到处都是一片碧绿。我高兴地在飞机上跳了一下，这一跳使我脱离了梦境，脱离了那幻想出的画面。我怅然地躺在床上，心想，这要不是梦多好！那一刻，我想起了我国西北那些面积巨大的沙漠和戈壁，那些地方，什么时候才能长出碧绿的草来？在中国，有草的地方很多，可地上没草的地方确实也还有不少。

《圣经》上的“创世记”第一章说，上帝是在第三天造出了草的。上帝说：地要发生青草，于是青草就出现了。上帝造物用了六天时间，第三天就造出了草，足见草的重要。上帝的旨意是地上要有草，可有些地方偏偏没有草，这件事要是追究起来，谁该负责？

上帝的惩罚一向可怕。

我们还是小心为好！

一剂药

六婶只养了一个儿子，起名叫巅峰。六叔嫌这名字别扭，想换一个，可六婶不许。六婶说：咱们的儿子这辈子一定要登上人世的巅峰，不能像咱俩这样活得窝窝囊囊，一辈子在家里种田。六叔有些不高兴，种田就窝囊了？再说，啥叫人世的巅峰？

六婶初中毕业，心劲很高，凡事都有自己的主意。六婶说，人世的巅峰就是当上大官，只要咱儿子当上了大官，你说咱有多荣耀，谁还敢看不起咱们？在咱们中国，做啥也没有当官好！六叔叹口气：你呀，光想些虚的、空的。

六婶知道，要想让儿子日后当上大官，必须让他上学，让他考上大学。所以从上小学起，她就亲自过问儿子的学习，检查他的作业，额外给他布置课外习题，辅导儿子去做一些难题。每逢儿子想要去玩时，她就给他讲“人须苦中苦”的道理，给他讲做官的好处和要做官必先读书的例子。儿子上到初中时，六婶的知识不够辅导儿子学习了，她就在儿子做作业时搬个凳子坐在他身边纳鞋底，监看着儿子。身为一个农村妇女，六婶这样做很不容易，村里的人都说，有六婶这教子方法，巅峰今后肯定会有一番造就，说不定真能当上大官。六婶也骄傲地说：我的儿子天然是一块当官的料，你们只管等着看吧！有好开玩笑的年轻人就同六婶开玩笑说：万一巅峰以后当不了官怎么办？六婶生气了，六婶说，他要当不了官我就去死！

巅峰从小就爱画些小猫小狗，上中学以后，学画的兴趣越加浓厚，一有时间就拿上画笔去画。六婶见后很是生气，教训儿子说：你听说有几个画画的人当上了大官？赶紧给我认真读书。巅峰嘴里应着，实际上并没丢了练画，到高考时，就偷偷报考了省上的画院。待六婶知道儿子考了画院的消息时，画院的入学通知已经来了，六婶气得大声哭骂：好一个不争气的小子，你是存心要违我的心意呀！……

巅峰画院毕业后留校任教，业余时间全心投入创作。六婶去画院看他，见他浑身沾着颜料在纸上涂抹，叹口气说：干这个能比当官好？巅峰笑笑说，人各有志，我喜欢这个。我的画已参加过很多展览，我争取早日画出令你感到自豪的作品。六婶不想听这个，郁郁地回了村里。巅峰这一行与当官自然无缘，几年过去，仍是个教师和画家，什么官也没当上。相反，村里与他同龄的几个小伙，当初在中学的学习并没有他好，现在都相继当上了官。有一个当了乡长，有一个当了县里的副县长，上学时遇到难题常找巅峰抄答案的平顶还当了地区里的处长，还有一个当了省上团委的部长，最差的一个，也当了村支书。六婶每一听到别家儿子当官的消息，就要生自己儿子一次气。有一年秋天，村里新建的小学举行剪彩仪式，发通知让在外工作的本村人都回来参加，人家当了官的几个人，都坐了公家的轿车，呜呜地开回来，村里人都客气地迎上去招呼。独有巅峰是从镇上的公共汽车站一步一步走回来的，而且走到村口也没人去迎。六婶心里那个气哟，她看见儿子挎着个包走到门口，也没有站起来说话，只大声对六叔喊：他爹，你给我准备一瓶农药，我是无脸活了！……

更令六婶生气的是，剪彩仪式开始时，村上安排所有当官的都上前拿了一把剪子剪彩，那当处长的平顶还站在正中的位置上，独留巅峰坐在小学师生们中间。六婶觉得儿子受到了冷待，就等于自己受到了冷待，一气之下转身离开了仪式举办现场，要往家里走。也是合该出事，也来看热闹的平顶他妈这时拦住六婶说：他婶子呀，你看看你们巅峰，怎么连一个小官也没混上哪？你当初怎么没给他说说哟！六婶被这句话刺得身子一个摇晃，顿觉所有的尊严都被扯走了，从此以后再也无脸在村里做人了。她踉踉跄跄地向家里走，到家就去平日丈夫放农药的地方，那儿果然还有一瓶农药，她拿起就喝，边喝边朝卧房里走，她想，死就死到床上，别让人搬来搬去的。

躺到床上，想到马上就要告别这个世界之后，她忽然有些后悔：这样去死是不是值得？自己死了，丈夫以后谁来照顾？儿子会怎样伤心？儿子并没有做错什么，他只是没有当上官而已，不让他参与剪彩是那些人的错，我凭啥要把气撒到儿子身上？儿子的婚事还没说成，我怎能现在就走？而且她忽然想起，家里的两张存折和一些现金都是她保管的，她还没有告诉丈夫它们的藏处，自己死后他们找不到可怎么过日子？不，不能死！想到这儿，她急忙呼救：来人哪——

六叔听见喊声，从院子外边跑进来，还没有开口问，一见床边扔着个农药瓶子，立时明白了是怎么回事，吓得急忙上前抱起妻子就往镇上的诊所里跑。

让人觉得意外的是，大夫给六婶检查以后说：一切正常。问六婶自己的感觉，她也说没有什么难受的感觉。六叔正在诧异，巅峰来了，巅峰走到六婶身边，轻轻叹口气低声说：妈，幸亏我做了准备，要不然，真要出大事了。六婶从儿子的声音里听出了点什么，抓住儿子的手问：你做了啥准备？巅峰说：我进村因为没人像迎当官的那样迎接我，你就气得喊着要喝农药，我知道今天的仪式得按官场的规矩办，害怕你受不了接下来的刺激，所以预先做了准备，把家里的那瓶真农药藏了起来，另画了一张农药的商标贴在一个装葡萄糖水的空瓶子上，我在瓶子里灌的是我平日爱喝的咖啡。说着就从口袋里掏出了六婶扔到床前的那个瓶子。

好个小子！六叔笑了，你画的那农药商标跟真的一样，连我也吓蒙了！

六婶怔在那里，拿过儿子手上的瓶子默默地看着。巅峰这时又说：妈，你要是因为我没当官而喝药自尽，你说我这辈子还怎么活下去？我虽然不当官，可照样能挣来钱养活你和我爹。说着从挎包里掏出一幅画的照片：你们看，我这幅画最近获了国家大奖，法国一个收藏家答应出五万美元买它。

六婶这时舒一口气，一边下床向外走一边说：没想到我的儿子还这样细心地记挂着我，罢，从今往后我不寻死了，回去继续过咱们不当官的日子。

巅峰第二天早上要走，六叔推出家里的自行车去送儿子。这当儿，有两辆警车开进了村子，其中一辆警车的司机下车问六婶哪儿是平顶的家，六婶指完路后又来了气，对巅峰说：你看看人家，要走时还有警车来接，哪像你。巅峰笑笑，坐上他爹的自行车后座走了。

也就一袋烟的工夫，忽听平顶家传出他妈的一声哭喊，跟着就见平顶被两个警察推到了警车上，手上还戴了手铐。六婶大惊，忙问邻居是怎么回事，邻居悄声告诉六婶，平顶贪污了。

六婶看着警车开走后，回屋找出了儿子做的那个“农药瓶”，她看见瓶底还有些咖啡水，就打开瓶盖，仰头喝了一点，在嘴里慢慢品味……

昨日琴声

最初让我对二胡这种民间乐器产生兴趣的，是一个瞎子。好像是一个正午，九岁或者十岁的我正在屋里吃饭，忽听门外响起了一种很好听的声音，我闻声端了饭碗出门去看。原来是一个瞎子靠在俺家的门前在拉一种琴，拉出的声音十分好听。我惊奇地看着他手的动作，母亲这时已端了一碗糊汤面条出来对瞎子说：大叔，先吃吧。那瞎子闻言，停了拉琴，从自己背着的一个布兜里掏出一只碗，让母亲把面条倒进去，之后，他便蹲下吃面条了。我原以为他吃完还要再拉那琴的，不料他吃完就向另一家走去，这让一直等在那儿的我很不高兴，我朝着他的背影说：嗨，为啥不拉了？母亲闻声又急忙出来把我扯进了屋里。母亲低声对我说：不要耽误他，他要趁这晌午饭时去尽可能多地讨点吃的东西。我这才明白，他拉琴是为了讨饭吃。那琴的声音实在好听，我接下来便一直跟在他的身后,看他不断在其他人家门前拉琴讨饭。他大约是听出我一直在跟着他,他在吃饱之后临出村时对我说:小弟弟,你既是爱听这二胡琴声,我就给你拉一段吧。说罢,在村头的一棵树下坐定,就拉开了。我自然听不懂他拉的是什么曲子,但被他的琴声完全征服,一个人蹲在他面前长久托腮不动。那是少时的我第一次被音乐迷住,那是我此生所听的第一场音乐会。

瞎子那天临走时拍拍我的头问:小弟弟,你从我这弦子里听没听出我在对你说话?

我摇摇头一脸茫然。

他叹一口气,默然走了。

就是从这天过后,我记住了二胡这种乐器,也对拉二胡生出了兴趣。我那时的想法是,如果我会拉这种胡琴,我就会让我的伙伴们感到惊奇,而且也有了一个去除心烦的法子。

几年之后,我进入了初中。我所在的中学有在节庆日演文艺节目以便师生同乐的传统,老师常鼓励我们学乐器,我便毫不犹豫地报名学拉二胡了。当老师把学校的一把二胡交到我手上时,我满是新奇和高兴。

最初的学习当然是困难重重,我要学识简谱,要弄懂怎样调弦,要熟悉琴上高中低音的位置,要练习运弓,要懂得如何在琴筒上滴松香。我一开始拉出的声音完全像杀鸡,连我自己都觉得刺耳无比。一些同学听到后总要捂上耳朵急忙逃避。我当然着急过、气馁过,被一些同学讽刺过,但我最终坚持下来了。我常在内心里进行自我激励:一个眼瞎的人都能拉出那么好听的琴声,你为何就做不到?练,一定要练出个名堂!

就是凭着这股不服输的劲头和持续的操练,琴弦和琴弓在我的手中渐渐听话，一些好听的乐句慢慢流出。终于有一天，当我再拉琴时，有同学会自动站下来听上一阵，并朝我飞来一个惊奇的眼神。我知道，我已经在向成功靠近了。

尽管我在学校里到最后也没有获得上舞台拉琴的机会，可我自己能听出，我的琴声已差不多可以用动听来形容了。重要的是，在我学会了拉二胡之后，我有了一个抒发心绪的新途径。每当我高兴的时候，我就拉欢快的曲子，让乐曲把我心里的欢乐尽情表现出来；当我烦闷的时候，我就拉那些忧郁的曲子，让乐曲把心里的不快倾吐净尽。这以后，我开始接触《良宵》这支著名的二胡独奏曲。我那时不知道它是谁作的曲子，也不完全理解它要表达的东西，可我喜欢学着拉它，每当曲子在琴弓下展开时，我都能看见月光、树影、水波，能听见虫鸣、风声和人的细语，能闻到花香和青草的芬芳，能觉出一个小伙和一个姑娘在眼前舞蹈……

我真正上舞台拉琴是在离开中学之后，这时，我已从军到了部队上。逢我所在的连队开晚会，我偶尔会操琴和其他战友一起上台拉上一曲。每当战友们的掌声响起时，我常常会想起我的中学时代，想起最初学琴的日子，会在心里生出一种类似庆幸的东西，庆幸自己在中学阶段没有浪费旺盛的精力，学了这个额外的技艺。

大约在提升为军官之后，伴随着事务的增多，我又渐渐疏远了胡琴。尤其是在我找到了新的倾诉方式——写作之后，便再也没摸过胡琴。如今，已是几十年过去，我与胡琴差不多又成了互不相识的路人。眼下，只有一个与胡琴有关的爱好还在保存着，那就是爱听二胡独奏曲。不管我身处什么地方，只要一听到有二胡独奏的曲调传来，我都会立刻停下步子侧耳去听，心就会激动起来并很快沉浸在琴声里。

人一生的许多行为都产生于另一些人的影响，我爱胡琴是因为听了那个瞎子的琴声。那个瞎了眼睛的爷爷可能想不到，他的琴声改变了一个男孩在中学时的追求，并进而影响了他的脾性形成——我是很久以后才明白，我脾性里的那种沉郁成分，和二胡琴声里的那种沉郁味儿，很相近。

最后一季豌豆

在诸种庄稼中,我最喜欢豌豆。

小时候,每到豌豆苗长有筷子高时,娘总要让我拎个小篮,去豌豆地里掐一点豌豆叶回来,放在面条锅里,当菜。一大锅面条,有这一把豌豆叶,就显出一股青鲜之气,格外好吃。我们兄妹几个逢着吃这豌豆叶面条,都要呼噜呼噜吞个肚子滚圆。

到了豌豆开花的时候,便是我们这些乡间孩子最快活的赏花日子。在诸种庄稼中,只有豌豆开起花来最好看。小麦花花朵太小,绿豆花颜色单调,玉米花香味太淡,唯有豌豆花又大又艳香味又好闻。豌豆花大部分是红色,也有紫色和白色相掺其间。红色中又分深红、浅红、粉红多种,一根豌豆蔓上常有几种颜色的花,一眼望去,真是五彩缤纷。因在豆蔓上长的高度不等,豌豆花常分几层,看去如楼阁相叠;又因豆蔓横爬在地的长度不同且互相纠结，花便分一簇一簇，瞧上去似花球相连。豌豆开花常常是在一个早晨陡然大放，一地的花朵猛然出现在人们眼前，浓浓的香味在空气中弥漫，由不得人们不深深地呼吸，快活地揉着胸腹。我们这些平日无缘赏花，根本见不到大片玫瑰、月季的农家孩子，常被这大片的豌豆花激动得嗷嗷乱喊，总要绕着豌豆地四周的田埂边跑边叫：嗬，看那片！哟，看这片！哦，这一朵！呀，那一朵……

豌豆角长出后，我们便要千方百计去偷摘来解馋。豆粒没长成豆角还扁还嫩时，我们便把豆角整个地塞到嘴里嚼，直嚼得满嘴青甜，绿汁直滴。待豆粒凸起还不老不硬时，我们便把豆荚小心地打开，凑到牙上用齿尖一捋，把那些青嫩的豆粒全捋进口中，又香又甜地吞咽。豆角将熟未熟时，大人们也常摘些到家，在锅里带荚一煮，让我们剥荚吃豆，这时候的豆粒已是十分筋道分外香了。待把豌豆收割下来拉到晒场上一打，我们便又可以吃到喷喷香的豌豆糕了。娘做的豌豆糕最好吃，她总把豌豆磨碎成面，用细箩过了，而后拌了香油、花椒、茴香、盐、蛋清和酵子等，搅成糊状，摊在笼屉上放锅里蒸，蒸出后用刀切成方块，让我们用筷夹了吃。豌豆糕的那种鲜味和香气让人吃了还想吃，每次差不多总要撑得我捂了肚子连叫哎哟。

经石磙碾轧打净豆粒之后的干豌豆秧，除了可烧锅之外，还特别柔软好玩，我们常在豆秧上打闹翻滚游戏。遇到家里来客床不够睡时，娘便在地上铺厚厚一层豌豆秧，让我盖了被在上边睡。每当我躺在那柔软的透着香气的豌豆秧上时，我总想起奶奶给我讲的那个神话故事：……老天爷为了使自己造出的人在世上能活下来，便叫自己的几个儿女各变成一种可供人吃的庄稼，性情不好的长子变成了小麦，身上有芒；身高体胖的次子变成了苞谷，棒子特大；性情温顺身子柔软的女儿变成了豌豆，所以豌豆全身没有一点坚硬刺人之处，而且通体溢着香气……

因了这些，我对豌豆怀了特别的喜爱之情。

去年初夏我回故乡探亲，当时正是豌豆长角的时节，上午到家，下午便去了自家种的那亩豌豆地里。到地头一见那久别了的青绿色的豆秧，我立时高兴地蹲下去抚摸着它们，同时扭头问弟弟："自己的责任田，为何不多种点豌豆？"不想弟弟沉了声答："就这一亩我都不想种了，这是最后一季！""为什么？"我一惊。"你看看，还有哪家在种豌豆？"他抬手朝四野一抡。我搭眼朝周围的田里望去，可不，到处种的都是麦子，自家的豌豆田是唯一的一块。"咋都不种了？"我很惊异。

"这是低产庄稼，又怕大风，化肥又贵，种了根本赚不到钱！"弟弟瓮声说道，"加上如今人们的口味变了，都只愿吃麦面，不愿吃粗粮，收了豌豆卖给谁？"

我"哦"了一声，很觉意外，不过细想之后又觉这话有理。种豌豆既是代价高，农村人自然是不敢吃的；城里人又很少吃粗粮，整日不过是把白面变了花样做食物，有的甚至只吃精粉，种了豌豆卖给谁？

"怕是豌豆也要走大麦、荞麦、赤色豆的路了。"娘在一旁叹了一句。我听后心里一震，早先这地方每年都种的大麦、荞麦、赤色豆，这些年已基本上绝迹。我记事到现在，不过几十年时间，就有三种庄稼完了，难道我十分喜爱的豌豆，也要步它们的后尘？

"明年咱也不种了！"弟弟又决然地说。

我不好再劝弟弟，眼看赚不了钱，继续种下去又有何益？也许，人类就是这样在对庄稼的比较和抛弃中前进。祖先们当初大约是太饿了,选定的庄稼种类太多。如今,现代人要在实践中不断进行比较和选择。把好吃的、高产的、容易种的保留下去,把粗糙的、低产的、不易种的抛弃掉。然而这种抛弃是否对人类自己都有益?

“豌豆这东西有时可做中药引子,”娘在一旁幽幽地说,“日后都不种了,用时去哪里找?”

我没再开口,我忽然想起近些年来不断发现的一些新的疾病,那些疾病中有的是不是因为人们把不该抛弃的庄稼抛弃后引起的?但愿不是,但愿我们的祖先也得过那些病,只是因为科学不发达而没有发现它们。

我长久地站在豌豆地头,望着那些青凌凌的生机勃勃的豌豆秧,在心里思忖:它们就要在这块土地上消失了,也许几百年之后住在这里的人们,就不会知道他们的祖先曾经种过吃过豌豆,那时的孩子,更不会享受到我们童年时摘豌豆角解馋的乐趣……

深山识刺楸

金秋十月,与一帮文友同游宝天曼自然保护区,在茫茫林海中穿行时的收获之一,便是识得了刺楸树。

是在回程时见到它的。最初看见它时很吃了一惊,嗬,好丑的家伙!周身凸着一个个似瘤一样的包;每个包的上边长一枚坚硬的刺;树皮发乌,并绽开一些歪七扭八的裂缝;树冠不大且已掉光了叶子。一棵树丑到如此地步也真是少见。

不过奇丑和奇美一样,留住了我和一些文友的目光。

见我们带了嘲弄地端详那树,带领我们游览的林业专家便含笑介绍:它叫刺楸,甭看它难看,用处可不少,它纹理密实木质坚硬,属国防用材,过去,飞机的螺旋桨便是用它做成的。

哦?我禁不住伸手摸摸它那粗糙丑陋的身躯,顿时对它生了几分愧意:不该小瞧你,没想到你还有这么大的用处,而且和我们当兵的一样,也为保卫国家出过力!

下山时我便在心中琢磨：这种树何以要生成这种丑陋样子？有果便有因，它进化长成这副模样，是因为它身体坚硬有用，曾常遭人们砍伐，后来便想用这种外貌躲过伐木人的眼睛？是因为野猪一类野兽常来蹭倒它的躯干，葛藤一类植物总来缠死它的枝条，便用这种多刺的外表来防御？是因为想更多地获得阳光，用长瘤的办法来扩大受光的面积？是因为大自然母亲最初生育它时曾遇到过什么灾难，“奶水”不足，致使它营养不良，长成了畸形？这些都无从考究，但我却是更相信第二种原因，物种竞争，适者生存，很可能，刺楸的这种难看外貌，是它保护自己生存的高招。

我于是又想，人世间那些看上去毫不起眼甚或惹人反感的人物，会不会其中也有不少大才？他们或是因为有过一段心酸经历，或是片面接受前人人生奋斗的教训，为不遭人忌妒、诬陷、迫害，为保护自己平安，甘愿示人以愚以丑以无能以恭顺，让人不注意自己，从而像诸葛先生说的那样：“苟全性命于乱世，不求闻达于诸侯。”

刺楸这种树木尚且不愿让外界一眼看透自己的内部，何况人？历史上不是有过不少“隐居”起来的才子？

不要小瞧自己身边那些毫不起眼的小人物，就像在宝天曼原始森林中不要小瞧满身是瘤是刺毫不起眼的刺楸一样，因为说不定他们中的某一个，原来腹有大才，正是国家和民族需要的人物！

青春往事

一

每个人一生中都有一段好日子。我的那段好日子是在由班长提了排长之后。那一年我快进入二十二岁，身高一米七九，胖瘦适中，一顿能吃三个二两重的馒头外加两碗稀饭和一盘咸黄豆。晚上熄灯号一响，半分钟后我就能进入梦乡。我五官也算端正，加上能吃能睡，身子壮实，面孔红润，再把四个兜的军官服一穿，五四式手枪一挎，嗨，很威风！说句不谦虚的话，自我感觉也挺英俊！我那阵从驻地附近的大街上走，总能吸引来不少姑娘的目光。也就是因此，媒人们开始登门了。

第一个媒人是我们连的副连长。副连长是个大嗓门，有天晚上刚吃罢饭，他就朝我高声叫道：一排长，来我办公室一趟。我以为有什么公事，未料一进门他就笑着问：怎么样，想不想找一个姑娘做老婆？我脸一红，嘿嘿笑了一声，一时不知该怎么说好，说不想，分明是假话，那个年纪正是想姑娘的时候；说想，又有点太赤裸。好在他马上替我解了围，他手指点了我的额头笑道：我知道你小子想，又不好意思说出口，罢了，我已经替你物色了一个，今儿个，我也要当一回红娘。我一听有些吃惊，他的夫人我见过，长得很一般，以他的眼光，能给我介绍一个合意的姑娘？

怎么，信不过我？副连长看我没有立刻表态，有点不高兴。我急忙表示谢意，并赔着小心问：姑娘是哪里人？

胶东。俺们胶东姑娘那可是山东女人中最贤惠勤快的，你只要跟胶东女人结了婚，那你就静等着享福吧！

我一听开始有点高兴，在山东当了这几年兵，早知道不少男人把娶一个胶东女人看成是一种福气。很多老兵都告诉过我，胶东女人最温柔最多情。

副连长一看我脸上有了笑意，就又接着说：怎么样，今晚见一面？

今晚？我后退了一步，你不说她是你们胶东姑娘吗？胶东离鲁西可是很远哪！

胶东姑娘就不会来鲁西了？告诉你，她现在就住在咱们连临时来队家属房里，是我一个朋友的妹妹。

人长得怎么样？我忍不住问了我最关心的问题，漂亮吗？

当然漂亮，我觉得就跟天仙一样！

我的心动了，我想，就算副连长说话有些夸张，比天仙稍差一点的女人也不错。那就见见！我于是点了头。副连长是那种说干啥就立马干啥的人，看我同意见面，立即拉了我的手就向家属房走去。

那天的见面令我大失所望。我只看了一眼就急忙把眼睛移开，老天，她哪里是天仙，分明一个普通的小镇女孩，充其量能说成是耐看罢了。我那时找对象的第一个标准就是漂亮，不漂亮的姑娘我根本就不会考虑。我当时就后悔不该相信副连长对女人长相的判断力。

二

我第一次和她打交道是在一个快要吹熄灯号的晚上。我当时是一个刚入伍三个月的新兵，做事总是磨磨蹭蹭，每晚的洗漱常落在最后，我记得那晚我端一个脸盆和牙具慌慌地跑向营院中的水管，想赶在熄灯前洗漱完毕。水管前没有灯，我模糊看见有一个人正撅着屁股在水管上接水，以为是连里那个做事和我一样慢腾的大魁，就不由分说朝他屁股上拍了一掌叫道：嘿，哥们，快点。巴掌落下去时我就觉得有点不对，手掌上的触觉与往日拍大魁时不太一样，我刚想低头看清是谁，对方已抬头尖叫了一声：你——我的眼睛立时瞪大了，天呀，原来是与我们连队住隔壁的团卫生队里的那个漂亮女兵！我急忙道歉：哎呀，真对不住，我以为是——我一拍你的屁股就觉得不——

你还要胡说？她跺了一下脚，我赶忙住口。她端起脸盆扭身就走。我的心一下子悬得老高：她不会去向领导告我向她耍流氓吧？我简单地擦了一把脸，连牙也无心再刷，就心里七上八下地回了宿舍。

还好，这件事她似乎没有向任何人提起，连续几天平安地过去之后，我的心慢慢放了下来。我因此对她有了一点好感。

这之后不久，团里组织我们几个直属连队会操，卫生队的八个女兵也参加了。轮到她们出列操练时，我注意到她排在第五名，她的队列动作很认真，但能看出并不熟练，有一次还做错了一个动作，惹得大家起了一场哄笑，她的脸和脖子一下子羞得通红。我立时明白她和我一样是新兵。这次会操之后，我才从别人嘴里知道她叫林辰音。我们连队的老兵给她起名叫五小姐，他们常在私下里打趣说：五小姐长得最水灵耐看，将来咱们谁有本领了，就把她娶来当老婆。

我当的是炮兵，每天的任务就是操炮训练，和卫生队虽近在咫尺，平日里却并没有和辰音再打交道的机会。我只是远远地看见，她常常端些绷带和药瓶，来我们院中的水管上洗涮。她的体形很美，尤其是从侧面看去，总让人心里腾起一股火苗样的东西。逢着她弯腰去洗东西时，我会有意无意地由背后去看她的臀部，她的臀部长得更是耐看，丰满但不显出大，有着极诱人的弧线。我常常想去忆起那晚拍她臀部的感觉，可惜已经记不起来了。

我没想到命运会突然给了我一个接触她的机会。那是一个后晌，我们连队一排和二排举行篮球比赛，我代表我们一排上场打中锋，当我在篮板前抢球时，二排球队里的一个胖子跳起朝我压过来，失去重心的我俩同时摔倒在地，可怕的是，在倒地的那一刻，他的一个胳膊肘重重地捣在了我的鼻子上。我先是觉到了一阵撕心裂肺的疼痛，随后就昏了过去。当我醒过来的时候，我发现我躺在团卫生队的急诊室里，医生告诉我，我的鼻骨骨折，需要立刻转到师医院里做接骨手术。十八岁的我吓得“哇”一声哭了：万一接不好以后不就是一个塌鼻子了？成了塌鼻子部队还会要我吗？还会有女人做我的老婆么？一个塌鼻子还怎么往人前站？我的哭声是被一句女人温柔的劝慰打断的：别害怕，你是鼻软骨骨折，是很好接的。我扭过泪眼才发现是林辰音站在急诊台边。当着一个姑娘的面，我不好意思再哭，我吸了一下鼻子，立时又感到了一阵钻心的疼痛，在这阵疼痛中，我知道她在用一块有着淡淡香气的手帕擦我脸颊上的眼泪。

救护车拉着我向师医院跑时，卫生队里的一名军医和林辰音分坐在我的身子两边。半路上，我说我疼得厉害，我听见军医对辰音吩咐：掐住止疼穴位！辰音的两只小手于是掐住了我的颌骨穴。疼痛并没有减去多少，但我心里却有了一丝温暖的感觉，我对塌鼻子的惧怕因这两只小手的掐按而减去了不少。

我那次在师医院里整整住了一个月时间。鼻软骨骨折通常需要住三个月医院，我因为是新兵怕住长了连队不高兴，就要求提前出院了。刚出院那阵，嘴里只要一嚼东西鼻子就疼，可一想到已不会变成塌鼻子，心里还是有些轻松。我回到连队的第二天，辰音突然来宿舍看我，这有点出乎我的意料，她当时伸出手指摸了摸我的鼻子说：还行，不会变成塌鼻子了。我当时不好意思地笑笑，想起自己当初放声大哭的样子，的确有点难为情。

有了这几次接触，再见到辰音时就有一种熟悉的感觉。有一阵我们炮兵连的兵们喜欢用炮弹皮做和平鸽，我就也试着给辰音做了一个，我的手笨，那鸽子做得不太像，拿去送给辰音时，辰音笑了，说：我还真喜欢这只小鸡。我尴尬得不知说什么好。

看着辰音快活地收下了自己送的礼物，我就在心上估计，她可能对我有好感，说不定我和她真可能发展出一种亲密关系。团部有天晚上放电影，我看见她站在我们连队后边，就慢慢凑了过去。这时候我已经当了班长，处事老练多了。我和她搭了几句话后，就用胳臂装着无意地去碰了一下她的胳臂，我想，只要她心上对我有意，她就会做出反应的。未料到碰第一次时她没有反应，碰第二次时她竟火了，声音挺高地叫：你得了什么毛病？我被吓得倒退了几步，狼狈不堪地逃回了连队的队列里……

一盅茶

那家开在大街上的茶馆之所以吸引着我，不是因为茶，那时的我对茶是什么滋味尚不清楚，对喝茶有啥好处更不明白。我之所以常常走近它，是因为它里边有唱坠子书的。唱河南坠子的是一男一女，男的有五十来岁的样子，眼有些耷蒙，但偶尔应腔时声音却响得震耳；女的年轻些，脸长得很耐看，尤其是嗓子脆生。那男的把弦子拉得极是抑扬动听，女的唱起来吐字很清且十分悦耳。常常是弦子一响，满茶馆的茶客便都静了下来，只听那女的脆脆地叫上一声：列位听官，昨日唱到樊梨花夜深思郎，咱们今日接唱樊梨花天明进到后花厅……

我一有机会总是扒在门框上探了头去听。这当然不过瘾，一是有些唱句听不太清，影响我记住故事的情节；二是茶馆伙计来来回回地给茶客的茶盅续水，不时截断我的视线，使得我看不清楚那女的表情和手势。因此，我一直想找机会溜进茶馆，以便听个仔细看个痛快。但这并不容易，茶馆老板对不喝茶只听唱的人极其反感，尤其是对我们这些穷学生，他决不让一个蹭听的人混进茶馆里。胖胖的他总是站在门口，盯着往里进的人，谁进门，必得先交一毛茶钱。我哪里有钱去喝茶？即使口袋里有钱，也是供上学用的，怎舍得交给他？

一天，正当我站在门口探头去听时，街上忽然有人喊老板出去有事，没有了把门的人，我心中一喜。那日唱的好像是一出武戏，戏里边的双方正打得热闹，我急切地想听个明白，于是就不管三七二十一地溜进了茶馆。我听得很过瘾，且目不转睛地看着那女的边唱边做各样手势。我渐渐进入了戏中角色的喜怒哀乐之中，当一个角色因为胜利哈哈大笑时，我竟也出声地呵呵笑了。我的笑引起了茶客们的侧目，也跟着引起了重又站在门口的老板的注意。只见他手拎一条擦汗的毛巾大步朝我走过来，我自然开始慌张，有心想跑，无奈茶馆的回旋空间太小，我没法逃脱，只好等他走近我并拎住了我的耳朵。我被拎到了一个墙角。老板凶凶地看住我并用手指点着我的鼻尖压低了声音喝问：你说咋办？

我低头搓着衣角，没有回答。我真的不知道咋办才好。

两个办法，头一个是你去给我挑十担水！

我望了望茶馆炉前的水桶和扁担，它们不是我这身个能挑起来的。我嗫嚅着说：我挑不动。

挑不动了就老老实实给我出一毛茶钱！

我把身上的两个口袋翻过来让他看：全是空的。

那就用你的书包换！

我急忙抱紧了自己的书包：一毛钱就能换我的书包？

反正你今天不给钱就别想出老子的茶馆门，你这个小赖皮！

有一些茶客开始嬉笑着回头看我。

满脸屈辱的我最后只好从书包里摸出了一支新铅笔：我这铅笔是用一毛钱买的，给你！

他接过去认真地看了一阵，才点点头说：好吧。

我流着眼泪看着他转过身去，这时我突然意识到，就这样结束此事有点不公平，我叫住他说：给我送一盅茶来！

他回头有些发怔地看着我。

我既是付了茶钱，你就应该给我上茶！

他没再说话，只是扭头去给我沏了一盅茶，端来重重地放到了我面前的桌上。我挺了挺身子，在凳子上坐下，我原本是想像别的茶客那样一脸平静地边听坠子书边喝茶的，可当我端起茶盅去吹漂在水面上的茶叶时，我的眼泪流得有些急了。那是我第一次正正经经地喝茶，可我并没有喝出什么滋味，更不知道是用什么茶叶泡的。不断线的眼泪使我没能把那盅头泡茶喝完便跑出了茶馆，连我最喜欢听的坠子书也没去听了……

羊奶豆

在我的故乡豫西南邓州地界的田野里，长有一种中间大两头尖的野果子，形状像极了羊肚子上垂吊的羊奶子，所以乡下人就给它取名叫羊奶豆。

羊奶豆又脆又甜，中间的肚子里蓄满了一股白色的类似羊奶的东西，咬破时连那些白色的奶汁一起吸下肚，会是一种极美的享受。因此，它也就成了我们乡下孩子最爱吃的野果。在田野里采摘羊奶豆，是我幼时和少时很重要的一项乐趣。

那时，我们几个光屁股孩子一起，常在田埂、田垄间寻寻觅觅，有谁发现了一棵羊奶豆，会大喊一声：这儿有！大伙于是就都奔过去。羊奶豆秧有点像野甜瓜秧，一结果就不是一个。大伙奔过去后，会从秧上摘下所有的羊奶豆，而后均分，够一人一个的，就每人吃一个；不够一人一个的，就每人咬一口。一天，我们正吃羊奶豆时被神经上曾有过毛病的二奶看见，二奶说：小东西们，你们知道你们是在吃啥子么？你们是在吃田地的奶汁。我们一齐摇头，我们说我们吃的是羊奶豆。二奶眼一斜，叫：你们懂个屁，这羊奶豆就是田地的奶头，人吃它就像羊羔子们噙住母亲肚子上的奶头吸奶一样！……我们听得惊惊怔怔半信半疑。

二十多年后的一个日子里，旅居异地的我又回到了故乡，当我在田野漫步时我倏然又想起了羊奶豆，我非常想再尝尝幼时常吃的这种东西。几个邻居的小孩听我问起羊奶豆，自告奋勇地要去田里为我采摘。然而那天的收获实在可怜，几个孩子在田里跑了半晌，只摘到四五个很小很小的羊奶豆。不过就这已经使我很高兴，我捧着那些羊奶豆向村子里走，在村口，又碰见了神经上曾有过毛病的二奶，二奶老得拄上了拐杖，不过视力还好，一下子就看清了我手上拿的是什么。二奶说：你娃子在城里吃好东西吃腻了，又来吃这种野果子了。我笑笑问：二奶，这羊奶豆怎么都变小了？二奶叹一口气，说：这羊奶豆兴许还会变得更小的，人们总给田里喂些你们城里人造的速效肥和毒药，田地的奶汁还会有多旺？奶汁不旺，这些奶头还会不瘪么？……

二奶的话依旧使我疑疑惑惑。那天离开二奶后我的心情突然坏起来，我没有再去吃那些不大的羊奶豆，而把它们分给了几个孩子。当孩子们去咬嚼嘴边溢出了白色的汁液时，我分明地觉得他们是在噙着一个个又瘪又小的奶头……

放 生

放生是佛界的用语佛家的主张，我虽不信佛，却也有过一次放生的经历。

那是去年夏天，我带儿子去桐柏山采访，一位朋友从一条小溪里捉到了一只元鱼，儿子喜欢，那朋友就送给我们带回了。

这年头吃元鱼已成风气，据说市场上的时价已达一百四十多元一斤。朋友送我们的这只元鱼有四两左右重，所以所有见到这只元鱼的人都说：这家伙够做一盆味道鲜美的汤了。可我的儿子因为见它好玩而坚决反对吃。

他找来了一个瓷盆，盛上半盆清水，把元鱼放进去，看它在水中慢慢爬动；他听说元鱼喜欢在沙子里玩，又去找来了一纸袋沙子倒进了盆中。此后，每逢他读书读累我写作写乏时，我们就围在盆边，静静地看那元鱼扒动沙子，把自己的身体一点一点埋入沙中；看它又怎样把身上的沙子抖掉，一下一下浮上水面。

有一天，我俩正这样看着时儿子突然问：爸爸，人们都喜欢吃元鱼，吃来吃去会不会把元鱼吃光？我被这话问得一怔。我说，吃不吃得光不知道，反正如今河里的元鱼比起先前是越来越少了。

只要越来越少，最后就有可能绝迹。儿子接口道。如果元鱼真的绝迹了，以后的孩子们不就不知道元鱼是什么模样了吗？

我被儿子的话逗笑了，我说，你想得倒远哩。

儿子那天最后决定：我看我们把它放了吧，让它还回水里活下去，说不定它还能生后代哩！我沉默了一刹，我望着儿子嘴唇上的那些茸毛，觉得儿子是长大了。他已经敢于自己做出一些他认为正确的决定了。

放生那日，天下着细雨，儿子把元鱼装进一个网袋，和他妈妈一起去了一趟卧龙岗，把那只元鱼放进了诸葛亮茅庐前的卧龙湖中。儿子回来对我描述放生时的情景：我们把它放进湖中时，它停了一刹，仿佛是在向我们表示感谢，然后就向水的深处游走了……

我看着儿子脸上的笑容，忽然想起了从电视上看到的一个画面：十几个美国人把搁浅在沙滩上的一头鲸鱼又推入水中，他们见鲸鱼向大海深处游去时，脸上浮现的也是这种笑容。

看来，世界上懂得放生的人已经很多，而且放生之后的人，都会体验到一种快乐。

也许，对每一个珍惜生命的人，大自然母亲都会把欢乐奖给他们一份。

背弃田野

对于田野，我知道我不该背弃。

我童年的大部分时光，是在田野里度过的。那时，母亲去田野里干活，总要把我背上。母亲告诉我，最初，我只会在田头上爬，爬得浑身是土；稍大一点，我能在田埂上趔趄着走，常常摔倒在犁沟里；到后来，我就可以自由自在地在田野里跑了，直到我长成一个又黑又胖的小子。

是在田野里，我熟识了小麦、大麦、荞麦、绿豆、黄豆、黑豆等农作物；是在田野里，我知道了犁、耙、播、种、收的种庄稼程序；是在田野里，我懂得了保墒、干旱、套种、板结这些农业术语。田野，是帮我认识这个世界的第一位老师。

四季的田野都给过我恩泽。

春天的田野像一个穿青着翠的姑娘，使得我常常扑到她的身上。草是青的，树是青的，菜是青的，庄稼是青的，青得让人心里舒展、快活。少时的我常在春天的田野里玩闹，在田头的草地上同伙伴们赛跑、摔跤，在堤畔沟堰上寻找白的、红的野花，在草茎、菜梗上去捉黄的、黑的蝴蝶，再就是抹着鼻涕疯笑。

夏天的田野像一个热闹的舞台，引得我总想挤到前边去瞧。青蛙在跳，蝈蝈在叫，蟋蟀翻着筋斗，蚯蚓伸着懒腰，炸梨鸟在飞，叫天子在笑。我和伙伴们赤条条跳进田头的水渠、河沟里，还会惊得鱼跃。一拃长的草鱼，会在你的腿间窜来碰去，有时干脆会撞上你的小鸡鸡，弄得我们又痒又酥忍不住笑弯了腰。

秋天的田野像一个端着大盘喷香吃食的妈妈，我曾从她的盘子里取过许多吃食。饿了，扒红薯吃，拔萝卜吃，烧起一堆火烤苞谷穗吃；渴了，摘野甜瓜吃，找羊奶豆吃，折高粱里边的甜秆当甘蔗吃，反正一切都是现成的。儿时的秋天，我们一伙孩子，常常在田野里吃得腆着肚子往家里晃。

冬天的田野像一个广场，无遮无拦十分空阔，这便是逮兔子的好时候。尤其是落雪之后，我跟在拿着猎枪的大人们的身边，在平展展的旷野上搜索前进，曾收获了多少欢笑和快乐呵。

但我还是决定背弃田野！

促使我做出决定的最初原因，是二十世纪六十年代初的那场饥饿。当我捂着空瘪难受的肚子在田野寻找野菜而不得时，我对田野产生了真正的愤恨：这个懒蛋，你为什么就不能多产点粮食多长点野菜？虽然后来我明白了，造成饥饿的主要责任不在田野身上，但我和她的感情已经疏离，对田野的爱已经消失。这之后是我中学毕业的回乡劳动，当我走进田野，看见赤膊劳作的农人和农人们身上那晶亮滚圆的汗粒，看见农人们侍弄庄稼出苗、拔节、开花、成熟的那份烦琐和疲累,看见农人们被风、霜、旱、涝、雹捏碎丰收希望之后的那份伤心和苦痛,我害怕了。

于是,本来应该忠心侍奉田野的我,违了最初的誓言,通过当兵走进了城市,背弃了曾给过我恩泽的田野,不再关心田野里的事情,包括她的受淹和干渴。

走进城市之后我才知道,背弃田野的并不只我一个。更多的曾经受恩于田野的人,也在对田野进行背弃甚至进行着折磨。这种背弃和折磨的表现之一便是无限度地切割她的身体缩小她的面积。不断地在田野里增加村子的数量,不断地在田野里建设新的工厂,城镇边缘不断向田野里推移,使得田野的面积持续地减少,有些地方已经听得见田野因为这种切割而起的哭声。

其次便是向她抛掷垃圾。城市的垃圾开始向田野里倒,火车上的垃圾向田野里抛,工厂的污水向田野里流,一些剧毒农药在向田野里洒,城市上空空气中的有害物质在向田野里落。田野的裙裾上已染了一片又一片污迹。

再就是肆意改变她的容貌。这儿本来是一片绿树,偏要砍掉;那儿原是一片草地,偏要垦殖;此处本是产麦子的宝地,改种水稻;彼处原有一条小河,令其改道。使得田野的天然美在一点一点消失。

背弃会招来惩罚。

我现在常常猜测:田野将会怎样惩罚我这个背弃者?最可能的惩罚是,当我走完生命的途程转而求她收留我时,她会抓来一把含满垃圾和化学毒药的土粒埋住我。

我为自己的这个猜测打个寒噤。

对那些背弃折磨她的大批人她将怎样惩罚?

是让她原来涌流着的奶水日渐减少而制造饥饿？是在她的乳汁中悄悄掺上毒素进行慢性毒杀？是彻底给人类断奶从而让她自己也回复到洪荒状态？

无从知道。

癸酉年自白

我 1952 年走进这个世界，至今已四十一载。我估摸我的日子已送走了大半。回首过去的时光，觉得应该有番自白。

我第一件想说的事：1960 年春末饿极时，我曾去生产队的麦地里偷扯过没长熟的麦穗，回来在火上一烧，搓下麦粒吃。其中一次是在一个下着雨的傍晚，身个很小的我拎个小筐惊惊慌慌地走进麦田，雨点打在麦叶上的响声令我胆战，我唯恐被看护麦田的生产队干部发现。那晚的经历至今仍留在我的记忆里，使得我如今只要一在傍晚时分看见麦田就想起了那个傍晚，就听到了那晚的风声雨声，就重新体验到了那种胆战心惊。

我一直在为没钱苦恼。钱这个东西对我的折磨实在太长久。上初中那两年，每月回家拿伙食费，有时只能拿到五毛钱。有一次，我的一个同学在小镇的饭馆里请我吃了两毛钱一碗放有牛肉的胡辣汤，我觉得那真是世上最好吃的东西，我对那位同学满是感激。我是1982年才见过存折的，也就是活到了三十岁才能进银行存点钱。我调到济南军区政治部后，因为家里负担太重还需要借钱。我至今还记得那时找人借钱时的那份屈辱和难堪。有两件事已经永远地留在了我的脑子里：我结婚时，房间里只放了一个用两块钱买的包装箱；我有儿子时他的尿布舍不得扔掉，托人从济南捎回南阳老家。我渴望过一种不再受钱折磨的生活。也就是近两年，我的日子才算好过一点。

我的自尊心特强，而且伴着严重的自卑。这可能是从下层社会走来的人的通病。我最怕被人轻视，谁轻视了我，我总要发誓超过他，要让他重新认识我，虽然有时并不能如愿。对看重我的人，我愿拼死为他出力，把心掏给他。我最讨厌那种自高自大自以为不得了的人，这世界上没有不得了的人，谁都有可能被超越。我很少看不起人，这可能是自卑在起作用，我总觉得我是个平庸的家伙，任何人都可能比我强。

我害怕的东西很多。我怕高，不愿登高，医生说这是“恐高症”。修理电灯，桌子上再放一个椅子，我登上去就有些害怕。1984年在西安求学时，同班的人大都去登了华山，可我没去，我不敢。我缺乏冒险精神。我惧怕车祸。我每次坐车，不管是火车、汽车还是三轮车，我都时刻担心会出车祸。我每次离开济南的宿舍时，都把东西简单整理一下，以便家人日后来整理遗物。我认为当代社会，人的生命并不掌握在个人手里，而握在驾驶员手中。我害怕看人打架，不管谁打谁，不管谁胜谁负，我听见人的肉体被击打时就害怕。我这辈子没同人打过架，读初中时，一个同学把我新买的一顶布帽的帽檐弄折了，我非常心疼，气得上前把他头上的布帽也抓下来揉了揉扔到地上，这是唯一的一次对他人的攻击行动。

我见不得别人流泪。别人一流泪我就也想陪着流泪。村上人送葬，死者的亲友们还没开始哭，我先已泪盈在眶了。我听不得穷人尤其是女人们诉说苦难，她们一诉势必弄得我泪流满面。我常常为电影、小说、戏剧中的人物流泪，看一些电影，别人还没怎么感动，我却已经唏嘘不止了。1985 年去老山前线采访，男兵女兵们一讲述战友们牺牲、负伤的情况，讲述人还很平静，我已经要擦眼泪。1991 年春末夏初，姜文来南阳谈一个剧本改编，让我讲起老山前线的见闻时，我竟然又流了泪。我对自己的这个毛病非常痛恨，很想让自己的心肠硬起来，但没有办法，我估计是我的泪囊有毛病，里边的泪水太多。

我口拙，不善言辞。如果是熟人，是好朋友，是同行，我谈话还能自如；如果是生人，我会感到窘迫。我讨厌夸夸其谈的人，我尤其讨厌那些得意忘形、自视甚高、旁若无人吹大话的人。

我重视名声。我一旦对别人应诺了什么，我就一定想法去兑现；我宁可在经济上遭受损失，也不愿让别人说我不仗义。

我认为人身上的兽性还太多，人在折磨同类时会用许多很可怕的方法。我痛恨那些折磨别人的人，不管他是用权、用钱还是用气力。我把人们平安相处作为我的社会理想。

我希望人们办任何事时都往二百年之后想想。二百年之后,我们现在活着的人在哪里?不都完了,消失了?干吗非要去斤斤计较不可?干吗非要去你死我活不可?干吗非要去互相仇视不可?我们最后都将栖息在一起,栖息到土里,争什么哩?斗什么呢?

我好急躁,一件事不办完我总爱放在心上,睡不好觉。如果明天出发,我今晚就容易失眠。如果我决定买一件东西,我就想立刻去办,办不成就会六神不安。

我常常对自己的记忆力发生怀疑。写完信明明是装对了信封,临到邮局时我还要抽出来看看,唯恐装错了信封。煤气灶明明是关了,我总还要去检查几次。出门时明明把门锁了,下楼后还想再回去推推门试试锁上没有。

我认为人类有末日,而且这个末日是人自己制造的。总有一天,人会用自己的双手把地球弄得不适宜人类居住,最后走向灭亡。我相信那种假说:地球在过去曾有过类似今天的文明,后来被毁了。

我认为女人与男人相比,女人身上的好处、长处更多一些。她们身上的善良、宽容、忍耐等优点让我感动,我愿意歌颂她们,关心她们,帮助她们。我不愿把她们写得太坏。

我有胃炎,它已经折磨我不短的时间了,要不我会胖些的。我刚当兵时,黑胖黑胖,那时的照片与现在的照片简直判若两人。我抱怨上天，既然让人的胃每天都要工作几次，当初就应该把它造得结实些。我一直幻想，什么时候在人的肚子上装个拉链就好了，肚里哪个器官有炎症，把拉链拉开，把那个器官掏出来抹点消炎粉该多方便。

我爱看电影，不管那电影拍得多么糟糕，我都可以看下去，主要是为了让自己注意力转移，不再想缠住自己的问题。我爱听豫剧，不爱看剧情，爱听唱段，那种韵律让人舒服。有时也能跟上哼几腔，但不敢当着别人的面唱。我爱听二胡独奏曲，尤其是《良宵》。我曾经学过二胡，但后来忘光了。我还爱听小提琴独奏曲《梁祝》。

我认为有恩该报，哪位老师、朋友、同事帮我做了件什么事，有恩于我，我总要想办法回报，不然心里不安。我遵循你敬我一尺，我敬你一丈的原则。

我非常渴望能住得好一点，最好有一间宽大的书房，让我在里边摆几排书架，放一个躺椅，舒舒服服地看书。

我讨厌老鼠、跳蚤、蚊子。我觉得上天当初不该造它们，它们给人带来的麻烦太多。

我认为人生最惬意的时候，是在有风的雪夜里，自己就着台灯光，围坐在温暖的被窝里读书。身边是熟睡的妻子和孩子的鼻息轻响，屋外不时传来风的怒吼和雪粒的扑打声。读累的时候，望望屋外的风和雪，想着自己此时若行进在无边的旷野里该是多么糟糕，心里会有一种带点庆幸的舒畅感。

我好遐想。不论是在干活还是在走路,不论是在读书还是在谈话,我都可能突然走神,去想一件和眼前的现实完全不相干的什么事,有时会想得很高兴很激动,有时又会想得很沮丧很伤心。

我爱吃面条。我吃过各种各样的面条,白面条、绿豆面条、红薯面条、杂面条都吃过。我一天吃三顿面条都可以,吃不够。我这几十年间可能已吃有上万斤面条了。我最爱吃的面条是糊汤面条,就是面条下好后再糊点面,放点青菜。面条是穷人家的主要吃食,我的这种饮食偏好是娘给我培养起来的,是我家乡的饮食习惯影响的。

我爱喝用清明节折下来的柳叶泡的开水,我觉得它比用茶叶沏出的茶水有味,而且这种水喝了去火,让人身上不起疖子。小时候在家,每到清明节,总要和娘一起去折些柳枝来家,晾干后捆起挂在屋檐前,喝水时捋几片柳叶下来,放进碗里,沏上,水渐渐就变成绿莹莹的了,喝一口,有一股清苦味儿,也有一点香味儿。

我爱穿素色衣服,因为它不起眼,不惹人注意。我最怕在公众场合让许多人注意自己。虽然我渴望成名,可又不喜欢被人注视。在有很多熟人在场的情况下我不愿拍照。我不愿在会议已经开始时再走入会场,因为那会引得众人来看自己。

我爱打枪。我的枪法不错,不论是冲锋枪、步枪还是手枪,我打靶的成绩都挺好。其实我当兵后训练打枪的时间并不长，打枪的机会也不多，我想我打得准可能得力于我的眼，我的双眼目前的视力还都是1.5。

我写过一封遗书。那是1985年我去老山前线采访前，我给儿子写了一封。我担心回不来，因为战场上什么事情都可能发生。我不是英雄，那封遗书中没写什么豪言壮语，只是给儿子交代了一些事情，其中有关于一点可怜的遗产之分配，他那时也才五岁。可惜这封遗书没得留下来。详细的内容已记不起了。我不知道人间最早懂得写遗书的是谁，我觉得他的这个发明很重要。有了遗书，死者闭眼前可以心安——他已对该说的事都做了说明；活着的人也可以明白该为死者再做些什么。任何一种流传开来的发明都有价值。

我知道死在逼近我，我多少有些怕它。我希望它决定带走我时不要绕很大的圈子，不要故意捉弄我，它最好是趁我不防，突然到我身边，带上就走，让我很快进入另一个世界。

我知道灾难每隔一段总要找上一个人的门，我也知道它早晚还会找上我，不管我躲到哪里，它都会找来。我恳求它的只是，看在我从未做过伤天害理的事的分上，看在我半生坎坷的分上，不要给我太重的打击；或者是把一个很重的打击分成几次进行，以让我能够承受。我不是一个很坚强的人，我担心过重的灾难会把我压垮。

我不怕失败，可我怕失败后别人的幸灾乐祸。人幸灾乐祸时的那副嘴脸真是难看。不过那没有什么了不起，我会爬起来，我会摇摇晃晃站起身，我会再向胜利挪近，直到我把胜利攥到手里。

我敬畏时间。时间能让人把不该忘的东西忘记，时间能让熟识的人互不相识，时间能让男人长不愿长的胡须，时间能让女人生不愿生的皱纹，时间能把人变成痴呆，时间能把人的腰变弯。人快乐的时候，它会缩得很短；人痛苦的时候，它又会伸得很长。我无金钱去贿赂时间，我知道它不会答应在我身边停留，我希望它的只是，在我写一部作品还未写完而原来给我的时间却已尽时，最好能稍稍延长一点，别让我生出留下半部遗作的遗憾。

我喜欢看那些偎在母亲怀中的孩子，不管是男孩还是女孩。看见他们我心里会有一种舒畅感。不过看见他们时我也会有一种惊奇：为什么同是这样可爱的小东西，长大后有的会成凶手、强盗、荡妇，而有的则成为学人、工匠、淑女。我一直幻想，要是有一种神秘的鉴别器就好了，预先就把可能成为社会渣滓的孩子鉴别出来，不让他们长大，免得以后为追捕一个凶手费尽了力气。

我现在有一个儿子，我还希望有一个女儿，可惜按照计划生育政策我不能再要女儿了。我觉得最好的家庭结构应该是一对夫妻有一子一女，这样，孩子们将来长大好有个照应，大人也可享受儿女双全的乐趣。就我内心来说，我不仅想有个儿媳，当一个公公；我还想有个女婿，去尝尝当岳父的滋味。

回望来路

人走路差不多都有回头一望的时候，很少有人走路双眼一直向前从不回首。这种回首一望的习惯大约是人为了记住自己的来路以便日后回撤，是一种自我保护的需要。

作为一个走进山东省城济南的城里人，我也常常回望自己的来路。我发现我的来路蜿蜒曲折，许多拐弯的地方须要用心记住。

我走进济南前在山东泰安当一名连级军官。新华社驻济南军区记者站的一位记者刚好在我的部队里代职，他觉得我是一个写机关公文的料子，遂把我调到了济南。没有他，也许我仍在泰安当一名军官，也许我已经转业，反正不能像今天这样坐在济南的家里写作。这一次拐弯让我明白，一个人可以对另一个人的命运产生巨大的影响。

我做军官之前在山东肥城当兵。士兵和军官之间隔着一条很宽的沟，跃过这条沟是我的愿望，可惜没有这种飞身一跃的时机。后来机会总算让我等到了，上级一位首长要来听战士讲解柳宗元的《封建论》，我被指定做这次讲解，我竭尽全力做了准备。我那天讲得很成功，那位姓王的首长听罢就表态：这样的兵应该提拔起来！于是不久后我当了排长，告别了士兵生活。这段经历使我懂得：人一生不要错过任何一个可以改变你命运的机会。

当兵之前我在河南邓县三中读书。我在三中差不多读完了初中，度过了“文化大革命”的最初岁月，又断续地读了两年制的高中。那时高中毕业后没有大学可上，只有回乡种地一种可能。作为农民的儿子我深知种田人的全部辛苦，所以我决定逃跑——逃离家乡。那个时代逃离家乡的最佳办法是当兵，于是我就去接兵站报了名。当火车载着我向山东飞驰时，我开始庆幸：用逃离之法有时也可以拒绝命运原先的安排。

读书之前我在构林周庄度过我的童年。周庄是被两条大渠夹持着的平原上的一个村庄，当时只有百多户人家。这个不大的村落是我生命的第一个栖息地。我的童年虽然时有饥饿来干扰，但照样有五彩缤纷的乐趣。我和我的伙伴们下塘用双手摸鱼，在夏天的中午借树丛的掩护去瓜园里偷吃黄瓜和甜瓜，在翠绿的草地上玩踢鞋楼的游戏……这种痛快的玩耍没有持续多久，我六岁多就被父母送进了学校，开始了有忧有虑的生活。人早投入有忧虑的生活会早生皱纹但也可以早一天成熟，我没有因此抱怨父母。

周庄是我的诞生地，但不是我们周姓人祖宗的居住地。我们村庄的周姓人和附近的老户周村的周姓人一样，全都是从山西洪洞县大槐树下迁移而来的。据说我们的祖爷和祖奶所以在迁徙的途中在邓县这个地方停下了脚步，是因为我们的祖爷有一天吃罢饭后随手把筷子往地上一插，几天后那筷子竟发出了青芽，于是祖爷认为这是一块可以养育后代的地方而决心留了下来。我很感谢历史上那次巨大的人口迁移，要不然我今天也可能生活在水贵如油的黄土高原，不断地去承受缺水之苦。这使我更清楚地感受到：祖先们对生活的任何一种选择都可能给后代带来影响。而我们也是后人们的祖先，我们今天要做什么不做什么都该考虑到我们的后代。

山西的洪洞县只是我们周姓祖先在农耕文化时期的居住地，原始的周姓部落的聚居地据说是在濒临黄河的今天已经绝迹的一处森林里。那时候，周姓部落的人靠群猎谋生，人们常拿着石质武器去猎获动物。他们在离开部落营地前去打猎的途中，不时要回首望望来路，以便返回时顺利找到营地。我今天这种回望来路的做法，大约就来源于祖先们的这种习惯。

我们如今居住在城里的穿红着绿衣饰整洁的城市人，倘若都能朝自己的来路望望，可能就会发现自己和这世界上的许多人原来都来自同一个地方，就可能对邻人对乡下人对他人生出一种新的感情：理解、同情和宽容……

在乡间

我来到这个世界上时，二十世纪已经过去了五十二年；在中国的土地上持续了多年的战争也终于平息下来。这个世纪送给我童年的礼物，除了社会的安定之外，还有贫穷和艰难。所以我很小就学会了割草、拾柴、放羊和剜菜。这诸种活儿给幼小的我带来过苦累，也带来过很多的乐趣，我对田野、对草地、对树林、对大自然的深爱之情就是从那时建立的。

我六岁半开始进乡村小学读书。我就读的那所小学叫河湾小学，河湾小学的校舍被一条名叫柳丰的弯弯的小河环抱着，半床清澈河水的浅唱伴着我和同学们整日的读书声。那时疟疾还在乡间肆行，我记得我常常被疟疾击倒，盖几床被子睡在阳光下的山墙旁还依然抖个不停。“打摆子”过后我常常无力行走，但受尽了不识字之苦的父母总鼓励我坚持上学，病后的我有时被父亲背送到学校，有时则是让也在小学读书的一个远房姑姑背着我到校。那位远房姑姑长我七八岁，她上学晚，年龄大力气也大，我至今还记得把双手环在她的脖子里把头搁放在她肩上的那种摇摇晃晃的舒服之感。愧疚的是当我成年之后，我很少再去看望这位嫁在邻村的远房姑姑。

家境的窘迫使我知道我必须把书读好，不然就会愧对父母。我的语文和算术成绩一直不错，我当过班里的学习委员。我的一些作业本都是学校奖励的，这些小小的奖励不仅多少减去了我家庭的一点负担，而且给了我能学习好的自信和勇气。我把那些印有“奖品”二字的作业本保存到当兵之前。

我是一个胆小的孩子，我不知道是什么原因造成了我的这一脾性。我害怕看打架的场面，一旦看见有人捋袖要打架，我总是赶紧避远。有时因为做什么游戏惹怒了别的同学，每当他们开口辱骂或是伸拳要打时，我总是吓得要哭。我小时候虽然也胖但力气不大，我想我的懦弱可能与气力不大有点关系。当然，我的内心里也很要强，每当受了别人欺负的时候，我总在心里说：咱们等到考试时再说吧，我的考试成绩一定要压过你！

我小时候的肤色很黑，即使今天也不白。娘说我小时候在水塘里洗了澡再经阳光一晒，浑身黑亮黑亮。村里的几位远房爷爷常叫我“黑胖”。每当我吃饱了饭把黑亮的肚子腆起时，那些爷爷见了不是用手指弹我的肚子就是用烟袋锅敲我的肚子。我小时候很能吃，晌午饭吃三碗面条，下塘洗了澡上来还能再喝一碗。几碗面条把我的肚子撑得好高，走起路来总是一晃一晃。我小时候一直被“饿”这个家伙死死缠着，白馍面条、胡辣汤、饺子、“锅出溜”这些饭食一直诱惑着我。我那时常心存一个愿望：如果我日后学成当了官，一定要好好吃几顿白馍！

我的爷爷和外婆在我出生前都已过世，奶奶和外爷是在我读小学时先后死的。对奶奶和外爷的面相我已记不清楚，但他们给我做好吃的东西的事儿还留在我的记忆里。我记得奶奶总把特意为我保存的白馍掰碎泡进开水碗里，而后在碗里撒点盐倒一滴香油让我吃，这种叫“馍花”的加餐已经永久地留到了我的脑子中。外爷虽是个男子汉，但他做“锅出溜”的手艺很好，我认为他做的“锅出溜”是我此生吃过的最好吃的东西。

因为我是长子，父母对我很是溺爱，打我的次数不多，但也有过。我记得较清的一次是父亲用脚踢我，是当着众人踢的而且踢得很疼，那次为了反抗也为了报复，我在家里那张方桌的桌撑上拴了一截麻绳，而后对娘申明我要上吊而死，娘又气又好笑地用剪子把那截麻绳剪了。

我十岁半那年结束了初小的学习并考上了高级完小。高级完小在离家六里的构林镇上。我是在秋天的一个艳阳高照的上午背着一个用花布缝成的书包和几个杂面馍去构林高小报名的。从此，我的又一段生活开始了。

在构林

构林是一个不大的镇子，位于宛襄公路的中段。古时候它是一个驿站，在很长的冷兵器时代，拥有寨河和寨墙的它曾是这条通道上的一个关口，所以它又称构林关。

我在构林镇读完了高小、初中和高中。在我求学的这段日子里，构林镇萧条得可怜。两条不长的街呈十字形摊开，街上的店铺十分稀少，我记得有一个百货店、两个土产杂品店、两个饭馆、一家照相馆、一个邮电所和一个粮管所，还有一个很少开门的戏院。但就这样一个世界也令我十分新奇，它比我住的村庄和我们那个河湾小学，要大得多，也热闹得多了。

我们的学校在镇南边，高小在西，中学在东，两校只隔了一条并无多少水的小河。我读高小时不住校，每天早上天不亮就起床，喊上同村的同学一起往六里外的学校走。每天下午放学后，再步行回家。中午带点干粮和捣碎的咸辣椒在学校里吃。干粮就是娘用最好的红薯干碾成面后给我烙的饼，那种饼很黑，凉了以后好硬，好在学校的教师食堂有一个工友专门负责给学生用笼屉把干粮再蒸热，还负责供应开水。每天上午的第二节课结束以后，带干粮的同学们就把自己带的干粮送到伙房放进笼屉里去，为了防止弄混，同学们要么是把自己的饼子装在一个小布袋放到笼屉上蒸，要么是用一根刻有姓名的筷子把饼子串成一串放到笼屉上。我常常采用的是后者。就是这种吃法败坏了我对饼的胃口，使我此后再看见饼，不管它是用什么面做的，心里就难受就无吃它的兴致。

在高小的两年里，给我印象最深的教师是教我语文的两位班主任，一位叫范荣群，一位叫郑恒奇。两位教师都经常鼓励说我的作文写得好，在作文评讲的时候，还常对班里的同学们念念我的作文，五一节、国庆节学校出特刊，两位教师总把我的作文荐到特刊上发表——就是用墨笔抄在大白纸上贴到墙上。这些小小的表扬和看重，满足了我的荣誉心也刺激了我学习语文的兴趣。我除了完成规定的语文作业以外，还抽空写一些作文，这些作文的内容我已经记不起了，但它们大概是我最早的散文写作练习。也就是从这个时候起，我开始读课外书——小说，我读得最早的小说是《高玉宝》，这本自传体小说曾让我着迷了好长一段日子。

升入初中之后我开始住校。娘给我缝了一床大被子，爹用麦秸给我织了一个铺床的稿荐外加一领高粱秸席，我就这样睡进了那个容纳四十个男生的大寝室。冬天的寝室里放一个大木尿桶，半夜里我常被哗哗的撒尿声惊醒，所幸我那时正是贪睡的年纪，这响声并不妨碍我很快又沉入梦乡。

住校后的吃饭成了大问题，三顿饭都吃干粮显然不行，但三顿饭都在学校食堂买着吃家里又拿不出这部分钱。爹娘先是让我在学校附近一家亲戚家吃,后来又让我自己单独做。爹给我买了一口小锅,在学校旁边的一个村子里找了一个熟人,让我在他家的灶屋里用几块土坯把锅支起来,爹每隔两三天给我送来一点柴火、一点娘预先擀好的面条、一点苞谷糁和洗净的红薯。我的做饭手艺就是在这段日子锻炼成的。但我实在不愿自己动手做饭,一则是懒一则是自己做的饭太不好吃。后来总算有了一个办法:学校近处一个孤独的老汉愿意为我们这些吃不起学生食堂的远乡孩子做饭,不收任何钱,条件是管他吃饭,每个学生家里每个月多送四斤面来。于是我们一共十二个远乡同学凑在一起吃饭。这段搭伙吃饭的日子留给我最深的记忆是唯恐自己吃不饱。老人每顿把饭一做好,我们十二个人就围了上去,争着去先盛饭,唯恐别人吃得多自己吃得少。饭盛到碗里以后,大家谁也不说话,只一个劲呼呼地喝,十二个人吞起面条来真像刮风一样,为了抢在别人前头多吃一碗,有时嘴里都烫出了泡。

我们这所中学里有一个藏书几万册的图书馆,还有一个不错的阅览室。这两处地方加浓了我对写作和文学的兴趣。我常到学校的阅览室里去看各种各样的文学杂志,我最爱读的是《奔流》。我有一个借书证,我用它从图书馆里借来了《一千零一夜》《青春之歌》《战火中的青春》《长城烟尘》《红岩》《林海雪原》《敌后武工队》《红旗谱》等一大批小说,这些小说把我领进了一个个新奇的世界。我对作家的敬佩就是在这时候生出的,"我要能写一本书那该多好"的企望就是在这当儿像豆芽一样从心里拱了出来。

不幸的是"文化大革命"开始了,这场"革命"把我那个刚刚出芽的愿望一下子砸断,大批的作家被划为黑五类让我感到了当作家的可怕。这场"革命"给我的唯一好处是让我外出串联了两次：一次是坐车，我到了武汉，到了株洲，到了南京，到了郑州；一次是步行，沿襄樊、荆门、荆州、沙市、公安、益阳、湘阴这条路走到了韶山。后来又到了长沙和上海。这两次串联让我大开了眼界，让我知道了外面的世界原来很大。

学校完全“停课闹革命”之后，我曾经回家干了一段时间的农活。在干农活的单调时光里，我读了浩然的长篇小说《艳阳天》，这是在当时唯一可以找到的小说。这部小说的思想和艺术价值不管今天怎么评价，但在当时它确实深深地吸引了我，萧长春这个书中的人物是那样鲜活地站在我的面前，他使我再一次感到了小说这个东西的奇妙。原来被砸断的那个想写一本书的嫩芽，又一点一点地从心里挺了起来。

复课闹“革命”之后我被贫下中农推荐上了高中。但这时我的家已经更穷，每星期去学校时能拿到五毛钱都属不易，穷困使我迫切地想离开农村。况且这时的高中已经学不到什么东西，我们常常被派下去学农，我曾到拖拉机站，跟随开拖拉机的师傅们下乡学开东方红链轨式拖拉机犁地。我渐渐看明白，这辈子要想不当农民，靠上学读书是不行了，必须另想法子。恰好，1970 年 12 月，山东的一个部队来小镇招兵，我报名后，因身高一米七八可当篮球队员而被顺利批准。12 月下旬的一个早晨，我们这些新兵坐上了汽车，我的军旅生涯随着汽车在寒风中的启动而开始了。

这段小镇上的求学生活和对文学的最初向往，为我今后以操作文字写小说为生打下了最早的基石……

夏夜听书

少时，夏夜里最有趣的事儿，莫过于听大鼓书。

农人们收完麦种罢秋之后，夜晚天热一时睡不着，便要请附近的鼓书艺人来说段书热闹。说书人一来，大伙儿拿把蒲扇拎个小凳往月亮下一坐，静听说书人说一段或喜或悲的古时故事，也算一种享受。

在我们那一带村子中，最有名的大鼓书艺人要数秀成。秀成姓冯，那时有四十来岁，口才极好，鼓的敲法也与寻常艺人不同，逢他来说书，村中很少有人不去听的。

村中夏夜说书通常都在老碾盘旁的大空场上，那个长满葛麻草的空场足够坐几百人。哪天晚上秀成要来说书，一般都有前兆，这前兆就是村上有人拎一个口袋，挨家挨户收苞谷。每家人不管人口多少，一律用吃饭的碗舀一碗苞谷粒出来倒进那个口袋，这收起来的苞谷是给秀成的酬劳。村上不管平日多么抠门的人家，舀这碗苞谷时都很痛快，因为这碗苞谷立马就会换回一阵享受哩。

我们这些孩子，一见有人收苞谷，就知道晚上秀成要来说书了，于是就催娘早做晚饭，而且在天还不黑时就搬了家中的凳子去老碾盘前占位置，那位置当然是离秀成放鼓的地方越近越好。我那年月去占位置时，除了搬凳子之外，还总要抱一领苇席铺在凳子前的草地上。我爱坐在苇席上听书，听累了的时候，就把头枕在娘的腿上或半倚在娘的身上听。

占罢位置之后，我们就奔回去急急地吃晚饭。唯有这些晚上，各家的大人不需喊孩子回家吃饭，因为都已早早地围在了锅台前。呼噜噜吞完娘给盛上的面条或稀粥，手上捏个馍就又往老碾盘前跑。

先到的全是我们这些孩子。大伙儿互相品评着谁占的位置好，也有人学秀成的腔调说上几句，惹得大家一齐疯笑。大人们这时也打着饱嗝三三两两地来了，一阵“吃了没？”“吃了！”的寒暄过后，就各个在自家孩子所占的位置上坐下。有些光棍汉没人给他们占位置，他们就拎着小凳往前挤，于是就引来抗议，可他们照样嬉皮笑脸地往空隙里插，有的还朝按辈数可以开玩笑的女人身上捏一把，引来一阵笑骂。

当人们黑压压坐齐时，秀成便由村干部们陪着向空场上走来。秀成抱着他那面圆鼓，其余的鼓架、鼓槌、书桌、茶壶、椅子，则由村干部们拿着。这时人们都静下来，默看秀成摆放他的说书家什。一待摆放齐毕，秀成喝一口水，清一下嗓子，啪地用惊堂木在小桌上一拍，双手抱拳四下里一揖说道：列位听官，今夜里由不才秀成为诸位说个段子解解闷儿，说得好不求鼓掌，说得坏则求宽谅，今晚书说瓦岗寨——他说到这儿拉一个长腔，接着就操起鼓槌敲了起来。人们就在这鼓声中惬意地倾起了耳朵;有时,月亮也在鼓声中探出头来,看这一场子聚精会神的听客。

秀成说的鼓书内容大致可分两类,一类是武打的,如“赤壁大战”“杨家将”“林冲上山”等;一类是言情的,如“西厢记”“樊梨花”“守寒窑”“闹洞房”等。这两类我都爱听。他所说的许多故事和人物都深深印在了我的脑子里,至今我还能背出他形容一个侠士腾空飞檐情状的词语:只见他两膀一耸,双脚一拧,使一个聚气吹灯、旱地拔葱的姿势,只听“嗖”的一声,如蝙蝠过耳、燕子掠空,唰一下站在了房脊上……

秀成用他那张巧嘴和那柄鼓槌,把我带进了一个又一个神奇的故事中。我常常忘了月亮,忘了星星,忘了夜风,完全沉浸在他所渲染的砍杀搏斗里,沉浸在他所讲述的悲欢离合中。

当然,有时实在是困极了,我会在不知不觉中睡熟在席子上,让娘在散场时摇摇晃晃地抱回家里。如果是这样,第二天,我就一定要找大人问明我没听上的那一段书,以让故事完整起来。

这样的夏夜已经过去许久了。

今天,我不知道那位叫秀成的鼓书艺人是不是还活着,我多想让他知道,是他说的那些鼓书,对我做了最初的文学启蒙。

那些响着秀成的鼓声的夏夜,和乡下人渴求精神享受的情景,将永远留在我的记忆中……

乡下老人

母亲已近八十岁，长住乡下老家。

老家所在的那个村子，位于南阳盆地南沿的丘陵地段上。村里除了房舍、水塘，就是高高低低的树木；村边便是沟渠和田畴。母亲喜欢这个世界，不愿意离开。

让她来城里住，总是住不了几天，就坚决要回去。母亲的理由是，我命薄，享不惯城里的福。如果坚持让她在城里住，她便总是要生病，而一回到乡下，她的病常常就好了。母亲这样解释这种现象：我是乡下人的命。

母亲不识字，对她遭遇到的一切事情，都用“命中该有”来解释。这种解释方法有一个好处，那就是面对变故时能够平静待之。

她十几岁时就遭遇了一次很大的变故，她的母亲也就是我的外婆突然病逝。面对这变故她当然要哭，可哭了几天之后，她还是抹抹眼泪起身去挑起了外婆留下的家务担子，照料妹妹也就是我的姨妈，洗衣、做饭、缝补，帮助父亲也就是我的外公照料庄稼。对这份过早降临的劳累，她没有抱怨。只有两个女儿的外公担心女儿们将来出嫁后会造成绝户，想抱养一个儿子，身为长女的她当然知道这会给她肩上的家务担子增加分量，但她还是坚决地支持了外公。当那个抱养的很小的舅舅来家之后，母亲给了他无微不至的关照。

母亲嫁到我们周家也并没有过上好日子。曾经有点富裕的我们周家，那时已经破落，家里除了几间破房子再无他物。她又开始了新的操劳。据说我出生后母亲常要把我背到身上下地干活。我记忆里关于母亲的最早的画面有三个：一个是母亲在锄地，我跟在她的身后在田垄里逮蚂蚱；一个是母亲在摘棉花，我躺在她采摘下的棉花上看天空；再一个是母亲在擀面条，我端着小木碗站在她的腿边叫肚里饿。在这些零碎的记忆片段里，母亲总在忙碌。长大以后，母亲的忙碌更给我留下了深刻印象，她的一天通常是这样过的：早晨，她先起床生火做饭，然后把饭温在锅里，再下地干活去挣工分；全家人从地里回来吃过早饭，她要刷洗锅碗瓢盆，要喂猪喂羊喂鸡喂狗，之后，又要下地干活；中午回来，她坐在树荫下稍喘一口气，就又要下灶屋做饭；下午，她仍要到田地里去干活；傍晚收工后，她通常还要在回村的路上要么拾点柴草，要么掐点野菜；她的歇息时间通常是安排在做好晚饭之后，其他家人开始端碗吃饭时，她则坐下歇息，我常听见她长吁一口气，坐在一把小木椅上缓缓摇着扇子驱赶身上的汗水，那大概是她最舒服的时候；待大家都吃完了饭，她才端起碗去吃，剩多就多吃，剩少就少吃。逢到下雨下雪的日子，照说母亲可以歇息歇息，但她照样要忙，要给我们缝衣做鞋，要磨面，要把苞谷棒上的苞米粒抠下来，要纺线，要用麦秆儿扎筐子，要用高粱的细秆做锅盖，活路多得她永远也做不完。但她从没有怀着不满去忙碌，她总是心甘情愿地去干这一切。我很少听母亲说她累，更少听见她抱怨日子苦。她认为这一切都是她命中应该干的。她常说：我不忙这一家人怎么办？人不干活那去做啥？

母亲虽不识字，但却是村里的接生婆婆。村里的好多孩子，都是她用双手接来这个世界的。哪家的媳妇到了要生的时候，男的一来叫她，她便立马停下手中的活儿，拿一把剪子笑容满面地去了。我知道她没有关于这方面的科学知识，因此总为她担着一份心，怕她接生接出问题，不过还好，一直没出什么事，凡她接的孩子，大都平安地降生了。每次接完生，主人家会给母亲两个煮熟的红鸡蛋，那一是表示喜庆，二是表示慰劳，母亲总是满脸喜色地把鸡蛋拿来给我们吃了。母亲对生命怀着一份天生的善意，就连家里养的鸡鹅牛羊猪，她都不许我们打的；哪一种家禽、家畜病了，她都很着急，忙着为它们治病；倘是其中有不治而亡的，她便很伤心；她从不看宰家禽家畜的场面，逢着家里要宰鸡杀鹅，她总躲得远远的。

母亲信神，而且信的神灵很多。每年的大年三十晚上，她要在院中摆上一个小桌，在桌上摆了馍馍和供果，点上香，以敬天神；逢年过节，她要在灶屋的锅台上摆了供品，以敬灶神；我们兄妹倘是有了病，她就在佛祖的塑像前磕头烧香，祈求佛祖保佑我们平安；若是家里出了大祸事，她一定要到武当山金顶去给祖师爷跪拜烧香。有一年我们家出了很大的祸事，我在外边奔波着企望事情能得到公正解决，母亲则冒着大雪，挎着装了供品、香表的篮子向武当山走去。武当山离我们家有一百多里路，要坐车到山下才能往上爬，平日里年轻人从山下爬到金顶都累得要命，可母亲硬是在纷飞的大雪里爬了上去拜求了祖师爷。事后想想我都害怕，万一她在那陡峭的石阶路上滑倒了可怎么办？家里那件祸事过去之后，母亲每年还都要去武当山还愿以向祖师爷表示谢意。我曾劝她不要再跑了，在家事上一向看重我的意见的母亲，唯独在这事上十分执拗，坚持着要把“愿”还完。

母亲对我们兄妹管束很松，她常说，人该长成什么样子就长成什么样子，对我们很是放任。母亲绝少打骂我们，遇到我们做了什么错事惹她生了气，她也至多是把巴掌高高扬起恐吓一下，并不把那巴掌真打到我们身上。她最常告诫我们的是三件事。第一，不说“过天话”。意思是不说那些比天还高的大话，要说一是一，说二是二，说了就要做到，别让人觉得你没信用。第二，别看不起比自己穷的人。母亲说，人穷了本已够可怜，你再看不起人家，不更伤了人家的心？母亲还说，你今儿个日子好过，难保你日后就不受穷，人前边的路都是黑的，谁也不知道自己前边会遇到啥灾啥难，人与人的穷富也可能很快就会颠倒过来。母亲在这方面为我们做出了榜样，不管穿得多么破烂身上多么脏的讨饭的人，到了我们家都会得到母亲的善待，家里再困难，她都不会让人家空手离开。第三，不要浪费东西。母亲说，这世上没有能经得起浪费挥霍的人家，家里有金山银山，也不能浪费。她特别心疼粮食，绝不许我们把吃剩下的东西扔掉，每当我们要扔掉什么吃食时，她都要说，你要扔的这点吃食，在一九六〇年就能救活一个人哩。有时锅里剩了饭，她总要我们把裤带松松，尽力把剩饭吃下去。她说，只要吃到肚里，就不算浪费。

母亲没有什么金钱意识，她从不管钱。家里的那点钱，一向由父亲来管。偶尔有人来家门上收购什么，给几毛钱在她手上,她也是立马交给父亲。家里要买布买油买盐,都是父亲去办。她从没有为钱的事和父亲和儿女们生气。她的生活标准很低,吃饱穿暖就行了。有一年她和父亲来北京,一个朋友请我们吃饭,上的菜她都没见过,她悄悄跟我说:吃饱肚子就行了,花这么多钱吃这么好干啥?家里过去穷,一般买不起猪肉羊肉,过年时买一次肉,母亲每顿只切一点,做好后,她把肉片都挑在我们碗里,坐在那儿看着我们兄妹吃,我们让她吃,她总是说:吃到你们肚里也就等于吃我肚里了。

母亲平日的活动范围,就在我们村子四周,也因此,她特别渴望了解外边的世界。她了解外边世界的主要渠道,就是看电视。我有了孩子之后,她到城里来照看孙子,最让她感到高兴的是,能天天看电视。几乎每天,她都要抱着孙子坐在电视机前看,以至于我都担心会损坏她的眼睛,但看着她那副兴致盎然的样子,又不忍心打断她。母亲看电视很少选择频道,什么频道的节目她都能看得津津有味,常常是我那尚不懂事的儿子随便按一个频道,奶孙俩就认真地看了起来。

以母亲今天的年纪,我们都不希望她再忙碌,我们都有能力养活她了,只愿她好好歇息。可她依然闲不下来,要下地摘棉花、摘绿豆、掰苞谷,要照应家里养的猪羊鸡鸭。也许正是因为她不停地劳作活动,她的身体到今天还很硬朗,还没有什么大病,还能不歇气地从村里走到六里外的镇子上。我们都希望她能活过百岁,能使家里四世同堂。母亲笑着说,只要你们不嫌我拖累你们,我就尽力活,直到人家来叫我走的那一天。

每当我和妻儿回家要走时,母亲总是站在村口,目送着我们向远处走,直到看不见我们的身影再回屋。我不论走到哪里,都能感觉到她目光的注视。我知道,母亲脚下的那块故土，永远是我们可以停靠歇息的码头；有母亲目光的牵引，我们就不会在喧闹繁华的地方迷失，我们会找到返回家园的路径。

吃甘蔗

虽然我们邓州地界不产甘蔗,可我吃甘蔗的历史却很悠久,大约从我的牙能咬动甘蔗时就开始了。甘蔗的主要来源是那些走村串户的小贩,他们肩上扛一捆甘蔗,离村边还有老远就高喊:甘蔗甜咪——我们这些孩子闻声,先是一齐围上去,望着那些甘蔗流一阵口水,而后便各个回家缠磨自己的母亲去买。母亲们被缠磨不过,一边骂着:吃,吃,是只晓得吃的货!一边去罐子里摸鸡蛋或去箱子里摸纸票。我记得那年月娘只要给我买了甘蔗,我总是吃得很慢,主要是想延长甜的时间;而且每次都是从甘蔗梢吃起,把甘蔗上最甜的部位——根部留在最后,为的是越吃越甜。

少时的我本能地追逐着甜,认为甘蔗是世界上最好的东西。

那年月,逢父亲上街赶集,我最盼望的是他能从镇街上买一根甘蔗回来。快到父亲从街上回家的时刻,我总要跑到村边去眼巴巴地望着。若是看见父亲手中未拿甘蔗,我会失望地先跑回屋里;倘是看见父亲手中拿着甘蔗,我会欢快至极地迎上前去。从父亲手中接过甘蔗,我常常并不急着吃,而是拿着它先去村中转上一圈,向伙伴们做一番炫耀。

我那时也最盼我们村子或邻近的村子里唱戏,因为一唱戏,卖甘蔗的小贩就会云集而来,我被父母牵着手在戏场上转悠,就很容易提出买一根甘蔗的要求;而且倘在戏场上碰见亲戚,他们也总要买一根甘蔗作为送给我的礼物。

我那时在心里暗暗发誓,有朝一日我有了钱,我一定要过过吃甘蔗的瘾,饱饱地吃一顿。后来我当兵提了干部发了薪金,真是实现了这个愿望。我专门去街上买了四根甘蔗,蹲在城边僻静处全部吃了下去,那天我吃得连打饱嗝,连舌头都发疼了。

这之后我的收入在不断增加,买甘蔗的钱是大大地有了,但我对吃甘蔗的兴致却越来越小。妻子知道我有吃甘蔗的爱好,有一年春节,她特意上街买了一大捆甘蔗,可我吃了半根就不想再吃了,后来又断断续续地吃了两根,竟渐渐完全忘记吃了。几个月后妻子收拾贮藏室时发现了它们,它们已经干得如柴火一样。

那天,当妻子抱着那捆变干了的甘蔗去往垃圾堆上扔时,我呆坐了许久。我忆起在久远的过去我对甘蔗的那份亲密,我为自己如今对甘蔗变得如此薄情而感到惊疑。我在想,也许随着人的年纪的增加,随着人的阅历的增多,人都会抛弃过去曾经一心追求的东西……

农家美味

我们豫西南乡下农家，日子虽然过得紧巴，但在饭菜上却独有特色，有许多是城里人根本吃不到的美味。我至今只要一想起母亲过去常给我做的那些饭食，嘴里还总要流些口水出来。

蒸槐花是母亲最拿手的一种菜。逢到槐花开的时节，娘总要拎个小筐，到门前的几棵槐树上掐些槐花下来。母亲说槐树上的花摘掉一些对树的生长发育并无妨碍。母亲把摘下的花去掉花梗，在清水里漂洗之后，拌上白面，撒上盐和各种作料，而后放到锅上蒸。在蒸的过程中，厨房甚至整个院子，都飘溢着一股浓浓的槐花香味。蒸熟之后，母亲再浇一点蒜汁一拌，盛到碗里就可以吃了。蒸槐花吃到嘴里有一股青鲜之气和独有的香味，吃下后人特别精神，传说年轻姑娘们连吃几次，连身上出的汗都是香的。

炸南瓜花是夏秋之间母亲爱做的又一种菜。我们家每年房前屋后种许多南瓜，南瓜开花时，往往开得很密，如果听任每朵花都去成瓜，那势必会分散瓜秧上的养分，结果使得每个瓜都长不大。这就需要像间庄稼苗一样掐掉一些花，这些掐下的花扔掉可惜，母亲便将它先用清水冲净，而后放在油锅里嫩嫩地一炸，出来撒些盐末儿在上边，吃起来那香味是双重的，一种是食油的香味，一种是花的香味；而且南瓜花炸出来还是一朵一朵，保持了花的原样，看上去真是令人赏心悦目。

蒸马氏菜是秋天母亲常做的又一种菜。马氏菜是野菜，田埂和庄稼地里到处都是，我不知它的学名叫啥，它的茎是圆形，极脆，一碰就断，叶很小。这种菜又称"晒不死"，你把它拔掉，在阳光下再怎样曝晒，只要一遇雨，它立刻就又活了。母亲下地干活时，总要抽空拔一些回来，先用水洗净，然后拌上面捏成条蒸，蒸出来用刀切成方块形，再拌上蒜汁，就可以吃了。这种蒸马氏菜入口也是一种青鲜之气，可以当饭吃，吃上一碗两碗都行。

烙油馍是母亲在来客时才做的一种吃食。这种东西介于饼和馍之间。做法是把白面和好，用擀面杖把面团压成饼状，在上边抹上一层香油、盐末、葱丝和茴香粉，而后再把面折起揉起一团；接下来再擀成饼状，再抹一层香油、盐末、葱丝和茴香粉，而后再折在一起，揉成团，如此反复多次。最后擀成直径一尺大小的圆饼，去锅上用文火烙熟。这种饼两面焦黄，内里有许多层，表皮吃上去又焦又酥，内里吃上去又柔又香又软，真是妙不可言。

羊肉萝卜汤是母亲在大年三十中午必做的一种过年饭。做法是先把羊肉剁成小块，和羊骨头、羊杂碎、羊血及一些羊油一起放进锅中煮，待差不多煮熟时，再把白萝卜切成麻将牌那样大小的块，加上作料和盐放进锅里熬，萝卜熟了之后就可以停火。这种汤连肉带萝卜一齐吃，喷香，能吃得人周身大汗，据说还可暖胃、壮阳、治关节疼。

人们的饮食爱好大都是自己母亲培养起来的。我的饮食爱好也是这样，母亲用这些来自田野和宅前屋后不起眼的东西做成的吃食，我一直视为最好吃的东西。如今我生活在城里，有时也应邀赴一些挺高档的宴会，每当我看见桌上的那些大鱼大肉山珍海味时，我就想起了母亲做的那些上不了菜谱、饭谱的吃食。我想，我日后如果有钱开餐馆，一定开一个“农家美味馆”，让城里人也尝尝我们乡下人常吃的东西，说不定吃这种东西反倒会长寿哩。

正 午

那是一个寻常的正午。太阳的大小和往常相同;天空如那个季节的其他日子那样稍欠明净;风仍保持着平日的劲头,只把宿舍门前那排杨树的树梢摇得左右摆动;邻近的煤炭三十二工程处工人宿舍区里的狗叫,间隔很长地响起一声两声。这就是那个中午留在我记忆里的模样。一切都显得平静安宁,我当然不会料到,那样一条讯息会在这个时刻沿着邮路到了我所在的营区。

正午的阳光被房檐挡在门口,我没有任何预感地坐在宿舍里擦拭经纬仪——其时,我正担任着测地分队的一名班长,经纬仪是我们测量大地坐标从而为炮兵提供射击诸元的仪器。我擦得很仔细,我喜欢这种能精确测出角度值的东西,我觉得它很神秘。大约在我擦拭完经纬仪的镜头转而去擦它身子的细部时,门口响起了副连长的喊声:你出来一下。

我应声出门朝他敬礼。

我有件事要和你谈谈。副连长说罢转身向营区旁边一条运煤的铁路走去。我见状急忙跟上，只是心上诧异：往常他找我们班长谈话都是在他的办公室，今天怎么要去营房外边？

我们沿着那条东西方向的铁路线向东走着，我边走边猜测着他可能和我要谈的问题：训练、内务整理、纪律？

你老家里有个未婚妻吧？副连长突然开口问了一句。

我记得当时双脚一停，脸颊倏然一热：是……有……一个……我在这猝不及防的询问中答得有些吞吐。我十二三岁的时候，仿照乡下的习俗，父母为我订了一个“媳妇”。我惊异地望着副连长，不知他何以突然问起这个来。但副连长没有理睬我的目光，又继续沿着铁路线走。我只好又迟迟疑疑地跟上去。

喜欢她吗？

我许久没有开口。我和她见面的次数极其有限，我们更无感情交流，说不上喜欢不喜欢。

身边有她的照片么？

有。

可不可以给我看看？

我不甚情愿地慢慢腾腾去衣袋里掏出一个塑料钱夹，从钱夹的里层，掏出一张她的一寸照片。在把“她”递到副连长手上时，我又看了“她”一眼，“她”在阳光下笑得有点过于灿烂。

副连长对着照片看去，他看得时间太长，我先还以为他在评判她是否漂亮，但随后我猛地辨出，他的目光里满是审视意味，这使我的心蓦然一抖，一种不祥的东西骤然升上心头。副连长，是出了什么——？

副连长没有理会我的问话，再一次扭头踏着铁路枕木迈开了步。直到走出几米之后才叹口气：是关于她的一点消息。

啥？

副连长盯住我的眼睛：你现在是一个战士，要承受住——

啥？受伤了？落水了？得病了？

她和别人……副连长说到这里扭开了脸，目光沿着铁轨跑得很远。

轰。像是手榴弹投掷时失手投到了脚前，我只觉得眼前有白光一闪，一种尖厉的呼啸声塞满了耳朵。

你看看。副连长把几张纸放到了我的手上，我看见上边盖了公社革命委员会的印章。我从那几张纸上还看见了家乡的田野，看见了河水、田埂和几只山羊，看见了她，她正沿着一条小路低头向远处走……

你怎么想？副连长的声音从遥远的地方飞过来。

也好。

也好？

我点点头。我清楚地感觉到刚才塞满耳朵的那种呼啸声已经差不多消失，一股如释重负的轻松正向四肢流去。

我想弄明白的是，你愿不愿同她断绝关系？副连长低了声问。

当然愿意。我尽量让自己的声音显得平静。

这就好办。我们会以连队的名义给公社革委会去信说明……

副连长下边的话我没有去听，我看见一列运煤的火车隆隆驶来，机车头喷出的浓烟在天空中画着含义莫名的图案。太阳已经斜过头顶，这个正午很快就要结束。随着这个正午结束的还有我的一段生活。倘不是这个正午，我的许多日子可能沿着另一条水渠向前流走。

这个正午从此便嵌进了我的记忆。二十几年间,我几次清理我的记忆之库,它都固执地站立原地,驱之不走。

它可能是想要随时提醒我:在你曲折的人生之路上,有一个转折点就发生在正午。你们多数人不是总喜欢赞美一日之始的早晨和晚霞绚丽的黄昏么,而我偏要你记住:正午也是一个重要的时辰。

中学时代

我上中学是在河南邓县三中,也就是今天的河南邓州市第三高级中学。

那时候考初中是一件颇难的事,几个人中才能考上一个。我是以优异的成绩考上三中的,而且一入学就在班上当了学习委员。

学校那时自然也教育我们要为祖国好好学习,其实不用教育,我也知道努力。那阵儿我的家境像中国大多数平民百姓一样,十分艰难,眼见得自己的学费是父母拼命干活挣来的,怎敢再贪玩?为了节省学费,给父母减轻负担,我每个学期都争取当上三好学生——三好学生新学期的书本和作业本是由学校奖励的,不需交费。

学校抓学习抓得很紧,校园里的黑板上,经常出一些疑难的数学题,谁要做出了答案谁就会受表扬。我那时争强好胜,一见难题就想先解出答案，常常在课余时间为那些难题忙碌，最后为得到老师的表扬而沾沾自喜。

学校里那时有一座藏书两万八千余册的图书馆，每个同学都可以办一个图书借阅证。我充分地利用了这个借书证，在图书馆里借阅了《长城烟尘记》《三辈儿》《播火记》《野火春风斗古城》《敌后武工队》《青春之歌》《林海雪原》等小说，大开了眼界。我那时看小说完全是为故事所吸引，看完就津津乐道地给别的同学讲述，那阵子我对写小说的人真是敬佩不已。许多年后我才知道他们原来也是一些极普通的人，并无神秘之处，也需要吃饭、睡觉、喝开水。

那时学生实行住校制，一个月允许回家一次，每天都有早自习、晚自习。我乍从小学升到初中，猛地离开家，还真是想家，夜里总做梦。大概三个多月以后，这种想家的毛病才算消去。男学生的宿舍是那种三开间的大房子，一律的木床，一个宿舍里住四五十个人。宿舍里的木床排成两排，中间有一个过道，到了晚上，过道里放上两个大木桶让大伙撒尿，那时根本不知道还有失眠这两个字，头一沾枕头就睡死过去，天大的事也不知道。

吃饭是那时最难解决的问题。学校里有食堂，但一个月要交四五元钱，我交不起这笔钱，就自己做。由父亲送来红薯、苞谷糁、柴，还有一点娘擀好的杂面条，在学校附近的尹营村找个人家，在人家的灶屋里用几块砖头支一个小铁锅，自己烧火自己煮红薯稀饭和杂面条吃。饭常做得半生不熟没滋没味，但每顿都是狼吞虎咽地吃完了。后来，随着家境的逐渐好转，我才在学校吃起了食堂。

我一升初中就下定决心，一定要考上高中，考上大学，好在日后报答含辛茹苦的父母，但时运不济，碰上了“文化大革命”。学校很快乱得一塌糊涂，我虽然趁机外出“串联”，免费去了武汉、长沙、韶山、株洲、湘潭、上海、徐州、郑州，开了眼界，但学习却耽误了下来。这期间，没法上课读书，我开始学拉二胡、学打篮球。我的二胡演奏水平渐渐提高，到后来已可以上台演出了（但不敢独奏）。打篮球的水平也升得很快，为我后来的入伍打下了基础。

1968 年下半年复课闹“革命”，我被我们村的贫下中农推荐到三中读高中。我依然想通过读书寻找出路，无奈这时的教师们早没了教书的心思，学校里也无严格的教学制度，学习时紧时松，经常到乡下学农。我利用学农的机会，到拖拉机站学会了开链轨式拖拉机，我想，如果没有别的办法，我这辈子就开拖拉机为人犁地算了。

我就在这时紧时松的学习生活里晃到了 1970 年冬天，这时，一个重要的机会向我姗姗走来了——山东部队来我们镇上招兵。我决定当兵，到外面的世界里去闯一闯，兴许能闯出一条生路来。那一年县上规定不准应届生当兵，可我决心走，幸好，来招兵的李连长喜欢打篮球的学生，他见我身高一米七八，又胖又有力气，而且球技不错，就坚决要我。最后，我背着学校，悄悄参加了体检，并最终穿上了军装。

当满载新兵的汽车启动时，我那有笑声也有辛酸，有自豪也有愧悔的中学时代便一下子结束了。

我的枕头

我最早的枕头，是娘手工缝的。娘用一块旧布缝成一个小布袋，在里边装上荞麦皮，这就算一个枕头了。枕上荞麦皮枕头的好处，就是随着你的头在枕上的移动，那些荞麦皮在枕里也相应地移动，从而使你枕着的部位，永远成为一个稍凹的坑。这枕头上不蒙枕巾，我头发上生出的油，总把枕头弄得油腻腻的。冬天枕上去，很凉。我那时虽小，也觉出这枕头不好，逢了村里有谁家娶新妇，自己去看热闹时，瞅见新郎新娘床上的花枕头，心里总不由得要生出股羡慕来。

我考上初中的时候，开始住校。因嫌荞麦皮枕头不好看，执意不往学校宿舍里带。我这时的枕头，便是自己的衣服。夏天，临睡前把自己的衣服叠起来塞到床头席下，当作枕头；冬天，就枕自己的棉裤。每年冬天的棉裤，膝盖的两侧部位，总要被我枕得亮光光的。那些年月，每每看到老师们那些绣了花呀鸟呀的枕头，就眼热得很，就常常在心里盼望：自己什么时候才能也有一个绣了花的枕头呢？

后来，我当兵到了部队。部队的枕头很轻，实际上是一块方形白布，叫包袱皮。把着装以外的衣服叠好，用这块包袱皮把它们包成长方形，晚上睡觉枕在头下，就成了一个枕头。这种枕头我枕了四年。我们连长的妻子是青岛市人，极会绣花。她给连里几个排长都绣了花枕套，有的绣的是崂山山水，有的绣的是青岛栈桥，有的绣的是鸳鸯交颈。我们这些当兵的看见那些枕套，都羡慕得直咂嘴。我那时心想，倘若日后我有了这种绣花枕头，怕会一觉睡它二十四个小时哩。

我终于也枕上绣了花的松软的枕头，是在被提升为军官之后。记得头一次发了工资，我就跑到百货商店，买了一个绣有喜鹊登枝图案的枕套和一个柔软的枕芯。我还记得当时的那个女售货员坚持说枕套要买就买一对，不单个卖。我说我还没有找到对象，买一对那个给谁枕呢？她笑了，脸也红了，她大概是个姑娘，没法回答我的问话，就破例地卖给了我一只枕套。

结婚之后，我的枕头又换了几次，枕套的布料和上边绣的花样都越来越漂亮，枕芯也越来越新奇，有带弹簧的，有泡沫塑料的，有装干菊花的。我原以为枕头越好我会睡得越甜的，却不料，随着枕头质量的变好，我睡眠的质量却越来越差了，多梦、失眠，即使入睡，也很浅，稍一惊动，就醒了。

当年，我枕着那些不像枕头的枕头，睡得那样香甜，而现在这是怎么了？

不是说好枕易眠吗？

看来，枕头只是一个外部条件，睡好睡不好，关键是看自己的生理、心态状况。自己已到了不惑之年，体内的器官和心里装的东西，都和过去不一样了。

这之后，我寻求好枕头的热情开始下降，不论再看见多么漂亮、高级、新奇的枕头，我差不多都漠然了。

靠枕头并不能获得真正的舒适和安眠。

枕头毕竟只是枕头，是来自外部的东西。

人年轻时追逐的，多是身外之物。

单相思

男女之间一方对另一方生了爱慕之意起了思念之情，而另一方根本不爱对方更不报以相应的思念，这种情况就是本文所说的单相思。

很久以来，单相思的人是要受嘲弄和挖苦的。不管是男人还是女人，一般都不愿意承认自己有过单相思的经历。

其实，这世界上经历过单相思的人很多，如果真要统计一下，那肯定是一个令人吃惊的数字。我自己估计，世上三分之二的男女都有过这种经历，只是程度有轻有重时间有长有短而已。单相思是人类感情生活中很重要的一个类别。一般成人只要仔细地去回望自己的情感历程，差不多都能发现单相思留下的痕迹。

只要是生理正常的男女，到了春心漾动的年岁，都会把目光投向周围异性中最让其心颤的一个，从而开始了暗中的思念。单相思的对象要么长相漂亮外貌上能给人美感，要么心地好有才华人很优秀。单相思者的思念有没有结果，一要看对方是不是也正好看上了自己；二要看思念的一方有没有表白的勇气和机会；三要看周围的环境适不适应那份感情的发展。单相思并不是未婚青年人的专利，那些成了家的男女，甚至老人，他们对周围特别优秀的异性，也都有可能会在暗中生出一份思念。

单相思表现了人趋美趋优的本能，是人在美的、优秀的同类面前一种正常的心理反应，不属于变态。只要单相思者不要求对方做出回应，它就不应该受到任何讽刺挖苦，更不应该受到谴责。单相思者不必为自己有了单相思而自卑自责。如果一个人见了漂亮优秀的异性心里毫无所动，根本生不出单相思，那倒是值得警惕了，是不是心理和生理上出了什么毛病？

其实，一个人拥有的单相思者越多，表明他或她美的和优秀的程度越大。一个丑的、不优秀的人，不可能拥有单相思者。

当然，单相思者要注意调适自己的心态，一旦意识到自己对异性的相思是单相思，就应该想办法尽早淡化它，不使它影响到自己的正常生活，更不能给相思对象的生活造成麻烦。它只要紧紧地被限制在人的内心世界里，它便是一种美好的东西。

我也有过单相思的体验。那是我的初恋。

大约是在我十四五岁的时候，我悄悄爱上了同校的一个女生。她引起我的思念是因为她长得很美。那姑娘的美不是那种特别抢眼的美，她的美需要你去细看才能发现，她的那双眼睛灵动娇媚，看你一眼你心里就会生出一种甜甜的东西。

我不知道她的年龄,她可能属于发育快和早的那类女孩,胸部和臀部全高得让人心惊,总抓我的眼睛。而且她会唱歌,能跳舞,善朗诵,是学校里常出头露面的人。我每次看见她,心总要莫名地一跳,脸先自红了。我和她不在一班,平日里并不在一起上课,可我老想找机会看见她,就常在课间休息时到她所在的教室附近转悠,期望能够看见她的身影。不过有时她真要向我身边走过来,我又吓得赶忙扭转了脸假装去看别的,并不敢真盯了她看。逢她上台演节目,我必是聚精会神地看,而且看得大胆,目光全在她一个人身上,想记住她身上的一切特征。她并不知道我在爱她,甚至很少留意到我,更少同我说话。

怎样才能引起她对自己的注意,成为我那时常在内心里琢磨的事情。我记得我曾幻想有五种机会让自己去接近她,使她了解我,爱上我。第一种是她在学校附近遭遇了坏人袭击,刚好让我碰上,我奋不顾身地冲上前把坏人赶走,时间最好在傍晚,她又受了伤躺在地上,当然不要伤得很重也不要伤在脸上,我于是上前弯腰把她抱在怀里,径直送到校医那里帮她包扎。这一来她肯定会对我产生好感进而爱上我……第二种是她星期六离校外出时突然得了急病,当时她身边没有别的相熟的同学,只有我,我于是上前一不做二不休就背起了她,她那阵已无力拒绝,听任我背了她向医院里走,她把头伏在我的肩上感动地说:太谢谢你了……第三种是在夏季发大水时她不小心掉进了河里,因为河水流得很急,看见她落水的同学都没敢下水,只有我不顾一切地跳下去向她身边游,我一只手从背后抓住她的衣领,另一只手划水向岸边靠,终于平安地将她救上了岸,当她仰躺在岸上苏醒过来后,她紧紧抓住我的手说:谢谢你救了我的命!……第四种是她在新学期开学时把带来的学杂费全丢了,她正在那里哀哀哭泣时我走上前说:我这儿有钱,你拿去先交上吧!她很感动,抓住我的手不停地摇着……第五种是她有一天正在公路边走,一辆汽车突然失去方向朝她轧过来,我在那千钧一发之际猛向她扑去,抱住她滚到了路边的沟里,从而使她保住了命,她起身后感动得抱住我不停地亲我……我想得很美,遗憾的是那只是些幻想,五种机会没有一个能真的出现,所以到最后我和她也没能接近。

在单相思的那段日子里,她常常能走进我的梦中。那是一些光怪陆离的梦,那些梦境今天已不可能记清,如今还能记得的,只是一些梦的碎片:一个面目狰狞的鬼怪突然出现在我们学校里,抓起我和她就飞上了云端……我和她站在一座荒无人烟的山上,四周全是绝壁,她当时吓得哇哇大哭……

单相思对我的学习也有很大的推动,它变成了一种新的动力。我暗暗发誓要好好学习,争取将来能当个公社书记,我想我只要当上了公社书记,我就有了向她求婚的资本,我将穿上一身板正的中山装,郑重其事地走到她面前说:我爱你!那个时候她大概就不会低看我了,会羞涩而高兴地说:我愿意嫁给你……

单相思也使我很注意自己的衣饰穿戴。我总是要母亲把我的衣服洗净;为了保持衣领的板挺,我在衣领上别满了曲别针;我学一个老师的样子,特意把两个套袖套在衣袖上;我没有新鞋,为了使那双旧黑布鞋看上去还像新的,我朝鞋帮上涂了墨汁……我还想办法买了一块香皂,每天早上都极认真地洗脸;而且很努力地刷牙,一心要把牙刷得比她的牙还白。

所有的单相思者,都希望最后的结局是双相思。我也不例外,没想到正当我这样向往时,一个霹雷突然在耳畔炸响:

她已经有了对象，他是一个年轻的军官。消息飞到耳边的那一刻，我惊呆了，我站在原地久久未动，连上课的钟声都没能听见。我一连两顿没有食欲吃饭；没有人知道我出了什么问题。不久之后的一天，我便亲眼看见了那个年轻的军官。他来学校看她，她灿烂地笑着送他向学校大门口走，我定定地望着他们的身影，听见了自己的心轰然碎裂的响声……

我的单相思不得不结束了。结束了这段单相思的我变得更少言语了。此后，我便把精力更多地用到读小说、打篮球和正课的学习上。我下决心此生要干出一个样子来，我一定要娶一个比她还漂亮的妻子。后来，当那个从军的机会来到时，我不顾一切地抓住了它，我想，我也要当一个军官！

我真的当上了军官，可那已经是很久以后了。军官的生活并不像我想象的那样浪漫和轻松，一连串新的问题摆在我的面前，我开始了另一种忙碌，她的面影在我的脑海里日渐淡漠。随着时光的继续流逝，她终于完全退出了我的记忆。但印痕还是留下了。

当朋友要我写写初恋的时候，她便又袅娜着由远处向我走来……

做父亲

当我的儿子呱呱喊叫着奔来这个喧嚷的人世，最初的那种做父亲的欢乐和自豪过去之后，我看到曾摆在所有父亲面前的那一串问号也移到我的眼前：你将把你的孩子养成一个于人类于社会有益的人，还是一个对人类对社会有害的人？抑或是一个对人类对社会无益也无害的人？

面对这些问号我有些惶恐。

我忽然想起，希特勒和墨索里尼也有父亲。他们的父亲，即使在阴府也无颜提起儿子的名字。

做父亲其实真不轻松！

你怎么做？我问自己。

让他懂得“爱”。我想，人只要有了一颗“爱心”，他最差也只是个平庸的人，而不会是一个有害的人。小的时候，在家里，我让他懂得爱爷爷、奶奶，爱爸、妈，爱舅舅、姑姑；进了幼儿园,我教育他要爱阿姨、爱小朋友;上学之后,让他知道要爱教师、爱同学。每当他做了帮助他人的事儿后,我都注意表扬,我要让他体验到给人帮助之后的那种快乐。

让他懂得“努力”。我想,一个人最后会不会成才于社会有益,重要的一点是看他懂不懂“努力”。我从小就给他灌输这样一种思想:世上没有一件事是不经努力可以做成的;所有事业上有成就的人,当初都曾尽过自己最大的努力。在他的学习上,我并不规定什么分数标准,只要你努力,尽了力了,考试不好也不批评,作业做错了也不训斥。但是,只要发现他胡乱应付或是抄袭别人,不仅要给予严肃的训斥,有时还忍不住要甩过去沉重的巴掌。

让他懂得“约束”。我想,世上的许多邪恶与罪恶,都是人约束不住自己欲望的结果。上幼儿园时,我要他必须遵守幼儿园的制度;上小学时,我要他必须遵守学校纪律;外出旅行,我要他必须执行乘车规定;上街,要他必须遵守交通规则。这一切,都是为了让他懂得“约束”。一个散漫放荡成习的人,不仅在事业上很难有所成就,而且极可能在自己的某一欲望得不到满足时,便不择手段去争抢,从而给他人和社会造成痛苦和苦难。

儿子还小,他的人生刚刚开始,他后边的路能不能走好,我还不知道;他最终能否成为一个于社会于人类有益的人,我还不敢保证。何况,人生中偶然的因素也委实太多。不过,我是希望他能成为一个值得我骄傲的人的。

但愿他能体恤他的父亲!

育子之路

儿子的生命开始孕育时，我和妻子分居两地，她住河南南阳，我在山东济南。那阵子我们夫妇很穷，他妈妈怀他时吃的都是寻常的饭菜，买不起什么营养品，他先天的营养也因此可能不是很足。

收到妻子即将分娩的电报，我立刻起程往家赶。那时火车的速度慢，车次又少，待我昼夜兼程地在天亮前赶到家，却见家门锁着。敲开邻居门一问，才知道妻子已被送进医院产房，而且已经生了，是个儿子。我一直悬着的心放了下来，顾不得去听邻居的道喜，怀着一腔的高兴转身就往医院里跑……

这是 1979 年 11 月 5 日的黎明。

后来我才知道，儿子准确的出生时间是 4 日的 19:30。其时，我正坐在火车上向家飞奔。

儿子生下来时，八斤重。那天早上护士把儿子抱过来后，妻子很骄傲地告诉我。

我一边欢喜地看着儿子的小脸一边很感激地握着妻子的手。她这十个月来可真是吃了很多苦头。

我很快发现，儿子的胃口很好，每次他妈给他喂奶，他总是噙住奶头就不丢了，大口大口地吞咽着，一副唯恐吃不饱的样子。每回他吃饱之后，我会抱上他在床前走上一阵，抱着自己创造出的小生命在那里踱步，心里充满了对生命奥秘的惊奇和对上帝的感激。

他们母子出院前，我回家把床重铺了一下，为了让他们母子能睡得暖和。我在床上铺了三床被褥，不料把他们接回来的当晚，把妻子热得汗流浃背把儿子热得哇哇直哭，我这才知道自己好心办了坏事，忙又把多铺的被子扯了出来。

回家不久，开始发现儿子爱哭，我们找不出他哭的理由，很是疑惑。许久之后才知道，他那是因为饿。他妈妈的奶水虽然很多，他每次吃得也不少，但那奶水属于“清水奶”，内里的营养并不多，所以他饿得很快，一饿，不会说话的他就只有哭了。可惜当时我们不明白，只觉得他是在故意闹人。

他还没有满月，我的假期就到了，只得返回部队。临走前，望着躺在床上的一对母子，我的双脚真是不想迈出屋门，无奈军纪不能违，我不能不走。从离家的那一刻起，我对儿子的牵挂就开始了。

再见到儿子是半年之后，妻子抱着他来了济南。儿子会笑会爬了，会咿咿呀呀地坐在那里说着什么，会抓起我手上的书胡乱地翻弄着。我和妻子抱着他去看了千佛山、趵突泉、大明湖和英雄山上的纪念碑，懵懵懂懂的他对一切景致都是先投以新奇的目光，紧跟着就又去关心卖冰糕和卖糖果一类的摊点了。在千佛山上的一棵树前，我给他拍下了一张很经典的照片，照片上的他两手扶着分杈的树干，双眼随意地看着一旁，目光坦然而镇静。至今，我们还把这张照片摆在他的床头柜上，好让他时时记住自己幼时的模样。就在他首次济南之行的一个中午，他把我桌上的一瓶墨水弄洒了，使得桌上床上地上都黑乌乌的，恰恰那天我在办公室为一点什么事不痛快，回家一见这样，顿时火起，上前就照他屁股上打了几掌。那是我第一次打他，看他因为疼痛和害怕哇哇哭的样子，我立马就后悔了，心疼得又去哄他。这是我们父子间的首次冲突。

他一岁的时候我回去探亲，给他买了两样玩具。记得是积木和塑料汽车，都不是高档的玩具，我那时每月的工资六十元，要养家糊口，每一毛钱都要掂量着花。可儿子很满意，玩得爱不释手。我们父子两个的感情也在这个假期里变得更加浓厚。每天半上午和半下午，我会带着他去街上卖豆腐脑的小摊上买一小碗豆腐脑给他喝，而后抱着他在南阳的街头上乱逛，满足他观察街景的爱好。假期结束他和他妈去火车站送我走时，他坚决要和我一起走，他妈不得不强行把他抱在怀里，当列车缓缓启动时，他在他妈怀里哭得透不过气来，弄得我也流下了眼泪。

1983 年我考入解放军西安政治学院读书，第二年，他和他妈妈、外祖父一起去西安看我，这时的他已经是一个壮实的小男子汉了。我们去参观华清池爬骊山时，他总是跑在最前面，还不时地扭头催我们快点。那时候他和我还都不知道，西安日后也会成为他求学的地方。1998 年秋天我送他去西安一所军队院校读书时，我问他还记不记得当年来西安的情形，他摇摇头说不记得了。我们父子两个的大学都是在西安读的，西安这座城市对我们周家着实有恩。

儿子上小学的事我过问得很少，我那时正迷在文学里，把时间都消磨在了书本中和稿纸上，孩子从入学到升级都是妻子在操心。我注意到儿子对学习挺用功，作业总是按时完成，考试成绩也不错。大约是在他上五年级时，有一天中午放学他没回来吃饭，我急忙骑上自行车去找他，最后在学校附近的一家小饭馆里找到了他，他正和他的两个同班同学坐在一张饭桌前吃着面条，一人面前还放着一瓶汽水。我问他为何不回家吃饭，他说那两个同学请他吃过冰糕喝过汽水，他今天中午用五块零花钱请他俩吃面条喝汽水算是回报。照说这没有什么不对，可我担心他养成乱花钱的毛病，还是动手打了他。儿子挨打后很委屈，质问我：为何只许你请你的朋友吃饭，不许我请我的朋友吃饭？我只能说：你还小。

儿子考进南阳市重点初中十三中学之后，我常去参加家长会。老师对他的评价不错，说他能团结同学，尊重老师，听课时聚精会神，完成作业比较认真。他这时迷上了体育，既爱长跑，又爱篮球、足球、排球和乒乓球，我给他买了篮球、足球、排球和乒乓球拍，但我不希望他真搞体育，只愿意他把其作为锻炼身体的手段。当市体校的跳远老师来专门考察他的跳远成绩时，我急忙赶去告诉老师：我的孩子不去练习跳远。为此，儿子还对我很有意见。从我家到学校要过两次大街，为了安全，我坚持要他步行，坚决不许他骑自行车上学，对此，儿子很是不满。今天看来，我的做法并不对，但当时，我不许儿子改变我的决定，显得十分武断。

他考上高中的时候，我已调来北京工作，我想把他转到北京的高中里读书。我原以为办转学很容易，就让他和妈妈拿上转学手续来了北京，没料到要转进一个好学校困难重重，眼见得别的高中新生已经开学而他上学的事还没有着落，我真是心急如焚。一个雨声淅沥的上午，在朋友的引荐下，我拿上三万块钱赞助费才算使一个学校收下了他。儿子亲眼看见我把厚厚的三沓人民币交给了学校，心里很受震动，小声跟我说：爸，我一定要好好学习！

高中是一个孩子学习上的紧要时期，也是一个孩子叛逆心最强想要独自处理自己事情的时候，我对这一阶段孩子的心理并不懂得，照样像过去那样管他，结果惹得他反感。在要不要学计算机问题上，我们父子两人发生了严重的分歧。我当时买了一台计算机用于写作，他一心想学计算机操作，我因为担心他误了学业影响日后考大学，反对他动计算机。矛盾便由此而起。他抓紧所有我不在家的机会上机操作，我只要发现就恶声训斥。我们父子两个那段日子过得都不轻松。

三年时间很快过去，高考临近了。为了保证他能考上大学，在考前的半个月我整天陪着他复习。那时高招的比例还很小，男孩子一旦考不上大学，就不得不在社会上闲逛。他也知道考不上大学对他意味着什么，压力很大，我不得不尽量说些轻松话以减轻他的精神压力。我们父子两人后来是一起骑着自行车向考场走的，他拿着笔进考场答试卷，我提着饮料和点心站在考场外等待。那是一个闷热的夏天，两天半的考试不仅使他的体重减轻，也让我瘦了几斤。这一段生活体验使我写下了中篇小说《同赴七月》。

还好，他被西安的一所军事学院录取了。这是他第一次离开父母独自生活。我和他妈妈对他应付生活的能力充满担心，他倒信心十足，要我们放心。如今，他已是大三的学生，我们的确可以放心了。每次他打电话回来，我们都能从他的话语里感受到他在逐渐变得成熟，他对国家大事的看法，他对人际关系的处理，他对家人的关心，都让我和他妈妈松了一口气:我们的孩子是真的懂事了!

他人生的路才刚开始不久,前边肯定有各种各样的风雨要他去经历,作为父亲,我希望他一切顺利。只要我活着,他就会从我这里得到祝福和无尽的爱意。

我和他妈妈都相信,他会成为一个对国家有用的人!

藏书的地方

大约不识字的父母把对书的那份敬畏传给了我，故从上小学起，我对书的珍爱就开始了。那时，娘给我做的书包虽用的是土布，式样也不好看，可我书包里的书从来都是干干净净不折角不破页的。每学期发了新书，我都要找来纸小心地另为书包个皮，以保护封面不受损坏。学期终了，我会把不用了的书整齐地摆放在家里唯一一个小桌的抽屉里。后来因为积的书多了，抽屉里放不下，我就让娘为我找来一个盛香烟的硬纸箱子，把书摆放在纸箱子里。到我当兵前，家里已有四五个盛满书的香烟箱子。为了防止这些纸箱受潮，我用砖头支起一块木板，把这些书箱子都放在木板上。当了军官有了钱后，我买的书更多了，并且有了写书的愿望，这时对书就越加珍爱了。由于当时在野战军做事，流动性大，我只好买了木箱子放书。我真正用书柜藏书是在到了济南军区工作时。我记得我当时一下子买了四个书柜，把家里放在各处的书一下子全收了进去。那年头一下子买四个书柜的人不多，所以我的举动很令我的几个同事意外。由于当时住房面积不大，拥有四个书柜后，我只能把它们分放在客厅和卧室里。就是这样，每次由外边回到宿舍，一看见它们站立在那儿，我的心里就涌上了一股巨大的满足。

从这时开始，我向往日后能有一个书房，一个专门藏书、看书、写书的地方。但这愿望在那个年头显得很奢侈，我只是想想而已。

我真正拥有自己的书房是在1990年。第一次坐在小小的书房里的感觉真是难忘，那其中有自豪、有惬意、有舒畅。哦，我到底有了一间专门放书和看书的房子，有了一个暂时忘掉世俗烦恼的空间，有了一个安安静静思索和写作的地方。

调京之后，我的住房条件有了进一步的改善，书房的面积也扩大了。遗憾的是，因为藏书增加的速度也在加快，书柜更多了，房子依旧嫌小。如今，我的书房因摆不下更多的书柜，我只好在地上堆书，一摞摞的书堆在书房里，把有限的空间弄得更小了，使得我在书房穿行时得随时小心碰倒书，用于走路的通道其实只有几十公分宽。由于拥挤，找一本书得惊动许多书的邻居，会耗费很多时间。

于是就生了新的期盼：能有一间更大的书房。我曾在电视上看见过作家李敖的书房，那间书房的宽敞令我羡慕极了。我想我将来的书房最好也能有六十到八十平方米，让我能放下二三十个书柜，使我所有的书都能分类存放；书房里能放下一个宽大的书桌，让我能摆上电脑写作并可以在桌上练习书法；书房里最好还能放下一把躺椅，供我写累的时候半躺在那儿看书；最好还能有一辆像酒店给客人送饭菜的那种小推车，让我把一些当下最需要看的书刊放在小车上，我可以推着它们到我想坐下阅读的地方。

这希望显得有些过分了。实现它肯定很难。不过想一想还是可以的，人是需要用希望来支撑自己的一种动物，有点希望不算坏事。

我一直以为，书都是写作者心血的结晶——当然，那些以赚钱为目的兑了大量水分的书不在此列——应该妥善保存，你不接触它也就罢了，你一旦把它弄到了你的手边，你就该善待它。而且只要你善待了它，它通常是会给你回报的，会多少给你一些知识、智慧和才华。人给书一个好的栖身之处，实际上是在为人类的经验和知识寻找一个存放处。社会上的图书馆，我们家庭里的书房，其实都和保存粮食的仓库一样，是我们维护正常生活不该缺少的地方。

当然，任何东西都有两面性，书房给我们提供了获取知识的方便，但同时也是囚禁我们的地方。当我们长久地在书房静心读书写作时，那模样是和囚徒一样的，只是这属自愿囚禁，是自我为了寻找更大的精神自由而甘愿进行的囚禁。

不知道世界上的第一个家庭书房是哪位人士建立的，不管是谁，我都对他怀着深深的敬意。他先于所有人知道在自己的家里应给书籍一间栖身的屋子，这是一个了不起的决定，没有对书的深爱和对精神生活的重视是不可能做到的。这也是人类进步的一个标识，作为一个后人，我对他满怀敬佩。

随着生活条件的改善，我相信我的书房会更加宽敞，我藏书的地方会更加可心，我身边的书们会得到更好的款待。

潇洒业余

我每日写作或采访六至七个小时，再睡八个小时左右的觉，再除去大约一个半小时吃饭时间，剩下的便是业余了。这业余时光的打发，除了安排一点散步之外，我通常做四类活动。

听新闻广播，看新闻联播，读报，对外部世界的发展变化做点了解。了解新闻是我的一大兴趣，这其实就是了解历史，今日的新闻明日就变成了历史，以笔耕为生的人，不理解现实不了解历史便无从下笔。为此支付一点业余时间不仅值得而且应该，况且，干这桩事其实也是一种享受，你不需要动脑筋只需要动耳动眼，带一种旁观者的态度，看和听的同时你就会觉得人世上真热闹，就仿佛看一出戏剧。

做一点简单的家务或辅导孩子学习，尽一个家庭成员应尽的义务。家庭是我们抵御人生烦恼的城堡之一，我们应该把这个城堡经营好,要不然它有时也会成为一个制造烦恼的作坊。在这方面支付时间确属必需,而且你在尽这份义务的同时也会体验到一种天伦之乐。但我得承认我这方面做得不是太好,有时是因为懒惰,有时是因为没有耐性。

同朋友、同来客交际聊天,丰富自己对人和人世的了解,聊天不仅是解除寂寞的一种办法,同时也是一种学习机会。不管聊天的对象是谁,只要有心,都可以学习到一些东西,他们或是向你诉说身上的病痛,或是向你感叹生活的艰难,或是向你讲述他的幸福,或是向你介绍一些变故,或是谈论一些世态,这都可以加深自己对人、人生和人世的了解和理解。有时没人聊天我还着急,便主动出去寻找朋友聊天,这在我也已成为一种兴趣,在聊天中还常能悟到一些深刻的东西。

看电影,读小说和其他书,尽力寻找快乐。每次看电影,我都怀着近乎过节的那种高兴,不管影片拍得多么糟糕,我都能看得津津有味。好的电影,可以给自己启发、启示;坏的电影,可以给自己警示、警告。每晚临睡前,必须读一阵小说,短的,读一篇,长的,就读一段,当然是选好的小说读,尽量节省时间。世上的小说太多,不选择就等于见物就买。

人一生就是几十年时间,而业余时间差不多占去三分之一,而且从一定意义说,人们工作其实也是为了业余。

人工作是付出,为的是在业余享受。业余时间如何打发,应该以舒服、快乐为主要标准,不必太难为自己。人工作时遇到的艰难、烦恼已经不少,业余难道不该寻点快乐?

粮篓与粮仓

我的故乡邓州，在南阳城的西南方，和湖北的襄樊地区接壤。那个地方，没有名山大川，不出金银和稀有矿产，有的只是土地——起伏很小的一望无际的农田。史书上记载，这里盛产小麦、玉米、绿豆、芝麻、红薯。照说它也该产粮食，那么平坦肥沃的土地，不长庄稼不产粮食不是偷懒？可自打我记事直到1970年我十八岁从军离开，这里的庄稼一直长得不好，粮食产量很低，分到老百姓家里的粮食很少。那个时候，乡下农家盛粮的用具，就是用麦草扎的篓子，高度和直径就在二尺左右。劳力多挣工分多分粮稍多的人家，用几个篓子盛粮；人口少的人家，一个篓子就够了。这一点盛在小篓子的粮食，怎么可能够整天在地里劳作的农民吃一年？那时，吃饱饭一直是乡下农民盼望的大事。我记得，最好的年景，一个成人一年也就能分百十斤麦子，通常，多是五六十斤。再就是一点玉米和一些红薯。那些年月，全家人只有大年初一才能吃上一次白馍，而且是每人一个；十天半月才敢吃一顿糊汤面条——汤碗里的面条屈指可数。如今我还记得，那时逢了娘要蒸馍，不知道家里细粮少的我，总要闹着让娘给蒸白馍，娘有时被我闹得没法，只好在一笼黑馍——红薯面馍里单另给我捏一个白馍。我看见后转而不再哭闹，望眼欲穿地站在锅灶前等，一直待娘把白馍递到我手上我才飞奔出门，手里拿着白馍，心里的那份高兴和快活简直无法言说。白馍拿到手里常常舍不得大口吃下去，先是闻着那特有的香味，然后才一小口一小口地吃，吃下去反而更饿——它唤起了我更大的食欲。那时，红薯是农人们的主要吃食，早晨红薯稀饭，中午蒸红薯，晚上清水里煮红薯片再少放一点盐。生产队里又不准种菜，说种菜是搞资本主义，一天三顿吃红薯，直吃得腻味透顶。村里人常常看着不大的粮篓感叹，啥时候能天天吃白面馍喝白面条就心满意足了。当时以为这只是一种渺茫的希望，没想到一进八十年代，这希望竟真实现了。

那是八十年代初的一个春天，已经当上了军官的我回乡探亲，因为知道家里白面稀缺，我特意把平时节省的粮票都带在身上，预备回家去粮店买点白面给全家人改善生活。临上火车前，我又干脆买了十斤白面装在提包里。进了家门，家里人一看我从提包里拎出了一包白面，就都笑了，说：如今这东西不缺了。娘拉我进里屋，指着一溜十来个粮篓说：看见了吧，那里边盛的全是麦子。我吃惊了，叫：这么多？爹接口道：如今田地分到各家各户，都尽心尽力地种着，亩产比过去高出许多，除了交公粮，剩下的全归自己，所以不缺吃的了。我当时手摸着篓里的麦子，长舒了一口气：我的亲人们终于可以吃饱肚子了！

在部队上工作的我，因为家里人不再缺吃的而变得心情宽舒多了，日子就在这种宽舒的心境里飞快地流逝着。去年冬天，我又一次回到了家乡，这次回家的一个重要发现是看到村人们几乎家家都拿出一间房子做粮仓，过去那种用草篓盛粮放在睡屋里的情景已很少见了。这种家用粮仓，地板都是用水泥抹的，能防老鼠；有通风口，可防粮食霉烂；门窗上有保护装置，能够防盗；远离柴草，可以防火。走进粮仓，可见仓房的中间，多是一个大囤，或是用高粱秆席圈成的茓子，用来盛放小麦；靠四周墙根，摆着一溜躺柜或麻袋，用来盛放玉米、绿豆、谷子等杂粮和薯干。走进这种家用粮仓，你会在闻到粮食香味的同时，立刻感受到农家日子的那种殷实，会让你在心里生出一种吃食无忧的放心的感觉。

由于粮仓里有了粮食，农人们的饭食也讲究了许多，如今，白馍和白面条已是家常便饭，饺子也不再是奢侈的饭食，只要想吃，立刻就可以做。一些年轻人白面吃多了，反倒又想吃红薯了，红薯竟又成了稀罕物。一向俭省从不挑剔饭食的我的父母，来我这儿小住时，也提出不想吃白面条，只想吃点大米。父母向我感叹道：如今在咱们邓州乡下，吃饭的事儿是再不用忧心了。

看来，故乡的那片土地，是真的担负起了养育栖息在它身边的儿女的责任。

但愿我的故乡人能因而更爱故土并细心地对它进行侍奉。我相信，那片土地也会更加慷慨大度，使我的父老乡亲们能变得越加富裕！

欢欢喜喜过个年

又一个阴历新年向我们姗姗走来了。

一想起过年，欢喜之情立时就充盈了心胸。过年，给我留下了多少美好的记忆。

童年时过年，最高兴的是能吃到好东西。那时，乡下农家吃的不宽裕，不过娘总能千方百计积攒一些东西以备过年用。到了腊月二十七，娘便开始洗菜、发面、剁馅；二十八这天，肉包子、菜包子、糖包子就蒸了出来。年景好时，蒸各种包子用的是白面；年景不好时，用的是黑面，不管用什么面蒸的包子，我都要吃个肚子圆。腊月二十九这天，娘开始用香油或棉油炸制各种食品，也叫“下锅”，炸油饼、油条，炸藕合、酥肉，炸麻叶、鱼块——这时我更是放开肚子吃，把一年间积下的食欲都填满。腊月三十中午，娘要熬一锅羊肉萝卜，让全家人边吃羊肉啃羊骨头边吃萝卜；下午则主要是包饺子，素馅、肉馅饺子都包出一部分，晚上的团圆饭就下饺子吃。接下来，从大年初一到初五，吃的基本上都是好东西，那真是吃得过瘾。

少年时过年，最高兴的是放鞭炮和捡鞭炮。大年三十夜里临睡觉时，总要先给娘交代：明早记住早点喊醒我。到了四更时分，娘刚拍了我一下，平日总要赖床的我便立马起身穿衣裳。穿好衣服拿了家里买的鞭炮就向大门口跑，先小小心心地擦着火柴，点燃炮捻，然后拎上鞭炮便在门前边走边听着那清脆的爆炸声。爆炸声一响，总能吸引来一群少年伙伴，大家一齐在那爆炸声中欢叫，那份高兴真是无法言表。放完自家的鞭炮，便和伙伴们留心听着别人家放，一听到响声，就马一样地向那家奔去，到那里去捡"阴死炮"——暂时不响的炮，然后再想办法把它放响。整个大年初一的凌晨和早上，就是这样在鞭炮声和笑声、叫声中度过的。

青年时过年，最高兴的是穿上一件新衣裳。这个时候知道打扮了，懂得爱美了，穿衣服总希望鲜亮时髦，过年时最大的愿望就是能穿上一件可心的衣服。大年初一早上，把新衣服穿上之后，和几个同年龄的小伙凑在一起，嘴上叼一根烟卷，互相品评着对方的衣服，然后把话题慢慢转移到姑娘们身上，不时发一声响亮的笑叫，那份快活真让人难忘。

转眼间到了中年，这个时候过年和过去不大一样了，要操心购买年货，要操心给父母寄钱，要操心给孩子买衣服，要操心给亲友买礼物，要筹划来年要办的事情，心里装的事儿实在太多。不过在办这些事的时候，心里依旧高兴，尤其是年三十晚上吃团圆饭的时候，看到全家人在自己的操持下快快活活地坐在一起，心里真是满溢着欢喜。

如今，我还暂时体会不到老年人过年时的心境，但我知道，再过二十几个春节，我就也到老年了。老年，的确离我已经不太远了。人生,实在很短暂。有时想想,幸亏先辈人创造出了春节这个节日,想出了过年这个主意,要不然,这短暂的人生中会少去多少欢乐。假若我们一生中没有过年这回事,那人生会变得多么乏味。

即将到来的这个春节,因为是二十世纪的最后一个春节而变得格外珍贵。如今回头看去,二十世纪已经过去的九十九个春节,其中有相当一部分并没有给国人带来多少欢喜。有一些春节国人甚至是在枪炮声中度过的。还有一些春节到来时老百姓正为衣食发愁,我们今天在喜迎二十世纪的最后一个春节时应该庆幸,我们活到了本世纪最好的时候。在这个即将到来的春节里,我们国家的国力空前强盛,再不用担心听到外敌入侵的枪炮声;我们国内市场物资供应空前充足,再不用为买不到东西发愁;我们每个公民都享有比较充分的言论自由,不用害怕因为说错什么话而被治罪;每个人都享有旅行的权利,可以自由外出度假。一句话,我们可以尽情去享受节日所带来的那份快乐。这个局面的到来并不容易,为此,多少前辈付出了汗水、心血甚至生命。

未来的岁月没有尽头,还有无数个春节等待着我们和我们的后代去度过,但愿随着我们国家的强盛和民族的振兴,以后的春节会带给我们和我们的后代更多的欢乐。前辈人为我们创造了这个欢乐的节日,我们应该通过努力使这个节日永远充满着欢乐。

欢欢喜喜过个年是每个国人的愿望,但愿这个愿望今后年年都能实现。

第一次上哨

我第一次走上哨位是在一个漆黑的冬夜。尽管睡前班长已通知我今晚站第四班岗,我也做好了精神准备,可当前一班哨兵把我从睡梦中推醒之后,我还是有些懵懂,睁着惺忪的睡眼语音含混地问:干啥?

上哨!那哨兵用冰冷的手指拧了拧我的耳朵,一阵锐疼才使我记起上哨的事情,我方慌慌地穿衣起床,从床头上拿过枪和子弹带,披挂整齐后随那哨兵出了门。

一股尖利的夜风从营区的暗处呼一声蹿过来,朝我脸上狠抓了一把,我疼得倒退了一步,惊呼了一句:好冷!

那哨兵没理会我的惊呼,只作了简短交代:警戒范围是车场;发现情况可以鸣枪三声;不要总站一处,要不停游动。说完,他便回了宿舍,留下我一人站在夜风呼叫着的黑暗中。

我打了一个寒噤。我仰望了一下天空,天上无月无星;又环视了一下四周，没有半点光亮，只有汽车和营房的模糊身影。我是第一次单身一人站在这深夜里的黑暗中，浑身的汗毛霎时直立起来，心跳也陡然加快了。

但愿敌人不会来捣蛋——这是1970年的冬天，部队里每天都在进行要准备打仗的教育，报纸上不断有苏联要对我国发动侵略的消息，全国备战的弦都绷得很紧，随时准备还击帝修反的挑战。

我小心地迈着步子沿车场巡察。车场紧挨百姓的庄稼地，四周无遮无拦。在我的想象里，田下的黑暗中很可能就潜伏着敌人，他们正盯着我的一举一动，以便随时寻机扑上来。我把冲锋枪横在胸前，拉动枪机让子弹上膛，手紧紧地抓住枪柄，做好了随时开枪的准备。

大约在我巡察到第三圈的时候，一阵索索的响动突然传入我的耳中，我的心一紧：不好，看来是真有敌人！我急忙隐在一辆军车大箱下循声望去：天呀，果真有一个黑影在向车场靠近。我的头皮一炸，慌慌张张地喝道：口令！

那黑影一定，但没有回音。

不准动，再动我就开枪了！对方的没有回音使我坚信了自己的判断正确：是敌人！我能感觉到我扣扳机的手指在哆动。我的心已提到了嗓子眼里。

那黑影没有理会我的警告，竟然又一次开始移动，高度的紧张使我没再犹豫，毅然扣动了扳机。

砰！尖厉的枪声划破了夜的宁静。几乎在枪声响起的同时，我看到那黑影摇晃着倒下去，并跟着发出一声非人的叫声。

枪声还没有消逝，营区里就响起了紧急集合的哨音，随之就见连长带着几个干部打着手电筒拎着手枪向车场跑来，边跑边问:出了什么情况?

我在连长的手电光柱里向黑影倒下去的方向指了指:敌人偷袭!

连长的手电光柱移过去。

那是一头小牛犊,正躺在地上哆动着腿,鲜血正从它头上的伤口里汩汩流出来。

我呆在了那里。

连长什么也没说,只挥手让持枪跑过来的官兵们仍回宿舍休息,待大家都走完之后,才移步到我身边拍拍我的肩头说:你的枪法不错,子弹正中牛犊的头部。

连长,我太紧张了……我羞愧地低下了头。

我们都有点过于紧张了。连长叹了口气说,一个军人过于紧张会伤害一头牛犊,一个民族要是过于紧张,就可能要造成灾难了……

我当时自然不懂连长这些话的含义,我只记住了这个让自己出丑的夜晚。

二十多年过去了,那个因过于紧张而失去正确判断的夜晚还留在我的记忆里。

我喜欢的

在这个世界上，我喜欢的东西很多。

我喜欢吃糊汤面条——一种豫西南乡下农民常吃的饭食。面条里最好再放上芝麻叶。这是母亲在贫穷中让我养成的饮食习惯。

我喜欢穿灰的、藏青的或黑色的外衣，我认为男人穿这些颜色的衣服方能显出他们是和女人真正不同的另一类人。

我喜欢喝豫西南农人自家酿的黄酒，我认为这种酒是世界上最好喝的东西。

我喜欢听豫剧，特别是古装豫剧"穆桂英挂帅""花木兰从军"等剧目的唱段。

我喜欢听小提琴独奏和二胡独奏，尤其喜欢在静夜里听，不论奏什么曲子，都能使我的心颤动起来。

我喜欢看电影，喜剧、悲剧、正剧都可以，最好是悲剧，这会让我联想起许多东西，给我一种安慰：世界上受苦的并不只是我自己。

我喜欢从远处看美女，这会让我觉出世界的美好和神奇，让我产生写作的激情。但别让美女站我身边，那会让我失去看她的勇气；再者，我也可能挑出她长相上的毛病。

我喜欢看云竹——一种绿得可爱的盆栽植物，每次看见它，我心里都会出奇地温暖起来。

我喜欢跳进水里，但不是跳进大江大海里游泳，而是在清澈的山溪里或清净的水塘中站立。

我喜欢一个人在静静的夜里躺在被窝里读描写寒冷的书，那会让我生出一种幸运感。

我喜欢有一副外向的性格，给我增加一点社交的方便，可惜我的出身和经历没有允许我与这种性格结缘。

我喜欢和人平等相处，我交的朋友都没有架子，一旦他对我摆起了架子，我就将离他而去。

我喜欢坐火车旅游，我认为飞机和汽车太危险，我不愿把生命交付给一次车祸和空难；但火车也常有事故，我估计我最终有一天会死于火车相撞的灾难。

我喜欢交的异性朋友是一些善良、温柔的女性。

我喜欢闻炒菜的味道、苹果的味道和汽车驶过后汽油燃烧的味道。第一种味道让我忆起幼年在富裕人家厨房旁边闻起炒菜香味时的羡慕之状；第二种味道让我脑海里总浮起一片美丽的绿色；第三种味道常让我看见一条路——一条长得没有尽头的沙土大路，我不知道我什么时候走过那条路。

我喜欢住在一个有院子的住宅里，院子里最好有几畦青菜，但我知道这是不可能的，我没有钱去买这样一栋住宅。

我喜欢听人讲见闻，什么样的见闻都愿听，谁讲都可以，再吓人也不怕,啰啰唆唆讲也行。

我喜欢看孩子奔跑着扑进妈妈怀里。

我喜欢看少女去搀扶老人的情景。

我喜欢看男孩牵牛在田埂上走。

我喜欢看鸟儿在树枝上蹦跳鸣唱。

我喜欢看炊烟袅然飘飞。

我喜欢看少妇在溪边洗衣。

我喜欢看小伙子们在篮球场上飞奔。

我喜欢人间安宁祥和。

…………

我过元宵节

今天看来，将正月十五定为元宵节，是两千多年前西汉皇帝们的一个贡献。正是这个节日，让辛苦了一年的黎民百姓，在经过了亲友团聚的春节后，又有了个狂欢的机会，好把积蓄了一个冬天的精力都发泄出来。

在中原民间，元宵节是一个近似于西方狂欢节一样的节日。

回首走过的岁月，我度过的元宵节已有几十个了。

童年记忆中的元宵节，是镇街上拥挤的人群、晃动的人头和不绝的人流，是坐在大人肩膀上，看在鼓乐声中走过来的踩高跷、游旱船的队伍，是人们不绝的欢呼和放肆的高叫。在镇街的十字街口，踩高跷游旱船的队伍停下来表演时，人们的欢乐会达到巅峰，踩高跷的高手会在这儿翻跟头，几家吹唢呐的班子会在这儿比着吹“百鸟朝凤”，最重要的是游旱船的男扮女装的演员们，要在这儿把旱船撑得滴溜溜转，“她们”一个个涂脂抹粉穿红着绿，要故意在这儿借撑船的机会显示出自己“美妙的女儿身段”，逗人们笑得前仰后合。更有趣的是，有胆大的看客趁男扮女装的演员们不注意，猛伸手掏出他们装在胸前当乳房的大红薯，使得他们高隆的胸部塌了一半，那演员却假装害羞捂住了脸，那场景能把人们笑得流出眼泪，成群的笑声纠结成团，会顺着街筒滚出几里地远。

少年记忆中的元宵节，是在村头欢快地抡着自制的火把。离着元宵节还有几天，我们这些孩子就开始在家里和村里四处寻找用到一半的笤帚，实在找不到，就悄悄把娘新扎的笤帚藏起来，不管娘如何着急寻找也不拿出来。到了元宵节的夜里，大家一齐拿着笤帚、火柴和细绳子来到村头的田野里，把细绳子绑在笤帚的把上，然后用火柴点燃笤帚，一只手拎着绳子就抡起来，着了火的笤帚变成了一个火球，被我们抡成一个火的圆圈，几十个孩子一齐抡着几十个火球，边抡边快活地喊叫着，那场面极为壮观。更有意思的是，一个村子的孩子们一旦开始抡火把了，其他村子的孩子们看见后就也开始抡，这样，几个村子的许多孩子同时抡出无数个火的圆圈，伴着笑声和呐喊，还有大人们的鼓励和赞叹，天上皓月一轮，地上火光点点，天地呼应，那情景确实让人从心底里感到无比的畅快。

青年时代记忆中的元宵节，是无数的灯谜贴在红灯笼上，看谁最先猜出来。我们这些青年男女在灯谜中穿行，一个个抓耳挠腮苦思冥想，都想把谜底先猜出来。谁猜得多猜得准，谁就可能得到异性的青睐。眼见得一对一对的男女因猜准灯谜而生好感而走在一起，甚至隐身到远处的暗影里，能把人急得和嫉妒得浑身冒汗。可我脑子转弯慢，猜灯谜的本领最差，干急却没有办法。有时可把一条灯谜的谜底猜到了，还没开口,已被机灵的同学先报了谜底把奖品领走了。我记得我有一个元宵节只猜对了一条三等难度的灯谜,那灯谜的谜面是,开封城。要求是,答一个作家的名字。我给的答案是,茅盾。老师说:对了,请领走两颗水果糖。尽管没有一个女同学走过来向我表示祝贺,我还是眉开眼笑地乐了一个晚上……

从军后记忆中的元宵节,是看遥远夜空中的烟花。我记得有一年拉练进到沂蒙山里,到了元宵节晚上,恰逢我站九点熄灯后的第一班岗。我持枪站在哨位上时,远处县城的夜空中升起了绚烂的烟花,我高兴地叫了一声:嗷,看——带班的班长闻声走过来训了我一句:喊什么?怕敌人不知你站在啥地方?!我惊得急忙伸了伸舌头,乖乖,我竟忘了自己在站岗!班长大概看出了我眼中的落寞,不忍心地又轻声叮嘱:你看烟花吧,我替你观察着四周,但不许喊。我急忙点头,急忙又把目光放在遥远夜空中的烟花上,照样看得兴高采烈,只是不敢乐出声来……

元宵节给了我太多的快乐,每一想起就对她心生感激。

五十岁

五十岁，是人生的重要一站。

走到这一站时，人的外貌已发生了很大变化。大多数人的头发开始变白，虽然可以用染发水将头发染黑，但发根总是白的；眼睛开始花了，药瓶上的小字已看不清楚，读书看报得借助老花眼镜；皱纹开始胆大地径直爬上你的脸，不管你怎样用力驱赶，它也决意趴下不走了；部分人的牙齿也开始松动，牙缝里总塞东西，饭刚一吃完就需要拿牙签去拨弄；体态也变了，要么发胖，肚子凸起，腰腿变粗；要么变瘦，身上的骨头竞相展露真形。和二十来岁时留下的相片一比，真像是变成了另一个人。与年轻时认识的朋友乍一相见，都会一呆一愣，有点不相信地问：你是……

走到这一站时，人的内脏也或轻或重地开始生了毛病。爱喝酒的，肝开始被脂肪包围；爱吸烟的，肺和气管开始让你频繁地咳嗽；爱暴饮暴食的，胃开始泛酸并出现隐疼；爱静坐不动的，肠蠕动开始变缓，便秘出现了；性生活频繁的，肾有点虚亏，肾功能大不如以前，个别的，甚至阳痿了。

走到这一站时，人的体力也缩减得厉害。走路，走不了太远就开始发喘；扛东西，从前可以扛二百斤的，现在扛一百斤就觉得吃力；打篮球，打完上半场时就无力再上场了。

走到这一站时，人心理上的变化更大。大多数人争勇斗狠争强好胜不达目的誓不罢休的心虽然还在，但明显变弱了。遇事愿意随其自然，一般不会再为没得到什么东西去寻死觅活。大部分人的内心容忍度变大，对自己不喜欢的事物，也愿意去容忍其存在。很多人对自己人生的设计更加实际，不再去做费时很长的计划。一些人开始把自己没有实现的人生理想转移到孩子身上。

这一站，是人生的重要分界点。

在这一站之前，人都是满含着期盼走路的，因为路两边不断有美好的景致在吸引着我们的眼睛。上幼儿园和小朋友们一起玩耍，上小学拿到好的成绩单以便获得父母的奖励，上一所重点中学为考上大学做准备，大学毕业找到一个好工作，谈恋爱找到一个好伴侣，结婚开始尝到家庭的甜蜜，有孩子开始体验做父母的美好，事业成功开始享受世人的尊敬。可到了五十岁这一站，往前看时，尽管依然有美景在吸引着我们，但明显地，能感觉到风在变冷变硬，路两边的草在变黄，天上的鸟飞得有些匆忙，于是有一个问号就突然钻进了心里：前边便是老境？

便是退休、生病和最后那件事情？

怎么不知不觉地可就老了？

一点点莫名的恐惧开始在心底游移。

一阵紧迫感也随之生了出来：我还有多少事没来得及做呵！

我的研究还没有得出最后的成果……我的孩子还没有安排好工作……房子还没有买到理想的……积蓄还不是太多……职务还太低……

紧迫感可以有，但也不必过于焦急。

就按现在六十岁退休的规定，你也还有十年，十年间可以做完许多事情。你从事科研，完全来得及把手上的课题做完，说不定可以再完成一个；你从政当官，弄得好，再升几级没有问题；你当老师，还可以再送走十届学生；你办实业，十年间你的企业说不定会扩大几倍……一切都还来得及。再说，退休后还能继续做事，人的事业并不是以退休为终点的。

从五十岁这一站往后，人应该活得更加从容。

五十岁之前，我们不是已经见识过了升降沉浮、荣荣辱辱？一些人忽然间升到了权力的顶峰，在“中央文革”发号施令，出门前呼后拥，后来的下场却很惨；另一些人在一个早晨被推入深渊，在牛棚里艰难度日，后来却过着美好的晚年。在见识过了这些之后，我们应该能做到宠辱不惊，做到升不欢喜过度，沉不悲观绝望，活得从从容容。

从五十岁这一站往后，人应该活得更加明白。

五十岁之前，我们不是已经尝过饥饿的滋味，见识过穷困的模样？1960年，我们中的很多人都把野菜和树皮当过主食。许多年里，我们吃饭要凭粮票，吃肉要靠肉票，穿衣要凭布票，买食油要凭油票。在经历过这些之后，我们应该明白，人活着的目的，其实就是为了创造富裕平安的幸福生活，为了让自己、让他人、让子孙后代活得衣食无忧精神快乐。对那些你争我斗互相折腾的事情，我们应该拒绝参与，人活着不是为了去整别人。

从五十岁这一站往后，人应该活得更加清白。

五十岁之前，我们不是已经见过许多贪图不义之财的官员被关进监狱，不少贪心之人惹来杀身之祸？金钱多了固然好，可如果因为贪污受贿把人身自由失去甚至把脑袋丢掉，那可就划不着了。五十岁之后把声名毁了，是很难再挽回来的，上帝已很少再给你挽回的时间。假若你死了之后，后人指着你的坟墓或骨灰盒说：这就是那个贪财的家伙！这会使你的灵魂永远不得安宁。

从五十岁这一站往后，人应该活得更加潇洒。

五十岁之前，我们为了让自己在社会上站稳脚跟，为了给孩子创造好的生活条件，为了照顾父母的身体，差不多一直在马不停蹄地向前赶路，不少人玩的时间甚至连正常休息的时间都不能保证。五十岁之后，应该多少放慢一些前行的速度，学会休息以保养身体，可以安排旅游出去走走，可以到音乐厅去听听音乐，可以在节假日去钓钓鱼。想睡时就倒头睡足，想吃时就去买来喜欢的吃的东西吃一个饱，以保证工作时能有充足的精力。潇潇洒洒走路，快快乐乐生活。

五十岁，既是一个重要阶段的结束，也是一个崭新阶段的开始。我们应该以清醒的头脑迎接它的到来。

再有两年，我就也到了五十岁，我愿和所有同龄的朋友一起，顺利跨过这个人生重要的分界点，去一睹五十岁之后那片人生领域的风光。

辑　二

没有绣花的手帕

十九年前的那个寒冷的冬天，有一晚团部的操场上放电影，我穿上大衣搬个椅子兴冲冲地去看。其时我已被提升为干部，很荣耀地穿着一身军官服，在团部里做事。

我到的有些晚了，前边的好位置都已经被人占住，我只好在后边放下椅子。那时“文革”还未结束，放电影是一件很稀罕的事，逢了团部放电影，附近的居民便都来看，团里为了军民关系的和谐，对他们的到来并不加阻拦，所以操场上就黑压压坐满站满了人。

那晚上放映的影片是《铁道卫士》，片子大约映有三分之一的时候，忽然有一股幽幽的香味钻进鼻孔，我把目光暂时从银幕上收回来寻这香味的出处，这才发现是附近一家工厂的一个叫泅的姑娘站到了我的身旁。这姑娘是我去她所在的工厂军训时认识的，说是认识，其实只是因为她的漂亮，才记住了她的女伴们唤她时所叫的那个“泅”字，至于她的全名叫什么，她的家里有哪些人，我都一概不知。她在银幕反过来的白光里朝我笑了笑，我也点点头算是打了招呼。之后，我就又继续扭脸去看电影。那年头男女之间一般搭话不多，否则会招来猜疑。

我不知道她是什么时候走的，反正电影结束那阵她已经不在。我搬上椅子回到宿舍，去大衣袋里掏钥匙开门时，突然感到衣袋里有一方柔软的东西，摸出一看，竟是一块叠得方方正正散发着香味的手帕。我一怔：我的衣袋里从未装过这种东西呀，这是从哪儿来的？我急急地打开那手帕，发现内中包着一张纸条，我开了门忙凑到灯前去看，只见纸条上写道：“你看见这个手帕时不要吃惊，它的主人就是刚刚站在你身边看电影的那个姑娘，她希望做你的妻子，她求你答应，求你原谅她的唐突，并求你明晚八点钟在你们营房院墙后的铁道旁见她，她将向你解释一切。”

说实话，我刚读完纸条时很激动，一个如此漂亮的姑娘若做了我的妻子那真是一桩天降的幸福。但随后我开始冷静下来，我用那个年代教给我的立场、观点、方法来对这件事进行分析。我最后认为，这姑娘不会是一个好东西，好姑娘决不会用这种办法来找丈夫，她对我根本谈不上熟就来这一套，平日的生活作风一定有毛病；也许她的背后有人指使，目的是腐蚀拉拢军队干部为他们服务；阶级斗争是复杂的，万一和她约会出了政治问题，那自己的前途就完了，自己提升不久，路还很长，不能大意！

我把那个纸条撕了，把手帕扔进了抽屉。

我很快把这件事忘到了脑后。

第二年春天的一个上午，我作为部队政治部门的代表应邀参加地方上的一个庆贺会，很多地方革委会的领导也带着他们的夫人到了会，就在会场上，我突然发现了洇跟在一个精瘦的五十多岁的白发领导身后。身边的一个人指着洇告诉我说，那就是咱们领导去年冬天新娶的夫人，真是又年轻又漂亮！我当时吃了一惊，我的目光盯紧了她，我注意到她不像别的领导夫人那样有说有笑，她的脸很苍白，眸子有些呆滞，整个面孔带有一股凄楚之色，使人一看就能感觉出她不快活。她自始至终没有发现我，但我那天原有的好心绪却一下子消失，心变得沉重起来。

那天回到营房进了宿舍，我去抽屉里翻找出了那块手帕，对着它看了许久许久，我多想从那上边看出一行行的字来，但是没有，手帕上除了白还是白……

亲爱的军营

当兵四十年,长住和短住过的军营有几十个,走过的军营差不多过了二百个。军营,成了我身体栖居和灵魂寄托之处,是我除了出生的老家之外感到最亲密的地方。

我在野战军炮兵团当新兵时住的军营由平房组成。虽然房子和乡下的房子有些近似,但排列得特别整齐,营院收拾得十分干净,山墙上都写满了黑板报,用水泥板做成的一长溜乒乓球台和沙土铺的篮球场在营区的中央,汽车停得整整齐齐。一些营连的室外厕所也建在一起,长长一排,很是壮观。各连的房子里都没有隔墙,连着铺三十几个铺板,一个排三个班三十几个人全睡在一起,熄灯号一响,我们大家一起躺进被窝,几分钟就响起了此起彼伏的鼾声。

我当班长时住的军营里还是一排排的平房,但这时的房间隔小了,一个班一间房。我所在的测地班人数少,只有八个人，八个人的床铺摆成两排，八床被子叠得方方正正地放在那里，八支冲锋枪整整齐齐地挂在床头墙上，测地用的经纬仪摆在桌上，一切都显得美观而有条理。自来水管在营区的中间，每个人洗东西都要到水管那儿去接水，逢了星期日，大家可以在水管四周一边洗衣服一边聊天说笑，清一色的男兵在那儿洗衣洗被也是颇有意思的景致。

当排长时我开始住进团部大院。这座军营差不多全由楼房组成，这是我第一次住进楼房，新鲜感很强。团部大院里有一个灯光篮球场，有球赛的日子热闹非常，没有看台的球场四周，被官兵们挤得水泄不通。团部礼堂里每周都要放一到两次电影，放电影时我们这个满眼全是男人的军营里才能看到很多姑娘。这座军营最威风的时候是会操，会操时全体军人军容严整，在高亢的口令声中做着操练动作，队伍在行进时雄壮的步伐有排山倒海之势，呼出的口号能惊飞几里地远的鸟儿。

毛泽东主席去世时部队进入了一级战备。我们这个野战炮团拉到了野外宿营，随时准备行动。这是我第一次住进野外露天军营，所有的火炮汽车都隐蔽了起来，带迷彩的帐篷沿沟而搭，一顶连一顶，做饭的地方和厕所都极其隐蔽。站在高处乍一看我们的野外军营，你会以为是一片荒地，谁也不会想到那里边其实藏着千军万马。我曾在傍晚时分走到一处高地俯视我们的野外军营，那种神秘的味道令我惊奇又惊异。

之后我调进了师机关。师机关的营房在一座名山脚下，营房有楼房也有平房，房子全倚山势而建，高低错落极是好看。每天早上的起床军号，总是在山间回荡很久才散。早操是沿山坡上的路跑步，我们的跑步声能传出很远很远，使得隔墙一座古刹里的高僧们也扭头朝我们看。营房多掩映在树林中，使得我到离开它时也没弄清它究竟有多少座房子。房子之间都用石砌的甬道相连，女兵们穿着高跟鞋在高高低低的甬道上走，发出的声音极是好听。

调进大军区机关我才见识了大军营。营院宽畅无比，整齐排列着一排又一排的楼房，一座军营差不多就是一座小城一个社会，这里，花坛、花圃、雕像、歌舞团、篮球队、球场、幼儿园、剧团排练场、购物处、宾馆、理发店、门诊部、大礼堂、浴池、小吃店应有尽有，军人们一般的需要在这里都能得到解决。这里的环境更美，军官多，眷属们也更多，营区再没有临时性的野战痕迹，一切建筑都是永久性的。

此后我活动的范围开始变大。我去过最偏远的小岛上的军营。那里的军营只是三排简易的平房，但训练用的带障碍的跑道和单双杠及木马还是应有尽有。因地势所限，篮球架只安一个，不过战士们打篮球照样打得兴致勃勃。小小的营区里种满了小岛上能长的花。黑板报上写满了战士们守岛卫国的豪言壮语。我去过大山深处某后方仓库的军营，营院的四周全是高山，在极有限的一块空地上盖了营房，山，就成了营院天然的院墙。战士们就长年生活在这狭小的空间里，与鸟和云彩为伴。2009 年，我去了青藏高原上的格尔木军营，在这个缺氧的环境艰苦的高原军营里，我见到了整洁漂亮的营房和现代化的车库，见到了擂鼓娱乐的生龙活虎的战士，见到了讲究的面包房、卤肉坊、温室菜园和一流的连队自助餐厅。

军营里最庄严的事情是出征。二十世纪七八十年代，我曾在一座军营里目睹了部队出征的场景。黄昏时分，出征的军人们列队站在一辆辆军车旁边，整座军营肃穆得没有别的声息，只有军旗在风中飘扬的响动，留守的官兵代表和家属代表端着酒碗向指挥员敬壮行酒，所有送行的亲属都默站在不远处，用不舍和鼓励的目光看着就要上战场的亲人，看着指挥员把酒喝完发出登车的指令……

军营里最热闹的事情是欢迎部队凯旋。当部队由边境战场胜利返抵军营时，我看到军营变成了花和彩带的海洋，看到了多少亲属和留守官兵流着眼泪挤在大门口，看到了热烈地拥抱亲热地拍打，听到了欢呼和喜极而泣的哭声……

军营里最沉重的事情是迎接牺牲的战友回营。当年，在边境战争中牺牲的战友都埋在了边境，但一些部队凯旋之后，还是在军营里办了迎接英灵回营的仪式。战士们抱着牺牲了的战友在战场上的遗物，列队由营门外向营门内走，营门卫兵行庄严的持枪礼，所有的官兵站在营门内两侧，向他们举手敬礼……

军营里最轻松的事情是军人们举行婚礼。一个军人结婚，全连改善生活。婚礼上，官兵们可以尽情说笑。军人们的新婚之夜，虽不允许像农村那样听墙根闹新房，但战士们收获的欢笑一点也不比农村青年们少。

四十年了，四十年的军营生活，让我对军营生出了太深的感情，每次外出归营，一进营院大门，心里就忽然间感到了一阵莫名的轻松。军营，不管你是否同意，反正我已经深爱上了你！

冰之炫

走进哈尔滨太阳岛上的冰雕园里，望着满眼的冰雕艺术品，我忽然想到，人类和冰打交道的历史已是很久远了。

人类第一位祖先首次接触冰时的情景已无从知道。传说我们周姓最早的一位先祖第一次看见冰时曾大吃一惊，他站在平日取水解渴的水洼旁一脸愕然：水何以变成了如此坚硬的不能喝的东西？是不是因为我在什么地方得罪了神灵，从而使他降下了惩罚？我们那位先祖于是“扑通”一声在冰前跪下了双膝……

人类明白冰的真正来历并不容易，在一个挺长的时期里，人们只知道冰是在冬季必来的一个祸害，对其充满了畏惧之心。在我们豫西南乡间，至今仍有人在冬天将来时会在水缸和水桶上画上一个“火”字，以免它们遭到冰的毁坏。

离开蒙昧越来越远的人类渐渐知道了冰的用处。最初，是用它来化水解渴；后来，是用它来胀破一些平日很难弄破的东西；再后来，是用它来游戏。到我小的时候，这种游戏在乡村已经非常普及，我记得我们经常在冬天折下屋檐下的冰挂，用作和小伙伴们“打仗”的工具；在河塘的冰面上摔跤、翻跟头，尽情嬉戏；将冰块猛地塞进新娘的衣领里，看她惊叫着去怀里掏出那带了体香的晶莹的东西；把河里的冰块搬上斜坡，而后坐上冰块快活地滑下坡去……

把冰拿来降温是人对冰的进一步利用。在没有空调和冰箱的过去，人们为了在夏天降温，想了许多法子来保存冬季的冰块。据说欧洲的不少皇宫里都有专门储存冰块的地方，把冰块放在很深的地下，延缓其融化的速度，以待夏天时拿出来为皇帝的住处降温。传说中国的唐代宫廷里已开始保存冰块，有一年夏天长安城里天气酷热难耐，杨贵妃热得汗流浃背，去见唐明皇时前胸和后背上的衣裳都已经湿透，唐明皇心疼爱妃，传旨把专供他用的冰拿来一块，可惜天太热，待冰块递到唐明皇手上时，已几乎化完，唐明皇就用掌中尚存的一点点冰去爱妃的前胸后背上擦来擦去，杨贵妃那一刻感动得流了泪，说：你让我凉到了心里！如果这传说是真的，想必后来在马嵬坡，贵妃娘娘会意识到这句话说得不吉利。

用冰来给人治病是后来人的一项发明。拿冰来给人体局部降温，对发烧的病人施行冰敷，是今天的医生们还在用的办法。在乡间，没有麻药的时候，农人们还常把冰用作短时间的止疼剂。冬天，乡下的孩子手上碰破了皮疼得哭叫时，当妈的常会拿一小块冰按到伤口上，去止住孩子的哭声。

一代又一代的军人们在和冰打交道的过程中，慢慢明白了在军事行动中冰并非全是障碍，有时它也可以来帮助自己作战。第二次世界大战中，当时的苏联红军对法西斯德军的一些进攻战役和战斗，就选择在江河结冰时进行，这样有利于部队克服江河障碍，苏军官兵可以迅速地出现在敌人面前，从而使敌人措手不及。

冰上芭蕾舞是人类在冰上嬉戏活动的进一步发展。普通的滑冰动作已不能满足人们的快乐要求，于是伴了音乐带了芭蕾舞姿的冰上舞蹈出现了。光滑的冰面增加了舞蹈的难度却也增加了刺激程度和看客们的兴致，冰上芭蕾的出现，使冰和艺术进一步接近了。

是冰雕家们把冰完全变成了艺术品。冰雕艺术最早出现在世界上的哪个国家我未去考察，可我敢说，2005 年初在中国哈尔滨太阳岛上展出的冰雕作品，是世界最美的一批冰雕艺术品。总面积只有三十八平方公里的太阳岛，能在国内和国际上知名，固然与它有天然无饰的原野风光、浓郁的欧陆风情建筑、粗犷的北方民俗文化景点有关，可冰也在其中起了重要的作用。华灯初上时分，当你走进岛上的冰雕园中，七彩的灯光会把美轮美奂的冰雕艺术品呈现在你的眼里：巍峨的宫殿、雄立的城堡、高耸的楼房、欲飞的凤凰、展翅的孔雀、戏水的鲤鱼、甩鼻的大象、舒袖的嫦娥、端坐的和尚、戏球的娃娃、教堂、玉栏、长梯、围墙、牌楼、高塔……真是应有尽有，让人目不暇接，令人连声惊叹，使你疑似走进了一个神话世界，身子被艺术精灵的手托举着有些飘飘然，心被一种晶莹的艺术美所震撼。这些冰雕艺术品真应该永久保存下去，好让后人们知道，进入二十一世纪时中国的冰雕艺术已达到了怎样的水准。可惜的是，冰和太阳很早就成了仇敌，而且两者结下的冤仇已无法调解，冰即使已经被雕琢成了艺术品，太阳也不允许它长久存在，何况太阳岛原本就是太阳的领地，它绝不允许冰在这儿常年占据它的地盘。

冰在中国，其生命周期十分短暂，即使在寒冷的北方，它从生到死，也只是几个月的时间。可冰始终活得悠然，它遵从造物主的安排，决不为了延长生命去四处祈求；它也活得坚定坦然，一直维护着自己的贞洁，不愿为了什么利益去毁了自己的晶莹之身，偶被污物粘上，它也决不掖着藏着，就那样袒露着让路人去看；它还活得十分自在，很少去攀附什么，偶尔抱一下树靠一下草，也只是稍事歇息，很快就走开了。它对死亡悟得最透，临终时从不给后代留下遗产，走得干干净净，连个痕迹都不留。

人类对冰的态度是又爱又恨，爱它的晶莹无瑕，常用冰清玉洁来形容最好的女人；恨它的冷，总用心冷如冰来抱怨自己不满的人。其实，冰是人类的好朋友，它对人类要求得很少，除了偶尔给人类制造点麻烦开一点玩笑之外，它大多数时候都在给人类奉献。没有它，人类的生活将会少去很多乐趣，而且，很可能造成海平面升高和瘟疫流传。

站在太阳岛上的冰雕园里，我很想说一句：冰，尽管你的身子很凉，拥抱你会令我的身子哆嗦发抖，可我依然爱你！

美梦重温

年轻时读唐人沈既济的《枕中记》,只记住了黄粱美梦的故事情节,却并未深解故事中的含义。那时年轻气盛,正在夜夜有梦的季节,自己的梦都一个接一个,其来历和昭示之义尚弄不清梦,哪还有心思去琢磨别人的梦,更别说是唐玄宗开元年间那个叫卢生的年轻人的梦了。

甲申年初秋,已届中年的我站在了黄粱美梦故事的发源地——邯郸城北十公里处的黄粱梦镇,站在那座写有“邯郸古观”的黄粱梦吕仙祠里,站在卢生殿中用青石雕成的卢生睡像前,看他睡意蒙眬,一觉而梦。他的梦境在我眼前重又徐徐展开:娶美女,做高官,聚钱财,得田产,住豪宅,骑名马,坐香车……我忽然间心头一震:卢生的梦不是和我们今天许多人的梦相似么?

人年轻时常会像卢生这样,对人生有许多梦想,而且多是美梦。我自己当年何尝不是这样？由人的向好本能来说，这也无可厚非。沈既济写《枕中记》，用文字把卢生的梦展示出来；“邯郸古观”把卢生的梦用壁画呈现出来，那用意之一，恐怕也是为了告诉众人，作为男人，其梦想的东西都是大致相同的。人做美梦，是他的权利，也是他人生奋斗的一种动力，我们不必去责备。难道不做美梦做噩梦就好了？

人的梦想，到最后无非两种结果，一种是经过努力部分或全部地实现了，一种是落空了。按沈既济的思想，即使你的梦想实现了，但相对于人生的倏忽而逝来说，仍然是像梦一样的东西。这也是他在《枕中记》中所以那样设计故事情节的原因：先让卢生向往的东西全部实现，娶了崔家的美貌女儿，出将入相，家产万贯……然后再让他发现，这一切仍然是梦，身边店主人的黄粱小米饭还没煮熟哩。这当然有劝世的意义，但其中也有人生虚无的内容，和道家主张的清静无为相呼应，这也是后人把黄粱梦和道观和吕祖联系在一起的因由。我们今天重温沈既济写的这个黄粱梦，能做的是，剔除其“人生如梦不可当真”之糟粕，汲取其“人不可只追逐功名利禄”之精华，看淡人的得失升降去留穷富，把自己的人生过得踏踏实实。人一生应能做到，经过奋斗之后该得的，就要；不该得的，就别伸手。得到了，别忘形；没得到，也不必耿耿于怀。

眼下，有许多人在为了国家、民族、社会和他人辛勤工作，也有不少人在那里蝇营狗苟假公济私贪污受贿你倾我轧，把功名利禄作为自己的最高奋斗目标。让后一类人去邯郸重温一遍卢生的黄粱梦，听听卢生梦醒之后说的那段话：宠辱之道，穷达之运，得丧之理，死生之情，尽知之矣……会不无益处。

为小说中的人物建殿堂供众人去观赏，在中国是不多的。

《枕中记》中的卢生有幸享受了这样的待遇，这是卢生的荣耀，更是创造他的作者沈既济的骄傲，也是我们所有从事小说创作的人的光荣。这件事告诉我们，只要你写出了有益于世道人心的作品，就不要怕人们会忘记，后人定有法子让你的作品流传下去。

争取写出好小说吧。

永远的魅力

记不清第一次看电影是几岁，不过我能记住第一次看电影就被电影迷住了。银幕上活动的人物和他们的故事是那样地令我觉得新奇，从此以后，凡有看电影的机会，我都不会错过。农村里放电影的次数很少，偶尔听说哪个村里有电影，宁可晚饭不吃，也一定要跑去一饱眼福。我至今还能记得那时看电影的情景，去时手上边拿一个凉馍啃着边兴冲冲地猜着电影的内容，回来时边一脚高一脚低地在田埂上走着边学着影片里的人物说话，那种快活真是无法用文字形容。

后来当了兵，只要没有特殊情况，每周可以看一场电影。不管放的影片是新是旧，是好是坏，是看过的还是没看过的，只要放，我必到场。倘是因为站岗值勤耽误了看电影，心里的那份遗憾和难受会搅得当晚睡觉都不安稳。当战士那阵看电影都是在露天广场，有时在冬天看着看着下起了雪，逢这情况自动退场是可以的，而我却决不会因此退场，我非要把片子看完不可，常常片子演完，身上已是厚厚一层雪了。

当了军官进了城市生活，进影院方便多了。看电影成了我重要的休息和娱乐方式。有一段时间，我在家乡写作，电影院离家很近，每天晚饭后，我都要先去看一场电影，以消除写作一天的疲劳。不论在什么地方，每当我走进影院时，心里立时就会有一种奇妙的轻松感和快感升上来。有时因为下部队外出耽误了一场好电影，我会想办法借个盘在 VCD 机上看一次。

对电影的喜爱使我对拍电影的人也产生了兴趣，可惜一直无缘见到他们。1993 年，根据我的小说改编的一部电影在我家乡的一座县城开拍了。我去实地看了半天，那是我第一次真切地看到电影的摄制过程。原来拍电影也是很辛苦的，导演要一遍又一遍地说，演员要一次又一次地做，摄影师要一回又一回地拍，服装师、化妆师和美工师要不厌其烦地忙。观众在影院里享受一个半小时，竟需要摄制组忙乎几个月。有了这一次的经历，我再看电影时，常会想起那些拍片子的人，会在心里对他们生出一缕感激之情。

电影看得多了，我开始琢磨电影吸引人的诀窍。我想，她所以吸引人，首先是因为她讲故事，故事情节设计得越好的电影，就越吸引人；其次是因为她塑造人物，她塑造的人物越独特，就越能抓住人心；其三是因为她有画面，凡是画面拍得讲究新颖观众觉得眼睛一亮的，就越能俘虏人。不管电影怎么创新，这三条基本的东西不能丢。

眼下的中国，电影业很不景气。由于电视机的普及和电视剧的大量生产，电影的观众被拉走了许多，拍电影很难赚钱。不过我认为，电影观众的大量流失，最根本的原因是影片的质量不高,真正的好电影,还是有观众还是能赚钱的。美国的影片《泰坦尼克号》不是轰动了中国在中国赚了很多钱吗?关键的是要提高导演的水平和演员的素质,确实按电影艺术的规律办事,把电影拍得观众爱看。我自己觉得,就视觉艺术来说,电视剧面向大众,更强调通俗易懂,是一种通俗艺术样式;电影则是一种可以精雕细刻、有意面对某一文化层次观众的艺术样式,其艺术创造的自由度更大。

尽管好影片不多,我依旧是电影院的常客。当然,我常常是失望而归。不少片子拍得的确糟糕,能看出导演和演员的文化素养很差,用镜头叙述故事的本领还差得太远。不过,我还是常去影院,我相信我们的导演和演员在努力,他们不会让我长久失望,他们能拍出既给人美的享受又给人心灵震撼的好片子来。

我对电影的喜爱没有减少,电影对我有永久的魅力。

快活“青创会”

十多年前的那个冬天，正在一支野战部队里采访的我，突然接到通知，到北京参加中国作家协会召开的青年作家创作会议。传信人的话音未落，笑纹便呼啦一声飞到了我的脸上，我那时刚过三十不久，正是功名心最重的时候，对这种好事落到头上还不喜形于色？参加这样的会议本身就是一种荣誉，这意味着社会正式承认自己是一个作家。荣誉和头衔是那个年纪的我最热衷的东西，我立马收拾行装北上了。

会址在位于丰台的京丰宾馆，报到之后被告知，解放军文艺社要在当晚宴请军队青年作家代表团的全体成员。我们又兴冲冲地乘车赶到燕京饭店，坐到了宽大的宴会桌前。徐怀中先生当时是总政文化部的领导，他说了些祝贺和希望的话后，大家便开始快活地干杯。到会的都是些血气方刚激情满怀的男女，酒下得自然也快。那时军事文学的成绩卓然，军队作家的声望挺高，军队刊物的影响也大，大家的酒话里便多了些豪气。喝着说着，说着喝着，直弄得一个个脸红耳热，上车时，有人的腿就稍稍有些打晃了。

回到宾馆，时光不早了，可哪睡得着？那么多平时只能在报刊上见到的人物，如今就在身边，还不趁机拜访拜访？于是各房间的门响个不停，走廊上人声不断。有人高叫：哥们，来了?！有人惊呼：老兄，你还没死？女士们相拥到一起夸张地笑着……到处都在高谈阔论，空气中弥漫着一种欢乐气氛。我和张志忠先生住一个房间，凌晨一点还没有能躺下睡觉。

第二天上午是开幕式，记得是冯牧先生致辞。过去读过冯先生的许多文章，真正见到他这还是第一次。这是一个儒雅的老者，他的话语中充满对年轻人的关爱，他说他相信年轻的一代会在文学上有更大的造就。十几年后的今天，翻查一下我们的当代文学库存，应该说，那一代青年作家们没有辜负这种信任，他们的确捧出了一批无愧于这个时代的作品。

当夜晚又一次来临之后，舞曲响起来了，舞会开始了。我那时不会跳舞，可站在一边看也能感受到一种青春生命的悸动。我记得河南作家杨东明的舞那晚跳得最好，他的舞伴是谁我已记不得了，只记得他的舞步标准而优雅，他让舞伴旋转起来衣袂翻飞的样子极是潇洒。也就从这晚开始，年轻人的恶作剧开始了，有人冒充总台的服务生用电话通知某位男作家，说楼下大厅有位小姐在等你，结果那作家以为是自己的崇拜者来了，惊喜慌张地跑下楼，到那里一看，哪有什么小姐？有人捏着嗓子学女士的声音用电话邀请某位男作家到宾馆大门外，说有件东西相送。那男作家在激动中想入非非，便飞步赶去，结果在寒风中站了许久也没见一个人影，直冻得鼻涕横流。哪个人的诡计得逞了，会笑倒一大片人。哪个人受了捉弄，同样会让许多人笑得肚子疼。

接下来的那个夜晚举行了盛大的晚会，导演是作家，演员们也都是作家。在追光灯的照射下，一个又一个作家亮了相，有人朗读自己的作品片段，有人唱了歌，有人跳了舞，有人用乐器作了演奏。导演把作家们多方面的才能都做了表现。不知是灯光的效果还是导演的匠心设计，整场晚会给我一种置身梦中的感觉，让我觉得我好像飘飞在云团之上，四周的一切都变得缥缥缈缈。晚会结束回到宾馆，可能是觉得相聚的时间不多了，许多人都不睡，盘腿坐在床上、桌上、地毯上继续神聊，聊彼此的作品，聊读到的好书，聊别人的艳事，聊今后的打算，聊国家的未来……一位位妙语连珠，一个个激情澎湃，直聊到东方露出曙色……

几天的快活使我精神完全得到了放松，无边的神聊在悄无声息中帮我打开了心里的一扇小门，把原先关闭在里边的那部分想象力也彻底释放了出来。我意识到，我创作的又一个阶段要开始了。

十几年前的那个“青年作家创作会”，便从此留在了我的记忆里。

鲁院的周末

1987年的京城，开放之风已吹得呼呼有声了，所以鲁迅文学院的周末，也开始变得五彩缤纷，热闹和欢乐总是把不大的校园填充得满满当当。

舞会，是周末要举办的一个重要娱乐项目。那时学员中的舞迷特别多，会跳不会跳的，都特愿到舞场里亮亮相。舞场，就在大饭堂里。尽管我是舞盲，可因为我是学员班里的干部，有操办舞会的责任，故每次是必须要到场拉开饭桌把舞场布置好的。一待大家开始跳了，我的任务便算完成。

自然没有乐队。音乐是用一个不很高档的录音机放出来的，而且它还有罢工的时候，不过这都不会影响大家的兴致，大伙依然跳得沉醉。

周末舞会遇到的一个最大问题是，女的太少。这可苦坏了那几个女同学，她们要不停地陪男同学跳才行。这一曲刚罢,汗还没来得及擦,下一个邀请的可就来了。个别男同学等不及,干脆在怀里抱上一个木头方凳跳开了,而且照样跳得摇头晃脑其乐无穷。偶有哪个刊物的女编辑来了,大家总是鼓掌欢迎。

舞会上跳的多是三步、四步和迪斯科,能跳华尔兹的人很少。其实那时很多人也不知道舞步还有哪些。大家觉得这样跳就很好。

舞场里的乐声传到了校门之外,街头上的年轻人被这乐声吸引了来。他们先是在舞场门口探头探脑,看见没人阻拦,便磨磨蹭蹭地进了屋子。舞着的学员们以为这是看客,便舞得格外起劲了,他们根本没有想到,跳舞的高手来了。

这些街头上的年轻人站在一边看了一阵之后,就毫不客气地也进场跳了起来。可他们并没按乐曲来跳,而是跳一种动作非常剧烈、狂放的舞步,那舞步立刻吸引住了大家的目光,先是没有上场的人们惊奇地看着,后来连正舞着的人也停下来去看他们。渐渐地,舞厅里只剩下了他们几个不速之客在跳。有懂舞步的人告诉我,他们跳的这叫"霹雳舞",我"哦"了一声,这才明白他们的动作何以会那样剧烈。我新奇地看着,过去只在报纸上看到过霹雳舞这几个字,今天是亲眼见识了。他们大约意识到了大家在惊奇,便跳得越加旁若无人,而且渐渐在眼里露出了几分傲慢和不屑,意思分明在说,你们这些外省来的土老帽儿,没见过这新鲜玩意儿吧?让你们开开眼界!

他们不知道他们是在玩火。

他们的傲慢和不屑很快引来了学员们的不满:逞什么能?这是我们的舞厅!去别处显摆吧。大家的脸上慢慢都有了愠色。可他们没有注意到这种神态上的变化,依旧在激烈地跳。

而且把整个舞厅都占住,使想跳的学员也没法跳了。

冲突于是发生了。

不知是哪位学员先向他们发出了警告:这是我们的舞厅,请你们离开！可他们没有理会。接下来就有人出来把他们往外推,他们自然不干,他们大约想:我们是北京人,难道还怕你们不成？他们于是开始出手,一场没有预先策划的“战斗”发生了。

学员们毕竟没有要流血的思想准备,而且也没有打斗的本领,这场“战斗”最后是以几个学员的流血和那些街头青年的撤走为结束的。

学员们在气愤中报了警。

警察们来询问了情况并安慰了学员……

这场舞厅风波从此留在了我的记忆里,我也深切地记住了霹雳舞的那些姿势。

十三年过去了,当初参与过那场舞厅“战斗”的人都已星散各处。我想,当他们有一天忆起这件事时,他们可能也会抿嘴一笑的:那真是年轻人的一场可笑的冲动。

当年,我们还是那样的年轻哪!

而年轻人,是什么事情都可能做出来的。

边塞传说

一

有一年春节前夕，一位川籍少妇千里迢迢从四川来到山东蓬莱，要乘船到渤海深处的一个小岛上，去会她的丈夫——驻守在那个小岛上的内长山要塞区的一位连长。可是不巧得很，海上起了大风，所有的船只都停航了，少妇只能在电话里和丈夫互诉思念之情。

少妇耐心地等了六天，在第七天终于坐上了一艘部队的交通艇向深海进发。海上的风只是稍小一些，并没有停，大海依旧波翻浪涌。交通艇驶近小岛的时候，因风浪太大，也因为岛上的码头太小，几次靠岸都未能成功。交通艇长因怕强行靠岸造成艇毁人亡的惨剧，下令返回。那少妇只能在艇上朝站在岸上的丈夫挥手。少妇回到蓬莱又住了六天,风依然未停。她是山村的一个小学教师,原本是利用半月寒假来看望丈夫的,如今假期眼见将要过完,还未能摸一摸丈夫的手,心上的焦急无法言说。这件事让一位首长知道了,首长说:明天让交通艇出海,专门送她去岛上,我也去。第二天交通艇专门载着这位少妇出海,无奈艇近小岛时依然不能靠岸,巨大的浪头分明想把交通艇撞碎在小码头上,十几次停靠的努力失败之后,那位首长走到少妇跟前满怀歉意地说:对不起,你真的不能上岸了。少妇自然也看出了强行靠岸的危险,她微微一笑,拿过船上的扩音话筒对站在岸上的丈夫喊道:别难过,我永远都是你的……她的话音刚落,小岛上一下子飞起了几百只海鸥,那些海鸥先是围着交通艇盘旋,渐渐在天空排成一个恰似心的形状……

二

有一个寒冷的冬天,东北大兴安岭的森林里落了一场大雪。雪住天晴之后,一对靠行猎为生的父女正在自己的林中小屋里吃饭,一只小狍子忽然出现在门口。狍子肉是一种美味,父女俩见状急忙去抓猎枪,但狍子灵巧地逃走了。父女俩于是提枪去追。那狍子逃得极不寻常,每当父女俩就要看不见它时,它就停下来,待他们举枪要射击时,它又跑开了。小狍子最后在一棵大树下停住,待父女俩追到却倏地一下没了影子,父女两个在树下惊奇地寻觅,却意外地发现一个倒在雪地上的军人。那军人身上背着电话机和电话线,显然是在雪中迷了路的电话兵。那军人已经冻僵,老猎人按照祖传的治冻伤的法子,用雪搓着军人的身子,想把他救活,无奈搓了半天也不见效果。老猎人最后叹口气说:他不行了,咱们只好把他放在这里,去边防站叫人来把他抬回去埋了。那女儿不忍离去,对父亲说:你到前边等我一会儿,我再试试看能不能把他救活。父亲惊疑道:你还能有啥办法?女儿执拗地挥手让父亲离开,父亲没法,只得走开去。待父亲走后,女儿决然地解开自己的皮衣和内衣,又脱下那军人身上的外衣,一下子把他抱进自己的怀里。父亲在远处看见,大惊失色地奔过来对女儿叫:他会把你也冰死的!但女儿没说话,只紧紧地抱着那个冰冷的身子。不知过了多久,就在那姑娘觉得自己快要坚持不住的时候,冻僵的军人轻轻地嘘了一口气,心脏也随之跳动起来。他活过来了!女儿流着眼泪对父亲说。父亲这时也急忙解开外衣,把那个被女儿暖热的身子又搂到了自己怀里。

两年之后,猎户的女儿便成了那位军人的妻子。

南阳美玉

南阳，这个坐落在豫西南白水之滨的小城，曾有过辉煌的过去。

早在五千多年前的新石器时代，就有先民定居在这里。到周代，已成为申伯国的都城。春秋战国时期，它是楚国著名的冶铁中心。西汉时，为全国六大城市之一。到东汉，因刘秀的帝业起于南阳，故被称为陪都，号称南都。其后，历代皆为郡、州、府治所。正因为南阳在历史上的这种地位，它在消费上的品位便一向不低。当世人发现玉这种美丽的石头可作饰物、用品和礼器之后，南阳人便开始了对玉石的寻找和对玉器的雕琢。

南阳人对玉石的寻找，传说完成于一个午后。那个午后，一帮负责寻玉的人走到了南阳城北的独山脚下，他们在一次次失败之后，一个个又渴又累又沮丧至极，就一屁股坐在了几棵古树下，都说再也不寻玉这种东西了，都说咱南阳可能根本就无玉。没想到就在他们歇息的当儿，忽见不远处出现一头浑身发着翠色光晕的牛，众人觉得新奇，此处何以会有这种毛色的牛？便起身想走近了看，那牛见众人起身，扭头就向山坡上的一处石壁前走，众人紧跟着，想牛到石壁前必然停步，未料那牛走到石壁前，头一低，轰然一下钻进了石壁里，众人惊住，待凝目细看，发现在牛钻进石壁的地方，散落着许多精美的玉块，有白玉、绿玉、黄玉、紫玉、红玉和黑玉，众人大喜，原来那牛是一只玉牛，是引领我等来发现这玉矿的……

自此，南阳人开始在独山采玉，并将这种洁净度和硬度很高的玉石，命名为独玉。

独玉质地细腻，色泽丰富。有数十种颜色，其硬度仅次于缅甸翡翠。随着独玉雕品向四面八方的传播，独玉便成了和岫玉、和田玉并列的名玉。

独玉的发现，为华夏大地上的玉家族增添了新的成员，同时，也使南阳的玉雕业开始兴盛发达起来。到汉朝，独山脚下已出现了玉街寺，人们开始用各种工具对独玉石料进行加工，生产出各种各样精美的礼器、用品和饰物。东汉的科学家张衡在他的《南都赋》中，曾盛赞家乡的美玉“其宝利珍怪，则金彩玉璞，随珠夜光”。到宋元时代，民间艺人磨制的玉雕产品，已开始向东南沿海的客人出售并转卖海外。元世祖忽必烈在即将统一中国之际，命几百工匠用独山玉雕刻了一个巨大的盛酒器物“大玉瓮”，该瓮呈椭圆形，内空，可盛酒三百余石。元世祖就用这个玉酒瓮，在胜利之后大宴群臣。此瓮后置北海广寒殿中，至今仍陈于北海公园的团城。到明朝末年，南阳的玉雕业从业艺人已达千人，当时南阳城的许多街巷里，都有玉雕艺人在忙碌，他们多是后坊前店，自产自销。到清朝，南阳玉器的声誉越加高了，西域的许多商人尤其印度玉商，不再满足于中间经销商的供货，而是不远万里，亲到南阳购买玉器。据传，当年的慈禧太后有一段日子心情郁闷，在宫中总发脾气，宦官们苦想着改变她心情的主意。一天，一个宦官向李莲英告假说，我表哥是个南阳玉雕艺人，近日来京兜售他的雕品，我想出宫去看看他。李莲英一听，忽然想起，何不让太后看看那些独玉雕成的玉器，说不定她会因此心情好起来。就传那宦官的哥哥带着他的雕品进宫。那宦官的哥哥带进宫中的雕品里，有一件是用独玉雕刻的一棵绿豆秧，豆秧上结着青翠的豆角，而且在四片豆叶上分别卧着两公两母神态各异的蝈蝈。太后在宦官们的搀扶下来看那雕品，一见那些栩栩如生的蝈蝈就兴趣顿生，就伸出手想去摸那些蝈蝈，那玉雕艺人不仅会雕玉，还会学蝈蝈叫，就在太后的手指要触到其中的一只蝈蝈时，他突然学着蝈蝈叫了一声，吓得太后猛把手缩了回来。众宦官都笑了，太后也破天荒地呵呵笑了。笑罢，太后说：这玉美雕工也好，小李子，我买了。据说，那个南阳玉雕艺人那次是背着好大一包银子出宫的……

南阳玉雕的工艺一般分七道。其一是开料，就是把大块的玉料裁成宜于加工的小块，开料的方法或是依绺来开，或是按设计要求来开。其二是切玉，就是利用水凳上的扎砣，将玉料切成方块和方条。其三是冲砣，就是利用冲砣这种工具，把方块和方条玉料的方硬转角冲成圆的。其四是掏膛，就是把已经雕琢好的瓶瓶罐罐，用工具掏空它的内膛。其五是打钻，就是用椿木做成的钻加金钻粉在需镂空之处打透花眼。其六是透花，就是在器皿的素身上琢花纹。其七是抛光，就是对已经做成的玉件进行打扮，用皮砣蘸着一定的磨料将玉件磨亮。千百年来，南阳的玉雕艺人苦心摸索，创造了许多新的独特的琢玉方法和工艺流程,使得独玉雕品越来越精致空灵,看上去奇美无比。

南阳的独玉雕品在走进王宫皇室和百姓家中的同时,也走进了中国玉文化的发展历史。我国玉文化的源头大概在新石器时代,那时的玉器形体大多是一些平面体、柱状体的兵器,也有一些礼器和片饰,具有对称、均衡、整齐、光滑和实用的特点。到夏商周时代,玉器的特点是器形单纯简练且具有象征性、装饰性,花纹趋于抽象化、几何化和平面化,其风格与青铜器吻合。春秋战国的玉器,已较为自觉地用对称、平衡、排列、紧凑等规律来雕制,更加生动传神。到了秦汉魏晋南北朝,南阳的雕刻工艺开始在华夏大地上发挥大的影响,它的一些技艺被普遍应用,它在结构上的创新也被人们承认。隋唐时的玉器形体夸张,气韵生动:宋辽金时的玉器细部刻画精练,真实自然。这些变化的实现,南阳的玉雕艺人也贡献了一份心力。到元明清三代,我国的玉文化步入了鼎盛期。这时独玉雕品的造型特点,也与当时的绘画书法联系紧密,雕制时讲究线如直尺,圆似满月,姿角圆润光辉。自民国以后,尤其是我国改革开放以来,南阳玉器的声誉日高,南阳近些年定期举办的玉雕节,吸引了全国各地和世界上许多国家的玉器商人,从而把南阳的玉器推向了全国各地乃至全世界。伴随着玉器的远销,南阳的玉器雕刻工艺也对玉雕界产生了更大的影响。南阳拓宝玉器有限公司 1999 年承制的河南省赠送澳门特区的大型玉雕礼品——九龙晷,是目前南阳玉雕水平的集中体现,此作品采用了浮雕、镂雕、圆雕等多种手法,把独山玉的俏色设计艺术发挥得淋漓尽致,九条盘龙色彩各异,栩栩如生,如来自大自然般鲜活,似正在云中翻滚般灵动。一般人看了这件雕品会为她的美丽惊叹,内行的雕工看了会被她的雕艺迷住。

南阳的玉雕艺人并没有满足于过去的辉煌，他们还在不断地创新雕技和创造新作品。丁亥年初春，我走进了南阳玉雕博物馆，看到了拓宝公司用南阳美玉雕成的一套乐器，内有玉编钟、玉编磬、玉笛、玉二胡等十三种仿古玉石民族乐器。其中那套编钟就有三十五个，共三层。第一层有八个，音质浑厚悠长，音域宽广高亢，内里的和钟，高一百一十厘米，重一百五十公斤。第二层的甬钟有十八个，音质明亮清脆，处于音质中的核心地位。第三层由九个钮钟组成，最小的钮钟高仅六厘米，重二点四公斤，这层钮钟音质悦耳，听上去如小鸟啼鸣泉水叮咚。这套编钟能发出四个半八度，撞击每个钟的正、侧面均能发出两个音，音响效果是其他材料制成的钟所无法比拟的。玉声乐团的演员们当场给我们这些参观者演奏了一曲《玉魂》，那玉质乐器发出的美妙乐音令我们如听天籁，如痴如醉。

采日月之精华、集天地之灵气而生的南阳美玉，代表着纯洁、坚贞、富贵、平安和吉祥，已成为中华文明的载体之一。过去，她陪伴着我们的先祖涉过历史的长河；今后，她还会伴随着我们走向美好的未来。

西安求学忆

由于“文革”的耽误也由于我的军人身份，允许我考大学已是 1982 年年底了。其时，我已经三十岁，儿子都已出生了。我当时报考的是解放军西安政治学院，复习时间也只有几个月。我紧张地拿起高中数学和语文课本还有上级发的复习提纲，夜以继日地温习那些早已变得陌生的知识。还好，命运没有亏待我，在济南军区那个考点里，我以总分第一的成绩被录取了。

学校就在西安的小雁塔附近，报完到我就去小雁塔下兴奋地转了一圈。我这是第一次来西安，没想到盛唐的都城会成了我的求学之地，这令我多少有些得意。每当我在城里的大街小巷闲逛时，我都在心里暗暗地猜：杨贵妃当年是不是也在这儿留下过足迹？

军校的学习生活和军营的训练日子所差无几，都是紧张而要求严格。早操，上课，自习，考试，加上野外演训，很少有空闲时间。好在我和我的同学都已是成人，知道学习机会珍贵，用不着别人来劝学，大家都恨不得把一天当成两天用，抓紧时间往自己的脑袋里塞知识，唯恐塞少了吃亏。我那时已经迷上写作，便把课余时间全用在了读、写小说上，短篇小说《黄埔五期》《街路一里长》和中篇小说《军界谋士》就是这时候写出来的。学校里有许多建筑，可最让我感兴趣的就是那个不起眼的图书馆，它给我提供了许多好书看，我的文学食粮大多取自于它。这个图书馆有一条规定特别好，就是允许你一次借几本书，这便给你节约了时间省去了麻烦。我记得每当我抱着一摞书走出图书馆门时，心里总是满溢着欢喜。

这所学校建立不久，所以老师大都很年轻。他们的教龄虽然不长，但水平的确不错，教大学语文的张本正老师备课尤其认真，我从他的课上总能得到一些新东西。他和我们平等相处，我和我的同学们都对他怀着一份敬意。

在校学习期间，吃饭对于我成为一个挺大的问题。大概是水土不服的缘故，我动不动就闹肚子，有时简直是莫名其妙，没有任何原因就肚子不舒服。这种痛苦也不好对外人说，我便一边胡乱吃些药一边咬牙坚持着。有时为了给自己增加营养，我会在课余时间悄悄跑出校门，在外边的一些小面馆里狼吞虎咽地吃一碗我最爱吃的面条。那年月工资很低，又要养活老婆孩子，面条对于我就是最有营养的东西。

住在这座古称长安的城市里，你不能不去想到历史想到古人，这里有太多的古代往事促你去回想，有太多前人的足迹让你去追寻。我记得我先去看了大雁塔和钟楼，看了秦始皇陵和兵马俑坑，后去看了华清池和乾陵。在华清池，站在唐明皇和杨贵妃共浴的温泉池旁，我一边默诵着白居易《长恨歌》

里的诗句:春寒赐浴华清池,温泉水滑洗凝脂;一边在心里感叹:一切都会化成烟云,包括权势,富贵,爱情和生命,人活在这世上可真不容易,要不停地和"虚空"做斗争……

那个年代,学校里的文化生活比较单调,没有舞会,没有网络游戏,也没有多少电视剧可看,学生们的主要娱乐就是拔河比赛和一周看一次电影。拔河比赛常常会给大家带来短暂的快乐,每一个学员队都挑出二十个精壮汉子,然后在一根绳子上比赛力气。我虽然因为身体偏瘦只能成为看客,可照样能从这种原始的比赛游戏中获得快感,每当参赛的一方轰然倒地时,我会和大家一起放声大笑从而放松了自己。

学校一般不欢迎学员的家属来校,怕影响大家的学习。可学员们多是结了婚的人,都想趁这机会让自己的老婆孩子来古都一游开开眼界,于是相继悄悄行事,让自己的家人不声不响地来校,或是找一个招待所住下,或是找一个朋友家里住了。同学们互相掩护,学员队的干部们睁一只眼闭一只眼,假装不知道。我自然不会放过这个机会,写信通知了家人可以来校,妻子于是抱着儿子带上岳父,坐了半天一夜的硬座火车来了。那真是一次美好的相聚,承蒙朋友们的帮助,我们住在小寨附近西安通信学院宿舍里,趁星期天带他们游了市内和近郊几乎所有的景点。岳父这是第一次远游,喜欢历史的他,亲眼看到那么多处史书上讲过的风景名胜,异常高兴。我三岁的儿子则差不多吃遍了西安好吃的东西,快活地说他以后还想来这个地方,没想到还真让他说中了,十几年之后,他也是到西安读的大学。

我们在校读书的这段时间,南部边境老山地区的战斗还在进行,不断有部队轮战上了前线。到我即将毕业时,轮到我们济南军区我当年所在的一支部队去老山参战,我当时就想,如果有机会,毕业后一定要争取去前线一趟,一个军人,一生不见真正的战争场景那实在遗憾。还好,毕业后,领导安排我和另外几位记者朋友一起去了老山。

毕业离校前,同学们忙着互留赠言,我仍记得我给一位同学的留言:古都同窗共读前人知识,军中挚友合练杀敌本领。遗憾的是,毕业后我没去练领兵打仗的本领,而是干起了写作的差事,没有轰轰烈烈,只有冷清寂寞。还好,这差事和自己喜静不喜交往的脾性也相合,倒是也干得高兴。

离校到今天,转眼已是二十几年过去,每一想起军校的生活,都历历似昨日之事。对西安政院,对西安古城,我也一直心存感激,我是在那儿变得成熟的,我是在那儿明白:人这一生,不要太在意荣辱沉浮,不要为一时的得失过于高兴或痛苦,因为一切都将过去……

美好的开端

——我的 1978 年

1978 年抵达人间时,我还是一个血气方刚的青年。其时,我正在山东泰山脚下的一个师机关里当宣传干事。差不多每天早晨,我都要从冯玉祥先生修的那座大众桥头开始跑步,一直跑到黑龙潭水库,然后再慢步返回。晨练的时候,我想得最多的是吃的问题,因为一锻炼肚子就饿得厉害,饭量就要增加。怎样能既使自己的肚子吃饱又能节省一些全国粮票,好在下次探家时把粮票带回河南老家,为父母到镇上的粮管所里买点白面,让他们也解解馋,这成为我那些清晨常苦恼的一个问题。那时,在我那个出产小麦的豫西南家乡,白面却是极其稀罕珍贵的东西。

春天,就在我对粮票的忧虑中袅娜着走来了。春天的泰城,像一个盛装的美女,极能吸引人的目光。站在我们的营区，东看城东的山坡，树绿花红，百鸟啼鸣；北瞧由大山深处流出的溪水，清澈无比，响声叮咚；西看郊野里的菜田麦地，麦苗返青，菜花金黄。就在这个最美好的季节，一位在济南军区机关供职的干部来到了我们单位，他在工作之余悄声告诉我们，很多老干部都要重返工作岗位，一些过去定下的政策也可能发生变化，以后，老百姓吃饱穿暖的问题，可能会得到一定的解决。我听了这消息暗暗高兴，心想，啥时候能让我这样的连职干部一月拿一百元的工资，规定的粮票数额之外，再允许买一袋面粉，一月能发二斤肉票和一斤油票那就好了。

5 月初，我突然接到通知，到济南军区宣传部报到工作。这消息让我既兴奋又忐忑，我一个农民出身的人，能在泰城工作已很知足，还能到济南去做事？军区机关的工作我能干好？我在兴奋和忐忑中准备行装，在一个早上坐上了去济南的火车。位于泉城英雄山下的军区机关接纳了我。我在这里第一次见到了军区司令和政委，见到了不少过去在《前卫报》上才能见到照片的首长，我很高兴和自豪。报到不久，就发生了一件大事，《光明日报》发表了一篇文章《实践是检验真理的唯一标准》，提出“任何理论都要接受实践的检验”。这与过去的传统说法大不一样，立刻在社会上和军队内部引起了很热烈的讨论，有同意者，也有反对者，人们议论纷纷，不过都认为这预示着政治领域将会发生重大的变化。我一个年轻干部，自然不很懂这篇文章所引发的大讨论的深层意义，只是本能地觉得，一个人的治国理论说得再好听，若那理论并不能让老百姓过上吃饱穿暖的好日子，怕是不行。又过了一段时间，军区首长正式表态支持这篇文章的观点，我心里暗暗高兴。

我在这时开始和现在的妻子谈恋爱。差不多一周就要给对方写一封信。热恋让我忘记了天气的迅速热变，等我被热得夜晚也睡不着觉时，我才知道泉城的夏天来到了。过去虽听说过夏天的泉城是全国的四大火炉之一，却并未当回事，以为是文化人的夸张，这会儿方明白火炉的称谓真是准确，一天到晚，人都像处在蒸笼里。那时没有见过空调，全靠手中一把扇子解热，实在热得睡不着时，就端盆凉水，把脚浸进去。记得有一天晚上做梦，梦见自己到了一个十分清凉的地方，在那个地方，有一个像人嘴的东西，不断把舒服的凉气吹到人身上，许多年后，当我见到了空调机时我才明白，我那个梦是对空调机的变形向往。

12 月的时候，北京召开了一次落实知识分子政策的座谈会，指出对知识分子要充分信任放手使用。这和过去的说法也完全不一样，但这个变化更让我高兴。在我的内心里，我对那些有知识的人是充满敬意的，而且这时我已开始了文学创作，心里老怕别人把自己也当成知识分子，有了中央的这个政策，我的后顾之忧没了。

济南的秋天异常美丽，云淡风轻，天蓝如洗。心情轻松的我，在这个秋天将济南仔细游览了一遍。我登上了千佛山，欣赏了前朝雕就的那些形态各异的佛像；我去了趵突泉，观赏了那喷珠溅玉的天下名泉；我游了大明湖，在纪念我的同乡铁铉先生的建筑前长久静立以表示敬意；我看了四门塔，在那座简单素朴的另类历史建筑前留了影；我到了黄河岸边，看到了跋涉至此的河床，像一个累坏了的大汉一样摊手摊脚把自己横放在那儿的模样……

这之后，我继续我的第一部长篇小说的写作，但越写越不自信，我怀疑自己是不是选错了题材——台湾老兵对故乡的思念。这种生活不是自己所熟悉的，而且老年人的心境自己也没体会，越写越没激情。这种自我怀疑为这部小说此后的失败打下了根基。

到了12月下旬，从报纸上读到了关于党的十一届三中全会闭幕的报道，知道了以后要把全党工作的重点转移到现代化建设上来，要停止使用以阶级斗争为纲的口号。作为一个宣传干部，当然明白这种改变是一个重大事件，但以我那时的阅历和学识，还根本不可能预见这次会议将给中国带来什么。直到以后，当我远在河南的父老乡亲们开始包产到户，开始天天吃到白馍和白面条，开始随便上街割一块猪肉吃，开始不用布票买布做衣服，并能自由地收听豫剧《穆桂英挂帅》的唱段时，我才明白，我们这个民族是真要过上吃饱穿暖的日子了；我才意识到，一个新的时代开始了。

也是因此，1978年永远地留在了我的记忆里。

温暖长留心间

从小就对写书的人怀着敬意，觉得他们了不起。后来读小说，对能创造出孙悟空的人更是佩服得五体投地。所以当作家的梦很多个夜晚都在做着，在那些光怪陆离的梦境中，有一个场景反复出现：我手里捧着一本自己写的书向母亲身边走去。当我写出了一些作品之后，我就迫切地想要加入中国作家协会，想要证明自己是个作家。这个愿望是鲁迅文学院的教务长周艾若先生帮我实现的，他介绍我加入了中国作家协会。当拿到会员证的时候，我反复看了许久许久。

眨眼之间，许多年过去了。

到了中国作协六十岁生日的时候，我屈指一算，我入会已二十余年了。二十多年间，我一个普通作家，没能力帮协会办什么事情，连会费也常常忘了交，但我从作协那里，却得到了太多的关心和关照，每一想起，心里既不安又感到很温暖。

我第一次参加作协创联部组织的采风，是去敦煌。那是我第一次去西北。第一次看见祁连山的雪，第一次进入河西走廊，第一次感受戈壁的空旷和荒凉，第一次被海市蜃楼所迷惑，第一次踏入一望无际的沙漠，第一次走进莫高窟欣赏那些精美的壁画。小时候在书上在画上见到的东西，零距离出现在了眼前，给生长在中原的我造成很强的新奇感，那种鲜明的印象至今还保留在我的脑海里。那次西行给我的精神营养，对我相当长一段时间的创作都有益处。

创作是一种孤独的没有终点的旅行，写作者在远行路上，有时是很需要一点鼓励的。当年，我的短篇小说《汉家女》发表后，出现了不同的看法，批判的文章出来后，年轻的我当时很有一些紧张，没想到作协在全国短篇小说评奖中给这篇小说评了奖，这对我是一个很大的鼓励和支持，让我精神上顿时放松了。后来，我写完了《第二十幕》，因为耗时太长，身心都极疲惫，我原本就不是一个自信心很强的人，这种极度疲惫使我对自己写的书乃至写小说的意义都产生了怀疑。就在这时，作协创研部的朋友们花时间读了我这近百万字的书，还热情地为我开了研讨会。对作品进行了分析肯定。这一下子又鼓起了我的劲，增强了我继续写下去的信心。这些事每一想起，感激之意仍盈满胸中。

我们的国门打开之后，很多人开始出国去开眼界，我因为是军人，想出趟国十分不易，没料作协在这事上也想到了我，安排我和几个作家去了趟以色列。尽管在本·古里安机场刚下飞机就被告知候机楼里有提包炸弹，吓得我们紧张匆忙地撤到了楼外，可在整个访问过程中，我依旧非常高兴。在以色列，我看到了耶稣的受难处，看到了犹太教的圣殿遗址，看到了阿拉伯人的大清真寺，三大宗教圣地相离如此之近令我大为惊奇。之后，又看了大屠杀纪念馆，看了以色列人挎着冲锋枪护送自己的孩子上学，看了以色列青年跳舞也不放下身上的枪支，那给了我强烈的精神刺激。再后来，我们又看了以色列人发明的滴灌农田，看了他们美丽的剧院和养老院，以色列人的聪明和创造精神令我惊叹。那次西亚之行，开始让我思考很多有关宗教、民族、人性和战争的问题。

加入中国作协这些年，我结识了好多文坛前辈和朋友。很多前辈和朋友写的书与文章早已读过，可谓神交已久，但人一直没见过，加入作协，让我在一些场合目睹了他们的风采。见过之后，他们有的和我从文字中得来的印象差不了太多，那会让我会心一笑；有的和我从文字中得来的印象完全不同，那会令我觉得惊奇无比：人的精神世界和其外在形态竟能如此分离？对于我这个笨拙的后来者，不少前辈和朋友给予了真诚的关心，每每想起和他们的交往，都感到温暖无比。

地依旧　人已新

——写在SARS瘟病扑来时

做梦也没有想到，新世纪刚开始不久，我们正准备买新房搬新家、开新车做旅游计划、向好日子奔的时候，会突然有一场瘟疫向我们扑来，有一种名叫SARS的烈性传染病想要一下子中止我们的生活，想不由分说就夺走我们宝贵的生命。

在最初的呆愣之后开始慌张，在慌张过后恍然想起，这种事小时候曾听老人们说过，过去我们河南地面就有过“传人”——瘟疫流行的时候，一个村子常能死一半的人口，有的村子还会死绝了人。可惜小时候只把这些当故事听，以为那是天方夜谭，与己不会有关，从来没去想这种事还会变成现实。

但这可怕的东西是真的来了！它已经把我们身边一些熟悉的人捉到了床上开始折磨，并真的将其中一些身强力壮没有任何过失更没有犯罪的同事的生命，强行拿走了。我仿佛听到了它得意而冰冷的笑声：人哪，你以为你们了不起了？以为你们很聪明？真的就是这个世界的主人了？

我心里的确有些紧张。我以为接下来就会出现老人们当年向我描述过的那些凄惨场面。老人们曾说，过去一有瘟疫发生，头一个出现的景象就是大规模的逃亡避疫。人们不顾一切地逃命，由这个村子向那个村子逃，由这个县向那个县逃，由这个城市向那个城市逃。人们扶老携幼，提着干粮拎着包袱，慌不择路，都想逃往一个安全的没有瘟疫的地方。其结果是把恐怖气氛制造得更甚，把疫病散播得范围更大，使死的人更多。说实话，我已做好了避疫逃亡的心理准备，甚至已想好了去哪里避，可静观一些日子，才见这种大规模的逃亡避疫现象并没有发生。国家采取了许多措施要求人们就地避疫，在城市实行单位和社区自卫，在农村实行村村自卫。其中有一项措施特别重要，就是不准用工单位遣散工人，要外地打工的人留在原地。仅我们河南在外省市打工的农民就有五百万之众，且多在疫区，倘是这部分人回乡避疫，必会带来很大的传播疫病风险，可在国家的安排下，返乡避疫潮没有出现。据说北京有些民工原已买好了返乡的车票，后来因担心带了病毒回乡成为罪人，又主动去退了车票。人们大都知道此时逃亡避疫只会加剧疫病的传染，所以对那些想逃亡避疫的人，会耐心地进行规劝。对少数由疫区回去的打工者，其亲人也能按要求让他们主动到隔离的地方先行隔离观察。据一位朋友在电话中告诉我，有一个在外打工的男人为了避疫在夜里跑回老家后，他的妻子因为是中学毕业，已从电视上弄懂了必须切断传染途径的道理，隔了门说，他爹，为了孩子和我还有邻居们的性命，原谅我不能给你开门，你快去乡上设的隔离处接受隔离观察,证实你没染病了,我去接你回来。那做丈夫的初时很生气:到了家门口竟然不能进门?继而想想,妻的话确有道理,遂主动去了隔离观察处。

老人们还曾说过,过去“传人”的时候,人们为了尽快摆脱疫病的纠缠,常会用很残忍的手段来处置已染病的人。有的是把病人绑在床上,连同病人住的房子一起烧掉,将病人活活烧死;有的是趁病人不注意,用石头将其活活砸死;有的干脆把病人四肢绑住,扔进预先挖好的墓坑,将其活埋。那时,没染病的人完全把不幸染病的人看作仇人和敌人。可这次SARS瘟病出现之后,人们对于染病的人却是满腔热情地想尽办法去抢救。许多医务人员冒着被感染的危险,夜以继日地工作在抢救一线,最后因为疲劳自己也被感染。仅北京市,因抢救病人而被感染SARS病的医护人员就有几百人。这些被称为“白衣天使”的人们,从未把染病的人看作异类,他们以无畏的勇气和瘟神搏斗,把一个又一个的感染者从死亡线上拉了回来。我身边的一所传染病院里,有一位年过七旬的老医生,他原本是不必亲自到SARS病房去诊治患者的,但也觉得自己多年从事传染病的诊治和研究,积累了些经验,此时应该去,就再三要求去了病房。对病人连续长时间的抢救耗尽了他的体力,过度的疲劳使他也不幸感染上了SARS病毒。还好,同行们又拼力把他救了过来。可他待自己的身体刚恢复,就又要求去了抢救一线,他说,有了这次亲身体验,我对SARS病的认识又进了一层,我去对付它,胜的把握又大了一点。广东有一位传染病研究专家,专门让一些医院把最危重的病人送到他那里进行抢救,使许多已准备告别这个世界的病人又回到了亲人身边。

历史上瘟疫流行时常会出现的另一个情景,就是人们把战胜疫病的希望全寄托在神灵身上。老人们也曾说过，过去有了疫病流传，人们首先想到的就是赶紧到寺庙道观去祈求神灵的保佑。每一个寺庙道观里都会出现大批的祈祷人群，就是村子附近的土地小庙前，也会跪满了人。人们把自己家里最好的东西拿出来敬献在神像前，祈求换回平安。个别地方还会去寻找得罪神灵致使神灵降下疫病的人，一旦他们认为找准了对象，他们会毫不犹豫地处死那人以让神灵高兴。一些神汉巫婆还会作法，把一些古怪的东西当神药拿来让人们吃，结果总会使更多的人染上疫病。但这次当 SARS 病袭来时，不论是住在城市还是乡村的人，都知道先打听预防的法子，探问在住屋里用哪一种消毒水最好，知道去买一个口罩致使口罩在乡村都涨到很高的价，都知道打听哪一种中药方子哪一种西药对防病有效。人们都把希望的目光转向了医学和医学家，转向了科学。在我那偏僻的故乡，据朋友们打来电话说，为防止疫病而去敬神的人当然也有，可更多的人是清扫自家的屋子，是洒消毒水；一些无钱的人家自己弄些柳枝、茅根、苇子根熬茶让家人喝了清火；有钱的人家就去买一些据说能增强免疫力的中药和西药来吃。

人们变了，当 SARS 瘟病扑来时，人们没有再像当年鼠疫、霍乱、天花等瘟疫袭来时那样，大规模地慌不择路地逃亡躲避，残忍地对待染上疫病的人，将希望全部寄托在神灵身上，从而给瘟疫增添疯狂；而是变得冷静、仁厚和理智了。这可能会使 SARS 瘟病也感惊奇：还是那块土地，我的前辈们能做到的事，为何我做不到了？它大概看不出，土地虽然依旧，可生活在这块土地上的人，已经在进化路上又走出了一段不短的距离；他们对自然界、社会和人自身的认识，又增多了不少。与先辈人相比，他们已是一代新人了！

在这一代新人面前，SARS 瘟病肆虐的时间不可能太长，它会和它的前辈们——鼠疫、霍乱、天花等瘟疫一样，被人们制服，导致 SARS 瘟病的冠状病毒，最终会被装进人间试验室的瓶子里，作为一种标本被保存。这也是没有办法的事，导致 SARS 瘟病的冠状病毒最聪明的生存办法，是应该学会和人和平相处。

回首过去，人类已经被瘟疫折磨过许多次，在很多岁月里，都是瘟疫占着上风，但人类从来都没有被瘟疫吓倒，更没有被完全打垮，他们中总有人坚强地从同伴的尸体旁爬起来，勇敢地持续地向前冲击，直到把瘟疫打退下去。当下的战局证明，面对 SARS 瘟病的汹汹进攻，冲上去抵抗的人不仅更多，而且更加顽强。

尽管目前战场上的态势还令人心焦，但表明胜利的号声终会响起！

在奥迪 A4 的家里

在车如流水的北京街头，偶尔能瞥见奥迪 A4 美丽的身影，每次看见她那端庄清雅的容貌，大家闺秀的气质，都令我的心一动。囊中羞涩的我，明白要想把这样的尤物娶到家里，不大可能，养不起呀！可亲近她的念头一直存在心底，得不到，咱到她的身边仔细瞧一瞧总是可以的吧？盛夏 7 月，一个机会飘然而至，《作家》杂志社邀我和一帮文友一起走进了她的老家——一汽大众公司，使我零距离地接近了她，我不仅得以用手触了她那光滑如玉的面颊，还摸了一回她那饱满诱人的胸脯。

她的家可真是气派，那是我见过的面积最大的房子，单是其中的一间，也有一个足球场大。就是在这里，经由公司里的人介绍，我才知道，作为德国名门奥迪家族的后裔，她有过辉煌的过去。她曾在欧洲高档 B 级车市场获得过销量冠军；一来到中国，便在国内高档 B 级车市场居于领导地位。也是在这里，我知道了她的前脸设计，采用的是奥迪家族最新标志性的形状；她的发动机，是新的奥迪 TFSI 涡轮增压汽油直喷发动机，这种发动机在 2005 年被权威杂志评为全球十大发动机第一名，代表了当今世界汽车发动机技术的顶尖水平；她的底盘，是全新设计的动态悬挂底盘系统；她的变速箱，是引领潮流的七速无极/手动一体式；她的驱动系统，采用的是全时四轮驱动技术；她的车身外观，继承了新一代奥迪产品的家族特征——一体式单框格栅。

在这阔大而漂亮的房子里，作为助产士的工人们正在为一辆辆新车的诞生忙碌着。一辆新的奥迪 A4，要经过冲压、焊装、油漆和总装四大车间，才能最终下线。站在现代化的生产线前，望着那不停转动的传送带，那些密密麻麻的机器和机件，那些不停工作的机器人和机械手，我不由得为人类的创造力感到惊喜和自豪。这些原本在世上并不存在的东西，都是经由人的脑和手，一件件创造了出来。从第一辆汽车出现到今天的一百多年间，正是由于无数的汽车设计者和制造者不停地创造和创新，才使得像奥迪 A4 这样精美的轿车得以出现。人，是这个世界上最聪明的存在者，只要有了人，许多造物主忘记去造的东西，都会被创造出来。人类，尽管在其进化过程中犯过许多错误，走过许多弯路，但在整个自然界里，他仍然是能动性最强的最重要的成员。

在这阔大的厂房里，由于生产流程的严谨，工人们被作了最精细的分工，每人一个岗位一份任务，大家紧密协作，共同为一辆辆奥迪 A4 的下线忙碌着。不容许谁站错位置做错事情，任何人做了错事出了纰漏，都会受到严格的纪律惩处。看着那么多人有条不紊高效率地在生产线上劳作，我这个行伍出身的军人也对这种高水平的组织能力发出了惊叹:这已经近似军队的管理了。我在生产线上看到,下一道工序的工人发现了上一道工序出现了问题,立刻给以标示和记录;质量监督者只要发现了不合格的部件,会立即挑出来扔在一边:即使车身上出现了一道小小的划痕,也要重新进行处理。现代化工业要求现代化的管理,现代化管理的任务,就是用铁的纪律把每个工人都变成战士。这使我突然间明白,近百年间我们中国在和西方国家打仗时之所以总是失败,其中一个原因,就是我们没有大工业管理方式训练出的有素质的人。仅从这个意义上说,一个国家要想强盛,没有工业的现代化发展是不可能的。

站在奥迪 A4 的家里,在机器的轰鸣声中,我忽然想到了农业生产。出身农家的我,知道在广袤的田野上,我的父老兄弟们从事农业生产的方式,和现代化工业的生产方式有太多的不同。农业生产强调天、地、人相谐,节奏舒缓,有忙有闲,人的精神压力相对较小;但它对自然条件的依赖很大,且生产中人与人之间的协作没有一定之规,田间管理随意而没有固定的标准,成本核算简单潦草,获得和付出常常相差太远。与现代化工业的生产方式相比,它在组织和管理上有太多的缺陷。倘若有一天农业生产采用了现代化工业生产的组织和管理方式,那它的生产率必会有极大的提高,生产面貌定会有崭新的变化,从而带动农民的生活方式也发生根本的改变。

我和几位文友最后站在了刚下线的一辆奥迪 A4 身边,望着她的俊俏模样,抚摸着她那光滑如缎的肌肤,我们都有些不忍离去。既然如此喜欢,干脆买一辆回去!有人建议。我的心跳得快起来。开着这样的车,就像钻进一位美女的怀里!有人鼓励。我的心有些醉起来。买车就和找女人一样,光看不要,你还是个男的?!有人在使激将法。我的牙一咬,决心下了:借钱也要买!年底下聘礼,春节前娶进家!

奥迪 A4,从明年起,你就要陪伴我这个长相和家境都比较一般,可能让你享不上多少福的男人了,你可愿意?

电与新战法

电是人类最伟大的发现之一，正是有了电，我们今天的生活才变得如此方便和丰富多彩。但有利自然有弊，随着人类在生活中对电的依赖日益加深，电渐渐成了一个新的争夺点，战争中的敌对双方为了战胜对手，开始把断电和毁电作为一种战争手段和方法。电的发明者做梦也不会想到，他创造出的这种神奇的为人造福的东西，竟可以为战争带来新活力，使一种新战法得以诞生，从而给人带来新的苦痛。

战争是什么？战争说到底就是参战的双方相互为对方制造痛苦，直到一方承受不了痛苦的重量宣布投降为止。人们对电的日益依赖，让军人们发现，断电和毁电已成为制造痛苦的一条新途径。

让敌国电网瘫痪可在战争初期为己方赢得战略上的极大优势。美军和北约部队当年空袭南斯拉夫时，首先用电磁炸弹让南斯拉夫全国的电网因短路陷于全面瘫痪。一旦电灯不亮了，电梯停止了，地铁停驶了，工厂的机器不动了，电车不跑了，水厂的抽水机不抽水了，电冰箱不制冷了，空调器不运转了，电吹风不响了，电饭煲不煮饭了，电脑不工作了，那人们心里的恐慌程度是不难想象的，巨大的痛苦也随之压到了该国人民的头上。恢复一国的电网不是一件简单的事，持续的黑暗会使人们心中的阴影越来越大，会让人们的抵抗决心一点一点地动摇。当累积的痛苦达到一定程度，其内部便会有人对抵抗的前景提出怀疑，于是，失败和投降的最初迹象就出现了。

摧毁敌方的电站、电厂常常是战役作战胜利的保障。一支军队要在一个地域里发动一场战役，而该地域存在着敌方控制的电站和电厂，若要取得胜利，不把这些电站和电厂摧毁，使他们失去有电的优势，怕是很难办到的。不论是水电站还是火电厂抑或是核电站，一旦被摧毁，在给敌方造成困难和震慑的同时，还有其他连带作用。比如水电站的被毁，会使大量的水冲出水库和江堤、河堤的管制，给敌方造成人员和财产的损失，迫使其分散兵力去应付；火电厂的被毁，则可能引发大火和高热气体的弥漫，给敌军造成间接的杀伤，这就为战役的胜利创造了重要的条件。

破坏敌军随身携带的小型电机的运转，是战斗中通常要用的一项战术。现代战争中，参战的部队一般都做好了民用电路被毁的准备，不敢再抱使用民用电的希望，故一般都在自己必须用电的战斗分队里，配备了小型轻便易于携带的发电机，随时可以发电用电。这样一来，战斗的一方要想很快使对方丧失抵抗能力，取得战斗的胜利，就要想法找到对方电机的位置，用火力准确地予以摧毁。通常，作战部队中使用电机的单位,多是指挥所或通信部门,一旦将其电机毁掉,它的指挥和通信必会发生混乱,这就为尔后战斗的发展打下了基础。

今天,电已经如此深刻地介入了我们人类的生活,以致连人类最危险的一种行为——打仗都必须和电联系在一起了。这使我们再一次感受到电这种隐身物质的重要性,再一次对它的发明者生出由衷的敬意。我是一个常常陷入幻想的人,有时我想,假如有朝一日电能钻出电线和我面对,我一定要轻声告诉它:你已经获得了人们的爱,你应该想办法离战争远些,不要让战争破坏了你的美和人们对你的深切爱意!

识“税”

认识“税”这个字，大约在小学三年级。记得老师告诉我们，这个字是由“禾”和“兑”组合而成，禾是庄稼，兑是交钱，收了庄稼之后要交钱，就是这个字的意思。

真正知道“税”的含义，是在读中学之后。教历史课的老师说，自从世上有了国家之后，也就有了税。税是为保证国家财政收入而设立的。在我们中国，最早出现的财政征收方式是“贡”，即臣属将物品进献给君王，那是在夏朝。贡是税的雏形。后来又出现了赋，赋最初是指军赋，后来渐渐扩大，有了税的含义。有历史典籍可查的对土地产物的直接征税，始于鲁宣公十五年（公元前594年），鲁国兴起了“初税亩”，按平均产量对土地征税。由此，税字和税收，正式出现在华夏子孙的生活里。

再后来，读史书多了方明白，税这东西，弄不好是会引起大动乱的。中国历史上好多次的农民起义,都是因为官府收的税太多太苛了。明朝的李自成能一呼百应,清朝的洪秀全能入主南京,与当时官府的税苛不能说没有关系。正确确定税的种类,恰当规定税收的额度,成为所有治国者必须认真对待的一个问题。

但明白税和自己的关系,是在写作有了稿费之后了。

在很长一段时间里,我不知道税与自己还能有什么关系。那年头个人的收入极少,一个月几十块钱,国家也没有个人所得税这个税种,我又不经商,所以我和税基本不打交道。我第一次交税是因为写了个中篇小说,稿费超过了八百元,杂志社替我交了个人所得税后,寄给我一张完税单子,我这才成了纳税人。这以后,我方慢慢明白,在一个现代化的商业社会里,税和我们每个人的关系都亲密无比。国家就是通过税收来进行收入再分配的;社会福利就是依托税收来完成的。

随着我写作量的加大和收入的增加,交税,成了我生活中的一项重要内容。每次领稿费的同时,还会领到一张完税的凭据。但说实话,我内心里并没把交税看作是一项责任,只当成是一种负担,总觉得交税吃亏。我常常暗暗在心底里抱怨:我辛辛苦苦地熬夜写作,赚一点血汗钱,税务部门不动不摇就一下子拿走那么多,太不公平!可抱怨也没办法,税务部门要求出版社、杂志社对作家的稿费完税实行代扣制度,你想不交想避税都不行。

懂得税收的庄严,是因为朋友经历的一件事情。

我一个朋友有一年去英国,在一个偏僻的小镇上停车歇息时,进了一家路边小店闲逛,店主是一个老太太。他在店里闲逛时无意中发现在小店的窗台上,放着一个好看的瓶子,那瓶子设计得极有艺术性,摆放在窗台上,是一件很有品位的摆饰物。他很喜欢,于是就问老太太:你这件摆品什么地方有卖的,我也想买一件带回中国。老太太笑着告诉他:那只是一个空酒瓶,是她喝完了酒随便放在窗台上的。他颇意外,忙说:既然是一个对你没用了的空酒瓶,那卖给我好不好?老太太沉吟了片刻说:不卖。他又很意外,说:既是对你没用,为何不卖?是怕我出钱少吗?这样吧,你说多少钱我就给你多少钱,我不讨价还价总可以吧?老太太再次笑了:卖给你当然可以,也不是怕你出钱少,我之所以不卖,只是因为这种空酒瓶国家并没有定下卖出后要交的税率,我卖了后可怎么交税?这回答让他很是吃惊,忙说:国家没定税率你就不交呗,何必那么认真?老太太听了很不高兴,回道:卖了东西不交税,那我不是违反了税法吗?哪有一个守法公民不交税的?他非常意外地看定老太太,没料到她会说出这话。他后来只好笑笑说:哦,那就罢了。可不防老太太这时又拿起那个空酒瓶说:既是你喜欢,我就把它送给你了。他拿住那空酒瓶怔了,好久,老太太含了笑说:酒瓶赠送给你是可以的,但卖,就会让我因没法交税陷入为难之境……朋友回国后说了他这段经历,让我很受震动,看来,在西方,守法交税已成为大多数普通民众的自觉行动,他们把交税看作是一种庄严的责任和义务。我和他们因为历史的原因,在对交税的认识方面,相差的距离实在太远。

知道世界上税的种类千奇百怪,是在有了出国机会之后。

随着中国改革开放的进行,我也有了出国的机会。出了国以后才知道,外国的税种五花八门。在美国加利福尼亚海滨小镇尼密,设了一种“风景税”,凡住在海滨,房子面向大海和沙滩的公民,每年要交六十六美元至一百八十四美元不等的风景税,当地百分之六十的居民都是纳税人,仅此一税种,政府每年可增加财政收入四十多万美元。比利时的新法律规定,居民要交“易名税”,父母给子女改名,每改一次,要交税二百比利时法郎。法国设了一种“乞丐税”,凡在巴黎香榭丽舍大街乞讨,每年须交一万五千法郎的税。前苏联曾设立了一种“独身税”,对二十至五十岁的独身男人征收独身税,独身女人不纳税。这些税种见多了,方明白税收也是各国政府解决难题的一种手段。

我不再是一个糊里糊涂的纳税人。

如今,我交的税主要有三种:一是工资收入所得税;二是稿费收入所得税;三是一点存款利息税。虽然每种都不多,但随着纳税时间的延长,一种义务感渐渐在心里固定了下来。

当了纳税人后,我心理上有两个重要变化:一个是见到国家有重要建设项目上马,我总喜欢在心里说,这个建设项目也有我的贡献在其中,在我交的那些税金中,说不定有一些就用在了这个项目上,很有一点自豪感。另一个是见到国家有些建设项目成了废品或用处不大时,心里特别疼,总觉得浪费的就是自己的钱。听说哪里在建的大桥垮塌,知道哪个国企失火,听说哪个国企经营赔了大钱,看见有人公款吃喝,再不会像过去那样,觉得与己无关,而是很生气,很着急,自己俨然也成了国家的主人。

我很惊奇:竟然自认为主人了?

酒在军中

历朝历代的军队将士，都喜欢酒。

酒，这种先人发明的液体饮料，在军中可是大有用处。

用作火种，来点燃军人杀敌的豪气。自古至今，出征的将士，是要喝壮行酒的。喝罢壮行酒的军人，会豪气直冲脑门，勇往直前地杀上敌阵，绝少有人退缩不前。古代将士们喝壮行酒的情景笔者无缘看见，当代将士们喝壮行酒的场面我可是见过一回。那是在南部边疆的一处战场上，时间是在一个黄昏，即将出发去攻占一个高地的几十名官兵，全副武装地肃立成一排。师、团、营的首长和几十名女兵每人端了一碗白酒走过来站在他们对面。师长语气凝重地说：我们来给你们送行，请大家喝下这碗酒！他的话音刚落，女兵们已双手把酒捧到了战士们脸前。那是极肃穆的一刻，现场除了晚风翻动战士们衣襟的响声之外，再无其他声音，出征的男兵们在暮色里默然看一眼敬酒的女兵，便接过碗一饮而尽。敬酒的女兵们和出征的男兵们一样知道，男兵们此去大多是很难回来了，因此她们接过空碗之后，会忍不住扑上前吻他们一下，那是极短的一吻，因为带队的军官在说完一句“请等我们的胜利消息”之后，很快就发出了出发的命令，几分钟后，出征的队伍就会消失在越来越浓的暮色里……

用作清水，来洗去凯旋将士身上的征尘和疲累。征战归来的将士，是要喝庆功酒的。仗打胜了，班师回到大本营的将士们，脱下征衣，要庆贺胜利，要论功行赏，喝庆功酒。这酒通常是要坐在宴席上喝的。笔者见过一支部队由南部边境凯旋回到军营喝庆功酒的场面，那场面使我至今难忘。开席前，一向不苟言笑的首长说：今天，我破例地允许你们放开喝，喝醉了不算违犯军纪！首长们敬第一杯酒，祝酒辞是：辛苦了，弟兄们。这胜利是你们用鲜血换来的！那杯酒里满是对部下的关怀和体恤。第二杯酒，是军人们的未婚妻和妻子们敬的，女人们的祝酒辞是：亲人们，总算把你们盼回来了，喝吧，喝下去解解乏。这杯酒里满是亲人的体贴和情意。第三杯酒是驻地附近的乡亲们敬的，乡亲们的祝酒辞是：感谢你们守牢了国门，让我们在后方能平安做自己的事！这杯酒里满含了尊敬和感激。第四杯酒是驻地中学的孩子们敬的，孩子们的祝酒辞是：叔叔们卫国立功，为我们做出了榜样！这杯酒里满是钦佩和羡慕。接下来，是留守的战友，是刚接来的新兵，是地方上的领导，一杯一杯地轮番敬，使得那些战场上的硬汉子在感动和激动中一杯杯地喝着，那酒液像温暖的清水，把他们衣上的征尘、身上的疲累和心里的委屈都冲洗得干干净净……

用作祭物，来祭奠在战场上死去的战友。一场大战过后，祭奠战死者也是要用酒的。我在南部边境的一处烈士陵园里，看见大战之后刚从战场上下来的军人，一拨一拨地来祭奠才埋入土中的战友。他们肃立在那一排排烈士墓前，在念过简短的悼词，在分发了香烟、水果等祭物过后，军人们每人拿了一瓶酒走到一座墓前，起开瓶盖，缓缓地把酒液浇在墓的四周。当酒味在空气中弥漫开来的时候，能听到他们含泪的低语：喝一点吧，喝了酒好上路……

用作抚慰剂，来抚慰作战失利打了败仗的战友。世界上没有常胜将军，也没有常胜的军队，只要打仗，就会有失利和打败仗的时候。打了败仗的将士们回营，也是要喝酒的。酒在这时已变成了抚慰剂，来抚慰将士们那颗充满歉疚、不安、羞愧、沮丧的心。当酒液伴着温暖的话语进肚之后，将士们会重新振作起来，会使他们下定来日再展身手的决心。

用作黏合胶，来把战友之间的嫌隙抹平，把将士们的心紧紧黏合在一起。军队也是一个世界，不可能没有矛盾。平时，你哪件事处理不公，伤了我；我这件事考虑不周，刺了你。战时，你合围不及时，放走了一部分敌人；我支援不力，给你造成了损失。一来二去，战友之间就会出现矛盾和嫌隙，消除嫌隙的办法很多，坐在一起喝酒也是办法之一。双方在一个上司的召集下往酒桌前一坐，几杯酒下肚，错的一方道几句歉，对的一方就会主动拦住说：好了，喝酒！酒再喝下去，脸越红耳越热，彼此就开始称兄道弟将心比心慷慨无比心胸开阔地说话，到最后，差不多都能尽释前嫌握手言欢。

当然，酒在军中也引起过祸端。一些人因饮酒过多而失态丢丑甚至贻误战机打了败仗，但那毕竟是个例，不能因此就怪罪酒，酒并没想让人喝醉，喝醉的责任在喝酒者没有把握好喝的量，任何好东西都不能用得过度。

酒这种饮料，是先辈的发明创造物中最重要的一种。试想，若是世上没了酒，那人的生活将变得多么乏味，军人们的日子将少去多少乐趣。

酒，军人们永远对你满怀爱意！

旁观者

一位朋友的叔叔在澳门赌场做事，他去年来京，我们有过一次长谈。话题自然是关于澳门赌场的。我们聊得坦率而尽兴，事后想想，他谈出的一些东西颇有意思，现追记并公开出来，供茶余饭后一读。

我二十二岁进赌场做事，如今已经三十一年。做什么事我就不细说了，干我们这行，有时也需要保密，保密了对自己的人身安全有好处。

我虽然在赌场做事，但对于赌博，却一直是个旁观者。当一个旁观者的好处是，能把事情看明白。就像你不做官，却能把官场看个明白一样，这些年，我可以说算是把赌博这个行当看清楚了。

赌博这一行，别看名声不怎么好，其实起源很早。传说咱们人类的祖先，最初在非洲土地上能直立行走，就缘于一次打赌：一位男祖先和一位女祖先同时发现了一棵果树，那棵果树上又只结了一个果子，两位祖先都想吃，咋办？男祖先对女祖先说，你要是有本领不用两只前肢走路，只用两只后肢走到果树跟前，那果子就归你吃！男祖先坚信女祖先做不到这一点。女祖先太想吃那个果子了，就说，好，我就试试，万一我成功了，你可不要反悔！男祖先说，行。女祖先于是鼓起全身力气，猛地腾起前肢，用两只后肢着地艰难地向果树走去，这是她第一次这样为难自己，她走得摇摇晃晃，随时都可能倒下去，可果子的诱惑是那样强烈，让她终于坚持了下去，她到底走到了果树跟前。她最后得到了那个果子，她在大口吞咽果子的同时也对自己可以只用两只后肢走路的事生了惊奇：我竟然可以这样走路?！男祖先也很惊奇，他在惊奇的同时也开始学着像女祖先那样走路。当时他们两个都没有意识到，这其实是一个伟大的创举，是他们送给后代的一个最好的礼物。

当然，这是传说。

不过，我们中国的汉代，人们在喝酒时就有了近似打赌的游戏，把一个壶置于一定距离处，几个人拿了筷子分别向里边投，投中的，不喝；没投中的，喝。

赌博本身并不创造财富，它主要是重新分配财富，把姓刘的钱分给姓张的，把姓张的钱再分给姓唐的，把刘、张、唐的钱分一些给开赌场的。分配的办法是强制性的，你只要往赌桌前一坐，你就要承认别的赌客有按规则来分你钱的权利，当然你也有权去分别人的钱。

我们每个人的本性里边，都有一种不劳而获很快致富的要求，这种要求人人都有，不同的只是轻重程度，或能否约束住这种心理要求。赌博这种东西，利用的就是人的这种本性，你想要不劳而获很快致富吗？那就来赌博吧。

应该承认,赌博的确是一条能让人很快致富的途径。我亲眼看到过很多例子。他们前一天还是谁也不愿理的穷光蛋,可突然就变成了大富豪,成了众人争相上前握手巴结的人物。香港一个姓田的先生,得了重病,急需住院治疗,可他因失业在家手上没钱住院,一气之下决定来澳门的赌场里碰碰运气,他拿上自己仅有的一千二百港元来到澳门,他原来想,假如这些钱赌输了,那就跳海自杀,不在世上受罪了。他进了赌场就不管不顾地赌起来,没想到一天赌下来,竟一下子赢了八百多万元。他那个高兴呀,他走时是我送他出门的,他絮絮叨叨地说着他来赌场的经过并且一定要给我小费。他回港后,一家医院把车开到他家里把他接进了医院住下,最后把病治好了。前不久我去香港,恰巧碰见了他,看见他正在自己开的一个超市门前同人大声说笑,连声音都跟过去不一样了。大陆一位姓林的青年,有一个堂哥在澳门做事,他来探望堂哥,想让堂哥在澳门给他找个挣钱的工作,不想堂嫂嫌他穷,对他爱理不理,而且冷言冷语地要赶他走。他很伤心,觉得不如不来。临走的前一天,他进了赌场,心想,这可能是我最后一次来澳门,咱也体验一把赌博,回去也好向乡亲们吹吹牛。他于是掏出了身上的钱,除了留下路费,剩下的就去赌,没想到他在老虎机上一下子碰到了年度大奖,得到了一千多万澳门元,惊得他话都不会说了。他堂哥一家听说他得了大奖,也很吃惊,堂嫂待他的态度立马变了,再三热情挽留他多住些日子,可他摇头说不住了,他给堂哥留下了五十万元,说这是借你的福得的奖,给你留个纪念吧,跟着就离开了澳门。

当然,输的人也不少。北京有一个大官的秘书,利用手中的权力为一家公司办了事,那家公司的老总为了感谢他,陪他到澳门玩,看罢了澳门的风景后,两个人进了赌场。那老总买了五万块的筹码交给秘书，说：输了作罢，赢了，钱都是你的。那秘书没有心理负担，就很痛快地玩了起来。没想到还真赢了，总共赢了七十来万元，他还了老总五万元的筹码钱，自己带了六十五万多元兴冲冲地回到了北京。回到北京后，赢钱的事让他心中不能平静，想，若再赢一次，以后就再不用为钱发愁了。于是暗中决定，下个周末再到澳门赌上一把。没想到当他再次来到我们这家赌场时，开始不断地输，越输他越急着想扳回来，钱没了就在赌场借，一夜过去，他输了将近一百九十万元人民币。天亮时，他绝望地抱住了头。他在赌场借的钱不还上是不让走的。没法，他只得往北京的家里打电话，他老婆一听他输了这么多的钱，先是吓傻后是吓哭了。据说他老婆哭着四下里筹钱，三天后才把钱借齐打了过来。他被允许走的那天傍晚，仇恨地望着我们的赌场叫道：老子此生永不再进你的门……

我在赌场里做事，你说对赌完全不动心，那是假话，就像你见了漂亮女人，你能没一点想法？可这些哭哭笑笑的事看得多了，心就静下来了，就如你总看男女之间吵嘴打架，你会淡了惹女人的心一样。我现在是真的一点也不想去赌的事了。我只把到赌场做事看作谋生手段，我只靠自己的工钱来养家糊口。

澳门与别的地方相比，最大的特点就是赌场漂亮赌业兴旺，特区政府财政收入的一半源于这门产业，它是澳门经济的支柱，到澳门不去赌场看看不是傻瓜就是假装正经。当然，你看看可以，但一定控制着不能动心。须知，每个人的心底里都有赌一把的欲望，切记不要让赌场把你不劳而获的欲望勾出来，只要它把你的欲望勾了出来，你就准备好擦泪水的纸巾吧，那泪水不是笑出的就是哭出的……

中原的口号

在我的故乡——古老的中原上空，曾飘飞过许多口号。

跟刘秀走，吃住全有！这口号出自久远的汉代先民之口。

打过潼关去，灭掉李隆基！这口号来自遥远的大唐王朝，出自安禄山集聚在洛阳的反叛军队。

归顺金兀术，猪狗不如！这是宋朝的中原人喊出的。

密植深翻，小麦亩产三万三！这是二十世纪五十年代末期“大跃进”时响彻在中原田间的口号。

时代变了，口号也在变。

如果你今天有机会走进中原，如果你有兴趣了解河南人，如果你没有因为那些流传全国的丑化河南人的虚构故事而带着偏见，如果你愿站在中原大地上侧耳细听，你会隐约听到又有三个新的口号在空中飘飞：

到外边去——

做有产者——

学会快乐——

声音出自一些年轻的喉咙。他们的声音也许会让你的心为之一动。

如今，在河南的许多乡村和小镇上，年轻人见面，打招呼时常说的一句话是：出不出去？抑或是：啥时出去？一些年轻人常会禁不住问自己：出不出去？

出去，到外边的世界里去闯荡，正变成一股风在许多年轻人的心里鼓胀。这里的到外边去，既包括去外村、外镇、外县，也包括去外州、外府、外省、外国。

到外边去的途径有哪些？

首选是考学。考上大专去府城，考上本科去省城，考上研究生去京、津、沪、渝，考上托福去外国。到那里去展开自己的人生，去寻找幸福的生活。

小辉第三次走进考场时，照例是7月的一个上午。他在座位上坐下那阵，还能感觉到两个沾有泥巴的腿肚在打战，他知道这是因为紧张。如果今年再考不上，家里就没有再供他续读的能力了，那通过考学走出乡村到外边去谋生的愿望就很难实现，数年的努力便会毁于一旦。他吁一口气，尽量让自己平静下来。还好，考卷发到手后，他的心竟自动定了下来，几年的苦读使这些试题都已经看不出难度。考试全部结束时，他的心里已有些把握，但他不敢让自己高兴，直到郑州大学的录取通知书发到了他的手中，他才敢让自己仰天长叫一声：嗷——他在郑州大学的东门外告诉我：我不会再离开郑州了，我一定要学出点真本领，我会在郑州这个城市里站住脚的，我一定要干出点让人刮目相看的事来！

见到小尹是在北京一家农贸市场的菜摊上。我从他的菜摊上买了几根黄瓜,讲价的时候,我们彼此都听出了对方是河南人。他告诉我,他带着新婚不久的妻子来北京打工,一时没有找到工作,只好先来这儿卖菜,边卖边打听招工的消息。他对未来充满了希望,他说:我们先租一间小房子住,然后打工赚钱,总有一天,我会在北京买到一套属于自己的房子!会变成正式的北京人!他还告诉我,他已经和他的妻子说好,三十岁之前不要孩子,他们要先创业后养子。小尹走的是第二条路:卷上铺盖外出打工。这也是到外边去的最简便的法子。

还有一条到外边去的路就是当兵!在庐山顶上一棵造型奇美的松树下,一个年轻的河南籍士兵告诉我,他出来当兵,能当上军官自然好,提升不成,他复员后也不会再回河南老家,他要在九江找点事做,最终在这儿安下家。九江给人提供的机会总要比自己的村子多,他坚信自己最终能在九江获得成功。他还笑着说,当年,中国革命是从江西起步走向胜利的,我也要从江西起步走向我人生的辉煌之点。

千百年来,有一条古训一直在中原乡间代代相传:金坑银坑,不如自家的穷坑。可今天,这古训的影响力已微乎其微,年轻人都开始相信幸福在别处、在外边、在城里,他们甘愿背井离乡去四处寻找。

到外边去,已经成了响彻在年轻人心中的口号。

一个国家人口流动量的大小,也是衡量这个国家文明和开放程度的一项指标。

做有产者!这是又一群年轻人的口号,这口号主要飘响在中原一些城市的上空。

曾几何时,有资产、有资本被视为一种耻辱,有资产的人被视为另类。可如今，在郑州、洛阳、开封、新乡、南阳、信阳这些城市里走动，你会碰到许多正做着富有梦的年轻人，和他们聊天，你会发现他们现在最关心的是怎样挣一份家产，做一个真正的有产者，把日子过得殷实富足起来。年轻人聚在一起，互相间常问的问题是：开没开公司？炒没炒股？买没买房子？有没有汽车？最近又赚了没有？

小方是从卖羊肉烩面发起来的。他家住在临街的一栋楼房的一层，是套三室一厅的房子，他腾出其中的两间开了一个羊肉烩面馆，他擀面、切肉、炖肉，妹妹端饭、收钱、擦桌子，也就是两三年时间，他就攒下了一笔钱。接下来，他停了烩面馆，租房开了家美容美发店，这下子赚钱更快，两年下来，可就买了一套高级公寓。现在，他已是一家妇女儿童用品公司的老板了，上下班开着自己的奥迪轿车，头发梳得一丝不乱，西装穿得板正笔挺，是一个像模像样的有产者了。

小安是四处向朋友告借之后才走进股票市场的。他的运气还算不错，一开始便没有失手。他知道自己输不起，所以死记一条：不贪多。每次一有小赚他就抛。小赚积起来，也就慢慢地多了。钱多了，他也仍然谨慎小心，一次也不大意，照旧是一有小赚就出手，从不摆财大气粗的谱。股票市场上的人很少知道他也是富人，直到有一天，他忽然把一栋别墅买到了手，人们这才惊呼：看不出这小子也是有产者了！

小宫原是一家小学的音乐老师，钢琴弹得还算可以，当然，离钢琴家的称呼还有很远的距离。她原本很安心于这样的教师生活，准备不久就找一个丈夫结婚过寻常的日子，可那股要当有产者的呼声渐渐使她的心也活了起来。她开始在课余时间办了一个钢琴辅导班，收了三个学生。她自己也没想到接下来会有那么多的人来报名，没想到愿让自己的孩子学钢琴的人家那样多，尽管她把收费标准提得挺高，她的辅导班里学生的人数还是在不断增加。到后来，她灵机一动，干脆开了个钢琴学校，又雇了一些琴师来当教师。眼下，她也拥有了宽敞的公寓和轿车，成了地道的有产者。

一个国家的有产者越多，才会越加安定和祥和。

"学会快乐"这个口号，最初只在中原一些城市的年轻人中流传，后来渐渐向乡下漫开，也为许多农村的年轻人所认同。

小邱家在郑州，他最喜欢在一天的忙碌过后，吃过晚饭与女友一起去打几局保龄球。他在一家保龄球馆买有月票，晚饭后挽上女友去到球馆，边和女友说笑边打球，球技不断提高，和女友的感情也不断升温。他说，每晚打完球，出一身大汗，洗一个温水澡，和女友甜甜蜜蜜地亲吻告别之后上床睡觉，特别快乐舒服。

小董家住豫西南农村，除了种责任田之外还开了一个小小的杂货铺子，他对自己的夜生活也做了快乐的安排：平常看看电视里的连续剧，来了牌友和棋友就打打扑克下下象棋，有时几个爱哼豫剧的朋友凑到一起，就让会拉弦子会敲梆子的把家伙拿来，在弦乐和梆子声中高腔大嗓地唱几段豫剧——"薛仁贵征东"或是"寇准背靴"，直唱得众弟兄哈哈大笑，而后，带着满怀的快乐去睡觉。

今天，不论是城里还是乡下的年轻人大都已经懂得，人活着，能不能活得快乐，客观环境固然重要，但在很大程度上还是取决于自己。有的人家产百万仍活得郁郁寡欢，有的人手握重权依然少有笑颜，有的人名满全国还整日四处抱怨，这都说明能不能快乐地活着和个人的心态调整有关。学会乐观地快乐地活着,会提高自己的生活质量,会延长寿命,会使人的生命过程显得更有意义。也正是因此,许多年轻人都赞成这个口号:学会快乐!都注意去寻找快乐的助手,安排快乐的活动,培养积极的情绪。

但愿中原的年轻人都能活得快乐!

一个国家快乐情绪的人越多,这个国家才会越有前途!

花洲书院重修记

花洲书院位于邓州市外城东南隅，因傍百花洲故名。北宋范仲淹创建。庆历五年十一月至皇祐元年正月，范仲淹知邓州。公促兴百业，且营百花洲，创花洲书院，开邓州州学之先河。庆历六年九月十五日，公遵挚友滕子京嘱，在花洲书院写下千古名篇《岳阳楼记》。

范公逝后，邓人感其功德，遂在百花洲畔建祠以纪之。近千年间，花洲书院累圮累修。光绪三十一年知州叶济重修书院，更名为“邓州高等小学堂”。今日邓州市第一高级中学，即由此发展而来。

为承先人文化遗产，扬范公忧乐精神，自公元2002年始，在两任市委、市府领导下，得崔振亭、刘朝瑞、李国忠、刘新年、刘树华等主政者全力支持，以政协主席杨德堂为主任之修复委员会，率一批仁人志士，殚精竭虑，多方筹资，精心组织，对花洲书院行全面修复。此一德政工程得社会各界并贤达名流鼎力相助，或建言献策，或慷慨解囊，或题赠墨宝。

此次重修，其工程规模为史上最大，历三年方告竣。总投资一千四百余万元，构仿古建筑四千平方米，辟江南园林百余亩。葺修了春风堂、藏书楼、范文正公祠、景范亭。移建了庑房六间及石坊、石亭各一座。重建了春风阁、览秀亭、文昌阁、范公井亭，百花洲及洲上之菊台、嘉赏亭。整修城墙城河六百米。又以杏山之石叠山造峰，新建了石桥、门楼、照壁及亭榭轩舫十六座。为丰富书院历史文化内涵，又筑范仲淹陈列馆、中国书院博览馆、姚雪垠文学馆、邓州名人馆，建范仲淹诗文碑廊、中国书法大观碑廊、邓州古碑廊、名人咏邓州碑廊。

修复后之花洲书院坐北朝南，气势恢宏，古朴典雅。大门位于景区之南，依次为石坊、范公桥、门楼。过门楼沿城墙东行百米，拾阶而上“书山一览”台，登高望远，书院全貌尽收眼底。台东为春风阁，台西为览秀亭，台北正对书院中轴线，自南而北依次为照壁、大门、棂星门、春风堂、先圣殿、万卷阁及左右堂庑。西部为范文正公祠和名人馆。东部百花洲园林分南北两区，南由万寿山、五峰山并亭、馆、轩组成园中园；北由三岛组成百花洲主体。湖中莲花争艳，岛上亭台相连。沿洲北长廊东行，可登上城墙。城头建仓颉亭，向南隔文昌阁与春风阁遥遥相望。城墙上松柏森森，墙内曲流潺潺，墙外碧水环抱，真乃一处绝美人文景观。如此功德千秋之业，不可无记。受家乡父老之嘱，谨叙其缘南始末，权为记。

面对"假设"之答

我军投入的最后一场战争,距今已经二十来个年头。当年参战的营以上军官,如今多已白发满头离职退休;当时的连排干部和后来由士兵提升的军官,现在也已经四十多岁且多数离开了一线战斗岗位。我们总后所属的部队,这种经历过战争考验的官兵数量更少。在军委要求我们做好军事斗争准备的今天,新一代的官兵在接受了战斗精神教育之后,对投身未来战争究竟是怎样一种精神状态,是我这个入伍已三十五年的老兵很想弄清的问题。也正因此,在新麦开镰时节,我登上了南行的列车,走进了总后的三支部队,开始了我的追问。

追问是按三个假设进行的——

假设之一:参战命令午夜抵达

1941 年 6 月 22 日 4 时 30 分,法西斯德国未经宣战,就在 1500 公里宽的正面上向前苏联发动了全线进攻。5 时 30 分,当大批德军已侵入苏联国境后,德国驻苏大使舒伦堡才向当时的苏联外交人民委员莫洛托夫宣布德国已开始对苏作战。也就在 5 时 30 分左右,当时苏军西线的一个团长在睡梦中被值班参谋摇醒,参谋将刚刚收到的一份电话通知记录交给了他,他打着哈欠看着电文:迅速展开部队迎击入侵的德军。他愣在那儿:怎么可能?我们和德国签有互不侵犯条约,他们虽有不友好的举动,但并没有说过要废约的话,再说他们即使入侵我国,也不可能这样快就到了远离国境的我团防地,竟要我现在就展开部队?!一定是弄错了,他有些恼火地看着参谋:你没有听错或是记错?参谋立正答道:没有。团长看了眼床头桌上的电话,也许是因为怕出笑话,他没有拿起电话亲自去核对,而是把电话记录重又交到参谋手上,说:速去核对一下,我觉得有误,展开部队可不是儿戏!参谋匆匆走后,他重新躺了下来。当参谋核对完后再次急奔进来时,团长又已响起了鼾声。参谋第二次摇醒团长,刚说了一句:电话无误——德军的第一批轰炸机便已临空,猛烈的爆炸声随即便在该团的驻地上响起,团里的许多官兵就在宿舍里被炸死炸伤,团长也被弹片削去了半个手掌……

这已经是多年前的事情了,但至今回忆起来仍会让我们扼腕叹息。当战争突然到来时,人们的反应常是各种各样的,那位团长的反应是其中一种。

于是我做了这样一个假设:我们持续了多年的平安生活

突然中断,作战命令在一个午夜猝然抵达各部队,那时,部队的官兵们将会是怎样一种反应?

我就此问了62111部队的政治委员孙浩宗,这个在青海塔尔寺附近长大,有着西部男儿强悍之性且获过全军书法比赛大奖的文武双全的中校胸有成竹地答:不管作战命令何时到达,我和团长陈志忠都会即刻召开作战会议,随即按上级要求,命令各营速照预定作战方案行动,全团会在预案规定的最短时间里完成所有作战出发行动到达集结地域。我们不可能有任何迟疑,更不会造成一点延误,因为我们现在担负着全军的战备值班任务,是应急作战部队,平时都处在四级战备状态。无论在平时还是在最近的战斗精神教育中,我们一直在让所有的官兵明白,我们是一支随时都可能出动去执行作战任务的部队,拉得出是我们每晚睡觉前都要想到的事情。我们连队的在位率一直保持在百分之九十以上,我们平时就人车定位,全团备好了三日份的油、粮、柴。为了增强官兵们的战备意识,我们规定每周的星期四为战备日,不论多热或多冷,全团官兵都要身着迷彩作战服上下班工作和生活;每周的星期五,要进行小拉动。逢了节假日,我们还会突然较大规模地拉动部队,让官兵们在急骤的哨音里练出一种紧张且从容的战时行动习惯。1997年的一个半夜,黄河大决口后,我们团一接到地方政府要求支援的请求,就连夜迅速出动,边动员边行军,顺利完成了任务,那真是一次接近实战的检验。我们平时为了做好随时参战的准备,始终注意抓好两个问题:一是人才,二是训练。所谓抓人才,就是不看关系看本领,切实把真正能干的干部和战士放在关键岗位上;所谓抓训练,就是按照实战的标准出科目练部队,不搞花架子,不搞练为看,不怕训练出事故,要练出实战需要的真本领!我们提出的战备标准是：一旦参战命令下达，不经临战训练，不经装备补充，就能立即拉得出、开得动、运得上。我们提出的口号是：首战用我，用我必胜！

假设之二：敌精确制导武器突然临空

1999年，当美军和其他北约国家的军队扬言要对南斯拉夫进行空袭时，在南斯拉夫国内一个偏僻的山谷里，守护着一批重要物资的十几名军人，坚信对方根本找不到他们来实施轰炸。这一来是因为他们所在位置离国境较远，二来是因为他们早已对那批物资进行了周密而巧妙的伪装。不过，当空袭真的开始时，他们仍保持着很高的警惕性。白天，军人们全隐蔽在草丛和石缝里，监视着几个进出路口，防备着潜进境内的敌特分子找过来；到了晚上，军人们才松一口气，在进出路口布上地雷后，相继返回到山里的一处空地上，来吃一顿热饭并进行休整。连续多天，这个地方都没有出事。这种平安使守护的军人们更加坚信他们和他们保管的物资是安全的，只要对方的部队不打进来，无论是地面上的敌特分子还是空中的敌机，都不可能找到这个地方实施破坏。有天晚上，他们来了一次小小的庆祝，生火烤了鱼和牛排，喝了点酒，晚饭过后，为了去除大家心中对战争前景的忧虑也为了消除疲劳，有人提议听一阵音乐，于是就打开收音机选了一个音乐频道，大家围坐在那儿静静地听着。美妙的音乐声让他们暂时忘掉了空袭和战争，心都沉浸在了音乐所制造的美境里，也就在这时，一阵呼啸声突然由天而至，在人们都还没反应过来时，一颗自动寻找热源的智能炸弹就落地了。随之，巨大的爆炸声响彻了谷地……

事后人们得知，那是美军用智能炸弹对这片谷地所进行的一次侦察性袭击。

在今天的战场上,伴随着巡航导弹和各种智能炸弹的出现,其实是无所谓前方后方的,远在后方的目标,很可能和前沿目标同时挨炸,也因此,一旦战争开始,我们所有参战的人员,所有重要的目标,就都有遭受精确制导武器袭击的可能。对此,我们基层部队的官兵做没做这种思想准备?我问62152部队的王鹏主任——来自湖北黄冈的王鹏是一个事业心和责任心都很强的领导干部,在本职岗位上已经工作了六年,对官兵们的所思所想可以说了然于胸。他答:就我们单位的情况来说,我们为国家保管的,是战时很珍贵的东西,敌人不可能不惦记着,一旦战争开始,势必成为敌人寻找和袭击的目标。再者,从世界上近年来发生的几场局部战争看,军队的后勤目标一直是对方远程精确制导武器的首次打击对象。也因此,我们在平时就经常提醒官兵,不要因为自己身在后方就认为可以高枕无忧,要随时绷紧战备的弦;在这次战斗精神教育中,我们更向全体官兵强调,未来战争一旦打响,每个人都要想着敌人随时可能朝我们动手,做好迎接敌人精确制导武器袭击的准备。我们做好了各种防备预案,强调加强机动力量建设。对无法搬动的东西,我们要进行以假乱真式的伪装。对易遭打击破坏的部位,要准备好备用的场地和用品。我们全部工作的标准,就是在做好人员和物资防护的基础上,保证收得进发得出,提高快速反应能力,为战争的胜利提供保障。我们要求部队真正做到"四个一",即:一旦应急保障任务下达后,通过紧急集合的形式就能立即出动;一旦收发作业区遭敌袭击破坏,通过应急作业场地就能立即展开,达到平时作业能力的百分之八十以上;一旦出口被敌方空袭封堵,通过自身的力量,就能展开疏导;一旦编制兵员有较多减员,通过一专多能途径,就能完成任务。其实,别说到了战时,就是平时,我们也没有一刻敢松懈大意,我们每时每刻都在防备着敌人的破坏和袭击,防备着自己人工作中的粗心大意,我们反复向官兵们讲明,一旦我们经管的东西出事,上对不起国家和人民,下对不起家庭和自己。我们的战备值班制度非常严格,各类值班值勤人员必须二十四小时在岗在位,尽职尽责。我们单位的领导干部,每天都要到分管的哨位和核心部位检查一遍,不然是不会入睡的。逢了节假日,我自己也坚持在部队过,否则就有些不放心。我们这种单位,是一点点问题都可能酿成大事故的,节假日我即使回了家,其实心也放不下,所以干脆就不走,待其他领导回来了,我再补休。我们在安全管理上,设立了六条防线,即:强化安全管理,严格规章制度,完善设备设施,提高技术防范,加大督促检查,落实整改措施。对重点人员定期进行严格政审,切实做好防间保密工作,做到"无事多思隐患,平时多思对策"……

假设之三:战场信息凸显你成孤军一支

在美军 2003 年对伊拉克展开大规模地面战之后,在伊拉克南部城市塞马沃附近守卫的伊军一个营,做好了迎战美军的全部准备,从营长到士兵都决心和敌人来一番殊死拼杀,尽管在这之前美军的空袭使他们的人员和装备遭受了一定损失,但士气并未受到影响。可就在美军先头部队刚对友邻部队展开进攻时,该营所有对上级和友邻的有线电和无线电联系全部中断,在这同时,收音机里传来了他们熟悉的广播电台播音员的声音:"我受命十分沉痛地宣告,我们敬爱的萨达姆总统不幸遭受敌军飞机轰炸,为真主和国家光荣献身……"

官兵们听后大吃一惊，总统已经没了？营长非常怀疑这个消息，但收音机的频道是对的，播音员的声音也是对的，他想迅速核对这个情况，可惜无法和外界联系，他灵机一动，让手下立刻去找来一台电视机，打开一看，电视上正有人在对总统被炸身亡发表评论，评论者义愤填膺且痛心无比，这让他不得不信了这个消息。在这同时，有十几个伊拉克平民相继来到营中，报告说周围的部队全已无心再战，阵地差不多都已失守。电视机里这时也开始播放伊军投降的画面，营长的抵抗意志一下子垮了，心想，总统没了，友邻部队都投降了，我这个营再单独抵抗下去能有什么意义？不过是徒增死亡罢了。于是，便下令手下一个军官向美军发出了投降信号……待他后来被受降的美军士兵带到一个营地之后他才明白，友邻部队仍在抵抗，总统也并未被炸死，他在这之前所得到的全部消息，都是美军巧妙制造出来的。

他痛悔无比……

在信息战和心理战被广泛运用于战场之后，类似的故事在未来的战争中还有可能再次发生，对此，62190 部队的部队首长孟国斌有清醒的认识，他说，我们的战斗精神里必须有一条，就是沉着坚毅，处变不惊。未来战争的激烈性、残酷性和危险性都难以预料，加之心理战广泛运用于现代战争，对指战员的心理素质提出了更高的要求，只有在实践中不断培育沉着坚毅的心理品质，才能确保在指挥未来作战中处变不惊，临危不惧，百折不挠，夺取胜利。该部队政委白万贵说，要在严格的军事训练中增强官兵的心理素质，按照战训一致的要求严抠细训，有意识地设置一些复杂环境和艰苦条件，通过近似实战的磨炼，提高官兵的毅力和应对各种复杂情况的能力。

我问由山东泰安入伍的检修所所长裴涛，你想没想过，未来的战争一旦开始,敌人可能利用各种渠道散布虚假信息,从而动摇你的抵抗信心这件事?裴涛笑答:过去的确没想过,但我对美军攻打伊拉克这场战争很关注,对美军的战法做过一些研究,我注意到他们经常散布伊军某某部队投降的消息,从而动摇伊军的军心,增加其内部的混乱,这种信息战心理战确有威力。我由此意识到,在未来战争中,敌军在一定时间内,可能控制信息的发布权,会干扰你国家正常的电台广播,然后用相同的频率用模拟的声音向你发布虚假信息;敌军可以用新的电视发射装置,播放经过精心剪辑的欺骗性电视节目;敌军可以在因特网上同时发布许多虚假消息并展开辩论,把你搞得糊里糊涂;敌军还可能利用收买的人用口口相传的办法散布动摇军心的消息。总之,他们在一定时间里,可以切断你获取正常信息的所有渠道,只给你提供虚假消息,从而把你的脑子搞乱,让你做出错误的判断,改变原本正确的决心,下达错误的命令。因此,我们各级指挥员的头脑一定要清醒,要善于分析在战场上获得的各种信息,要能够识别真假去伪存真,从而做出正确的判断。要有独立作战的能力,在和上级与友邻部队失去有线和无线联系之后,要按照战场情况,独自判断独自指挥独自作战……

在听到了上述这些对假设问题的回答之后,作为一个老兵,我的心是轻松的。当然,这一切还有待实战的考验。

一支军队的精神状态,是和它的战斗力紧紧联系在一起的。当我走完这几支部队的驻地,听了这些回答之后,我对我们总后部队在未来战争中的作为充满了信心,我坚信他们一定会圆满完成军委交给的各项任务,为保障打赢做出贡献!

自然,我的这个预言也要经过实战的检验。

丹水北去

最早知道丹江，是在上小学三年级的时候。记得是一位老师向我们提问：哪位同学知道离我们学校最近的一条江的名字？全班同学无人举手回答，最后是老师说出了答案：丹江。这条江距离我们这儿也就五十公里。

我由此把丹江记到了心里。

丹江再次进入我的记忆是1969年。这一年，还在上高中的我从报纸上知道，丹江的水要调到北京去，丹水北调的渠首枢纽工程已在我们县的九重乡陶岔村开工建设。这件事当时引起我注意不是因为它的重要性，而是因为村里人相传，凡参加修建陶岔渠首的民工，一天三顿都可以吃饱，而且有的中午能吃一顿白面条。这引起了我的极大兴趣，因为那个年代，吃不饱和吃不到白面一直是折磨我们乡间年轻人的大问题。听说全南阳要征集十多万民工去修渠首，仅我们邓州就要征得一两万人，眼见得村里不少人去当了民工，我也动了心。但拿到高中毕业证的希望最终战胜了去当民工的心愿，我再一次失去了与丹江见面的机会。

与丹江相隔的五十公里，对于当时的我，是一段遥远的距离。因为那时乡间还很难看到汽车，所有的路途全靠双脚来走。也因此，直到我当兵离开家乡，我也没能去一睹丹江的姿容。

真正站到她的身边，是在二十世纪九十年代初。因为要拍摄根据我的小说改编的电影《香魂女》，导演谢飞让我陪他选外景地，我们去了丹江岸边的荆紫关明清一条街，在那里，我才得以一睹丹江的芳颜。

她太清瘦了。

不宽的江面，不深的水流。这是江吗？我有些失望。

陪同我们的淅川县的朋友看出了我的失望，笑道：你来的时节正逢她节食瘦身，要是到了夏季，你就会看出她其实是多么地厉害，看见镇街临江的那些吊脚楼了吗？有的夏天她曾经想越窗去强吻楼窗内的男人。

我吃了一惊，却也将信将疑。

进入新世纪初的一个夏天，我再次回到了故乡，这次回故乡的目的，就是想去丹江和丹江口水库沿岸采风，为写一部新的作品做准备。我在朋友的陪同下去了马蹬——这是丹江岸边的一个镇子，在马蹬渡口，我看到了丹江发野时的真面目：江面一下子宽出许多，水浑黄且夹着枯枝败叶，水流湍急，浪头翻滚，旋涡一个套着一个，江水奔涌时发出一种瘆人的啸声。如果把我上次在荆紫关看到的丹江比作一位少女的话，此时的丹江则像极了一个披头散发、龇牙咧嘴的泼妇，随时都可能扑到你身上抓得你遍体是伤。我们坐着渡船过江，船在江面上剧烈地颠簸起伏着。船老大告诉我们，只要秦岭的山上一下暴雨，这条发源于秦岭的江就会变成一匹狂奔乱跳的野马，历朝历代，因为这条江的洪水破岸决口，使沿岸人吃了太多的苦头……

领略了丹江的狂野之后，我们去了下游拦江水而成的丹江口水库。坐船到了这座号称亚洲第一大的水库里，风景为之一变，经过了沉淀的库水清澈湛蓝，无边的水面微波荡漾，水鸟在空中翻飞鸣叫，偶尔可见有鱼跃出水面，在阳光下炫耀着优美的体形。在江水与库水的接合处，能看见一条鲜明的分界线，一边浑黄，一边清澈，原本奔涌而来的江水，在扑入巨大水库的怀抱之后，像孩子扑到母亲的胸前那样，一下子变得温顺起来。

陪同的朋友告诉我，水库的大坝坝顶海拔高程原来是一百六十二米，不久就要加高到一百七十六点六米，正常蓄水面积由七百四十五平方千米扩大到一千零五十平方千米，正常蓄水位由海拔一百五十七米升高到一百七十米，相应库容由一百七十四亿五千万立方米增加到二百九十亿五千万立方米。到那时，由这里调往京、津、冀、豫及沿线城市的水，一期可达九十五亿立方米，二期可增至一百三十亿立方米。我当时望着浩渺的水面在心里高兴，我就要在北京喝到家乡水了……

之后，我开始沿水库北岸行走，想去看看住在水库岸边人们的生活。一连走了几个村子，我的心开始沉重起来，原来看水所引起的那种兴奋慢慢消失。当时是酷暑天气，天像要下火一样，但有的村子里的人却一律住在由树枝、石棉瓦、塑料布搭成的简陋棚子里，有的人家即使砌了砖墙，也是有门无窗。这样的住处，室内和室外一样热。我问坐在树荫下乘凉的人们，为何不好好修修房子过日子，他们说：俺们原来住的地方已经被水库里的水淹掉了，俺们现在是临时住在这儿，以后水位提高了，俺们住的这个地方还要被水淹掉，俺们在等待向更远的地方迁移，所以无法也无心建设住处。在另外的村子里，房子虽然是砖瓦建的，但年久失修，早已显出了破败之相。乡亲们告诉我，他们已经有二十几年不修缮房子了，更不要说搞别的建设，为了把一库清水送到北京，俺们随时准备迁走。我望着这些等待迁移的乡亲，知道他们为了这座水库的建设，为了南水北调，已经吃了太多的苦，付出了太多的汗水。陪同的朋友告诉我，因为南阳是水库的主要淹没区，将来大坝加高后，淹没会涉及淅川县十一个乡镇、一百八十四个行政村、一千二百七十六个村民小组，淹没土地总面积达一百四十四平方千米，还会淹没大量的基础设施，各项淹没损失多达九十亿元，需要迁出和安置的农村移民近二十万人……

我记得我当时吸了一口冷气。

我的故乡我的乡亲，为了南水北调，奉献了太多的东西！

最近的一次丹江之行，是在南水北调工程即将通水的时候。这一次，我先去看了水库沿岸的治污设施，因为身在北京，我知道北京人最害怕调来的水不清洁。在汇水区淅川县、西峡县和内乡县，都建成了城区污水处理厂，建成了生活垃圾无害化处理场，重点污染源也都配套建成了污染防治设施。全南阳市关、停、并、转水源区污染企业近五百家，黄姜加工、钒矿冶炼、造纸、酿造、化工等重污染排水企业都已经消失。为了解决水源区日益突出的总氮超标、总磷浓度上升问题，南阳市引进推行了依托高效生物制剂、综合治理农村面源污染的新技术，把农村生活垃圾、畜禽粪便处置为高效有机肥，替代化肥使用；用生物保护剂替代农药，种植绿色农产品。由于实行了先治污后通水，先环保后用水的政策。目前，在渠首断面二十九项水质监测指标中，几乎全部指标都优于国家二类水质标准。

我最后站在了渠首闸上，这道闸门，是通往北京的丹水的水龙头。站在这道闸上南眺，是总长度达十余千米的引丹总干渠。这条深四十九米，底部宽一百五十米，上部宽五百米的干渠，当年是南阳十余万民工在施工条件极其简单，环境十分艰苦的情况下，花五年零八个月的时间修成的。挖出的土方、石块六千余万立方米，这些土石若砌成宽、高各一米的小坝，可沿赤道绕地球一周半。为了挖这条引水渠，有二千八百八十名群众在工地上受伤致残，有一百四十一人牺牲。我的故乡邓州，死伤的民工就有很多。几十年过去了，死者坟上的草已经青了又黄，黄了又青，终于，他们的英灵等来了这项工程的启用时刻。

站在渠首闸上北望，就是一眼望不到头的蜿蜒千里的自流水道。很快，北京、天津、河北和豫北，就可以通过这条水道，迎来清澈的丹江水了。

对一项工程的评价和对一个朝代的评价一样，需要时间。给一项大工程下评语，历来都是由后代人去做的。但不管日后怎样评价这项工程，我都想请后人们记住：曾经有一代人，梦想用自己的力量，来改变上天给我们国家设定的南方多水北方缺水的局面；曾经有一代人，勒紧自己的裤腰带，用吃红薯和黑馍积蓄的能量，奋力挖土凿石，梦想给后代创造出更好的生存条件！

假若有一天后人们发现了这项工程有缺失之处，也请你们仔细体会前人的心意,不要一笔就抹杀所有人的劳绩。

在结束本文之前,我还特别想对就要用上丹水的北京的朋友们说一句话:请珍惜和节约水!清澈的丹水里其实是融有汗水和泪水的,如果不节约,你会对不起很多人的!在保证你正常生活的情况下,请尽量少用水。水,真的来之不易呀!几十年的时间,几千亿元的耗费,十几万人的辛苦劳作,几十万人的搬迁,容易吗?我听有的专家说,如果按照德国人和以色列人对水的珍视和节约办法,仅北京一城,一年就可节约十亿立方水。学会节约吧,我的兄弟姐妹叔叔阿姨爷爷奶奶,水,才是我们人类最宝贵的东西,如果你的手上只有黄金、钞票、珠宝而没有水,你能活过几天呢?

不要把浴盆的水放得太满!

不要把洗车的水龙头开得太大!

不要把洗菜的水随便倒掉,再用它浇浇花草!

不要把喝剩下的半杯水倒在水泥地上,倒进土里吧……

清明节

始于周代的清明节，在我们中原乡下，是每家每户都很看重且要认真去过的一个节日。

从出生到现在，我已经过了六十来个清明节了。六岁之前过的那些清明节，基本上没留下印象，大概从七岁开始，对过这个节日的情景才开始有记忆了。

我记得少年时每当清明节快到时，母亲都要告诉我，清明前后，天会暖和，雨会增多，是种东西的好时节，这个时候点瓜种豆，苗会出得好；栽树种花，成活率高。对这个节气，咱种庄稼的人，可一定不能忘记。我记得每逢清明节快到时，母亲会把南瓜种子拿出来，装在一个葫芦瓢里，让我端了跟着她，她则拎个镢头，在房前屋后的空地上挖土窝，她挖出一个土窝，叫我从葫芦瓢里捏出两粒南瓜种子放进去，然后又拎来水逐窝浇，浇完，再封点干土。没过几天，那些土窝里就拱出了翠绿翠绿的瓜苗苗。

清明节这天早饭后，母亲会把预先准备的供香馍和火纸装进一个篮子里，然后拉上我，跟着扛了铁锹的父亲一起，向我们家的祖坟走去。母亲告诉我，清明节这天，是祭祖和扫墓的日子，我们要给死去的祖辈坟头培上新土，不然，他们的坟头就会慢慢矮下去；要在他们的坟前烧纸摆上供香馍，告诉他们咱来看他们了，没有忘记他们，给他们送来了吃的和在阴间使用的纸钱。一家人到了祖坟上，父亲照例是挖土往爷爷、奶奶、老爷爷、老奶奶的坟上培土，在坟顶上盖一个碗状的土块；母亲则把供香馍在每个坟前摆上一些，然后就是烧火纸，当火纸燃着了之后，母亲就拉我和她一起在每个坟前磕一个头，我对做这个动作不太愿意，每当我抗拒时，母亲总要瞪我一眼说：傻东西，磕头是对他们表达敬意，没有他们，咋会有你？

清明节这天，母亲还总是到水塘边的柳树上折些柳枝，回来用绳子捆了挂在房檐下，她说，这一天的柳叶特别嫩特别润，晾干之后可以当茶叶用，人喝了柳叶茶后，可以败火治嗓子疼。到了夏天天热时，母亲就从那捆柳枝上扯些干柳叶下来，放在盛了开水的水盆里，水盆里的开水立刻变得绿莹莹的，这就是柳叶茶。柳叶茶放凉了喝，喝到嘴里稍有些苦，可喝下去会觉得肚里和身上都很凉爽。

在我的印象里，清明节这天下雨的时候多，而且多是细雨，天地间被这细雨弄得雾蒙蒙的。下雨天不能随意到屋外玩，我就以为老天爷是在与我作对，有时就指了天抱怨：你真讨厌！母亲看了总是急忙拦住我说，小孩子家，怎么敢指责老天？清明节这天所以爱下雨，是因为老天爷知道人们祭祖时会伤心，就用这种天气来陪伴大家，这是天人一心的意思。长大后，读到杜牧的诗句：清明时节雨纷纷，路上行人欲断魂。

借问酒家何处有,牧童遥指杏花村。才明白,多少年以来,清明节这天都爱下雨,老天爷并不是独与我作对。

清明节这天也有不下雨的时候。不下雨时我就特别高兴,可以和伙伴们在青草地上玩踢鞋楼的游戏,可以和伙伴们摔跤和打闹,可以荡秋千,再不就是去放风筝或看别人放风筝,看见风筝像鸟一样地在蓝天上飞动,我们会高兴得哇哇大叫。少时的清明节对于我,其实是一个玩乐的节日。

长大了,变老了,尤其是身边的亲人去世之后,再过清明节,那份感觉又不一样了。少时去祖坟上扫墓,因与坟中的先辈并未见过面,祭奠他们好像只是在尽一份血缘相连的责任;如今去陵园扫墓,与园里的亲人曾朝夕相处,那份疼痛感是那样的强烈和难忍,流泪是难免的。不过,近些年每当我在清明节去陵园扫墓时,望着亲人的墓碑,我都要求自己尽量平静下来,努力去想象亲人们在天国的生活图景。在我的想象里,天国有个最美的区域叫享域,供所有净化之后的灵魂栖息,他们在那儿,会享受到天国之神赐给他们的最美好的生活……

身为一个军人,每年的清明节到来时,我也常常思念那些在战争年代与和平时期为国捐躯的前辈军人和战友们。我曾去过南部边境位于山坡上的烈士陵园,看过东部海岛上的烈士墓地,在西部格尔木位于戈壁滩上的烈士墓前看被风雨剥蚀的墓碑。那些为了我们民族和国家献出生命的烈士,应该被我们后人记住,在清明节到来时,我们不要忘了在他们的墓前献上一束鲜花,向他们表达我们的爱意和敬意。

过了这么多的清明节后,我开始明白,先人们在长期生活过程中逐渐设立起这个节日,用心可能有三个:其一,促使我们不断回望自己生命的源头,从而增加家族和民族的向心力和凝聚力;其二,提醒我们按时春耕春种,从而在物质上保证家族和民族的繁衍生息;其三,督促我们去享受春光,体会人生的美好和短促,从而更加懂得珍惜生命。

我不知道我还能在世上过几个清明节,不过我会把每一个清明节都过好,我会把每一个清明节看作接近天国的一个驿站,直到有一天能抵达美丽的天国……

说秋收

一

秋天,是自然界最慷慨的季节;秋粮,是田野回馈给农民最美好的礼物;秋收,是大地母亲向儿女们发放奖品的时刻。秋收开始时,人们对丰收满怀希冀;秋收结束后,人们对土地充满感激。秋收充实的,是我们的粮囤;秋收强化的,是我们劳动的信心;秋收巩固的,是我们共和国大厦的根基。

二

小时候挎个竹筐随母亲去田里掰玉米棒子,是最高兴的时候。看见一个又一个长长的玉米棒子被自己掰进筐里,装到地板车上拉回村,心里很有成就感。玉米熟了的时候,有些鸟会飞来寻食,在湛蓝的天上盘旋且发出响亮的叫声,好像在为我们的劳动作着伴奏。有时掰着掰着,会突然把原本藏在玉米地里的野兔子惊起,在野兔逃跑的时候,我会立刻扔下装玉米的筐子,撒腿去追,尽管每一次都追不上,但在气喘吁吁中还是觉得欢喜无比。地里有个别发育晚的玉米秆,是青的且很甜,只要看见这种玉米秆,母亲总会把它掰断给我,让我当甘蔗吃,啃着玉米秆,会觉得心里好甜好快乐……

三

秋粮的丰收,从来都不是无条件的。种子、土地、气候的关系里充满奥秘,劳动工具与方法的改进永无止境,没有对农业科技知识的把握,丰收就只能是一种希冀。农民和农业科技专家才是最亲密的兄弟。当我们品尝秋粮的芳香时,别忘了向农民鞠躬;当我们庆贺丰收时,别忘了向农业科技专家致敬。

四

年轻时我家乡的红薯种植面积很大,秋收时我干得最多的活儿是用钉耙去刨红薯。一亩红薯能刨出几千斤,一堆一堆的,太让人自豪了。红薯的丰收和农业科技人员的劳动也紧紧相连。我记得当时农业专家们培育出了一种新的红薯品种,叫 553 号,553 号红薯的芯是红色的,不仅高产,而且脆甜,可以生吃。我当时特别爱去刨这种红薯,因为可以边刨边吃随时填饱肚子。有一年秋收刨 553 号红薯时,我生吃得太多了，结果把肚子撑得很疼，疼得我不断地呻吟，母亲见状哭笑不得，只好拉着我在地里不停地走，好让我赶紧把吃下去的553号红薯消化掉……

五

秋收，也是劳动强度最大的农活之一。埋在地下的果实，长在地上的庄稼，哪一样秋粮人不动手都不会自动归仓。拱腰、屈腿、伸颈，农人的每一个秋收动作都不轻松；大风、阴雨、浓雾，每一种恶劣天气农民都得承受。在急喘中抹去成串的汗珠，是秋收农民的常见动作。大自然就是要以此教会人类懂得对粮食的珍惜。

六

当年在家乡参加秋收时，我最不愿干的活儿是摘绿豆。要说这个活儿也不是很重，双手不停地把绿豆秧上已经变黑成熟了的豆角摘下来，放进竹筐里就行。可干这个活儿的弯腰动作特别令人难受。当然，你也可以不弯腰，蹲在地上摘，但那样摘的速度就太慢，半天摘下的绿豆就很少。绿豆一旦熟了，你晚摘半天，就会有不少豆角因成熟过度而裂开，使豆粒掉进土里。这就要求你最好是弯腰摘。弯一个小时腰还能勉强忍受，要是一连弯几个小时，那简直是太痛苦了。我记得摘半天绿豆下来，我的腰弯得都不会直起来了。干完活儿为了治这种腰疼，我常常在田里仰躺下来，把腰放在田埂上，把臀部和头放在田埂下，使下弯的腰再反弹回来……

面条的前世今生

面条是我们河南人的主要食品。一般人家每天都至少要吃一顿面条。我小的时候，村子里衡量人富不富裕，有一个标准，是看他一天能吃几顿面条，凡一天能吃上两顿面条的，都可被称为富人。我母亲就常羡慕地指着别人家的院门对我说：你看看人家多富，一天都能吃两顿面条！

河南人对面条的迷恋达到了别人很难理解的程度。像我，如果连续几天不让我吃面条，就会急得抓耳挠腮。我在西安上军校时，军校食堂很少做面条，我就在吃过午饭或晚饭后，再悄悄出校门到外边的小饭馆里掏钱吃一碗面条。有一年去俄罗斯访问，连续几天吃不到面条，把我弄得好难受，于是就邀一个河南籍的朋友一起，在一个晚饭后四处去找吃面条的地方，跑了圣彼得堡好几条街道，才找到一个华侨开的面馆，一问价钱，合人民币四十五元一碗。再贵也要吃，我一下子吃了两碗，这才舒服地回到了所住的宾馆。在我们那里流传着这样一则笑话，说是有一个婴儿，在妈妈肚子里看见妈妈天天吃面条，知道了面条好吃，妈妈生他那天，遇到了难产，妈妈被折磨得哭喊连天，可就是生不下来，这时候奶奶急了，在一旁抱怨儿媳说：面条都做好了，还不再使点劲?！这话让婴儿听到了，以为是叫他吃面条哩，肩膀一缩，哧溜一下就钻出了妈妈的肚子……

其实在中国，爱吃面条的可不止河南人，我知道陕西人、山西人、甘肃人、青海人等黄河流域及其以北地域的人，也都喜欢吃面条。南方人多把面条作为一种辅食，其实南方的米粉、米线和河粉，也是面条的种类。差不多可以说，在中国，很少有完全没吃过面条的人。也是因此，各地都有自己的面条品牌，像河南的烩面，陕西的油泼面，山西的刀削面，兰州的拉面，上海的阳春面，杭州的葱油拌面，镇江的锅盖面，济南的打卤面，北京的炸酱面，四川的担担面，武汉的热干面，香港的虾子面，台湾的担仔面，新疆的拉条子等。据不完全统计，现在中国习惯吃面条的人约有八亿，从二十世纪八十年代开始，工业化的方便面快速发展，到 2004 年，方便面生产已达四百八十亿份，产值二百九十亿元人民币。如今，中国的面条已有五百多个种类。

吃面条的也不止咱们中国人，意大利人吃意大利面和通心粉，目前，全球意大利面条的年产量已达一千万吨。日本人吃日本拉面，朝鲜人吃朝鲜冷面。顺便说明一下，意大利和今天欧洲人吃的面条，是由威尼斯商人马可·波罗从中国传过去的；日本拉面是由“遣唐使”从中国传过去的。

人为什么会吃面条？这得从人类发现发明食物的历史说

起。我们知道,人类发现火之前,主要是生吃食物;发现了火之后,最初只知道把采摘的植物的果实和猎获的动物的肉煮熟、烤熟了吃,对植物的果实是粒食,还不知道把植物的果实粉碎了吃;粉碎果实是在石磨出现之后,春秋末期,公输般创制了石磨,麦子、谷物的粉食才成为可能。有了面粉和米粉之后,怎么把其做得好吃,又在考验着人们的智慧,这时,有的人只是把面粉、米粉炒炒吃,叫吃炒面;有的聪明人把面粉、米粉加水和成团,再捏成片放汤中煮,叫吃汤饼,实际上是吃面片;还有的手巧的人,把面团搓成长条放进汤里煮,这样还叫吃汤饼,实际上就是吃面条。

吃汤饼也就是吃面条,是从东汉开始的,但一直到了宋代,面条才正式被称作面条。《东京梦华录》里记载,汴京的面条已有好多种了。古籍中第一次出现关于挂面的记载,是元朝忽思慧的《饮膳正要》。这样说来,面条的发明权应属于中国人。

但关于面条的起源国,前些年在世界上却争论不断。意大利人说是他们发明的,阿拉伯人说是他们发明的。我们中国人拿出关于面条的文字记载让他们看,意大利人拿出他们关于面条的壁画照片让我们看。还好,2002 年 10 月中旬,中国社会科学院研究员叶茂林带领工作人员在青海省民和县喇家新石器遗址上,发现了一个倒扣着的碗,揭开碗,在碗形泥土的顶端,也就是原碗的底部位置上,躺着一团鲜黄色的线状物,外表形似我们今天吃的拉面,经鉴定,这是小米粉做的面条。喇家毁于一场地震,这碗来不及吃下的面条被密封在地下,直到四千年后才重见天日。这碗面条,为中国人赢得了面条发明者的殊荣。此后,英国《自然》杂志发表了题为《中国新石器晚期的小米面条》的论文,到此,关于面条发明权的争论才算得以终结。

面条这种食品不仅做起来简便，营养丰富，而且有一些种类，还被演绎成故事，赋予了人文含义。比如，长寿面。传说汉武帝时，有一天议完朝政，君臣开始闲谈长寿之事，有人说脸长可以长寿，有人说人中长可以长寿，有人说耳垂长可以长寿，君臣们的议论传到民间，逐渐变样，把脸换成了面，说成面长可以长寿，于是人们为图吉祥，为求长寿，就渐渐形成了在生日这天吃面的风俗，而且这天的面条要擀得切得越长越好，以面长寓意寿长。

又比如陕西岐山的臊子面。传说有一个父母双亡的穷书生，由哥嫂抚养，嫂子不仅面条做得好，而且打的卤好，为了让小叔子读好书求功名，嫂子为他打的卤中有肉有菜，齿间留香，后来小叔子果然成了举人，嫂子做的这种面就被誉为“嫂子面”。其他人听说了“嫂子面”的做法后，为了让自己的孩子考取功名，也仿制这种面，但孩子却屡屡落榜，弄得又羞又愧，所以这面便又称“臊子面”。

再如三鲜伊面，传说伊尹的母亲常年卧病，伊尹特意用鸡蛋和面，揉擀切条之后，先蒸熟，后油煎，这样即使他不在家，母亲也能很方便地吃面，而且久放不腐。吃面时浇的汤是用鸡、猪骨头和海鲜炖制而成的。伊尹母亲在儿子的悉心照料下身体康复，所以这种面又叫“孝子面”。三鲜伊面的做法和今天的方便面的做法很相似。

面条这种吃食的演化历史给了我们三点启示。其一，一个民族的主要吃食都不是在短时间内偶然出现的，而是这个民族在长期的生存过程中逐渐创造出来的，有无数人参与其中。我们今天在享受每一种祖先传下来的美食时，要对前人充满感恩之心。其二,一种吃食所普及地域的广度,是和创造者的经济文化影响力相关的。我们中华民族创造的面条所以能传至意大利和日本、朝鲜,扩展至欧洲和阿拉伯世界,是因为我们民族的经济文化影响力曾经很大,我们中华民族曾为很多国家的人所仰视。美国的麦当劳快餐今天能在全世界开连锁店,也是这个原因。其三,一种吃食一种吃法一旦在某一地域形成习惯和传统,它会对该地域人的生理和心理产生很大影响,它会和人们对该地域的爱和对该地域人的爱交互在一起,成为乡情、民族情的一种重要成分,成为地域文化和民族文化的内容。面条很容易把河南人聚拢在一起,中餐很容易把中国人聚集在一起。

愿大家都爱吃面条!

愿我们中国人今后能创造出更多的美食!

当兵上战场

大约是老了的缘故,我现在常常会去回想小时候的事,偶尔还会忆起幼时和伙伴们在一起玩打仗游戏的经历。那游戏的玩法是,六个男娃六个女娃分成两拨,一边三男三女。两拨人分站在一个大土堆的两边,女娃只管把土揉成土蛋蛋递到男娃手里,男娃负责把土蛋蛋投向对方。

每次游戏开始时,双方各选一位身个高力气大的男娃当头头,一个头头会高声地向另一个头头喊叫:投降不投降?另一个头头照例地回一声:不投降!于是“战争”正式开始。一时间,土蛋蛋乱飞,你朝我方扔,我朝你方扔,边扔边笑边跳边叫,快活异常,直到一方有人被土蛋蛋打疼哭了起来,或大人们过来干涉,“战争”才宣告结束。

游戏结束之后,两拨人很快又重归于好,又在一起交换好吃的桑葚或不熟的枣,再不就是让对方看自己逮到的蚂蚱或扯来的野花。

那时以为打仗就是这样好玩，能给我们带来快乐和欢笑。那时我们动不动就提议：上战场，打一仗？！

懵懵懂懂的我们哪里知道，真正的战争和战场是另外一个样子。

会不会是因了幼时常玩这种游戏，便在我的心里种上了最初的当兵的念头？

说不清楚。

长到十八岁时，发现考大学的路已被“文革”堵住，吃不饱肚子又成为日益严重的问题，于是便决心去当兵。当兵，成了我们这些农村学生当年改变命运的唯一途径。当我和许多同乡小伙坐闷罐列车抵达山东之后，我才知道，我所在的部队是野战军，我当的是野战兵。

当上了野战军炮兵团的战士，吃饱穿暖了，我又慢慢意识到，既然当了野战军里的兵，就得要随时准备上战场打仗吧？

这个时候已经懂得，上战场打仗，是随时可能流血死亡的。懂得这个主要来源于看电影，那个时候常看的电影有两个，一个是《南征北战》，一个是《英雄儿女》，两部电影都让我们看到了战场上死人的场景。

这让我有点小小的慌张。不过转念又想，并不是所有的兵都要上战场，也许根本轮不到我哩！

可是很快，部队开始了战备教育：突然袭击是敌人惯用的手段，要随时做好上战场打仗的准备！

那个时候，珍宝岛之战结束还没有多久，打仗的气氛正在四处弥漫，战备教育和这种气氛相互烘托，使我们更加相信战争真的就在眼前。我的班长、排长、连长都不断地告诉我们这些新兵，男人当兵就是要准备上战场，战场上的英雄才是真英雄，是不是真男人战场上见……

我们年轻的心被激荡起来，青春的血开始燃烧，对打仗的害怕慢慢被抛到了一边，我和我的战友们开始常常在心里想着：何时上战场？

为了准备上战场，我们的武器就挂在床头，每个人的子弹夹里都压着满满的子弹。我所在的指挥连测地排是负责为炮兵准备射击诸元的，每个班的经纬仪、三脚架和标杆都放在床头的桌子上，以便有了情况提上就走。每个人都对自己的物品进行了三分：哪些是随时准备带走的？哪些是准备后送给亲人的？哪些是准备暂存在营区的？身上有点津贴费就赶紧寄给家里，唯恐上战场时窝在了自己手中。

为了准备上战场，我所在的地面炮兵团进行了严格训练，在单兵技术训练和班排连战术训练的基础上，全团开始离开营区搞冬季拉练。第一次参加全团拉练，所见的场面让我震撼：许多辆牵引着各种火炮的炮车加上指挥车、保障车，竟排出几十里的长队，每辆军车上都罩着伪装网，车队在蜿蜒的山路上行进，像极了一条蠕动着的长龙。那时坐在车厢里就想，军人行军真是威风，什么时候能当个团长，指挥这样一支队伍去打仗，那该是一种多么光荣和了不起的事情！

为了准备上战场，全炮团施行铁路输送，直拉到几百里外的潍北靶场进行实弹射击。那是我第一次参加炮兵带演习背景的实弹射击，一切所见都令我惊奇：长长的军列趁夜间行进在铁路线上；卸载后又乘着夜暗不开车灯急行军；一到演习地域就迅速呈战斗队形展开……我当时还是测地兵，为了给全团的火炮准备射击方位、距离和高程，我们背着经纬仪在空旷的海滩上奔跑忙碌，几天里没吃过一顿热饭，饿了，吃几口挎包里带着的凉馒头;渴了,喝几口随身带的水壶里的凉开水。白天,我们测量各种数据;夜里,我们打开对数表反复进行演算,待把全团演习需要的所有射击诸元都准备齐全之后,我们已三天三夜没有睡觉了。困得迷迷糊糊的我们,听见整个炮群齐射,在震耳欲聋的响声中一齐瞪大了眼睛……

那个时候,年轻的我们真的做好了上战场的一切准备,包括精神的和物质的,可庆幸的是,战争并没有真的爆发。

难得的和平岁月,让我和我的同龄战友们平安度过了青春时代。

一九七九年南部边境战争爆发时,我已调到了大军区机关工作。参战,已轮不到大区机关里的军官。可我的很多战友都上了前线,这不能不使我特别关注战况。我当时非常渴望听到前方的消息,每天早饭后上班前,部里要念一份战情通报,我侧耳细听着每一点内容,想在脑子里复现前线的情景。战场虽然在几千里之外,可它连着所有军人的心。那些天,营区里鲜有高声喧哗,人们都是一脸肃穆脚步匆匆,直到胜利的消息传来,直到大军班师回国,我们才松了一口气。

对于这场战争,自己其实只是一个远远的旁观者,并没有切身的感受。所做的贡献也就是写了一个短篇小说《前方来信》,发表在《济南日报》上。

这场战争结束之后,很多官兵都认为,我们的国境线上会安静下来,不会再有来犯者,我们可以在一个相当长的时期里高枕无忧。

可是没有多久,枪声就又响了起来。

虽然战斗的规模不大,但它一直在南部边境的一些部位持续着。一直持续到八十年代中期,持续到我由西安政治学院毕业，让我和它发生了关系。

那是一个下午，刚刚调入军区创作室工作的我得到通知：与军区报社的领导及几名记者一起去前线采访。我一开始自然是高兴：总算得到了一个上战场的机会；但接下来便是紧张：这可是真要上战场了，上战场就不能保证你不挨子弹和炮弹。

心里的紧张当然不敢显露出来，脸露紧张那就太丢人了。我一脸坦然地和战友们启程去北京坐飞机飞往云南，可心里的紧张一直没有消失，随着离前线的距离越来越近，我能感觉到它在我心里悄悄地膨胀。

我们到了军部。这里是前线指挥部。藏在一个山坳里的“前指”由一片板房和帐篷构成。这里的气氛与后方的营区完全不同，到处都是荷枪实弹的哨兵。接待我们的干事告诉我，到这里就要小心了，虽然这儿离前沿阵地还有一些距离，但不能不防敌人特工队的偷袭。我心里的紧张开始加倍。就是在这个山坳里，我第一次听人讲述了突击队出征的场面：常常是在黄昏时，去前沿执行突击任务的突击队员全副武装列队接受首长们的送行，这些突击队队员人人抱定了必死的信念，他们中也确实很少有人能再回来。行前，首长简短的动员之后，是喝壮行酒，给他们敬酒的，通常是女兵，每个女兵将酒碗递给突击队员在他们喝了之后，常会情不自禁地扑进他们的怀里给他们一个热烈的拥抱，有的女兵还会情不自禁地给队员一个长吻……

第二天，我们的采访开始。采访的对象如今都已记不起了，能记得的是在一个师医院里采访时，看见了他们用木头、荒草、炮弹壳、输液瓶和塑料布搭起的小亭子。还记得护士长说过的话：战斗激烈时，我每天黄昏都要去山坡上掩埋手术切下来的战士们的小腿，有时要埋一大篓子。我记得我听到这儿时打了一个哆嗦，战争的残酷由此刻在了我的心里。在这个战地医院里的采访，让我后来写成了短篇小说《汉家女》，这篇小说使我获得了1985—1986年度的全国优秀短篇小说奖，并坚定了我以写作为业的信心。在我的内心里，我对那所战地医院，对那所医院里的所有女兵，都永远怀着一份深深的感激之情。

我们接下来要去位于一个巨大山洞里的主力师的师部采访。通往这个师部的道路，有一截位于敌人直瞄火炮——加农炮的射程内，之前已有多辆军车在这截路上行驶时被敌人的加农炮击毁。司机告诉我们，他在这段路上行驶时要做规避敌人炮弹的动作，也就是疾驰与急停，要我们做好准备。我的心再次因为紧张急跳起来，不知是因为有雾还是由于别的原因，敌人那天没有开炮，我们得以顺利进入师部。师部位于一个自然山洞里，那个洞是我此生见过的最大的山洞，整个师机关和一些直属队都住在里边。在这里，我见到了我的一个老战友，他拉我到洞口留影，就在我们留影拍照的当儿，敌人的冷炮响了，在前方，不少官兵就死于敌人的这种冷炮。那战友对我说：别紧张，我能根据弹丸响声概略地判定弹着点，狗日的伤不着我们……当晚，我们就住在这个洞里。我注意到每个行军床的四周都撒了一圈石灰，便问战友这是因为什么，战友说这是为了防蛇，他说洞里的蛇很多，蛇们常常在夜里出来看望我们这些来客，有时还会亲热地钻进我们的被窝里。我一听这个吓了一跳，我是最怕蛇的，万一让蛇钻进被窝那还得了？这一晚我根本没有进入深度睡眠，每当要睡着时我就努力睁开眼睛看看床的四周，看看有没有蛇正朝我爬来……

接下来我们再向前沿靠近采访。部队派出两个战士护送我们，两个战士背上背着补给品，腰里挎着冲锋枪，裤带上挂着光荣雷；并给我们每人发了一支手枪，手枪里压满子弹。出发前我们被告知，通往前沿的小路在荒草和灌木丛中蜿蜒，那里经常有敌人的特工队出没，必须提高警惕。我们这支小队伍出发时，我注意到护送的两位战士一个在前一个在后，两人的手指都扣在冲锋枪的扳机上，一副随时都要开火的样子。我紧紧握住手枪，子弹已经上膛，我能感到因为紧张自己的心脏已被提升到嗓子眼里，当时对于中枪中炮还不是特别害怕，死就死吧，中弹就死，痛苦很少；最怕的是被敌人的特工队活捉，一旦被活捉，我担心自己很难忍受住那种肉体折磨。所幸那天也有大雾，我们行进中没有遭遇敌人，顺利到达了一个水泥做成的掩蔽部。在那里，我们见到了一些团、营、连、排干部和战士，和他们愉快地聊了挺长时间，知道了他们的作战事迹和遇到的困难。我记得我问过一个战士，你来前沿害不害怕？他答，说不害怕那是假的，但心里的那份害怕能被对敌人的仇恨和守卫的责任压下去，眼见得你身边的战友被敌人打伤打死，你就会对敌人恨起来并把害怕忘掉；眼见得你守卫的脚下的国土有可能被敌人夺走，你就会忘掉害怕和对方拼起来……

这次前沿采访我收获丰硕，我看到的和听到的内容对我此后的人生和写作都产生了很大影响。大概是从那以后，我很少再敢因自己的职级和待遇发牢骚，每当我想发牢骚的时候，我就会想起那些在前沿为国流血拼命的官兵们，你没死没伤没受那些惊吓，你有什么资格发牢骚？我回到后方没多久，写出了中篇小说《走廊》，这是我创作早期重要的作品，《昆仑》杂志因此篇小说还专门开了讨论会，为我此后坚持写作注入了新的信心。

我们后来去了后方的一座烈士陵园拜祭烈士。那是我第一次走进那样大的烈士陵园,整个山坡上都是白色的墓碑,那一大片密集而排列整齐的烈士墓碑在向我们无声地报告着边境战争的惨烈,看见那些墓碑的那一刻,我突然想起后方各大城市公园里那些如织的游人,他们可能根本不知道在云南的这个地方躺着如此多的年轻人,而正是这些年轻人的牺牲,换来了他们惬意游园的日子……

就在我们要结束这次战地采访的时候,我遇到了一个撤到后方休整的战士,我问了他一个问题:一个没有打过仗的人上了战场后,除了要克服对自己可能死亡和受伤的恐惧心理之外,还应该克服的重要心理障碍是什么?他想了一下,答:是开杀戒。他说,我们从小接受的教育,就是善待他人、爱护生命,我们平日在后方训练时,面对的敌人都是假设的,射击的对象是纸靶,刺杀的对象是草靶,投弹看的是弹着点。但上了战场后,面对的都是真的敌人,是和自己一样的活人,将与自己一样的一个活人一下子杀死,对于有些平日连鸡都没有杀过的战士来说,很难下得了手。虽然我们心里知道,对敌人不能手软,你不对他动手,他就会对你动手,可一到真要下手时,还是会犹豫。我有个战友,在去前沿的路上突然被敌人的一个特工队员扑倒,两人在搏斗翻滚中我的战友占了上风,他得以抽出匕首,他抽出匕首后本来朝对方狠劲一刺就行了,可他面对对手那张惊恐的脸,下不了手,结果让对方又起身逃跑了,那家伙没跑几步,遇到一个由前边跑回来救助我那战友的我方战士,那敌方特工队员一匕首就把我方的那个战士捅倒了,这一下才激怒了我那战友,让他开了杀戒,狂奔上去重新将对方扑倒捅死了……

人性在战场上的表现让我听得惊心动魄。

许多年过去了。战争的暂时远遁让我的中年时代没再受炮声硝烟的惊扰。人生的老境在我满腹不情愿中到来了,我以为我的军旅生涯就要在平安和平庸中结束了,未想到在这当儿,海疆上却突然掀起巨大的风浪,有些人开始叫嚣:要遏制中国的崛起必须趁早,战争是让中国回到过去的最好办法……

凭着四十四年军旅生活养成的敏感嗅觉,我隐约闻到了战争这只怪兽身上的气味——它原本一直被堵在山洞中打盹,这会儿打了一个长长的哈欠,睁开了眼睛,摇摇晃晃地站起了身,走到洞口想拱开洞门。

我们得小心了!

作为一个老兵,我也得做好再上战场的准备。因为未来的信息化战争,其作战样式已发生了天翻地覆的变化,两国交战,前线和后方包括战场在哪里都已经非常模糊,敌人的各种导弹和网络炸弹在哪里炸响,哪里就是战场,你不准备上战场都不行。

那就做好准备吧!

辑　三

遥想文王演周易

小时候就知道《易经》,因为它是五经之首,是历代文人要求后人细读之书。很早就知道阳爻、阴爻和六十四卦,因为母亲在我少时动不动就要请人给我起卦。上中学时就记住了《易经》中的一些精彩句子,像“天行健,君子以自强不息”;像“天尊地卑,乾坤定矣”;像“诬善之人其辞游,失其守者其辞屈”等,说得多么简洁智慧。但却一直不知道《易经》出自河南汤阴,不知道周文王就是在汤阴城北八里地的羑里城里发明了《易经》。

丙戌年五月,当我站在羑里城的门口,站在周文王的那座巨大雕像前,我才明白,对于我们中华民族的众多文化遗存,我其实是多么的孤陋寡闻。对不起,我来得晚了!我对着文王姬昌那张饱经风霜的脸在心里道歉。

大约在公元前十一世纪,殷商的最后一位王位继承者纣王帝辛，上台之后以很快的速度腐败着。其腐败的最明显标志，就是耽于淫乐和动辄杀戮，九侯把女子献于纣王，仅仅因为该女不喜淫欢，就被纣王杀害，纣王还把献女的九侯剁成肉酱。鄂侯对此强进忠言，也被纣王杀死并做成干肉。周文王姬昌闻知此事仅偷偷叹息了一声，被崇侯虎告知纣王，结果，姬昌也被关在了羑里城这座国家监狱。纣王将姬昌投进监狱的本意，是要惩罚他，可纣王没有想到，他的这个残暴举动却催生了一部影响深远可称伟大的经书。

八十二岁的姬昌被关进监狱，其内心的痛苦可想而知，人仅仅因为叹息了一声，就要遭此磨难，世道怎会变成了这样？我猜，他最初入狱的那些天，可能会因气愤难息而在这所高出地面五米的台形监狱里不停地踱步。但最后，他使自己镇静了下来，他明白他必须接受眼下的现实，不管心中多么不满和气恨，他都暂时无法走出这座监狱。既然如此，那就找点事做吧，要不然，怎么度过漫长的白天和夜晚？

在监狱里能做成什么事？有监规在限制着，有武士在监督着！那就思考，没有谁能剥夺得了自己思考的权利。思考什么？八十二岁的姬昌要思考的事情太多，可只有一个问题最紧迫，那就是思考自己的命运，他太想知道自己未来的命运了，太想预测自己还会碰到什么，预测等在自己前边的是什么事情。可怎样预测？用何种办法预测？也许就在这时，他想起了伏羲的八卦，想起了八卦中的乾、坤、震、巽、坎、离、艮、兑，他于是依此琢磨，开始了自己的发现和创造。

他从自然界选取了天、地、雷、风、水、火、山、泽八种自然物，作为万物生成的根源；他把世上千变万化纷纭复杂的事物，抽象为阴阳两个基本范畴；他把刚柔相对、变在其中，作为自己对世事和人生的基本看法；他将八卦演绎成六十四卦和三百八十四爻……正当他全心钻研这前所未有的预测学时，新的打击又来到了，纣王为了进一步污辱姬昌的人格，从精神上彻底把他压垮，竟把他的长子伯邑考杀害，并烹作肉羹强令姬昌喝下。姬昌胸怀灭商大志，为避免遭到“辟尸”残害，只得咽下这揪心裂肺的人肉汤然后再去含泪呕吐。为了对付这残忍的摧残，姬昌能做的就是更深地沉入对“易经”的钻研之中，去总结古人的生活经验，去回想古代的历史故事，把它们作为自己卦辞和爻辞的内容……

整整七年时间。

在两千多个日夜里，文王就用监狱地上长的蓍草作为工具，把六十四卦和三百八十四爻演绎得清清楚楚。这需要怎样的毅力和忍耐力！他这样做的最初动机，可能只是为了预测自己的命运，为了短暂地忘记那难忍的污辱和锥心的苦痛，但他的研究成果，却为预测学埋下了第一块基石，对中国天人合一的哲学思想做了最早的探索，他创立的易经演绎方法，也已被当代科学家借鉴于现代科研中。

苦难成就了一个伟人。

文王拘而演周易的经过，让我们再一次见识了人抵御苦难的能力，见识了人的创造力有时会被苦难激发的奇迹。周文王姬昌的遭遇和作为再一次告诉我们，世界上没有不可以承受的苦痛，人有着抵挡苦难的巨大潜力，当命运给了你意外的灾难后，你要坚信自己不会被压垮，你要迅速找到使自己重新站立起来的办法。

在羑里城这座远古的监狱里，你既可以看到人心的阴暗和人性的丑恶，也可以感受到人的毅力的珍贵和人的灵魂的高贵，还可以让自己的精神得到一次沐浴并获取到在逆境中前行的勇气。

揣度孔明

作为智者化身的诸葛亮在我的故乡南阳生活过一段不短的时间，但关于他这段生活的史料却很少留存下来。因此，说起他的这段生活来便只有依靠猜测和揣度。和他相隔一千七百多年的我辈愚生去对他进行揣度，要想准确是不可能的。好在孔明大人一向宽厚仁善，对我的冒犯和非礼之处，想必他会宽恕。

先生你一开始并没想到要来南阳，你只是觉得居住在荆州和襄阳离政治旋涡太近——你非常清楚，一个羽毛未丰的人很容易被政治旋涡卷得无影无踪。所以你决定移步北行，去找一个隐居读书等待羽毛丰满的地方。当你在马上远远地看到南阳城头时，你舒了一口气，你觉得住在南阳还比较合适：这里已经离开了旋涡但又离它不远，离旋涡太远的人也很难施展。

到达南阳后你为居处的选择很费了一番心思。那个时代的人都讲风水，你最后选中卧龙岗作为住处肯定也有风水上的考虑。这条南濒白河、北障紫山的土岗吸引你停下脚步，是因为它状若卧龙，这多少喻示了你当时的境况。你内心一直自认是一条“龙”——你数次对挚友说自己可以和管仲、乐毅相比——眼下这条龙还只是卧着未飞而已。住在这样一条状如卧龙的岗上，很合你当时的心境。此外，你自然知道当年著名的五羖大夫百里奚也曾在这条土岗的北头给人放过羊，百里奚正是由这条土岗为起点走向秦国大夫的高位的。你内心里断定这是一块可以成就人的祥瑞之地，所以你毅然离鞍下马，站在了这条岗脊上。

你请人帮忙在岗上搭了一间简陋的茅庐之后，就开始开荒种地。种地既不是你的特长也不是你的愿望，更不是你的人生目标，你只是把它作为磨砺自己意志的一种办法，当作对自己读书生活的一种调剂。种地是辛苦的，尤其是在这样一个荒草丛生狐狸出没的地方。每当你在炎阳之下拎锄走向田畴时，你的眉头总免不了要皱上一下。你深切地感受到了农人生活的艰辛，也正是因为有了这些切身感触，后来当你有了率兵大权之后你才对你的士兵们严格管束，规定行军时不准践踏农人的田地。在这段艰苦的躬耕岁月里，最让你高兴的是每年的收获季节。当你在小小的麦场上开始把饱硕的麦粒灌进粮袋时，当你在小菜园里摘下大如水桶的冬瓜时，当你在谷地里割下长如棒槌的谷穗时，你的眼角眉梢充满了笑意。

农闲季节，你总是在朝阳还未起身的时候就登上居所东南隅的土台子读书。你把那座土台自名为“澹宁读书台”。那时的书还是分量很重的竹简，你常常弯了腰抱着一抱竹简向澹宁台上登,偶然地一滑还会跌伤你的膝盖。小书童要来帮忙,你总是挥手让他回去忙点别的,你喜欢一个人不受任何干扰地坐在这儿读。坐在澹宁台上可以俯视白河,你每读完一卷书简总喜欢看着缓慢流淌的白水静思一阵。这种静思通常指向三个方向:书简上的话是否真有道理?怎样把书简上的东西用于治理社会的实际?自己读后对人生的规律对社会的治理方则有无新的感悟?你就在这种静思中获得了真正的知识,为此后的《诸葛亮集》的写作做了最初的准备。你那时特别想找到一卷《孙子兵法》来读,你知道在这种诸侯纷争都想称雄的时代,不懂兵法的人很难有大的造就。可那时要在南阳城找到一部人人都知是宝的《孙子兵法》谈何容易?你差不多走遍了南阳城中的所有书铺、刻坊而终无一得。直到你结识了黄员外成为了他的女婿之后,你这个愿望才得以实现。

卧龙岗虽然离南阳城区有七里之遥,但飘荡的晚风依然能把城内达官贵人们饮酒作乐猜拳行令笑语喧哗之声送入你的耳朵。人都有对繁华生活的一种向往,那随风而至的柔美歌声和弦乐,自然也把你的心撩拨得悠然而颤,使你时时起一种去结交权贵过世俗繁华生活的冲动。但你咬牙把这种冲动抑制下去,你给自己定下了淡泊与宁静的律条。你知道,人一生应该有一段时间处于一种宁静的环境和心境之中,只有这样才能为实现人生的最终目标做好知识和意志上的准备。人只有通过"宁静"才能到达热闹之境,放弃眼下的小热闹是为了将来的大热闹。十几个世纪过去之后,当时南阳城中在华宴之上在歌舞场里作乐寻欢的达官贵人富商巨贾一个个灰飞烟灭,唯有你还依然端坐在卧龙岗上让人争相去睹你的风采。历史证明只有你想得最远。

你懂得宁静不等于封闭，如果只过种田、读书，读书、种田的刻板生活，不与外界尤其是知识界的精英们交往并发生思想碰撞，自己同样可能变成井底之蛙。因此，你利用一切机会广交知识界的朋友，和颍川石广元、徐庶、汝南孟公威等都有很深的友谊。你常把他们邀入你的草庐，让童儿端来两碟青菜温上一壶黄酒，和他们边饮边聊，谈古论今。你谦虚地倾听着朋友们的高论，充实着自己的识见之库。你明白不向别人学习的人并不是真正的智者，你用青菜、黄酒和友谊，换来了通向成功的新基石。

你在南阳躬耕的那些日子正是你生命力最旺盛的黄金时刻，算起来也才二十多岁。一个二十多岁风华正茂的男人不想女人是不可能的。一些妙龄女子的倩影肯定吸引过你的视线。你在澹宁台读书时看到在白河岸边踏青的城中少女，你在田里荷锄劳作时见到地头走过的乡间姑娘，你的心里肯定起过莫名的骚动和波澜。男人渴望得到美女属人之常情，一些你见过的美女肯定也进入过你的梦境。你一定渴望和她们中的一个有更亲密的接近，甚至向往着和她一块步入洞房。但理智又告诉你，过于漂亮的女人往往会给丈夫惹来麻烦，会使丈夫不能专心致志地去做他爱做的事情；而且漂亮的女人因为有容貌上的仗恃往往不再用心学习知识，常常是才学平平。也因此，你开始用意志去掐灭自己心中对那些美女的思念，转而去寻找一个容貌一般却有才有识的女子做妻。你最后把目光投到了居住在白河岸畔的黄员外家里，看上了黄员外的长女。黄小姐虽然又黑又瘦脸上还有一些麻点，但却饱读诗书尤其喜读兵书，说起演兵布阵治国方略尽管羞怯却是一套一套的。黄小姐的才华吸引了你，使得你三天两头往黄员外家跑，她在你的眼中变得魅力无穷。你郑重地向黄家求婚得到应允之后，高兴得在返回的路上打了一个跟头——这是你唯一的一次有失庄重的举动。你和黄小姐的婚事在当时被传为美谈，通常婚姻缔结的原则是“郎才女貌”，唯有你们的婚姻是“男智女才”。举行婚礼那天，花轿抬着新娘，绕着卧龙岗转了三圈，才在你躬耕的茅庐前停下。你的岳父家产万贯，给女儿的陪嫁却只有一个大板箱。你对岳父的吝啬多少有些生气，待进了洞房你揭了黄小姐的红盖头，黄小姐把板箱上的钥匙递给你后你才知道，板箱里装的全是你急需的书简：天文、地理、阴阳八卦、孙子兵法，应有尽有。你当时高兴得随口吟道：躬耕卧龙岗，白水朝我来，不求颜如玉，单为书箱开。黄小姐听罢也羞怯怯地和了四句：志士爹爹爱，嫁女陪书来，钥匙交给你，造就管仲才。你在那个欢乐的新婚之夜，是一手抱着《孙子兵法》，一手挽着新娘走向那个漆成红色的婚床的。新婚的第二天，新娘就画了一张八卦图请你来破，你竟费了月余工夫才把那八卦阵破了。

数年的精读细研和对世事的静观透析，使你对如何安定四邦治理天下有了独到的见解，对率兵布阵攻防谋略也都了然于心。这时你迫切希望走下卧龙岗去施展自己的抱负，让社会知道自己的才华。但社会认识一个人并不容易，世事的发展很难尽如人愿，下岗的机会迟迟未来。焦躁中的你常在岗坡上来回疾走，像一匹圈在厩中的马和一只关在笼中的鸟。上天总算有眼，让刘备来到了与宛城只有半天路程的新野县。刘备那时正急于招募人才，司马徽和徐庶在刘备面前举荐了你后，刘备便伙同关羽、张飞二人匆匆来到了卧龙岗。就在你的草庐里，你用你的识见让刘备笑容满面对你刮目相看并恳请你下岗出仕。你认为过于轻易的应允是一种自我贬低，就故意两次拒绝邀请，直到他们第三次来请时你才颔首应许。

你离开卧龙岗是在一个阳光灿烂的早晨。那天你早早起床，吃了夫人为你做的一碗黄酒荷包蛋外加一个包有绿豆、红枣、红薯的豆包馍，而后沿着你这些年开垦的田地走了一圈，这才回屋脱下布衣，换穿上了刘备派人送来的官服。簇新的官服把你打扮得威武、干练而气度不凡。刘备派来迎接的人马早已在草庐前站成了两列，你在侍卫们的帮助下极潇洒地上了马车。当马车启动时你探头窗外一边挥手一边看了一眼你亲手建起来的小小草庐，你模糊地预感到此一去差不多就是和这草庐、和卧龙岗、和南阳城永别。再见了草庐，再见了卧龙岗，再见了南阳城！马车的速度越来越快，南阳城被越来越远地抛在了后边。你隔着马车上的布篷缝隙最后回望了一眼南阳城之后，便决然地扭转了头。你开始全心全意地去看前方，你看见了军师中郎将、军师将军、左将军府事、丞相、武公侯、益州牧等一长列官职在前边铺成了一条金光灿灿的路。

当然，那时你还不知道那条路的终点是汉中的定军山，你还不知道你的生命将在离南阳不太远的陕西画上句号……

曹操的头颅

公元2010年1月30日，我见到了曹操头颅骨头的照片。尽管只是照片，当我从河南文物考古研究所考古队潘伟斌队长手上接过时，我的手和心还是禁不住同时一颤：这就是曹操的头颅骨头？是当年那个大名鼎鼎、纵横叱咤、不可一世的曹孟德的头颅？我的目光在那白色的颅骨上久久停留。

想当年，除了曹操的女人，谁敢摸一下他的头颅？名医华佗每用针灸治疗曹操的头疼病，总有多名卫士执刀持剑在一旁监视。在公元二世纪和三世纪相交替的那些年里，这是北中国最重要最宝贵守护得也最严密的一颗头颅。没想到一千多年后，这颗头颅竟被抱在了一个普通考古学者潘伟斌的手中。据潘伟斌说，他当初下到位于河南安阳县西高穴村的曹操墓穴时，是在墓穴的前室发现曹操的颅骨的。他说他当时抱起这颅骨时颇感意外：怎会放在这儿？

这当然不正常。曹操的颅骨应该在墓穴正室的棺材里。

潘伟斌他们发现,曹操的墓曾被盗过两次,最近的一次是在公元2008年9月间,盗墓者的目的只在于盗走陪葬器物。而第一次被盗的时间大约是在南北朝时期,盗墓者似不为陪葬的器物而只为泄愤,就是他们把曹操的头颅从棺材中取出,抛在墓穴的前室,而且对面部进行了毁坏。这些盗墓者应该是曹操的仇人,想借毁尸以解心头之恨。谁是第一次潜进曹墓的人,如今已无从查证了。

曹操生前大概不会想到,他的头颅竟会得到这样的对待。

在这颗如今只剩骨头的头颅里,曾装过多少安定天下的希望、抱负和理想?这颗头颅,曾设计过多少战阵、战法和治国的方策和谋略?

公元174年,二十岁的曹操头颅里满是要做清流的决心,在任京都洛阳北部尉时,严明治安规矩,敢用五色大棒把公然违禁夜行的宦官蹇硕的叔父打死,让都城的人们看到还有不畏宦官权势的官员,人心为之一振。

公元184年,三十岁的曹操头颅里满是镇压黄巾军立下军功的热望,领兵斩杀了数万黄巾军人,因此被晋升为了济南相。

公元195年,刚过四十岁的曹操头颅里满是要破吕布的愿望,这年夏天终把吕布打败,被汉献帝任命为了兖州牧。

公元204年,五十岁的曹操头颅里满是攻克邺城的期望,这年八月,终把邺城拿到了手中,为魏国的建立打下了最初的基础。

公元214年,六十岁的曹操虽然位在诸侯王上,被授予了金玺、赤绂、远游冠,可他头颅里还满是平定天下的计划和雄心,仍要亲率大军南征孙权。

公元220年，六十六岁的魏王曹操走到了生命的终点，南征北战，东杀西伐，身经大小五十余次战役的他在洛阳一病不起，头颅里带着未能统一天下的遗憾去了另一个世界。

曹操的头颅里，除了装着治国安邦的人事，还装着一腔豪迈浪漫的诗情。他领兵杀伐三十余年，却雅好诗书文籍，虽在军旅，手不释卷。书则讲武策，夜则思经传，登高必赋，及造新诗，被之管弦，皆成乐章。他的《蒿里行》忧心着民众的疾苦："白骨露于野，千里无鸡鸣。生民百遗一，念之断人肠。"他的《龟虽寿》抒发着自己的壮志豪情："老骥伏枥，志在千里；烈士暮年，壮心不已。"他的《短歌行》对人生发出了苍凉的感叹："对酒当歌，人生几何？譬如朝露，去日苦多。慨当以慷，忧思难忘。何以解忧？唯有杜康。"他的诗气派雄伟，慷慨悲凉，读之令人心动不已。身为男人，曹操的头颅里，除了装着军国大事和豪迈诗意，还装满了对女人的渴望和柔情。仅从可信的史书上知道，他先后有过丁夫人、卞夫人、尹夫人、刘夫人、杜夫人、秦夫人、王昭仪、李姬、孙姬、周姬、刘姬、赵姬等十几位女人，这些女人为他生过二十多个子女。据说铜雀台里住的都是他的姬妾。传说他还看上了关羽的一个女人，对才女蔡文姬也动过心。曹操虽经常铠甲在身，厮杀战阵，有铁血精神，但也感情细腻，对女人充满柔情。他的发妻丁夫人因养子曹昂的战死迁恨于他，开始对他冷漠，不再热情侍寝，他一怒之下将她赶回娘家，过些日子又起了思念，亲自骑马去请她回来。但丁夫人一身素装坐在家中的织布机前全心织布，连看也不看曹操一眼，随行的人都以为习惯指挥千军万马的曹操会发火，未料曹操只是抚摸着丁夫人的后背轻声问：跟我一起回去好吗？丁夫人充耳不闻，头也不抬，依旧坐在那儿只管织布。此后，曹操又多次派人来劝说她回去，甚至派人来强行把她接回，专门设宴赔礼，可丁夫人终未答应和好。面对丁夫人的决绝态度，曹操到最后也没有生气，只是充满愧疚地再把她送回娘家。

曹操的头颅，其实不是一个十分健康的头颅。据《三国志》记载，早在他起兵平定袁绍的时候，就经常头疼。平定袁绍，挟持汉献帝之后，他掌了实权，大概是内有国事之忧外有叛乱之患的缘故，使他的头疾日趋严重。经常是先大叫一声，而后即双手抱头，觉得疼不可忍，只有在针灸之后，才又慢慢见轻。用今天的医学知识来解释，他大概得的是三叉神经疼，要不就是良性脑肿瘤。曹操一生都没能战胜这个头疼的顽疾，被其间断地折磨着，一直到他死去。装在曹操头颅里的雄才大略是在这个头疼病的伴随下去逐渐实现的。

曹操的头颅，因其宝贵和重要，他的敌人便想用毒药和刀剑将其取走。他经历过几次谋害，好在他高度警惕且武艺高强，使这种图谋不论在平时还是在战时，都未能得逞。也是因此，他的不安全感很强，加上他的宦官家庭出身导致的一种深埋心底的自卑，使得他的人格状态不很协调，性格多变，行为时时反常，经常猜疑别人且有时变得极为残忍。他信奉的"宁我负人，毋人负我"，让我们常人很难理解。由于他异于常人的出身和经历、阅历及抱负，使得他的头颅里还装着许多令我们无法捉摸的东西。

不管曹操的头颅里还装有多少令我们无法理解和容忍的东西，面对他的头颅遗骨，我们都应该保持一份敬意，应该不再打扰他，让他永远安歇。毕竟他是一个统一过北中国的人，毕竟他是一个参加过大小数十次战役的军人，毕竟他是一个写过那么多好诗的文人。南北朝和 2008 年那些潜进曹墓和盗过曹墓的人，实在应该受到谴责：怎么可以如此对待死者？

谁能不死呢？在人死后动手亵渎他的遗骨，抢走他的陪葬品，惊动他的灵魂，这算什么本领？

你们就不怕上天的惩罚吗？

不知道被潘伟斌他们找到的曹操的头颅，最终会放到哪儿，是放进陵墓还是放进博物馆里？我很想提个建议：以后，任何人都别再掘墓了，包括那些合法进行考古的学者。让死者永远地安息吧，人活着时都很累，都很不容易，历经千痛万苦死了，你还忍心去惊扰他们？

看过曹操的颅骨照片，我暗暗为去世后只留下骨灰的当代人庆幸：你们再不用担心别人会动你们的遗骨了。后人再也无法抱着你的遗骨去评说什么了。即使你有仇人，也不用担心他们对失去自卫能力的你动手了。

人在处理自己的后事上，越来越聪明了！今天那些连骨灰也撒掉的人，看得更远，他们才会彻底地安息。

曹操的在天之灵看到他的颅骨照片被我等传看，会不会发怒？

宽恕我们吧，曹孟德先生。

想起范仲淹

在宋朝写词作文的人中,我常想起的,是范仲淹。

我所以常想起他,最初是因为他那些写离愁别绪的词句特别能打动我的心:“浊酒一杯家万里,燕然未勒归无计”;“明月高楼休独倚,酒入愁肠,化作相思泪”;“愁肠已断无由醉。酒未到,先成泪”。客居异乡的我,每每读了这些词句总能引起心的共振。后来知道他曾在西部边陲守边四年,率兵御西夏,更对他产生了佩服之心,自己身为军人,当然知道戍边的那份辛苦和不易。再后来读史书知道他在朝中做官时,敢于上书直谏,力主改革施行于民有利的新政,更对他生了钦敬之心。再后来晓得了他的家事,知道他两岁丧父,母亲带着他改嫁,幼年生活十分贫苦,长大后发奋读书,昼夜苦学,终于凭自己本领考中了进士,对他便越加敬服了。

令我常常想起他的另一个原因,是因为他在我的故乡邓州曾做过一任知州。他的任期虽短,可给邓州我们这些后人留下了不少值得记住的东西。

我的故乡邓州在做过一回邓国的都城,风光了一些年之后,长时期陷入了默默无闻的境地。直到1046年,范仲淹被贬降到邓州做知州时,邓州的名字才又渐渐响亮起来。

1046年的范仲淹,已是五十七八岁的老人了。而且就在前一年,他在宋仁宗支持下施行的"庆历新政"改革失败,他被罢参知政事职务,逐出京都。若是一般人,此时肯定是牢骚满腹,得过且过,喝喝闷酒,骂骂娘,抑或是像今天的一些做官的,找一个"小姐",沉在温柔乡里作罢,再不会去努力做什么了。但范仲淹不,他上任伊始,就四处察访民间疾苦,了解百姓之忧。之后,他就开始做两件事,一件是重农事,督促属下为百姓种粮提供方便,让人们把地种好,有粮食吃;一件是兴学育才,在城东南隅办花洲书院,为邓州长远的繁荣培育人才。

就是他办的这后一件事让邓州的名字在大宋国里又响亮起来。据传,他亲自踏勘书院地址,亲自审视书院的设计。据传,他从远处为书院请来讲学的老师,他还抽暇亲自为书院学生讲学。据传,他在书院倡导有讲有问有辩。花洲书院的名字随着范仲淹的名字开始向四处传扬,一时令远近州县的学子们激动起来,有人步行来书院观览盛景,有人骑马来求留院学习。据说,连北边有名的嵩山书院也派人来问传授学问之法了。

也就在公元1046这一年,范仲淹的好友滕子京在湖南岳州主持修缮城池,当岳州城面向洞庭湖的西城门楼——岳阳楼修复工程告竣时,滕子京写信给范仲淹,并附《洞庭晚秋图》一幅,派人到邓州请范仲淹为重修后的岳阳楼作记。现在已不知道信使抵达邓州时的具体情景了,我猜想,那可能是一个黄昏,就在新修后的花洲书院里,范仲淹接过了信使呈上的老友来信,他边在夕阳里读信边想起了与滕子京在宋真宗大中祥符八年同时考中进士的那种欢欣之状,想起二人曾共同参与修复泰州海堰工程的情景,想起两人当年在润州共论天下事的豪情,想起在西北前线二人一同领兵抗击西夏侵略的往事,想起两人一同遭陷被贬的现状,一时百感交集,遂转身进屋,展纸提笔就写。于是,千百年来一直脍炙人口的散文杰作《岳阳楼记》,便诞生了。

不过是一个时辰的挥笔书写,却给多少代人带来了阅读快感和深思。就在这篇不长的散文里,范仲淹记事、写景、言情、说理,把他"不以物喜,不以己悲。居庙堂之高,则忧其民,处江湖之远,则忧其君"的宽阔胸怀展示了出来,并给我们留下了忧国忧民的千古警句:先天下之忧而忧,后天下之乐而乐。从此,人们只要一说到这个警句,就会想起范仲淹,也跟着会想起《岳阳楼记》和它的诞生地——中原邓州。邓州这个地方因一篇文章而长久地留在了人们的记忆里。

人们直到今天还不断重提"先天下之忧而忧,后天下之乐而乐"这个警句,是因为天下仍有忧有乐,人们尤其是知识者和官场中人,面对忧乐时,取先乐后忧或取只乐不忧的,还大有人在。不是还有人在用公款胡吃海喝?不是还有人贪了国家钱财后潜逃国外游山玩水去享福了?不是还有人拿了老白姓的钱去满足赌兴一掷千金?任何事情的出现都不会是无缘无故,包括一个警句的时兴。

范仲淹用他的文章给天下人也包括给邓州人送去了美的享受和千古警示,人们包括邓州人自然不会忘记他。前不久,邓州人千方百计筹款,重修了他当年修建的花洲书院,使书院再现了当年的盛景。如今，当你在书院的讲堂里、小院中、游廊内和荷池旁踱步时，你会不由得想起那个以天下为己任的被贬知州，会不由得猜测他在哪所房子里写下了《岳阳楼记》，会不由得去猜他来邓州上任时的那份复杂心绪。

范仲淹是在写完《岳阳楼记》的六年后去世的。我估计，在他挥笔书写《岳阳楼记》时，疾病可能已经缠上了他的身子，只是他浑然不觉，仍在为天下忧虑，为百姓和朝政忧思。公元 1052 年他在徐州与这个世界作别的那一刻，他应该是心神两宁的，因为不论是作为一个官人还是作为一个男人抑或是作为一个文人，他都做了他所能做的，都做得很好，他对他的时代问心无愧。也是因此，他值得我们后人尊敬。我身为一个军人一个文人一个男人，每一想到他就会觉得，他值得我效仿的地方真是很多。每一想到他，我也常会问自己：范仲淹在近千年前做到的，你都能做到吗？

我还会经常想起你，老前辈！

走近佩雷斯

过去，当我无数次地从电视上看到以色列著名政治家西蒙·佩雷斯的身影时，没有想到有一天我还会坐到他身边，当面听他谈对中国文化以及战争与和平的看法。1997 年 7 月的一天，正在以色列访问的我和另外几位中国作家，被告知说西蒙·佩雷斯先生要见我们。我们当然高兴，当面和这位有“中东和平设计师”之称的以色列资深政治家交谈，机会实在难得。

那是一个后晌，斜过头顶的西亚的太阳，依然把灼热洒向特拉维夫市的大街小巷，我们一行四人在以色列外交部伊丽特女士的陪同下，兴致勃勃地来到了西蒙·佩雷斯先生的办公室。佩雷斯先生正在等候我们，他微笑着同我们一一握手。

落座之后，一边开始最初的寒暄，一边仔细打量这位曾担任过以色列外交部部长和总理的犹太人:他的头发几乎全白了,宽阔的额头上刻了两道很长的横纹,嘴角两边的皱纹也很深。我掐算了一下,1923 年出生的他,今年已七十四岁,按照中国的标准,他已经是古稀老人了。他精神很好,一双犹太人特有的微陷的大眼里目光炯炯,胖瘦适中的面孔上没有威严,有的只是政治家的庄重和老年人才有的那份平和与蔼然。

他一开口就说:中国是一个伟大的国家,伟大的国家创造了伟大的文化,创造了孔孟之道;中国在经济领域里发生了巨大的变化,但仍旧保持了自己的文化传统;中国生产出了两种世界闻名的东西:丝绸和瓷器,当然不仅仅是这两样东西。他的话使我想起了他在为他的著作《新中东》一书中文版所写的序言中,引用的《孙子兵法》中的名言:"见胜不过众人之所知,非善之善者也。战胜而天下曰善,非善之善者也。"佩雷斯的博学和对中国文化的热情,给我留下了深刻印象。

接下来他谈到了文学。他说他对中国文学非常感兴趣,"我是中国文学的爱好者,我很高兴中国文学作品有翻译成希伯来文的;在我担任外长和总理期间,我推动了两国文化的交流与合作,我接到过我们的大使送来的翻译成中文的小说和诗歌。"……世界上的政治家很多,但喜爱文学的并不多,愿意在百忙中挤时间和异国作家交谈文学的政治家更少,佩雷斯竟做到了。我注意到他不算宽大的办公室里立着一长溜书柜,里面摆满了书。这是一个很爱读书的政治家,也正是因此,他才能凭借渊博的知识对世界局势做出正确的判断。我心里对他又生了一层敬意。

随后,交谈转到了战争与和平的问题上,这是我特别感兴趣的一个话题。我们对他在推进中东和平进程中所做的积极贡献表示了敬佩,他跟着语气凝重地说:我们要给后人、给我们的儿童带来和平,不应该给他们带来战争灾难。年青一代应该在新的环境中生活得更好,那里没有仇恨,没有战争。当然,要做到这点不容易,还有许多工作需要我们去做,这也是一次长征……在谈到这些时,他面露坚定,但眼底似也闪过一股忧郁。我非常理解他的心情,在中东的和平之路上,每前进一步都不容易。就在我们来见他的路上,我们顺道去了拉宾广场,看了拉宾遇刺的现场。一个和平斗士已经倒在了自己同胞的枪口之下,那声枪响让人们更清楚地看见了实现和平的艰难。佩雷斯从一个坚持"武装保卫以色列"的人转变为"中东和平的设计师",来源于他对世界局势和中东现实的透彻分析。他在他的《新中东》一书中指出:世界发生了变化,变化的进程迫使我们用符合新的现实的态度去取代已经过时的概念。过去,在战争中处于危险的是军人,但导弹和大规模杀伤武器已使人口众多的居民区成为主要的攻击目标,仅有保卫国家安全的手段已不足以保障个人的安全。在这种情况下,战争已不再可取,因为战争只能激起新的连续不断的战争。适应这种变化的选择是实现和平——不是为了下一次战争进行准备的和平,也不是两国间局部的临时和平,而是能够面对未来挑战的持久的区域和平。中东的贫困和苦难是战争的根源,而战争又反过来加深了贫困和苦难。因此,和平是我们"不容选择的"选择……

谈话结束之后,佩雷斯在我们带去的《新中东》一书上签名,望着他面带笑容地俯身签名的侧影,我能感觉出他为自己的著作走进中国感到由衷的高兴。那里面倾注了他的心血也表达了他和无数犹太人、阿拉伯人渴望和平、安宁、富裕的心愿。

会见结束的时刻到了。在握别的那一刹那,我忽然想起我曾在电视上看到的1994年12月10日佩雷斯从挪威国王手中把诺贝尔和平奖奖章和证书接过之后，他走到了讲台边，以喜悦和深沉的语调说：各个国家过去总把世界分为朋友和敌人，情况已不再如此。现在的世界面对着共同的敌人——贫困、饥饿、宗教激进化、土地沙漠化、吸毒、核武器扩散和生态破坏等。这一切威胁着每一个国家，科学和信息则是每个国家的潜在朋友……

这是一个政治家的真知灼见。

站在全世界和全人类的立场上来考虑问题的政治家不多，西蒙·佩雷斯却是这不多的政治家中的一个。

再见了，佩雷斯，愿你的努力能早日给你的国家、人民和整个中东带来和平！

愿你的努力成为一种榜样！

当奔驰车载着我们驶离西蒙·佩雷斯那座不大的办公楼时，曾经响彻在拉宾广场上的《和平之歌》也在我的心中响起：

让太阳升起，让清晨充满光明，
最圣洁的祈祷也无法使我们复生。
生命之火被熄灭的人，
血肉之躯被埋入黄土的人，
悲痛的泪水无法将他唤醒，
也无法使他重获生命。
无论什么人，无论是胜利的欢乐，
还是光荣的赞歌，
都不能使他从黑暗的深渊中，
回到世上与我们重逢。
所以，请唱一首和平之歌吧，

不要小声地祈求神灵。
引吭高歌和平之歌，
这是我们最应当做的事情。

一种深情

我的故乡南阳是全国出土汉画像石最多的地方。

但许多年间，很少人知道它的价值，其中许多被人们随意地砌在院墙、猪圈和桥墩上，任凭风刮雨淋。二十世纪初，南阳城里有几个文化人尽自己的力量保存了一些，但全国范围内并无人重视此事。直到二三十年代，远在上海的鲁迅先生两次出钱托他的学生到南阳为他拓取汉画像石刻的拓片，预备出版，这才起了人们的注意，社会才逐渐懂得了它的价值。

五十年代，田汉先生到南阳，看了几块汉画像石之后，喜出望外，认为是我们国家的宝贝。他听说在方城县境内还有一个桥墩上砌有汉画像石，执意要去看看，最后因大雪交通断绝没法成行，田汉先生竟面朝那座桥的方向，连鞠三躬。

再后来，南阳在建成汉画馆的时候，郭沫若先生亲笔题写了馆名。

这之后，又有一位文化人对南阳的汉画像给予了深情关注，他就是冯牧先生。

冯牧先生对南阳汉画像的关注，起因于我的一篇小说。

1991 年，我的中篇小说《左朱雀右白虎》在《长城》杂志第一期上发表，这篇小说写的是抗日战争时期故乡几个文化人冒死保护汉画像石的故事。小说发表不久，责任编辑告诉我，说冯牧先生对这篇写汉代画像石刻的小说挺感兴趣，可能要为这篇小说写点评论性的文字。我听后当然很高兴。很早就知道冯先生的名字，读过他写的关于云南的散文，知道他是大名鼎鼎的评论家，当年李存葆先生的《高山下的花环》和邓刚的《迷人的海》就是经他推荐给全国读者的。他能读到我的小说而且感兴趣，立刻使我写小说的自信心增强了不少。这之后不久，责任编辑又告诉我，冯牧先生愿意亲到济南参加关于这篇小说的座谈会。我感到意外而兴奋。

座谈会召开时，七十二岁高龄的冯牧先生果然如期而至。尽管这篇小说的毛病不少，冯先生在会上会下还是给了我很多鼓励。也是在这次会上我才知道，战争年代，冯先生做随军记者的时候，曾随部队到过我们南阳辖区里的内乡县城，而且在县城里见过汉画像石，他对这精美的汉代艺术品印象很深。他说，他在内乡县城看到汉画像石是在一个晚上，他一下子就被石刻画像的神韵吸引住了，那个晚上便也因此留在了他的记忆里。他那时并不知道鲁迅先生对这些石刻的看重，但他本能地知道，这些艺术品应该得到很好的保护，可惜那是战争年代，他也只能想想而已。会间，我送他一本《南阳汉代画像石》画册，他爱不释手地翻看着，有时会被某一幅画像吸引住，长久地端详着。

那次座谈会结束之后，冯牧先生又在济南停留了两天。

他听说山东省博物馆里收藏有汉画像石，提出想去看看。他说：我们国家出土汉画像石的地方较多，苏北、四川、陕北、山西、鄂北都有，这些地区的汉画像石，由于时代有早有晚，经济和文化水平不一，加上人们生活习俗有异，艺术风格上就各有不同，我过去在徐州看过那里保管的汉画像石，在风格上和南阳的汉画像石刻有不少差别，不知山东这里出土的汉画像石刻会是什么样子。汉代的交通不发达，一种艺术样式会因地域的不同而有很大变异的。我和朋友听后便急忙去联系，不巧得很，那几天博物馆里正在整修，没法参观。看见老人失望的眼神，我便提出，陪他去济南郊区的四门塔和千佛崖看看。他点头说行。

四门塔位于历城县柳埠村青龙山麓神通寺遗址东侧，是隋大业七年（公元611年）建造的。我陪老人来到塔前，他立刻精神一振，兴味十足地绕着用大块青石砌成的方形单层塔身转着看着，并说，隋塔以砖砌居多，且多为多角多层，此塔只有一层，又全用青石砌就，呈方形，高度又仅有十几米，在塔中是稀罕之物，是有独创性的建筑，应属珍品，值得一看。听他这一说，我想起故乡河南邓州那座隋塔，那塔在用料、结构及造型上和这座塔的确不同。我给他描述了邓州那座塔后，老人说，看东西要学会比较，比较之后才能看出其中奥妙。看作品看作家也是这样，有比较才能有发现。我明白老人这是在向我传授鉴赏技巧，就更留心听他讲话。他说，看你们南阳出土的汉画像石，要与汉以前和以后的石刻艺术品相比较，这样才能发现它的妙处……

看完四门塔，我又领老人到不远处的白虎山崖壁上看千佛崖造像，这崖壁有六十余米长，有大小佛龛一百多个，佛像二百余尊。这些造像大部分成于唐初，冯先生在唐武德、贞观、显庆和永淳年间造的佛像前看得特别仔细。他一边看着那些佛像一边告诉我，唐代和汉代一样，国势强盛，经济繁荣，社会相对安定，艺术上的创新精神也特别强，表现在雕刻和塑形艺术上，就显出一种夸张、雄大和粗犷豪爽之风，你看这些佛像造得也特别有生气，一个个筋肉饱满精神勃发，和宋、元、明几代的造像就有不同。我听罢细细看去并逐一比较，果然发现了其中的不同之处。那天往回返时，老人很高兴，说，这两处文化遗存，是研究隋唐时代建筑雕刻艺术的重要标本，甚至对研究那时的经济发展也有帮助，就像你们南阳的汉画像石，不仅使我们可以了解汉代的艺术发展情况，也是研究汉代经济、政治以至科学的重要资料。这一天我也觉得收获不小。这两处古迹过去我也来看过，但只是看热闹，并没有像今天这样看出门道。

翌日，我又陪老人去了位于历城县西采石村东北的房彦谦墓游览。生于公元 547 年的房彦谦，通涉五经，工草隶，曾任北齐齐州刺史、隋监察御史等职。他居官勤勉廉正，隋文帝杨坚派人考察州县群吏，推房为“天下第一能吏”。其子房玄龄为唐太宗贤相，父以子贵，被追赠为徐州都督、临淄公。我们到达之后，冯先生先去看墓前著名书法家欧阳询书的那通《唐故徐州都督房公碑》，他低声把碑文念了一遍，其流利和速度之快令我吃了一惊，我的眼睛根本跟不上。他像是看出了我的诧异，说，我过去读书时喜欢欧阳询的书法，读过他书写的许多碑文。我们在墓旁坐下歇息时，他看着房彦谦的墓说，人想名留后世，只靠修墓是不大行的，墓修得再大，后人该忘还是会忘的，重要的是给人留下说的东西。做官的要名留后世靠政绩，为文的要名留后世看作品，你们年轻人，要紧的是写出好作品，写出能传至久远的作品，这才是大事。你的

《左朱雀右白虎》只是你创作上走出的一步，不要不能也不值得满足，要争取写出大作品。所谓大作品，就是要给人一种沉实雄浑的感觉，就像汉画像石刻给人的那种感觉。你们这一代还是幸运的，要珍惜历史给你们的机会。

那天往回走时，我们在车上又说到了汉画像石刻。冯先生说，你们南阳能出土数以千计的汉画像石，成为全国出土此类艺术品较多较集中的地方，并不是偶然现象，你想没想过这其中的原因？我说，一个原因可能是南阳在西汉时就是大城市，是与洛阳、临淄、邯郸、成都并列的大都市之一；另一个可能是因为东汉的开国皇帝光武帝刘秀发迹于南阳，他的主要将相都是南阳人，他们对南阳百般经营，使南阳成为了帝乡。他点点头说，这些当然是原因，但不是最重要的，最重要的是南阳当时的经济发展是走在全国前列的，南阳当时是全国重要的冶铁基地，《汉书》上说过，大农丞孔仅在南阳大冶，皆致产累千金。冶铁业的发展，铁质工具的广泛使用，使兴修水利成为可能，使广开土地，深耕细作有了保证，所以史书上说你们南阳当时户口大增，比室殷足。经济发展衣食富足为厚葬习俗打下了物质基础，画像石墓正是厚葬的产物。我觉着他分析得颇有道理。

冯先生预备次日回京，晚饭后，我去他住的房间里小坐，老人又拿起那本汉画像画册，边翻看着边说，从画册上印出的这些画像上看，你们南阳汉画像的题材和表现手法，已经突破了商周时期那种呆板抽象的模式，注意从社会生活中获得素材，写实已成为重要倾向，但并不是那种机械的摹写，而是在写实的基础上，也充分利用夸张的手法，使描画的对象更具典型化，看上去更具感染力。以后有机会，我真想亲自去看看那些画像石。我一听急忙说道，你以后若有南行的机会，返回时从焦枝铁路线上走,到我们南阳下车,停一两天就行,到时候我陪你去汉画像馆里仔仔细细地看一遍。他笑着点头,说好吧,我一定争取去一趟南阳。

我当时并没有把冯先生的答应太当真,以为他不过是随口说说罢了。没想到一年多后的一天,正在南阳写作的我,忽地接到冯先生的电话,说他不久将去南方一趟,返回时可能会在南阳停停。我听了很高兴,告诉他我这些日子不出远门,他北返时拍个电报来就行。不想我等来等去,一直没有消息。事后才知道,他那次南行中身体一直不舒服,回返时身子很弱,同行的朋友们因担心他的健康,都劝他不要再中途在南阳下车。他后来在电话中告诉我,当列车在南阳站作几分钟停靠时,他一直贴着车窗向外看着,这儿是他曾经战斗过的地方,这儿有美丽的汉画像石,他很想多看几眼,他说他为没能下车感到非常遗憾。我在电话中宽慰他,等你以后身体好了再来。他当时答应了,未料没过多久,疾病就缠上了他,他去南阳看画像石的愿望最终没能实现。

他去世后,在八宝山公墓和他告别时,我望着他的遗容在心中默默说道,你虽然没去成南阳,但你对南阳汉画像的珍视,你对先祖留下的艺术品的那种深情,我们年轻人会记在心里。

骏涛老师

记得第一次和陈骏涛老师见面是在山东泰安，那是二十世纪八十年代中期的事。他到泰安参加我的两部中篇小说的讨论会，在泰安军分区那个小小的会议室里，我听到了他对我两篇小说的评说，他的评说既没有空泛的表扬，也没有不着边际的批评，而是仔细分析了小说的思想涵蕴和叙述方式，指出我的创作状态是处于传统和现代之间。这种分析使我清醒不少，也使我对他生了敬意。那次临别之际，我说我很想到北京的鲁迅文学院去学习一段时间，他听后很热情地告诉我，他和鲁院的领导相熟，他可以举荐一下试试。我当时想，陈老师事情多，回京之后说不定会忘了这事，故也就没抱太大的希望，没想到不久后还真的接到了鲁院的入学通知，这使我大喜过望，让我知道了陈老师是一个对自己的承诺非常认真的人。

到北京学习时，我去过他的办公室。在他那个堆满书刊的小办公室里,我们端着茶杯轻松地聊天。聊时政,聊文学,也聊家常。这种闲聊让我放松,也让我觉着亲切。就是在这种闲聊中,我知道了他阅读中国当代文学作品的数量惊人,知道了他对一些作品的评价,也知道了自己应该读哪些作家的哪些作品。

陈老师是第一个支持我写家乡南阳盆地生活的人。他看了我几篇写故乡生活的作品后,鼓励我继续朝这个方向走,在熟悉的土地上深掘,争取把故乡的生活写活写透。他的鼓励坚定了我朝着故乡走去的决心,使得此后我在那块古属楚国今处豫西南的土地上反复寻找,并最终找到了一些属于自己的东西。

那些年,陈老师是评论界的活跃人物,参加的文学活动多,发表的文章也多。每次见到报刊上有他的发言和文章,我都要找来认真阅读,每每读完,我都会从中获益。读他的文章多了,我能感觉到他有一颗非常年轻的心,对文学界的任何新动态新变化都能敏锐地感知;他还有一双锐利的眼睛,能很快发现具有新质的作品,一旦发现,他总是热情地给以肯定;他还特别注意提携后进,对那些名不见经传的新涌现出的年轻作家,他总是给以鼓励和支持。

陈老师后来做的一件大事是主编《跨世纪文丛》。这套丛书是文学界最早编辑的大型文丛,当代的几乎所有重要作家都被囊括其中,使其成为展览当代文学创作实绩的一个重要园地。这套丛书的出版,无论对于读者还是研究者抑或是作家,都是一件大好事。陈老师为这套丛书的出版付出了大量心血,从确定入选作家,到确定入选作家的作品,再到具体的编务,他都任劳任怨地去做。对于收入文丛中的我那本《瓦解》,他付出的辛劳更多,他全部读完我寄去的作品,又几次在电话上和我商量入选的篇目，还专门写了一篇跋予以评说。

那一年文学研究会的年会在我的故乡南阳市召开，陈老师赶去参加，我恰好也在老家。听说他来了，我很高兴地去宾馆看他，并说好会后由我带他去看看南阳的几处古迹。那一次，我带他和另外几位与会者去看了卧龙岗武侯祠，看了医圣祠，看了张衡墓和内乡县衙。他看得很认真也很开心，游览古迹时的陈老师谈笑风生，和平日谈学术问题时的严肃判若两人。那次会后，我们还安排他到南阳大学做了一次演讲，他的演讲多次博得了师生们的掌声。

我调北京后，因平日彼此都忙，和他见面的机会并不多，只是偶尔在电话里聊聊。但我一直在关注着他的情况，心上希望他退休后能过一种安恬舒适的生活。没想到突然有一天，他来电话说他的女儿患了重病，要我帮忙找个医生。我急忙联系，而后和他还有师母一起去见了医生。在医生那儿，主要是师母介绍女儿的病情，陈老师一言不发，可我从他紧皱的眉头和凝重的神色里，感受到他对女儿的病情怀着多么深的忧虑。那些天，我们多次通电话，我多想为他分担一些压力，可又无能为力。那是一次沉重的打击，我心中暗暗担忧他会被这重击打倒，但陈老师顶住了这意外的一击，他那瘦削的身体原来如此坚强，这令我感动和钦佩不已。

人的一生要走过许多路口，在这些路口，有人指点和没人指点其结果是大不一样的。我庆幸在我走上文学之路后，在几个关键路口，陈老师都给了我指点，使我得以免走许多弯路。我为此终生难忘。

祝愿陈老师健康长寿！

贺宗璞老师八十华诞

——在冯钟璞文学创作六十年座谈会上的发言

作为宗璞老师的家乡人，参加今天这个座谈会特别高兴。我首先代表河南南阳文学界的朋友们，祝贺宗璞老师八十华诞，祝贺宗璞老师文学创作六十年。

在我们南阳，冯友兰、冯沅君、冯钟璞这三个名字，包括南阳的两位女婿陆侃如和蔡仲德，差不多所有的读书人都知道，都为他们在学术上、文学上、艺术上的造诣和贡献感到骄傲和自豪。唐河冯家人，多年来成为南阳人劝子孙们读书时使用得最多的例子。

宗璞老师身上有三种东西，特别值得我和南阳的文友们学习。

第一是她对文学的那份挚爱和执着。文学对于有些人来说，是改变命运的工具，是换取名利的物品，而对于宗璞老师，则完全是一份真挚和真诚的爱。她以高龄多病之身，顽强地坚持写作，谁也不相信她是想换取什么，她只希望通过文学，和她的读者进行心灵交流，把她想说的话告诉她的读者。我常常怀疑自己到了她这种年龄，到了她这种身体状况，还能不能坚持写作，我对文学的爱还远没有达到她这样的程度。她对文学的执着令我非常感动。

第二是创作时的那份严谨和认真精神。《东藏记》是历时七年才写成的，读她的文字，能感觉到那些字是蘸着心血写成的。前不久，她打电话说，她写到战争年代通信兵的生活，她不熟悉这种生活，希望我给她找一个参加过战争的老通信兵，她想和人家聊聊。我便急忙寻找，后来找到了一个老兵，他们在电话里聊了很长时间。这件小事让我看到，她的写作是多么认真。

第三是保持宁静的心境，始终安静地做自己的事情。这些年，很少见宗璞老师跻身热闹的地方，做很热闹的事情，她总是那样安静地生活和写作。其间，她经历过疾病的打击，经历过亲人的离去，经历过社会大事件所掀起的风雨，她都能让自己慢慢沉静下来，保持一种宁静的心境，然后再安静地投入写作。能做到这点不容易，那需要气度，需要学养，需要眼界和境界来支撑。

作为一个乡亲，作为一个后学，我特别希望她保重身体。祝愿她健康长寿，祝愿她早日写完《野葫芦引》。

告别老乔

大年三十那天，我接到乔典运的电话，他的声音虽然低，但很清晰，我们交谈了一阵，放下电话后我想，他虽然身体虚弱，可心胸开阔，他一定会继续坚持下去的。未料到，他生命终结的日子竟那样快地来到了。那天上午，我正在写作，王桂芳来了电话，我一听她的声音，就知道不好，果然，她告知的是老乔已走的消息。尽管我心中已对这一天做了准备，可悲伤还是压上了心头，老乔的音容笑貌也倏然现在眼前，我的眼泪流了下来：老乔，你是真的离开我们了？再也不和我们一起谈笑、品茶、喝黄酒了？再也不来北京玩了？再也不含笑对我们说：咱是山里的一个草民了？

我很想回去参加老乔的葬礼，无奈因种种缘由不能如愿，我只得到邮局拍了一封唁电。至今，我仍为自己没能亲去给老乔送葬而深深抱愧。我想，我以后回到南阳，一定要到老乔的坟上看看,去道一声歉。

老乔在六十来岁的年龄上去世,是太早了。我知道,他还有许多创作计划想去完成,可惜,由于早年极度艰难的生活对他身体的损耗,由于“文化大革命”中所受的精神上的刺激,由于创作上的积劳成疾,他的身体已经失去了支撑他活下去的能力了。1997 年春天是一个上帝收作家的季节,不少作家在这个春天离开了文坛,其中农村出身的作家占了相当大的比例,老乔和这些文友一块从文坛上撤走,对文坛是一个沉重的打击。

不知道老乔是不是有预感,反正早在他得病之前,他就多次同我谈到了死亡。他对死亡的看法是达观的,他认为,人只要做完了自己能做的事,早死早安生,死得问心无愧就行。老乔是实践了他的死亡观的,他给社会留下了二百多万字的作品,给朋友们留下了浓浓的友情,给家庭留下了深深的爱意,他死得问心无愧。

老乔这一生从一个普通农民奋斗到一个著名作家,应该说是活得很辉煌的,但对人生参透了的他并没有因此而忘乎所以,他仍然谨慎做人,恭谨待人。他知道,人在世上所获得的一切,最终是会被上帝全部收走的,他是一个活得最明白的人。他用他的行动给我们留下了一个教诲:别被名利障眼,别活得太累。

老乔去世前的那几天我没有同他再交谈,不知道他还有没有遗憾的事情,我猜,如果有,那就是关于他作品的结集问题。他出过几个集子,但作品收得不全且不系统,以他在中国农村题材小说创作中的地位,他是应该出一套全集的。不知这个愿望将来会不会实现。

老乔的早逝,给我们南阳的作家敲了一个警钟:大家都应注意保护身体。南阳的作家大都是农村出身,由于先天和后天的营养都不足,身体底子打得并不厚实,若不注意,一味拼命写作,病是会找上门的。

老乔如今站在另一个世界里,大约和过去一样,面带微笑地望着我们,用他惯常的声音说:好好活吧,朋友们!

老乔,朋友们非常想念你!

一座陵园

河曲村是河北省平山老区许多村落中的一个，今天看上去和别的村落没有什么两样，高低错落的民居、纵横交叉的村路、悠闲吃草的羊、互相追逐和刨食的鸡，田畴、沟渠、岭坡、树林，平平常常的样子。但在历史上，它可有过辉煌的时候，它是古中山国的旧址；尤其是在五十多年前的一个冬天，它扮演了一个重要角色，经历了一桩轰轰烈烈的事情，见识了人民解放军官兵们的一场重大牺牲和胜利，并用自己温暖的怀抱，接纳了一批鲜血流尽的勇士。

那是 1947 年的 11 月间。

这个月的六日零时，我军打响了解放石家庄的战役。战役中，担负西面主攻任务的是晋察冀野战军第三纵队和冀晋军区部队，平山县是该部队的集结地、出发地和后勤保障基地。其中一个指挥所和三纵七旅的前方医院及冀晋第四军分区的后方医院，就设在河曲村。

那是一场打得十分酷烈的战役。

整整打了六个昼夜。那场战役，是解放战争中我军发起的第一个较大规模的城市攻坚战，我们的经验还不是很多，进攻部队每前进一步都异常艰难，战士们打得非常顽强。六天六夜间，随着战役的向前推进，我军不断有官兵伤亡。仅设在河曲村的战地医院，就接收了大批的伤员，其中有八十余位最后伤重而亡。

当时，踊跃支前和参战的河曲村村民们，怀着对烈士们的深情，和战地医院的同志们一起，擦去烈士们身上的血迹和战尘，含着眼泪在村东岭的岭坡上安葬了烈士们的遗体。

仅仅两年之后，中国人民盼望已久的和平日子就到来了。

花开花落，夏走秋至，和平的日子在这块土地上延续。那些烈士静静地躺在坟墓里，看着后人们快乐地生活。伴着一年又一年的风刮雨淋，烈士们的坟头也在一点一点见低。渐渐地，大部分坟丘完全变成平地失去了标志，墓碑也已丢失。

四周村子里一茬又一茬的年轻人长了起来，但他们中已很少有人知道，那有着几小片荒草和几块歪斜墓碑的地方，土下躺着为共和国捐躯的烈士们。

烈士们的容颜、名字、事迹和精神，正越来越远离活着的人们的记忆。

就在这时，一个名叫贾雪阳的军人，向着这块残破的墓地走来了。

那是二十世纪八十年代初期的一天，在外当兵的贾雪阳回故乡河曲村探望乡亲。雪阳在动乱的年代曾回乡务农，当年经常在烈士墓群附近耕作，他在和村里老人们的聊天中，得知过故乡 1947 年经历了那场战役的事，对烈士们的献身精神非常敬仰。他这次身为军人返乡，对战死沙场的阵亡者更怀了别一番的敬意，他决定到村东岭上去看看那片烈士墓园。他在村里几位好友的陪同下向墓园走去。

当他走进那片残破的墓地时，他惊诧地停住了步子，长久无语。不能让烈士们的遗骨就这样消失。如果任由这些遗骨消失，那么接下来在这块土地上消失的，就可能是那种为国勇敢捐躯的精神。我们活着的人得为这些为了人们今天的幸福生活而牺牲的烈士做点什么。也就是在这一刻，修复烈士墓群的愿望在他的心里萌生了。

可修复墓群并使其成为永久性建筑能是一件简单的事情？

他开始呼吁。他的呼吁得到了村里人和村里在外工作的人们的重视，但是缺钱。没有钱怎么买砖头、沙石、水泥？

去哪里找钱？他和妻子小玲商议后，拿出了自己的一部分积蓄，但这远远不够。接下来，他和另一位同乡朋友朱平均一起发起了民众捐款。雪阳和平均的父辈、朋友、熟人包括河曲村的人，听说是修复烈士墓，都热情地给予了支持，或多或少地捐了钱。河曲村人在抗日战争和解放战争中都做出过贡献，不少河曲村人的子弟就战死在外乡，那些战死者的遗骨也未返回故里，所以他们对做这件事都怀了一份深情。经过许久的筹集，总算有了一笔钱。这笔来之不易为数不多的钱筹到手以后，雪阳和几位朋友一起，仔细制订了修复计划。以后的几年间，他自己利用节假日，多次由北京赶回河曲村，和热心的朋友一起，对尚存有烈士遗骨的四十三座墓进行了修复和永久性加固。跟着，他和村里老党员们一起，又对散落在农民家中的墓碑进行了回收，并将收集到的十二块墓碑坚固地镶嵌在了烈士墓前。坟墓修好后，为便于保护，他又亲自参与设计，在墓群四周加筑了围墙，增建了纪念碑。

一座很正规的烈士陵园就这样出现了。

这已是1998年的冬天了。距离他第一次走进这块烈士墓地已是许多年过去。这年的11月12日，是石家庄解放和烈士们牺牲五十一周年纪念日，就在这一天，“河曲村东岭解放石家庄烈士陵园”正式举行了揭碑仪式。

雪阳是一个办事极其认真的人，陵园的建立并没有使他停止对这件事的关注，他要把这件事办得更加圆满。从1999年起，他又利用节假日回到河曲村和朋友们一起对陵区进行了绿化，栽了树种了花；还在纪念碑的碑体上粘贴了刻有烈士事迹铭文的大理石片；还请人设计了一尊五米多高的军人举枪欢呼胜利的雕像安装在了纪念碑顶端；而且一个小型陈列馆也正在建设之中，准备陈列与烈士们相关的资料。

在今天这个物欲高涨大多数人都在想着怎样去多挣钱的年代，贾雪阳和老区人民花很多积蓄、很多时间、很多精力去办这样一件得不到任何金钱回报的事儿，的确有点让人意外。但他说，每当他看见四周村里的学生和年轻人走进这座陵园，肃穆地去回首往日的战争岁月和烈士们的英雄事迹时，他就觉得自己做这件事很值得。他说他相信，那些年轻人在这座陵园里感受到的那种对烈士的敬意，对他们继承中华民族那种为国奉献的精神会有好处，他们走出陵园时，心里肯定会或多或少增添一些于国家和民族有益的东西。

下笔波涛起

一

许多年前的一个冬夜，我躺在被窝里一时睡不着，便拿过枕旁的一本《人民文学》杂志随手翻看。那时我对文学这个姑娘只是有些喜欢，还没有生出太深的感情更未正式和她开始约会交往。我记得我那晚的目光在杂志上走得散散漫漫，就在我要扔开杂志准备睡觉的时候，有一篇名叫《在密密的森林中》的小说晃进了我的眼睛。那小说的文字和讲述的故事很快吸引住了我，使我一口气将它读完。因为获得了阅读快感，我带着一点感激的心情去看作者的名字：朱秀海。那是我第一次知道朱秀海的名字，第一次知道世上有一个叫朱秀海的作家。你写得真棒！——我躺在被窝里对不知住在何方从未谋过面的朱秀海说。

又过了许多日子，我也成了一个靠写作谋生的人，有一次来京看望我第一本书的责任编辑董保存先生，在保存先生的家里，保存指着一个英俊的小伙对我介绍说：这位是作家朱秀海。我意外地看定对方，他和我想象中的朱秀海可大不相同，他是这样的年轻，如此年轻的人能写出那样老到的小说？相识之后我才知道，他也是河南人，家住鹿邑——出鹿邑大麯酒的地方。因为是河南同乡，我立刻觉得和他亲近了不少，我们那天海阔天空地谈了挺长的时间，从交谈里我知道他当时住在洛阳，我心想，那座九朝古都一定会给他更多的灵气，使他的艺术创作出现更大的辉煌。也是在这天，在保存家的酒桌上，我知道了秀海不愧是酒乡长大的人，不仅酒量很大，而且酒风极正，酒杯一端，豪气满怀，你说怎么喝就怎么喝，你说喝多少就喝多少，决不推推拖拖，更不扭扭捏捏，一副壮士气派。一看秀海这模样，我便估计，他日后会写出大江东去、波翻浪涌式的作品。

二

这之后我们几年没见，其间听到他获奖的消息，听到他调京的消息，我在心里为他高兴。我知道以他对艺术的那份痴情，他不会满足于已有的成绩，他肯定在酝酿更恢宏、更重大的作品。果然，后来在总政召开的一次创作会上再见到秀海时，他说他正在写一部长篇小说。1995 年我调来总后创作室不久，听说他的长篇小说《穿越死亡》出版，很快，报纸上开始对这本书进行评说，人们盛赞这本书是军事题材长篇小说创作的重要收获，是南线战争的总结之作，是一部对军人战场心理和命运进行大胆描绘的探索之作，真是好评如潮。我收到秀海的赠书后，急切地打开书开始阅读。那是一次充满快感和美的享受的阅读，我被秀海的笔又带入了当年的南线战场，带到了密林、浓雾、雷场和炮火之中，带到了那些经过了惨烈战斗洗礼的灵魂面前。

刘宗魁和江涛是《穿越死亡》这本书中塑造得非常成功的两个人物，是我当年在前线采访时经常见到的那些优秀指挥员中的两个典型。秀海为刘宗魁设定的农家出身，使我这个农民的儿子在阅读中很容易走进他的内心世界，我也因此非常喜欢这个人物。由于特殊的国情，中国军队的大部分成员是农民出身，因此，在当年那场边境战争中，在一线战斗的，也大部分是农民的子弟。对这部分人在战争中的那种沉着坚韧、顾全大局、为国赴死的精神，秀海通过刘宗魁这个人物，做了淋漓尽致的表现。江涛这种干部家庭出身的人物，虽然不为我所熟悉，但他们对军功、声名和事业的那份追求，我却能够理解。战场，历来都是人的灵魂的冶炼场所，是袒露人性中全部容物的地方。秀海把刘宗魁和江涛这两个人物置于战场上来审视，让我们清楚地看到人的灵魂的冶炼过程，看到人性中美好和龌龊交互杂处的状态，这是一种高妙的选择和处理。我一直认为，对于一个作家来说，重要的不在于他写了什么题材，而在于他如何处理他写的题材，从而使他写的东西能够超越他所写的题材内容，上升到或对人，或对人类社会或对人类所生活的自然界的全新认识。秀海所写的《穿越死亡》，既让我们看到了堑壕、雷区、指挥所、阵地、弹坑这些战场景观，看到了穿插、炮击、冲锋、固守、抗击的战争过程，又让我们看到了人性中的黑暗部分如何袒露、变形，并缓缓钻进美好部分的背后藏身的情景，看到了人的灵魂在炮火中被冶炼并一点一点去掉杂质的过程。这种对具象的东西的超越，提升了我们对人的认识，这也是这本书的最大魅力所在。那场边境战争早已成为历史，但那场战争作为一个展览人性和灵魂裂变过程的舞台，仍然有意义。现实主义作家重要的是要为自己的人物选定恰当的活动舞台，这也是我从《穿越死亡》这本书中学到的最重要的东西。

《穿越死亡》使秀海又一次获得了解放军文艺大奖，为他赢得了广泛的声誉。但秀海依然没有满足，人们的喝彩声尚未落地，他便又投入到了长篇小说《波涛汹涌》的创作之中。在这部反映当代中国潜艇部队生活的长篇小说中，秀海浓墨重彩地描写了青年军官江白的成长过程。江白由一个普通的潜艇学院学生成长为一个优秀的潜艇艇长，他的生活经历特别是遭遇的情感波折，其实是每个年轻人成长过程中都不可能绕过去的东西，秀海写的是一个海军军人的成长过程，表现的却是人的成熟情景。人都是在生活的历练中逐渐成熟的，江白是在驾驭潜艇去和美丽的、凶险的、骄狂的、迷人的大海打交道的过程中成为一个合格的艇长和军人的，秀海用他的书告诉我们，不要害怕和拒绝生活的挑战，任何挑战都可能把我们送入人生长途中的又一块高地。这部小说因其对大海的精彩描绘和对当下海军生活的大胆表现，吸引了众多的读者，无数的读者来信尤其是女读者们向他热情似火地表达出爱意，使我和他的其他朋友们都为他感到由衷的高兴。

少小从军的秀海，在度过了二十多年的军旅生涯之后，自然对我们这支军队充满了感情，对军人怀着一腔挚爱。也因此，他特别钟爱军事题材，他的绝大部分作品都是写的军队生活。从短篇小说《在密密的森林中》到长篇纪实文学《黑的土，红的雪》；从中篇报告文学《河那边升起一颗新星》到长篇小说《痴情》《穿越死亡》和《波涛汹涌》，这一篇篇用心血凝成的文字，全是用来讴歌我们这支军队的。在中国的军队作家中，很少有谁像他这样无怨无悔地始终在军事题材文学创作领域里劳作。秀海不是那种人云亦云，跟着文坛热点跑的作家，他所以固守在军事题材这块田地里，是因为他坚信，这块田地里埋有黄金，他只要深掘下去，他早晚会找到那些金子；是因为他懂得，这块田土特别肥沃，只要把它伺候好，种上的庄稼会长势喜人，他一定会有丰硕的收获。军事题材领域的确是作家可以大展身手的地方，世界上已经有不少作家在这个领域的创作中取得了非凡的成功，列夫·托尔斯泰的《战争与和平》、约瑟夫·海勒的《第二十二条军规》和雷马克的《西线无战事》，都已经成为世界文学宝库中的珍品，具有恒久的艺术魅力。秀海在这个领域里执着地干下去，前途必定灿烂辉煌。眼下，他已经在军事题材这块田地里收获了几季庄稼，且一季比一季好，也许就在下一季，上帝就要让他成为一个富翁了。而一旦他成了富翁，我们这些他的穷朋友，便又多了一个可以上门讨乞的地方，但愿他那时还能认得我们，同意他的下人赏我们一口吃的。

三

我们在京的河南籍作家，每当故乡来人或有报刊社来约稿，大家都趁机在一块儿聚聚，聚时，自然免不了要喝几杯。一当酒杯斟满酒的时候，大家总先要去看秀海——因为他是我们中的酒量最大者。逢这时辰，秀海总是豪爽地把杯一举，叫一声：干！就先脖子一仰把酒喝了下去，这才去低头检查别人的杯子，看他人是否喝完。往往是酒至半酣，大家开始打开话匣子神聊，这种并无一定题目的酒桌神聊，常能带给我们很多快活。我就是在这样的场合，听秀海说了很多颇有意思的话：

——我们鹿邑老家的男人，撒出的尿都带有酒味，我们那是产酒的地方，哪个男人不能喝几杯？不会喝酒还叫男人？

——什么叫小说？小说就是带有一定寓意的故事罢了，别把小说搞得那么神秘。小说家的任务就是把你的故事讲好。

——伤你心的人往往是你最爱的人，写仇人伤你的心那不会引起惊奇，写你爱的人伤你的心那才会出彩。

——再写一部电视剧，咱就也去买一部轿车，开上车在这北京城里兜兜风，显示一下咱河南人的威风。

——豫剧是中国地方戏中最抒情的一种，尤其那种抒发悲切情怀的唱腔，听了特别能撼动人的心，每次看豫剧《秦香莲》，我都会被秦香莲唱得流出眼泪……

这些都是我片片段段记下来的东西，也许已经不大符合他的原意。秀海还有许多精彩的语言，如果全记录下来，可以出一本颇有价值的《秀海语录》，那会成为研究秀海这个作家的宝贵资料。

四

作家的创作状态和他的心态总有一定关系，心态好的作家，其作品的产量和质量常会好一些。秀海这些年在创作上所以迭获丰收，也是因为他有一个好的心态。他总是不慌不忙、不急不躁地写自己的东西，既不把创作看得多么神圣，也不把它说得多么庸俗，以一副平常心看待创作，能写多少就写多少，能写到什么样就写到什么样。这种放松的状态，保证了文思的自然流淌。也正是因为他有了这样的心境，繁重的写作竟然没有对他的身体造成任何损坏，他仍然保有一副健康的体魄。大家都说他活得潇洒自在。去年年底我们几个河南籍的作家回郑州参加一个小说研讨会，秀海把西装一穿，领带一打，依然是一副帅哥模样，引得许多女士的目光在他身上晃。

秀海的创作心态好，也使他的家庭生活十分美满。他在家是一个好丈夫和一个好父亲，他没有把创作中的不顺变成焦灼不安变成火气怒气来毁坏家庭生活气氛，我亲眼看见他慈和地和儿子讨论电脑操作中的问题，那份耐心令人感动。

文学是一个脾气古怪的女人，和她长期在一起生活而仍能保持一个好心态的确不容易，在这方面我得向秀海学习，力争把文学这个女人伺候得好一些，从而使她和自己能和睦相处。

从事文学创作等于是参加一场没有终点的长跑比赛，这种比赛不选冠军、亚军和季军，每个参加比赛的人最后在耗尽心力和体力之后在路边倒下作罢，后人将根据你跑出的距离给你排一个相对名次。在人类发明的所有比赛项目中，这是一项比较残酷的比赛，我祝愿秀海在这场比赛中能更好地保持自己的心力和体力，跑的时间最久，距离最长，能最终获得一个好名次！

秀海，也许五百年后，中原人还在自豪地向世人说：我们河南出了个朱秀海！

羡慕向前

由于山水的阻隔也由于我的交际范围有限，几千万江西人中我只熟识十来个，朱向前是其中的一位。

上帝安排我这个豫西南的乡下人和来自于赣西南的朱向前在北京相识，肯定有他的道理。一个人一生中认识的人极其有限，十三亿中国人中和你在一起开过会，在一张桌上吃过饭，在一个领域做过事的人能有多少？世上人与人之间的相识看似偶然，其实都不会毫无缘由，因而也都值得珍视。

江西这个明朝置省的地方除了盛产战争故事和英雄之外，还有名山、名湖、名阁、名瓷，有许多令外省人羡慕的东西；和向前相识之后，发现来自江西的他身上，也有很多让我羡慕的东西。

我羡慕他有一副好口才。说话，是人和这个世界联系的主要渠道之一，有没有好的口才，也就是能不能用恰当的话语把自己心里想到的东西表达出来，是衡量一个人整体素质的一个重要参数。遗憾的是，内向的性格造成了我口拙，正是因此，我总留心那些口才好的人，期望向人家学习。向前的好口才我是无意间发现的，我无机会听他在正规的课堂上讲课，但听过几次他在文学作品研讨会上的发言。他的发言总是言简意赅，能迅速抓住作品的主旨，而且用语恰切，逻辑严谨，感情充沛，具有很强的感染力、说服力和征服力，如果听者没有很强的定力，一般会成为他的观点的俘虏。我还听过他在饭桌上聊天，寻常的一件事情，经他口中一说，竟妙趣横生起来。据说听他讲课的学生，总是聚精会神少有打瞌睡的时候。听说平日里常有人来请他去讲课，我想，要是给他在公众场合进行选举演讲的机会，他大约是能很快征服他的听众并获得多数选票的。

我羡慕他在评论事业上连连获得好收成。做文字事业的，都知道这东西和种庄稼有点相似，收成难料，种子、气候和田间管理任何一个环节上出问题都会遭灾。也是因此，几年遇到个好收成，都感不易；若想连获丰收，一般人都不敢去想。可向前这些年在评论事业上的收成一直很好。他的单篇文章在全国的报刊上经常可见，有时一篇文章数家转载，成书的数量更是可观。如今，他已出版《军旅文学史论》专著一本，出版《初心与正觉》《沉入生命》《寻找合点》等文论集七本，还出版小说集一本，主编书籍三套。由这份收成可以知道，他付出的劳动量不是一个小数字。我们写小说的明白，评论家写一篇几千字的文章，常需要阅读几十万字的作品，以他的写作量去推算，他的阅读量当有几千万字。这样一算，方知他的好收成背后是艰苦的付出，在羡慕他的同时更生了佩服——须知，他的这些写作和阅读都是在业余时间完成的。

我羡慕他能把评论文章写得五彩缤纷。如果说小说家要不断超越自己，把作品写得各个不同异彩纷呈很难的话，那文学评论家要把评论文章都弄得面目姣好各个诱人就更难了。因为后者毕竟主要是凭借逻辑思维和使用学术语言去完成的，在文字的挑拣选择上余地不大。但把向前的文论集上的文章一路读下来，却真有一种五彩缤纷的感觉。这种感觉，首先来自于他语言上的那种跳跃性变化。大约因了他写过小说和诗歌的缘故，他的评论文章在用词上总是格外随意和大胆，而且许多文章的文字组合后韵味呈异，或活泼，或凝重，或奇诡，或洒脱。其次，是来自于一种文中气势的变换。他有的文章，气势内敛，读来如听潺潺溪水流动；有的文章，气势微张，读来如听江水流淌；有的文章，则气势高扬逼人，若论及一个问题，必是把论据像骤发的山洪一样排山倒海般地推涌到你的面前，迫使你承认他说得有理。再就是来自于他目光聚焦点的不间断移动。读他的文章能看到，他的目光有时聚焦于某一篇作品中流露出的心理倾向，有时聚焦于某一批作家的创作动向，有时聚焦于某一时期的创作问题，有时聚焦于世界文学的流变，有时聚焦于文学先锋队伍抵达的地点，有时聚焦于文学中军所在的位置，有时聚焦于文学后续部队的状态。这种聚焦点的不停移动，也造成了他文章内容的不断变化，使读者读来不断有新的收获。

我羡慕他在评论作品时有一双能看透作者用心的犀利眼睛。作家在写作时，总是把自己的意图和用心尽力隐藏在文字背后，企图将自己对人、人生、社会和大自然的认识与思考悄然送进读者的心里，可当书出版以后，他们又总是希望有评论家能看出他们的意图和用心，因为如果专业的读者都不能解读作品，作家就有些担心自己的意图和用心很难被一般的读者领会，从而使其成为永远的谜埋在文字堆里。我和向前共同参加过一些作品研讨会，也读过他对一些作品的评论文章，我发现他的眼睛厉害，总能一下子看透作家的用心和意图。拙作《第二十幕》的研讨会他参加了，他在发言中指出，作者在书中对尚达志这个人畸形内心的刻画和描述，尤其是通过盛云纬临死时留下的那封信，意在表现造成男人人性缺失的复杂外部因素和对这种缺失的鄙视与谴责。我听后心中很高兴，为自己得到了理解而高兴。这使我再一次领教了他眼睛的犀利。当然，他这双犀利的眼睛不是凭空有的，应该是无数卷诗书熏染而成。

我羡慕他身上总是洋溢着一股向前奋斗的劲头。人过了四十五岁，暮气总要或多或少地浸上身心，像我，做事不敢再有大的计划，得过且过的时候多了，少了年轻时那股一往无前的精神。可和向前聊天，很少见他为什么事长吁短叹，他总是满怀信心地告诉我们他在读什么书写什么东西忙什么事情，浑身洋溢着一股朝气和不停向前奋斗的劲头，使倾听他说话的我们也感到了振奋。他有次说到打乒乓球，说他正在坚持练球，争取在锻炼身体的同时使球技有一个大的提高，以便和某位乒乓高手一比高低。话语的口气完全是二十来岁年轻人的，内中那股大步向前的精神令听的人不能不受到感染。我想，他有这种精神，他在评论事业上就还会有新的更大的造就。当年他父母给他起名为“向前”，大概就寓示着一种期待，他可能时时都在牢记着这种期待吧？

我羡慕他能同时在两个领域取得成功。向前这些年不仅在评论事业上有了成就，还做了解放军艺术学院的训练部长，在仕途上突飞猛进。仕途于我十分陌生，那上边的风景我无缘看到，但据说其上除了有鲜花之外还有一些陷阱，向前能在欣赏鲜花的同时轻巧地跃过那些陷阱，令我佩服。一般人做了官，通常都不得不放弃事业上的追求，因为时间和精力是有限的。但向前把两者的关系处理得不错，二者分明都没有受到影响。我猜，他大概每天都在不断地转换身份，一会儿是官人，一会儿是学者；走进办公室和会议室是官人，走进书房面对书籍和稿纸时是学者。这肯定有些辛苦，但也有证实自己潜力和能力的乐趣，愿他在这两个领域都能继续发展。

我还羡慕他拥有一个幸福的家庭。他的妻子张聚宁过去也写小说，是文坛中人；后来做官，直做到全国人大侨务委员会的办公厅主任，官至正局级。听说能文能官的聚宁女士对向前的工作全方位支持，是他许多文章的第一读者；而且把家务料理得井井有条，不使他分心。他们的儿子对文学也有一份热爱，经常听听广播中的文学节目，翻翻爸爸的藏书，全家人偶有时间坐下来聊天，也有共同的话题。人到中年，家庭这个能提供温情和歇息的港湾变得格外重要，向前拥有这样的家庭，的确让人羡慕。

我也羡慕他有好酒量。向前在文章中说过，他喝酒不喜喝啤酒而最爱喝白酒，这话就说得痛快。1996 年秋天，他恰巧和我们总后的一帮人乘大巴车沿青藏公路去拉萨，到拉萨时是个中午，因为连日的奔波需要解乏，也因为高兴，拉萨兵站的同志们在饭桌上拿出了白酒。那是我第一次看向前喝酒，他连连举杯，喝得尽兴而痛快，直喝得面如重枣。海拔三千多米的拉萨不是个适宜喝酒的地方，但那天他喝的酒大概不少。他那个中午和李师东、王中才先生频频碰杯的画面，使我窥见了他性格的另一个方面。我因肠胃不争气，很早就戒了酒，对酒的暗馋使我对能喝酒的向前十分羡慕。

我现在想，上帝安排我和向前相识，大概就是为了给我提供一个衡量自己的坐标,让我知道自己处于中国人生存图景中的哪个位置;是为了告诉我:这世界上值得你羡慕的人还有很多!你不能安于现状,你必须继续努力!

我感谢这种提醒,可我也知道,有些东西你一生只能羡慕而不能拥有,有时安于现状可免去许多痛苦。

我的责编们

人是需要扶持的。幼时学步，没有妈妈和长辈们的扶持，不定要多摔多少跟头。长大做工，没有老师傅们的扶持，怕是难以很快车出合格零件的。弄文的人，同样需要别人扶持，否则，多走弯路不说，连续的失败还能把初学者的一点自信渐渐磨掉。幸运的是，我在文坛学步时，遇到了不少热心扶持新人的编辑，其中也包括《青年文学》的几位责编朋友。

记不清头一次给《青年文学》投稿是哪一年了。能记清的是，在收到退稿时，同时收到了一封编辑手写的信，信上嘱我继续努力，这使我很感动。我最讨厌那种打印的退稿笺，那上边透着一股冰冷和公事公办的味道，少了一份关心和温情，容易让人失去再和这个刊物打交道的兴趣。愿《青年文学》的编辑们能继续坚持手写退稿信的做法，去温暖更多的初学写作者的心。

我在《青年文学》上发的第一篇稿子是《女军人日记》，那篇小说今天看已没什么意思，但它的发表对我的人生选择却意义重大。那时我正在走仕途还是搞创作的岔路口犹豫徘徊，它的发表，使我搞创作的自信心进一步增强，让我觉得也许我此生能靠写作养活自己，帮助我下了不走仕途的决心。其实每个人所做的事，都会或多或少地对别人的生活产生影响，文学编辑的工作同样也是如此。我那篇小说的责编詹少娟可能至今不知道这些，可我一直对她心存一份感激。

有一段日子，我的家被一场灾难笼罩，我的心情十分不好，我看见了人性中黑暗部分的轮廓，窥见了其中的一些丑恶事物，我对人世生了绝望。就在这段日子里的某一天，我忽然收到《青年文学》编辑部里一位叫李师东的编辑的来信，信上说他看了我发在另一家刊物上的短篇小说《老辙》并对它做了夸赞，还说想把它收到一本小说集中。这封陌生人的来信让我一下子感觉到，人世上的人还是能够彼此善意地关注和关照的，我的心顿时感到温暖了不少。这件小事使我当时的心境有了很大改变。后来迁居京城和师东熟悉起来，但这些往事我还一直没有和他说起过。

我和《青年文学》的黄宾堂、康洪伟、程黎眉同志也有过通信交往，他们都给我留下了认真、负责、热情的印象。正是因为有了这一批热心于文学事业的编辑，《青年文学》杂志才在期刊之林中始终占有一个重要位置，才一直被文学青年们所珍爱看重。在《青年文学》出满二百期的时候，作为她的一个热心读者和作者，我很想把两句话送给她以表示我的尊敬和祝贺之意：

敞门待客，使多少握笔者感受到人间温暖，

执手相送，帮无数写作人寻觅见文苑路径。

待她出满四百期的时候,我还要以一个老人的身份去登门贺喜。

学信先生

马学信先生是我初中三年级的班主任。从那时到现在，已经有二十多个年头过去，其间我一次也没有再见过他，想他今天一定是华发满头了吧？

学信先生的一只手留下了残疾，所以他第一次登上班里的讲台时同学们都有些吃惊。后来才知道，那是他在学校滑冰摔伤后留下的。由此我们知道他是个爱好体育运动的人。在课余时间，我们常见他坚持用残臂握拍打乒乓球，他的这种劲头鼓舞了我们，使得我们班打篮球、乒乓球的人格外多，班里爱好运动注意锻炼身体的风气很盛。

学信先生兼教我们语文，他批改我们的作文特别认真。总是在他认为我们写得好的句子和段落下用红笔画上特殊的符号，而且批语极其详细。每次作文本发回来后，我都急忙去看他画下的符号和写下的批语，每一次我都能从那些符号和批语里获得一份写好作文的自信，增加一份对写文章的兴趣。也就是从那时起，我懂得了鼓励的重要。我也因此相信，一个才智平常的人，如果能经常得到恰如其分的鼓励，其成功的可能比一个总受打击的天分很高的人还要大。

学信先生很少对我们发脾气。他总是温文尔雅地说话、讲课，大声呵斥、教训同学的情景我几乎不记得有。逢了有同学做了错事，他总是把他叫到一边慢声细语地讲道理令其悔悟。也因此，同学们都愿意亲近他，常愿去他的宿舍里坐坐。

学信先生的家离我们学校很远，总有六十里吧。他平时往返家里总是骑自行车。那个时候，有一辆自行车是很不容易的事情，每次见他骑了自行车返校我都很羡慕，并未去想那往返一百二十里时的辛苦。在校时我曾经去过他那个名叫马庄的村子，并在他家吃过饭。师母是一个很贤惠的女性，她一个人在家带孩子操持家务，那阵子我还不可能体谅他们分居两地的全部苦处。

我当兵后加上学信先生也调离了邓县三中，我们就一直没有联系。前些年有次碰见一位当年的同班同学，他告诉说马老师想盖房子但钱却不够。刚好我当时也因为家中有事手头拮据，未能给老师以支援，这在我是很感歉疚的。

听说学信先生如今仍在教学岗位上工作，教师这门职业的清苦和辛苦这些年我已经深深知道和理解，但愿马老师能注意节劳保重身体。你的学生们都在挂念着你。

川籍班长

我当兵后的第一任班长是四川南充人,姓何。

何班长身个不高,也就一米六多一点吧;圆脸;眼大,尤其是生气时,双目圆睁如杏;嗓门高,寻常说话也能让四十米外的人听到。

我们新兵到班里报到,他盯住我看了十几秒钟。而后踮起脚在我头上敲了一个栗子问道:长这样高干啥?我愣住,吭哧半天才答出:不知道,糊里糊涂就长成了一米七八的身高。他满脸不高兴地嘟囔着:身个高了要多糟蹋粮食和布匹,知道吗?我紧忙说:是!

我们开始训练队列。何班长领着我们操练,他因为嗓门大,喊的口令极是洪亮有力,不过七八个人训练,他的口令喊得惊天动地,弄得满操场都是他的声音,俨然像在指挥千军万马,引得驻地附近的女人和孩子们都来观看。每当操场边围满大姑娘、小媳妇的时候,他就特别得意,一行一动都是标准的军人做派。

进行专业训练时他有点提不起精神。我们是测地排,战时的任务是用三角函数知识为炮兵分队准备射击诸元。训练时要用经纬仪观测角度,要用对数表去进行计算。他初中没毕业,搞计算就很觉困难,所以一搞专业训练就有些吃力,就私下里抱怨:是哪个龟儿子发明要搞这种计算的?太伤人脑筋!他见我计算得又准又快,就满意地敲敲我的脑袋说:行,你这龟儿子是个材料!

班长身个虽小,但食量惊人,吃饺子和我们这些大个子一样,能吃完用一斤一两干面包成的饺子。班里有谁患了病,连队食堂给病人做了病号饭——鸡蛋面条,只要病号吃不完,他就不客气地上前一扫而光,一点也不剩地全扒进肚里。他的几个同乡只要买了可吃的东西,不管他们藏得怎样隐秘,他都能准确地前去找到从而要求共产共吃,使得那些同乡叫苦不迭。

那次驻地附近的一家工厂失火,他跑在所有人的前头,最先不顾危险攀上屋脊泼水灭火,身手极其敏捷。当火灭后那家厂子的领导上前向他表示感谢时,他一边抹着脸上的烟灰一边叫道:少说废话,拿两个馒头来!

他很想娶一个漂亮媳妇,不止一次地在私下里对我们说,他将来的媳妇在貌相上不能低于八十五分。但后来他父母在家乡为他说定的媳妇并没有达到他的标准。那姑娘的照片寄来后,他一直不让我们看,只说:还凑合。我们一伙人趁他不在时偷翻了他的枕头,从里边找出了那张照片,我们看完后都有点替班长惋惜。不过班长后来还是接受了,为那个姑娘寄去了不少衣服和雪花膏之类的东西。

班长是在我入伍的第二年冬天复员的。他走前把他精心保存的测地教材和指挥尺都留给了我,还送了我一个日记本。我送给他的是饼干,是几盒当时山东境内最好最贵的钙奶饼干。那时四川还很穷,吃不饱肚子的事情还经常发生。他走那天早晨我抱住他哭了,从不流泪的他那一刻也满脸泪水,他拍着我的肩膀说:这个班交给你了!……

从分别到今天已是二十几个年头过去,我们再没有见过面。我不知道他现在生活在四川的什么地方,生活境况怎样。算起来,他已是近五十岁的人了,他的儿女怕也有十八九岁了吧。老班长,祝愿你生活得好!你当年手下的战士如今仍然在想念着你。你当年为之操心的那个班,今天已生活着另外一茬年轻的小伙子了!

美的创造者

——郑虹和她的书籍装帧艺术

认识郑虹是在去年第三届冯牧文学奖的颁奖仪式上。那天我致完答谢辞刚走回座位，一个身材苗条的女子来到我跟前说：嗨，听你的口音就知道你是河南人，我们是老乡，我叫郑虹，老家在洛阳。京城遇老乡当然高兴，我和她握手后简单地交谈了几句，交谈中知道她从事书籍装帧设计，可我也没有太在意，并没有弄清她和那天的会议有什么关系。直到回家打开那天会上赠给的《冯牧文集》，看到"版式设计郑虹"这一行字时，才恍然大悟，原来这郑虹非寻常人物。她为《冯牧文集》所做的版式设计很是大气，而且这套文集的装帧设计者是大名鼎鼎的张守义先生，能和张先生搭档设计同一套书的人，自然不是凡俗之辈。

这便是和郑虹第一次相识留下的记忆。

之后我们虽同在京城，可因在两个领域做事，并无相遇的机会。直到有一天，在书店买书，看到一套设计精美的《中国文化遗迹》画册，便信手拿过来翻看，这套同时用中、英、法、德四种文字出版的画册，有五百余幅图片，二十七万多字，内中选择了从原始社会到二十世纪初中华民族创造的一百二十六处文化遗迹作为表现对象，既有陵墓、寺庙、佛塔、宫殿，也有岩石、石刻、洞窟和民居等。设计者对封面和内文版式做了精心的设计，对图片和文字的搭配摆置做了极具艺术的处理，使画册中的每一页都给人一种艺术的美感。整部画册显得庄重典雅，透出一种文化大国出版物的大气。我看得爱不释手，最后才想起去看设计者的名字，一看更是意外，原来这套画册竟是郑虹设计的。嗬，这老乡还真是一个人物了！立马，对这女子的敬意就又多了几分。

这之后，再进书店时，我就特别留意去看有没有她设计的画册。一次，见到中国历史博物馆编的四册一套的大型精美画册《华夏之路》，一看装帧设计者的名字，真的是她，立刻饶有兴味地看起来。这是中国历史博物馆建馆以来首次以馆藏历代文物讲述中国历史发展的成套画册，有两千余幅图片，几十万字的说明，用中、英、法、德、日五种文字发行世界。一打开画册就能感觉出设计者的匠心，无论是图片大小的处理，说明文字的摆放，还是书页空白的留置，抑或是文物遗迹线图的绘制，都恰到好处，给人一种艺术的美感。欣赏这套画册，既是一次对华夏文明发展之路的回顾，也是一次充满愉悦的审美享受。不久听说，这套画册荣获了中国外文出版发行事业局优秀书刊整体设计优秀奖；还在第五届全国书籍装帧艺术展览会上获得整体设计银奖，并在中国美术馆及全国巡回展出，心里更加为这位老乡高兴。

后来，又听说她加入了中国出版工作者协会装帧艺委会，而且是由书籍装帧设计家张守义和画家吕胜中亲自推荐的。张守义先生在推荐辞中写道：“书籍装帧艺术家郑虹从事书装设计工作多年，作品多次参加全国性书装展览，并多次获奖，是我国近年来涌现出的优秀青年装帧艺术家之一。”“她的书装艺术作品，多是中国传统文化艺术的体裁，这与她从事多年文物工作的学识积淀有着很密切的关系……已具备了自己独特的设计风格和艺术品位……”张先生的这些评价可谓很高，我听了都为郑虹感到自豪。

再后来，她给我寄来了她负责装帧设计的《中国摄影》杂志，我每期都看得爱不释手，几乎每一期都有让我看后难以忘怀的经过精心设计的画面。听说自她担任《中国摄影》杂志的美术设计之后，该杂志即获“中国文联系统十佳报刊杂志”称号。去年，我又看到了她设计的大型摄影画册《中国西部风光》，画册中对山、水、天、地和人文遗迹极富激情的表现，使我的内心受到了强烈震撼，那一幅幅经过匠心设计的画面，使人看后会对大自然的进化，对人与自然的关系，对人类的命运等问题产生新的思考和感悟。我当时在心里想，她如今在设计上已达此等水平，今后的发展更是不可限量。

我的预料很快就得到了一次证明。前不久，我从电视中《新闻联播》上得知，她负责装帧设计的大型画册《康定》，在康定在川西在整个中国西部，都获得了挺大的反响。很多人看了这本画册后，便被康定城、被贡嘎山、被莲花湖、被野牛沟、被折多山和塔公—雅拉神山的景色完全迷住了，那一幅幅经过艺术处置的美妙画面，像一只只手一样，把游人向康定拉过去。

在一次次的审美享受之后，我终于和郑虹有了一次长谈，也就是在这次长谈中我才知道，她之所以能在书籍装帧领域获得今天的成果，是因为她走过了一条曲折而艰难的奋斗之路。她十七岁时进入洛阳市文物管理委员会工作，那是一个与权力、金钱这些耀眼的东西相隔遥远的工作职位，但就是在这个职位上，她学到了对她此后从事书籍装帧艺术创造最重要的东西。在这个职位上，她参与发掘春秋、战国、汉代、唐代、宋代古墓葬二十余座，临摹了几座古墓里的壁画，绘制了数千幅文物线图，与他人合作编绘出版了《洛阳文物图案集》一书。至此，大量的精美文物图案储存到了她的脑子里，历代先辈们的艺术创造成果开始潜移默化地对其产生影响，她的艺术视域不知不觉间变得开阔起来，艺术眼光在无形中得到了提升。

1991年，郑虹怀着对爱情的向往和进一步学习、掌握书籍装帧这门艺术的热望，走进了北京城。京都以它阔大的胸怀，接纳了这个尚无任何名气的外省女子。她先到《中国摄影家》杂志社从事版式和广告样本的设计工作，工作中，她得到了著名摄影家严中义先生的热情指点和帮助。之后，她又专门到中央工艺美术学院装潢系学习，得到老一代书籍装帧艺术家余秉楠、陈汉民、张守义等先生的亲手指教。她原本就有的艺术灵性，在这些名家的指点下得到了进一步的开发。

如今，郑虹在长长的书籍装帧艺术之路上，已走到了开满鲜花的地方。今天的她在书装界已是知名的人物，来求她设计的人越来越多。中国摄影家协会国际部编辑的《中国第八届国际摄影艺术展览作品集》和《中国第九届国际摄影艺术展览作品集》，是请她设计的；民族文化宫展览馆编辑的《中国少数民族面具》也是请她设计的；佳能公司北京事务所编辑的《佳能园地》还是请她设计的……

专家的肯定，读者的喜欢，客户的邀请，使经过艰苦努力和顽强拼搏的郑虹心里得到了莫大的安慰。照理说她可以歇一歇了，但有着强烈事业心的她知道，书籍装帧艺术也是一个大海，自己虽然眼下在这个海里游出了好的成绩，可身左身右和身后都还有其他的游者，自己只要停顿下来，别人就有可能游到前面去。清醒的她又给自己定下了新的读书充电计划，她要在设计理念和设计风格上来一番新的探索。相信有着不屈不挠精神的她会在书籍装帧领域里做出新的成绩，开拓出新的天地，从而让她的故乡洛阳为她再生骄傲，让中原大地为养育了她这个女儿而更感自豪。

送周熠兄远行

八月二十二日傍晚五点半,我收到了周熠兄由南阳一家医院发来的短信,短信只有几个字:留恋!保重!周熠。我此前已知道他病情转重,吃饭很难,故当时没有多想,以为他是被病折磨得难受,就回了一个短信宽慰:多保重多吃饭。没想到几个小时后,他就决然走了。我这才明白,他发那个短信,是在向我诉说他对这个世界的留恋,是在向我做最后的告别。

我后悔我的迟钝。

他就这样向着另一个不可知的世界,启程远行了。如今,你已经走到了哪里?见到了什么样的风景?

和周熠兄相识,已近三十个年头了。

我们虽然都姓周,却并不属一宗,也不居一地。我结婚后因妻居南阳城,才和在《南阳日报》社供职的他认识。因为我们都是寒门出身,对世事的看法颇多相似,加上又都爱着文学,有着共同的兴趣,所以交往就多了起来,就成了很好的朋友。

他这人性格温和,对人不苛求,所以朋友很多。我在他那并不宽敞的家里,碰到过文坛、官场、商圈、新闻界和宗教领域的不少人物,大家或清茶一杯,或黄酒一碗,纵谈世事,倾吐块垒,褒贬人物,互传信息,十分快活。

他这人做事仗义,乐于助人,找他帮忙的人很多。坐在他的办公室里,会看到他老家的村民,四面八方想发稿子的新闻写手,还有搞创作的业余作者以及企望在报纸上鸣不平的市井百姓进出,那些人多是带着一点忐忑进屋,再露着笑容离去。

他这人兴趣广泛,喜欢做的事情很多,且在很多方面都做出了令人赞叹的成绩。他喜欢吟诗,出过几本诗集;喜欢写散文,是河南散文界的名人;喜欢写小说,出过影响很大的小说集;喜欢书法,能写出很不错的草书作品;喜欢拍照,能拍出漂亮的人物和风景照片;喜欢文物鉴赏,对汉罐、古玉和一些名人字画的艺术特点能说得头头是道。

他这人舐犊情深,对三个子女都怀着深切的爱,是一个标准的好父亲。他的收入不高,家境一般,可硬是把长女和儿子培养成了研究生,把次女培养成了本科生。在孩子们的工作安排和婚事上,我听他说过很多,也看过他怎样四处求人,知道他为他们操碎了心。

我们做朋友这么多年,每当我遇到难处,他都是立马伸手相助。二十世纪八十年代后期,我的家庭遭遇大灾难,他倾力相帮,从精神上和生活上给我和我的家人以很大支持。我记得很清,有一段时间南阳的煤气供应紧张,我家当时换煤气罐很难,他就找了南阳油田的一位朋友,想法子定期给我家送来煤气罐。我调京工作后,回邓州老家看父母的机会少了,他有时去邓州公干,总要特意去看看我的二老,还要留下钱。2004

年我回南阳,到丹江水库沿岸体验生活,他当时已经患病,可仍执意陪我去了三个县,跑了很多地方。

大约从新世纪初,他的身体开始出现问题。这可能与他长期喜欢熬夜写作透支健康,加上未戒烟酒有关。最先是心脏供血不足,使得他动不动就心慌气短,连写作也很难坚持下去。没有办法,只好来京做心脏搭桥手术。那次是我在阜外医院为他找的医生,那位医生的手术水平很高,很顺利地为他的心脏搭了桥,解除了他的痛苦。他又可以重新坐在写字台前,写他爱写的东西,我和他当时都很高兴。未想到没过几年,他身体的其他脏器又出了毛病,他开始频繁出入医院,抵抗力也一点一点降低。今年春天,我去他家看他,他已经非常消瘦虚弱,失音的现象也没有好转,我们的谈话不时被他的叹息打断。我的心情很沉重。我那天劝他多听听音乐,让自己的心情好起来;劝他多吃水果,把体质由酸性改为碱性;劝他找一个好中医,多吃点中药。他点头说好。临分别时他突然问我:人生为什么这样苦?我被他这一问弄得差点掉下泪来,我的人生何尝不苦,人活在世上为何如此艰难?造物主既然给了一个人几十年的生命,为何不让他们快快活活地走完这段途程,而非要让他们尝遍酸甜苦辣才行?

周熠兄决定沿另一条路远行,有他的道理。当造物主分配人生痛苦过于不公,将太多的苦痛加于一人而他实难承受时,他当然可以另择路出行。

其实,人生之路究竟走多长为好,谁说得清?

周熠兄,好好走吧,那条路上已有许多文坛前辈和朋友先行,争取赶上他们,和他们结伴同走,愿你在那条路上看到新的风景。

上校跃飞

四十一年前的那个多难的春天,横行乡村的饥饿并没能阻止生命的诞生,一个后来起名为李跃飞的男孩照样哇哇叫着,大胆地由陕西省蒲城县龙阳乡南湾村走进了人间。他当时面对的世界萧索严峻,寻找食物填饱肚子成为一个重要的问题。好在他像大多数乡村孩子一样,有着极强的生命力,在野菜和不多一点食物的滋养下,照样开始蓬勃地长着身体。

1968 年他开始上学时,乡下的日子已有些好过,不过也只是能吃饱而已。上中学住校之后,他开始背馍以解决吃的问题,三天背一次。每一次都是母亲把苞谷面馍馍蒸好放凉,他用布兜装了背到肩上向学校走,吃饭时把馍放进学校的蒸笼里蒸热,就着开水啃。就是这种苞谷面馍馍,给他的身体里注入了能量,使他有了向知识海洋游去的体力。当年看到跃飞背馍走路和就水啃馍的人,没有谁能想到若干年之后这个不起眼的小伙会成为解放军的一个上校，成为解放军派驻一个大型石化总厂的军代表室的总代表。

结识上校跃飞是在不久前的一个傍晚，地点在南昌机场。8月的夕阳在南昌城头坠落时威风犹在，发散出的热力依旧能使人汗水淋淋，跃飞就在这晒人出汗的夕阳里和我们热烈地握手。那时我还没有得到以上的介绍，但只凭他高大的身躯和爽朗的话音，我就知道这是一个可以与之打交道的西北汉子。

上校跃飞今年已有二十三年军龄，二十三年间，他像许多军人一样，已经尝过了不少种类的苦。他尝过的第一种苦是环境之苦。这些年他工作的地方，差不多都是环境很苦的地方。他从一所军校的油料专业毕业后，分配的第一个单位是新疆的独山子石化总厂军事代表室。独山子是座深藏于终年积雪不化的天山脚下的戈壁小城，位于准噶尔盆地的西南边缘，这里四周都是寸草不生的荒漠，没有河流和饮水，冬天的最低气温有零下三十摄氏度，夏天的正午热达四十摄氏度。军代室驻地离小城市区有一二十公里，下属的三个工作点跑一趟单程也有八百公里，一般人到了这里，总要想法调走，跃飞却没动这心思，扑下身子就干，把分管的工作办得井井有条。他的第二个工作单位是乌鲁木齐石化厂军代室，这儿的条件比独山子好一些，他已经打算在这儿安家了，把妻子从陕西老家调了来，没想到组织上又向他发出了新的调令，这次是去青海的格尔木。格尔木同样是大戈壁里的一座小城，而且它的海拔高度已过了三千米，一般内地人到了这里，已有缺氧睡不着觉的感觉，在这儿工作当然不会是一种享受。跃飞此时已是老兵，照说是可以讲讲价的，但他依然二话没说就去报了到，并在短时间里打开了工作局面。跃飞吃的第二种苦是分离之苦。他结婚后，妻子在陕西，他在新疆，天各一方，夫妇分离的那份苦的滋味他尝了多年。好不容易把妻子和孩子调到新疆,他却又调到了青海格尔木,依旧是分离,依旧是去咽那份思念之苦。跃飞吃的第三种苦是疲劳之苦。当军代表,住在百姓之间,猛一看,日子过得挺悠闲,可外人很少知道,一旦有紧急任务下来,常要没日没夜地加班,再疲劳也要按时干完。一次,我军在某一海域举行大演习,上级给跃飞所在的军代室突然下达了一批军油任务,限三天装车发出。接受任务后,跃飞和他的战友们那三天几乎没有合眼,就在车间里跟班,直至任务顺利完成,才拖着疲惫至极的双腿走进宿舍去偿还所欠的睡眠。

上校跃飞在这么多年的军事代表生涯里,有一点是时刻都谨记在心的,那就是肩上的责任。驻石化厂的军代表,任务就是给军用油料签发准生证,给天上飞的各种型号的军用飞机、给水里游的各种型号的军用舰艇、给地上跑的各种型号的军用车辆提供油料保障。如果一个军代表责任心不强,不能把好这个关口,让不合格的油料发到了部队,后果是非常可怕的,飞机上了天就可能摔下来,坦克可能中途瘫掉,舰艇可能在海上沉没,官兵们的生命就会丢掉,战争的胜利自然也会飞走。跃飞这些年不论在哪个军代室工作,不论在哪个岗位上做事,都保有着一份强烈的责任心。他要求自己工作上不能有一丝马虎,不能出一个纰漏。二十来年间,经他手发出的军油已不知多少万吨,都百分之百合格。1996 年 10 月初的一天下午,当时还在乌鲁木齐石化厂军代室工作的跃飞到车站值班,在复核油票时发现,车站工作人员填错了油票单,误将发往西南某部队的柴油货票写成了汽油,而此时,军油罐列车已经开出车站几小时了。不能出错!跃飞向总代表汇报后,当即坐上小车去追那趟军油列车。他和司机直追了四个小时，到底在吐鲁番车站追上了那列军油罐车。跃飞在夜色里跑步去改完货票，才长舒了一口气坐下歇息。

当军事代表，代表军队把军费花出去，自然要常和钱打交道。钱总在手上过，就有了一个能不能保证清廉的问题。这些年来，跃飞不断提醒自己：不能贪。他一直牢记着一位老军代表的话：公家的饭好吃，公家的钱可不好乱拿，拿了是要受惩罚的。他自己也有一句很朴素的话：我们农村娃干出来不容易，输不起，不能因为贪钱把一生都输了。前些年，油价实行双轨制时，分管计划运输的跃飞要想为自己搞点钱是很容易的。有一次，一个地方的油贩子提着三十万元来找他，想让他给搞点计划内用油，但他坚决拒绝了。他时刻约束着自己的一双手，不能伸向不该拿的东西。

跃飞如今在九江石化厂任军事代表室的总代表，他和他的下属们一起，默默地做着他们分内的工作。厂里的工人们，对他们的工作任务了解不是很多；海、陆、空军的官兵们，也少有人知道还有油料军代表这个岗位的存在。所有轰轰烈烈的场面，都没有他们的身影；许多荣誉，也很难落到他们的头上。但他们无怨无悔，因为他们知道，自己的工作是与杀声震天的训练场和炮火连天的战场紧密相连的，他们在尽着军人的责任。他们甘于平凡，在巍然屹立的炼塔下和密如蛛网的管线间埋头做事，为我们的军队输送着宝贵的“血液”。

没有谁能对一个人的未来做出准确的预测，人生路上的转弯处并不像庐山盘山路上的转弯处那样都会预先做出标示。上校跃飞今后怎样走他的人生之路我说不好，但有一点我可以断定，那就是他干什么都会很努力、很尽力，都想把它干好。他不是那种随意挥霍自己已得分数的人，他会珍惜自己的过去。

我和警察

最早知道世上有警察是在书本上,从小学课本上读到了“警察”这两个字,不明白是指什么,问老师,老师告诉说,警察是指背着枪维护公共安全的人。我家在乡村,乡村那时没有警察,附近的镇上有一个公安特派员,可他不穿警服,所以警察在我的脑子里一直没有一个完整的形象。直到我上了初中,有一次县上在我们学校操场开公判大会,我才第一次见到了从县公安局来的警察。嗬,戴着大盖帽,穿着制服,挎着枪,好威风!

后来当了兵,才知道警察和军队一样,是国家机器的组成部分,是国家维护社会秩序和治安的武装力量,从理论上知道了警察存在的必要性。再后来,读了历史书,方明白依照法律设置警察专职人员,是在近代社会中才出现的事情。警察人员的活动在历史上、地区上和组织上多种多样。今天警察的任务都大大不同于二百年前,各国之间,差别也很大。有些国家，警察机构首先由中央政府统一设立，然后贯彻到地方。另一些国家，首先是各个地方自行设置警察机构，后来才由中央政府加以合并和统筹管理。

我是在小说里和影视剧中与警察们熟悉起来的。在这些小说和影视作品中，警察们大都是除暴安良的英雄，他们或者勇猛顽强、身怀绝技，或者英俊威武、风度潇洒，给我留下了很了不得的印象，使我对他们满怀敬畏。

我在生活中和警察开始接触是在结婚以后，这时要给家人办户口，要给自行车办执照，自然要和警察打交道。近距离观察才发现，警察们原来也是一些普通人，他们也要买青菜豆腐，也担心物价上涨，也和老婆生气，也用不干净的手绢擦嘴。这一来，心里倒觉得和他们亲近了起来。

我频繁和警察打交道是缘于一桩家事，那桩家事使我见识了不少警察，他们中的大多数给我留下了美好的印象，让我感受到了人间的温暖和人情的温馨，让我理解了人与人互相信任是多么重要；但也有人让我看到了警界的龌龊，看到了人心的黑暗，看到了对人世进行漂洗的必要。

1993 年秋天，我在北京火车站亲眼看到一个警察为制服一个坏蛋而流出了血，那是我第一次近距离地观看警察和歹徒的搏斗过程，第一次真切地感受到警察这份职业充满了危险。这之后不久，我又从报纸上看到，有两名警察在追捕歹徒时被歹徒开枪打死，我的心受到了强烈震动，和平时期，最容易造成死亡的职业，怕就是警察这个行当了吧？

1994 年春末夏初，我在济南经七路和纬三路的交叉口遇上了一个交通警察，当时他正在值班，我骑自行车由西向东抵达路口时，红灯亮了，我按照规定停下了自行车，自行车前轮越过停车线十来厘米。我身边还有几个人的自行车也都越出了停车线,大家都停在那里,没有人意识到应该往后退。这时,原本站在路边的那位警察朝这边走了几步,很快地挥了一下手,我没有理解这个手势的含义,照旧站在原地,不想那警察这时走过来突然朝我吼道:你为何不后退?我闻言急忙后退一米,并连连道歉:对不起,对不起,我刚才没有理解你手势的含意,我错了。他不依不饶地叫:说句错了就行了?拿出你的证件!我急忙掏出自己的工作证递给他。他看了一阵后说:我看你是故意这样做的,你是看不起我们当警察的。我一怔,急忙辩解说:这怎么能扯到看不起警察上?我刚才确实是没有听清。不行,必须重罚你!他大声叫道。我实在是气极了,不禁也叫了一句:你愿怎么罚就怎么罚吧!他闻言冷冷一笑说:我本来是想罚五元的,你说了这句话,我罚你十元!我没有办法,只得掏出十元钱给他。这是我与交通警察第一次也是唯一一次打交道,给我留下的印象十分深刻。

1996年,我妻子的一个外甥女从警校毕业,到交警支队工作,我在电话中和她交谈时曾叮嘱她:你所从事的职业是和公众打交道最多的职业,一言一行都要慎重,要正确使用人民交给你们的权力,要对得起"人民警察"这个称号。她干得不错,听说还受到了表扬,但愿她能长期坚持下去,成为一个受人尊敬的好交警。

当今社会的每个人,其实都是在警察的保护下生活的,离了警察,我们的安全很难有保证,每个人都应该给警察的工作以理解和支持。但所有的警察也应该明白,自己手中所掌握的强制他人的权力,是公众赋予你的,滥用是要被收回的!

警察和军人一样,都是人类社会发展到一定阶段的产物,随着人类文明程度的不断提高,这两种职业大概都可能被另外的职业所代替。但愿这一天能早日到来。

男 孩

一

他落地时就有些古怪，让脐带在脖子上紧紧缠了一圈。接生婆倒提着他拍打了许久仍是无声无息，于是就扔下他去救他出血太多的母亲。人们都在他母亲身边忙碌，人人都以为他已经返回到了彼界，不想他在母亲醒转过来后也悠长地哼了一声，这才又重新引起接生婆的注意，才使他爹喜极地高叫了一声：我的儿子还在活着。

二

他绝少哭闹地睡在妈妈身旁。

妈让吃奶就吃,不让吃了就罢,就睁着两眼望着屋梁。爹妈一开始都夸这孩子很乖,可眼见他长到三岁还是一句话不说,才有些慌了。爹急忙把杏花街上专治喉咙失音的郎中刘七叫来,刘七生尽办法想让男孩说话,但他的双唇就是不开,刘七最后下了结论:这孩子看来是先天残疾,终生要当哑巴了。他说完到饭桌前去吃孩子的爹妈为他备下的午饭,他刚拿起一个馒头要吃,不防那男孩突然开口:给我一个!这话音把刘七吓得手中的筷子掉落在地。

三

那天早晨,妈妈第一次把那个大胡子外国老头的画像贴到他的床头时,他只胡乱地看了一眼,随后便侧了耳去听外爷书房中的动静,根本没去听妈妈对那个老头身世的介绍。他听见外爷把书房的门打开之后,便哧溜一下跳下床,只穿着小裤头从妈妈身旁冲出了屋门,笔直地弹射进外爷的书房,迅疾而准确地把放在书房门后的两根甘蔗抓到了手中。正伏案写着什么的外爷那刻惊讶地抬起头来叫:馋猫,这甘蔗是我昨天天黑之后买回来的,那时你已经睡下,你怎么知道它放在门后?他龇了牙诡秘地笑笑。

四

过了差不多一年的时间,他才在妈妈的反复念叨包括捏住耳朵强迫下记住了那个外国老头的名字:达尔文。

——你应该做一个像达尔文那样的人!妈妈肃穆了脸对他说。

——达尔文的胡子太长了！他提出抗议。

——并不是要你也留他那样长的胡子，而是要你向他学习！

——凭啥？

——凭他在科学研究上所做出的成绩，没有他，我们人类可能至今还不知道自己是从哪里来的——

——我早就知道自己是从哪里来的了，奶奶过去骗我说是从城外西岗上用镢头挖出来的，可外婆给我说了，我其实是从你肚子里钻出来的！

妈妈在那一刻被逗笑了，严厉的妈妈那天笑倒在了沙发上久久没有起来。

五

又过了大约一年，他才算明白母亲给他树立的这个榜样是一个英国的博物学家，是进化论的奠基人，才算记住达尔文一生写过的两本重要著作的名字：《物种起源》和《人类的由来及性选择》。也就是从这个时候开始，他发现达尔文老头经常溜进他的梦境，有时竟在他的梦境里充当起重要的角色。在那些光怪陆离的梦中，有一个画面曾反复出现：那达尔文老头领他去一条曲折盘绕的山间小道上捕捉蝴蝶，那条道上的蝴蝶其实仅有一只，但它翅膀上的颜色五彩缤纷极其诱人，他非常想捉住它，可每当他靠近蝴蝶伸手要去捏住它时，他的脚下不是绊住一块石头就是踩进一个深坑从而摔倒在地，随即使蝴蝶惊飞。他十分恨那条难走的时常被深草和树枝遮没的山间小道。多次想停步回家，可达尔文老头总是站在他身后催促：捉呀，捉呀！后来有一天，他对他的伙伴——一个小他一岁的名叫汀的女孩愁苦地说：你愿不愿到我的梦里帮我把一只蝴蝶捉住？那女孩豪爽而郑重地应道：行啊，你到时候喊我一声就成！

六

夏天的一个闷热的正午，他领着他的小伙伴——那个名叫汀的女孩，偷偷来到屋后的小河边上，他们想像河里的其他孩子那样跳进水里洗个痛快。脱下上衣时，他突然发现汀的奶子似乎比自己的大些，这使他很不高兴：太奇怪了，我比你大一岁，我的奶子怎么还比你的小些呢?！汀当时很骄傲地宣告：俺这还没有长开哩，娘告诉我说，再有十二三年，我的奶子就能长得像馒头那样大呢！吹牛吧你！他不服气地叫，再有十二三年，说不定我的奶子早长得像西瓜那样大了！

七

那些缺胳膊少腿的病人给他留下了深刻的印象。每隔几天，总有一些缺胳膊少腿脸上有疤的人由父亲用木轮大车拉到门前，而后再由父亲依次领着走进那间只容许外爷和父亲、母亲进去的摆着许多药品和器物的房子。那些病人令他吃惊和害怕，尤其是有一次他看见一个男人，明明一只手上受了伤正流着血，可那男人竟毫不在乎地把流血的手放在地板上又蹭又画，蹭得满地板都是血迹。他被那人的举动吓得急喊妈呀——妈妈闻唤过来止住了那男子的举动，同时告诉男孩：这人得的是麻风病，这种病的症状之一，就是肢体失去疼感，他在没有疼感的情况下不自觉地开始毁坏着自己。就是从这时起，麻风病这三个字和那些病人的面孔一齐塞进了他的脑子，并进而混进他的梦境，使他的梦境更加五花八门稀奇古怪。也是由此开始，他才知道外爷和父亲、母亲所从事的工作是麻风病的研究，这项工作和当年达尔文忙碌的性质有点相同，都属于科学研究的范围。

他记得妈妈常常指着那些麻风病人对他说：孩子，人得了这种病后非常痛苦，我们这些幸运的没得这种病的人不能对他们不问不管，我们应该去拯救他们。我和你外爷、父亲所做的事情，是在尽一种做人的责任……

八

他经历的另一件大事是薇吉娜小姐的来访。那是一个晚霞斑斓的傍晚，在外边玩耍的他回家时，发现家门前停着一辆马车，一个车夫正从马车上拎下几只造型别致贴满了外文标签的皮箱。他刚想问车夫是从什么地方来的，妈妈已在院中高声叫道：孩子，快来见过薇吉娜小姐！他闻唤奔进院子，原以为会看见一个漂亮的姑娘，不料站在院中笑迎他的竟是一个满头白发的外国老太太。妈妈用流利的英语向那位老人介绍了他，他向那老人鞠了躬，那位面孔慈祥的老人俯下身热烈地拥吻了他，他被这意外的礼节弄得满脸通红。三个人在向客厅走时，他悄声问妈妈他是不是该向这位老人叫“奶奶”，妈妈摇摇头说：按照英国人的习惯，还是称她薇吉娜小姐好，她一生未结过婚，她把全部精力都献给了慈善事业。妈妈还告诉他，薇吉娜小姐是英国肯特郡人，她父亲临死时留给她一笔遗产，她用这笔遗产建立了慈善基金以救助那些生活在苦难中的人，她听说中国有很多麻风病人生活在困苦之中，于是便想来看望帮助他们。也是在这天晚上,他才从妈妈的口中知道,当年外爷和外婆带着妈妈在英国留学时,住的地方离薇吉娜小姐家不远,妈妈很早就和薇吉娜小姐相熟。这次薇吉娜小姐就是根据妈妈的介绍辗转香港来看望中国的麻风病人的。

第二天,妈妈带他陪薇吉娜小姐坐马车去看望住在一个小山村里的麻风病人。那是他第一次观看慈善举动,薇吉娜小姐是那样慷慨地向病人们分发她带来的那些衣物、药品和食物,她是那样深情地把饼干喂进那些瘫躺在床上的病人口中,她是那样仔细认真地给病人们清创和包扎伤口,就好像那些病人全都是她的亲人和孩子。走到最后一位女病人门口时,薇吉娜小姐所带的物品已全部分发完了,为了给病人以安慰,那老人毅然脱下了自己的外衣,妈妈再三拦阻她,她还是坚持把自己的外衣披到了那个病人身上。眼见着薇吉娜小姐在黄昏时分的冷风里只穿着内衣瑟瑟发抖,他感觉到自己的眼里涌出了泪水,那是他第一次被别人的行为所感动。也就在这天的返回途中,薇吉娜小姐问他对英国有什么了解,他想了想说:我知道达尔文。他记得薇吉娜小姐在嘚嘚的马蹄声里响亮地笑道:好,知道达尔文就行了！他是一个伟大的学者,我祝愿你也成为他那样的从事科学研究的人！

九

他听到炮声是在一个凌晨。当炸雷似的炮声突然掠走他的甜梦,迫使他跳下床时,他看见整个院子都在燃烧,他站在那儿哭喊着外爷、爹和妈妈,可没有一个人应声。最后从火中爬过来抱住他的是一条腿被炸断的女佣。女佣在毕剥的大火中哭着告诉他:完了,全完了,你外爷、你爹、你妈都被日本人的炮弹炸死了……

十

他在奶奶的抚养下又长了一岁,随后走进了一所名叫正泰的小学。有一天,国文老师让同学们写下自己长大后最想干什么,他的同桌同学——那个名叫汀的女孩写的是,我想像表姐那样,生两个白白胖胖的娃娃。他看了后摇摇头,在自己面前的纸上写道:像达尔文那样做学问,让世上没有麻风病人;杀日本兵,为外爷和爹、妈报仇雪恨!

十一

几十年后,每当那位白发白须的老人在实验室做实验累了的时候,他会走至窗前,放生一样地把目光丢到窗外,任其在空阔的远处自在而随意地走动,也常常是在这种时辰,他会看见一个男孩向他飞奔而来……

成都少女

七年前的秋末冬初时节，我去成都开会，宿在一家宾馆里。那宾馆的名字如今已记得不甚清楚，但在宾馆里见到的一位少女的面孔，却仍时时浮上脑际，且总让我为她生出些担忧来。

那少女是宾馆的服务员。我们到时，她站在我们一行人住的那座小楼门口微笑着招呼：欢迎你们！声音甜脆圆润。我记得我在看到她的第一眼时曾呆了一刹，把进门的脚步都停了：嗬，天下竟有如此绝美的女孩?！上天似乎要把她作为人间少女美的一个典范，把所有姣好的东西都给她了！从身个到体形，从肤色到五官，从头发到双脚，一切都是标准的。我当时的第一个感觉就是惊奇：成都这块土地在造化美女方面竟有如此魔力？接下来便是一股由衷的欣喜——那是和平日看到山水田园美景和画家的杰作之后的欣喜同属一个性质。

她的年龄大约在十六岁。

她的服务态度像她的相貌一样美好。她的脸上几乎没有一刻不露着天真、稚气的笑意，她动作轻柔地为我们送水、泡茶、叠被、整理房间卫生，语音温婉地给我们介绍宾馆的建筑和周围的风景地。一天没过，和我同行的人便都对她赞不绝口。当然，她做事也有失误的时候，比如她给你沏茶倒得杯太满，连茶叶带水都从杯里溢了出来，这时的她不像一般服务员那样说声对不起，而是朝你伸伸舌头，讨饶似的娇然一笑，这就使她的服务有一种极亲切的性质。让人觉得这极像是女儿在为父亲沏茶。她其实从第二天起，在叫我们接电话时便开始称我们叔叔了，也许她看我们一行是军人且年龄都在三十四五岁，称我们先生有些不宜。

大约是第四天，她来房间送水，我问她多大，她歪着头想了一阵答："十六岁零七个月零四天！"我笑道："这样准确？"她也笑了。随后我又问："什么时候来宾馆的？""半年了，俺高中没毕业，听说这儿招聘服务员，俺爸妈就让俺来了。""为啥子不上大学？""爸妈说，要让弟弟们多读书，女孩子早工作早挣钱。"

哦。我望着她那溢着天真笑意的脸，在心里为她遗憾，以她的聪慧漂亮模样，倘若继续读书，说不定将来会有一番别的造就。

"其实，早出来工作也好，这活儿不累。"她似乎看出我的神情是在为她遗憾，反宽慰我说。

我便笑笑。

有一天开会中间休息的时候，到会的另外几个年轻人笑闹着要我为他们看手相——我那时自称用五年时间研究过相术，其实哪懂什么手相？不过是找个逗乐的法子罢了。有谁找我看手相，我便故作高深地蹙眉皱额，把其手掌煞有介事地端详一番，而后意味深长大惊小怪地或是断言对方四十五岁时将有一桩艳遇，或是警告其六十五岁可能会死于癌症，或是预测他四十三岁仕途上必有大进极可能当上部长。给几个年轻人嘻嘻哈哈“看完手相”的那天午后，我正在房间坐了吸烟，忽见她轻手轻脚地进来，脸上没有了往常的笑容，而是带着一种郑重。我正要问她有什么事情，她已先用恳求的声音说了：“叔叔，我知道你会看手相，麻烦你也给我看看行么？看看我的命运——”

我哈哈笑了，并立刻点头应道：行，行。待她伸出手来，一边端详着她那白嫩娇小的手，一边在心里决定：跟她开个玩笑，就说她的命运不济日后将要遇到个薄情郎，命中要经历一个挺大的挫折。于是我便将眉皱起，直盯了她的掌纹看，且渐渐将一丝吃惊浮上脸去，故意极慢极慢地开口：“你的命运嘛——”我这副样子果然吓了她，只听她惊怯怯地慌问：“叔叔，我的命运很可怕吗？”我正要把吓唬她的话说出来，但在看到她的眼神的那一刹又急忙住了口。天哪，当时她那双稚气的眼睛里含了多少惊骇和惶恐啊！刚刚扬起生命风帆的她，对未来怀着的都是美好的憧憬，我不能吓了她。天真的她对我这个叔叔的话是完全相信的，我一旦说出那话，她今晚说不定就会做噩梦，为什么要无端地让一个纯洁的灵魂浸在不安中呢？想到这里，我不露声色地把原来要说的话改成：“你的命运真是奇特，其顺遂的程度太让人吃惊意外，你会在不久的将来遇到一位漂亮多才、正派大方、温柔多情的男子，你们会成立一个很美满的家庭，幸福地度过一生；你将做一事成一事，事事遂心；你的身体到老都不会生什么大病……”

随着我的预言,我看到一个掺和着舒心、快乐和幸福的笑容飞快地爬上她的眉梢。到我说完时,她忘情地抓住我的手跳着脚说:“嗬,叔叔,太谢谢你了!原来我的前边都是幸福,我还以为我会遇到什么不顺的事呢,我过去也时不时有些担心,这下我放心了,放心了……”

那一刻,我和她一样高兴!

这件事已经过去七年了。

七年后,每当我又想起给那位少女“看手相”的事,我的心中不仅没有“高兴”,相反,却总要浮一些忧虑:我的话把少女对生活中对命运中不顺之事的警惕拿走了!而一个人生活中和命运里哪有万事皆顺的道理?万一她在爱情上遇到什么挫折,譬如浮华子弟的追逐和心怀歹意的男人的捉弄,她会怎么办?万一她在工作上偶尔出了什么差错,受了处分或是遭了解雇,她会怎么办?万一她的身体出了什么毛病,比如得了传染性乙肝——须知疾病是会随时找上人的,她又会怎么办?她没有应付这些不顺的思想准备,当不顺来临时,她会张皇失措会绝望从而会丧失对这个世界的热爱和人的信任么?

哦,但愿她早已忘记了我的那些话。

但愿她早已经明白:一个人的生活中什么样的事情都可能发生!

岳 父

第一次见岳父是在相亲的时候，我注意到他挺胖，为人和善，在家里威信很高，儿女们都挺尊敬他。

相亲之后，我以为这桩婚事算是定了，便安心地返回了部队。岂料不久传来消息，老人不同意我和他的小女儿订婚。我不知原因为何，很有些意外。后来才知道，老人是怕他的小女儿跟我过日子会受苦。我当时笑笑，不过今天想起来，老人的判断和直感还真是准确。他的女儿和我成婚之后，果然是受了苦，我常年四处奔波，家务基本上都是妻子一个人做，孩子也是她一个人照料，而且后来又把她拖入了一场灾难之中，她是真没有享上什么福的。

结婚之后，从妻子和别人的口中，我才对岳父的经历有了进一步的了解，原来岳父这一生过得也很苦。我岳母在我妻子一两岁时就去世了，撇下一子两女，大的也就是十来岁吧，孩子们要吃要穿要上学，这其中的艰难可想而知。当时有些好心人劝他续弦再娶，并热心地为他介绍了一个很不错的姑娘，但他担心孩子有了后娘受苦，一直下不了决心。有天晚上他回到家，到床头看看三个睡熟的孩子，一边摸着他们的头一边最后决定说：罢，为了孩子，天仙俺也不娶了。岳父从此独身领着三个孩子过日子，尽管有奶奶的帮助，但为父又为母的那副担子可是不轻，不过他到底挑过来了。岳父决心不再娶的举动被街邻们传为美谈，都夸他是正正派派的男子汉。不管这种决心不续娶的事今天的人们怎样去评价，我却因此又对岳父增加了一份尊敬。

后来，岳父常来我们家走动，我慢慢注意到岳父原来还有许多种爱好。他爱读报纸，每天都想读读报上的新闻。他爱读古书，尤其爱读古诗词，许多古诗他都能背过来。他还爱哼曲儿，我第一次买了录音机后，他觉着新奇，主动提出来要唱一首岳飞的《满江红》让我给他录下来。那是我第一次听老人唱，他唱得苍凉悲壮，真把岳飞那首词的意境唱出来了。我很吃惊，原来平日言语不多的岳父还有这个本领。他还特别爱品茶，没事总去茶馆一坐，把自己买来的茶叶往茶盅里一放，喊老板续水；他只喝绿茶，对各种绿茶的好处都很清楚，我所知道的关于茶叶的知识，许多是从他那里学来的。

我们有了孩子之后，岳父对他的外孙特别喜欢，他常常给他买些小礼物：电动青蛙、小汽车、画书等。只要孩子张口要，他便去买，使我们最后不得不制止他。

岳父一直担心我们收入少开支多，从不让我们为他买什么，他还常常用他自己积攒的钱为我们买肉买菜。今天想来也真是后悔，那些年我们因为经济上总是紧张，很少给老人买礼物，甚至连一身像样的衣服也没买过。我唯一为老人做的事是领他逛了西安和济南两个城市，这两次旅游使他很高兴，他说：看过了这两个大地方，我死了也值了。我还答应带他去看北京，可惜后来他患了病了。

他一开始说是胃不好，到医院查一查是胃炎，治疗一段他仍说浑身乏力，而且夜里盗汗，我们又去医院检查时医生说可能是肺癌。这吓了我们一跳，又紧忙去另一家医院复查，这家医院否定了前边的结论，这让我们又松了口气，治疗也随之抓得不是那样紧了。其实后者这是误诊，岳父患的真是肺癌，待我们再次发现时已经太晚，癌肿已扩散得满身都是。不过因为这误诊，倒也使岳父免受了手术之苦。据医生说，即使当初没有误诊做了大手术，也至多不过延长几月，可那样一来，病人就要受大苦了，很可能要被折磨得皮包骨头疼痛难熬。医生的话多少安慰了我们的愧悔之心。

岳父去世前三天我回老家看了他。他略略显瘦，精神还好，我们谈了些家常话，临走时他还特意叮嘱我把放在桌上的一本书拿走，那是一本小说，我带回来看完放在桌上的，他知道我爱书，怕我忘记带走。这是他最后一次和我说话，那个场面至今我还记得清清楚楚。

岳父生前害怕火葬，我们遵照他的愿望实行了土葬。我专门在南阳城的一家寿衣铺里为他买了一套最好最全的寿衣，他穿上寿衣的遗容显得十分安详。

岳父如今已进入那个无忧无苦无烦恼的世界，也许要不了多久，我们还能相会。

雪 阳

“雪阳”是一个人名。

第一次听到“雪阳”这个名字，是在我考入西安政治学院后的首次学员集会上。当时，我看见随着队长呼点这个名字后站起来的，是一个胖胖的身个偏高的男性陆军军官，有一张敦厚的国字形脸孔，年纪和我不相上下。因只是一瞥，对他并不知道更多的东西。

后来，由于我俩同属一队，上课、下课、吃饭、出操都在一起，加上他担任一个学员班的副班长，我在另一个班里当班长，常在一处开会，渐渐地就有些熟了。这时，我注意到他是一个十分尽职的人，他当副班长，打扫卫生这类事儿属他管，他总是带头去干。当时我和另外两个学员的寝室，紧挨着队里存放扫帚、铁锨等物的仓库，那仓库的钥匙，就挂在我们寝室的墙上。逢了星期三、星期六打扫卫生的日子，他总是全队第一个敲门来取库房钥匙拿扫帚、铁锹去干活的人。有时我们还没来得及把衣服穿好,室外便已响起他的扫地声。他们班室内室外卫生总是搞得很好,常受到队里的表扬。这人勤快!是他给我的稍深一些的印象。

我们的进一步相熟是在我的家人来校探视时。因为西安名胜古迹多,学员们的家人便相继来校探亲也顺便游览一下这著名的古城。我的家人就也想来,但那时学校规定,学员家人来队,一律不得在校内住宿,只可在校外自找地方住。这就使我很为难,收费的旅馆自然住不起,市内又无其他熟人,正犯愁时,听说雪阳在市内人熟,有心想去问,又觉同人家没有深交不好开口。犹豫间家人已经来电要启程了,便只好忐忑去问,不想我一开口,雪阳便立时爽快答应:行。当天下午便领我去看了房子,还帮我借了被褥,找了做饭盛饭的锅碗瓢盆,甚至帮我把我家老人要睡的床铺铺好,这令我感动不已。更使我意外的是,几天后我带家人去看兵马俑和华清池时,他见我带着老人孩子,担心我路上照应不过来,又叫上一个叫晓清的同学一块儿陪我们去。我至今还记得那个热闹的星期日,他陪我们游览那两个他早已看过的景点,大汗淋漓地抱着我的孩子,不停地为我的家人讲解和拍照,给我们买来汽水和冷饮,那份真挚的关切,让我不知说什么感谢话好。那时我已经从别的同学口里知道,雪阳的母亲是全国秦篆研究方面极有造诣的学者,他的家境很好,他对我这个从农村入伍的穷同学如此关照,完全是出于一种真诚的同学之爱。

两年的同窗生活和毕业后的交往,使我越来越深地了解了他。他的心中储了太多的爱,他随时都准备把这爱送给在他身边生活的任何一个同志。他听说一个山东籍的同学因夫妻分居夫妇关系不和,便想尽办法四处求人帮那个同学调回了原籍。不幸的是，不久那位同学在一次意外事故中去世，住在外地的他，闻讯后专门给我打来长途电话，让我代他到那位同学家里问候并致悼意。他单位里的一个家住农村的志愿兵，家里经济拮据，正作难时让他知道了，他立即把那位志愿兵急需的钱送了去。昆明的一位部队干部的父亲有病，几次去他所在的城市住院治疗，每次从接站、检查、住院到陪同亲友的住宿，都是他和妻子小玲帮助安排的……类似这样的事举不胜举，他身边的一个同事曾开玩笑地喊他为"及时雨"，我觉着十分贴切，因为只要当你遇到困难需要得到帮助时，他便会很快悄然地来到你的面前！

我常常想，雪阳的父母当初给他起名字时，也许就寄托着一种心愿，愿他如雪地上的阳光一样，用温暖去化解大地上的寒冷。倘真是这样，雪阳倒确实满足了这心愿。他用他心中的爱和同情，不断地消除着世界投到人心上的各式各样的冷，让遇到了冷的人们觉得这世上终有和暖的时候和地方，终究值得留恋，从而不愿轻易扯断生命离开人世。

若世人都如雪阳一样，人间便会被温暖充满，这世界便会变得更宜人居住。

我庆幸我结识了雪阳这个朋友！

超载

男人过了三十岁,因为多种身份兼具:为子、为婿、为父、为夫,所以肩上的担子也随之加重。这倒是人之常情天之常理,人类繁衍生存的规律使然,想轻松是办不到的。但像我的朋友振江那样,上天在短时间内往他的担子里投扔那么多东西,却不能不让人发一声惊叹:天哪!

最初是他的父亲被确诊为胃癌。他吃了一惊:父亲的年纪还不是很大,竟得此绝症?他慌慌地把父亲从一个山区工厂接到身边的医院动手术。他那时已在高炮学院史政教研室担负不轻的教课任务,白天在学校给学员上课,夜晚去医院陪护,连轴转,累得人一下子瘦了几斤。还好,父亲的手术动得还算成功。经过几个月的精心护理,可以出院了。他怀着不安和担忧,请假把父亲送回工厂,返校昏昏睡了几天,又开始把全副身心投入到教学里。

不料没过多久,一向刚强健康的母亲又被医院诊断为血癌！他听到这个消息,像被雷击了一样枯站在那里。癌呀,你难道要把我的双亲全都夺走,一个也不留？最初的呆愣过后,他开始默默地安排母亲住院治疗。母亲这次所住的医院离学校更远,他骑车往返一趟得近一个小时。有自己的课时,他晚上去早上回;没有自己的课时,便去住上一天陪陪母亲。一些日子后,家里人见母亲病情有些稳定,也担心他太累,就把母亲接回了工厂的医院里。但从此以后,对父亲癌肿扩散、母亲病情恶化的担心,便开始一刻不停地折磨他了。

他担心的事情终于还是来了,去年夏秋间,母亲的病情急速转重,他开始含泪为母亲准备后事,谁也没有想到,就在这含悲忍泣的时刻,癌魔再一次在他面前亮了爪子:他岳父在一次体检中被查出胃癌,也须立即住院治疗。他几乎有些傻了,他不相信命运会做如此残酷的安排,但诊断结论明摆在那里,有什么法子？身为女婿,岳父的病不能不管,他只好在为母亲买药送药准备后事的同时,照料岳父。岳父所住的医院离学校较近,白天,他做了岳父爱吃的饭送去;晚上,他和岳父的儿女们轮流睡在岳父身旁陪护。他的身子开始更厉害地消瘦下去。

母亲似乎不愿再看儿女们为自己劳累,祥和地和儿子告别之后,去了另一个世界。处理完母亲的丧事,他病了一场,病好,又开始边照料住院的岳父边教学,一天一天打发着沉重的日子。

岳父经过一段时间的治疗之后,病情也开始稳定。他的心稍稍有些宽慰,不想,这时又发现了四岁的儿子眼睛有较重的弱视。医院要求,每天需来医院进行半个多小时的治疗。于是每天,他又在上课的间隙,用自行车驮了儿子去医院治眼。

之后，便是父亲的癌肿扩散。

他和医院结下了不解之缘。

上天似乎特意想用一连串的灾难来把他压垮。

但这个普通的工人之子，这个平凡的军校教员，这个话语不多的少校军官，用他坚挺的肩膀把这一切都承受了下来。他非但没有被压倒压垮，反而在教学上做出了出色的成绩，不仅完成了正常的教学任务，还撰写了不少学术论文，参加了几本教科书的编写，被评为全军的优秀教员。

他用他的行动向世人证明：人承受苦难的能力不是一个定数，当命运向你肩上加添苦难重负时，只要你不害怕、不气馁、不绝望，咬紧牙关，睁开眼睛，不断地在前方不远处给自己选定抵达的目标，你就仍然可以前行，你这辆车就不会抛锚停下！

振江用他的所经所历所作所为告诉我：超载并不可怕，不过是走得比平日慢一些罢了；而只要重负过去，走得会比往日更快，肩膀会比往日更强健！

超载也是一种锻炼！

忘年交

中外军队中,以记者、编辑这一专业晋升为将军的人不是很多,邢景文却有幸成为这些人中的一个,我很为他高兴,也为我们军队的重视文化人而感到自豪。

他晋升少将是在前年,而我熟悉他却是数年前的事了。第一次见面说话的情形已记得不甚清楚,仿佛是我从报社门口路过,正在门口散步的他叫住我说:我读过你发在《前卫报》上的作品,最近又写东西了吗? 当时的我很是意外,他那时已是《前卫报》的副总编辑,而我只是宣传部一个十分不起眼的小干事,他竟然读了那些发表后连我自己也不愿再读的文章,而且记住了我的名字,很让我感动。我大约是胡乱说了几句应酬话,就急急走了。那阵的我还没有习惯同官职高的人自由对话。

自那以后,我开始注意观察他,我渐渐发现他其实是一个很和善的老头。他同人说话没有声色俱厉的时候，总是面带微笑慢条斯理；他的动作中很少有那种风风火火的举止，总是不慌不忙安宁平静；他的衣帽总是收拾得干净整齐，很少有零乱不整的日子。我感觉到这是一个可以接近的人。

那年的秋天，我因胃病住了三天医院，因为时间太短，连本部同志也少有知道我生了病的，可没料到那天上班休息时，他会来到我身边很关切地询问我的身体恢复情况，并殷殷地叮嘱我不要熬夜，我记得我当时心里一热，立刻觉出有一股暖暖的东西向四肢漫去，他那张爬了不少纹络的脸让我觉得十分亲切。

两年后的一个春天，我和他还有另外两个朋友一道去云南前线采访，在那云遮雾罩的战场上，他执意要去前沿阵地看望战士们的那股倔劲，他听到战士们英勇作战事迹时的那份激动，他看到一些战地腐败现象时的那种愤恨，都让我对他生出了尊敬。

后来我便常去他的家里坐坐。

那是一个摆设简单满是忧心事却又让人感到很有生气的家。他家的客厅除了机关价拨的沙发和两把藤椅、几张字画外，没有更多的东西。他的工资大部分都用在了给他妻子治病和供应两儿一女读书上了。他的妻子因病半身瘫痪，他每日从机关下班回来，除了去食堂买饭做些家务外，还要照料妻子吃饭换衣，扶她练习走路，他还供养着一个七八十岁的亲戚。有时看了他家的情况我都替他忧心，可他依然不急不躁面带微笑。不过他的孩子们都很争气，大儿二儿先后考进北京的大学读书，大儿读了研究生还找了一个大学毕业的媳妇，小女儿也考进了济南的试验中学，不久也会是大学里的学生，他家的未来会是书香门第。

遇我在机关时，他也常来我的单身宿舍聊天。我们的谈话变得无拘无束，话题由清晨散步到傍晚吃西瓜的好处，由散文创作到孩子的早期教育，由机关食堂的饭菜到世界经济发展形势。他噙一根烟，我端一杯茶，海阔天空，尽兴尽情。有时他来，还总带点东西，或是一本他买到让我先读的新书，或是为我家病人找到的一种新药。

也就在这漫漫闲聊中，我约略地知道了他的经历。他老家在山西，十几岁出来当兵，当过司号员、通信员，参加过多次大小战斗，躲过了无数个弹头弹片的追逐。还知道了他当年跟随的营长，就是刘胡兰的未婚夫。因此，我就又劝他：写写你的老营长，写写刘胡兰的未婚夫，也许可以一篇叫响！可他却总是摇头，担心自己的笔力不行，会辱没自己的营长和刘胡兰，我便只有默然不语。

其实，他的文笔很美，写出并发表过不少韵味隽永清丽的散文，而且眼下他还在写，写他经历过的军旅生活中那些有意思的故事。我常在暗中祝愿，祝愿他的晚年能写出一本、两本！

我不知道上帝会让我喜欢的这个将军活多大岁数，更不晓得自己的生命何日会被那双大手掐断；但我知道，如果我先进入那个世界，他会为我伤心；如果他先我而去，我会为他献上一篇悼文！

喜来

把儿子起名为“喜来”，这其中一定含着某种期盼。是盼儿子早日成婚，把仅有父子两人的孤单的家扩大为孙子孙女绕膝的大家庭？还是盼他在仕途上、事业上成功，为这个一向受人欺负轻视的家带来威望和荣誉？我不太清楚，我没有问过那位敦厚而不善言辞的父亲。

不管是期盼前者还是期盼后者，反正在我认识喜来的时候，“喜”还没“来”。

我们那时都在镇上读初中，正处在人生最艰难的路段。我们都是农民的儿子，都住在僻远的乡间。学校离我家六里离他家十二里，我们住在学校，吃的粮食都靠父亲往学校里送。同样的境况使我们开始接近、要好。那时一年一个人能分到的细粮不过几十斤，父亲就是一口不吃全送给我们，也填不饱我们年轻而贪婪的肚子。于是我们课余时间就常在学校的食堂周围转，望着食堂蒸笼里那些腾着热气的白馍，我们一齐吞着口水，把无数的向往咽进肚里。

他或我偶尔有谁买到一个白馍，会掰给另一人一半解馋。呵，那个香甜！

我和别的同学一起去他家做过客。他家和我家一样，都可以用“家徒四壁”来形容。土坯垒就的光线不足的屋里，除了简单的床、桌之外，就是几个盛粮食的土瓮和盆罐，整个的家产不值几百元。我记得喜来的父亲那天给我们做的是白面条。望着老人用面瓢从不大的瓦瓮里舀那本来不多的白面，我懂得他这是在用最好的东西招待我们。我和喜来那时已经明白，父辈那里，我们都没有任何可以炫耀、依托、依靠的东西，我们只有靠自己！

也许就是因为这困苦，使我们懂得了学习要用功。

喜来的学习成绩在班上一直名列前茅，所用的课本常常是学校奖给他的。他的字尤其写得好，班里要用钢板刻印什么资料，要用毛笔抄什么东西，都是找他。我那时虽高他一个年级，但他的钢笔字和毛笔字却是我极佩服极羡慕的。

我们那时都有一个没有说出口的决心：考上大学！那是我们改变自身境况的唯一出路，然而这路还是被“文化大革命”堵了。

但我们没有死心，我们在寻找另外的出口，我们几乎同时萌生了当兵的愿望。于是，在 1970 年的冬天，我们一同穿上了军装，他去北京，我到山东，从此开始了军旅生涯。

这期间我们没有联系，但当我爬山越岭汗流浃背进行炮兵射击测地作业时，我知道喜来也一定在他的岗位上辛苦忙碌，他不会怕苦怕累，他会珍惜这个奋斗的机会！

果然，当我十几年后在北京再见到他时，他早已是一个威威武武的团职军官了。他主持他所在部队一个重要部门的工作，妻子就是当年的同班同学，而且有了一个长得白胖漂亮名叫阳阳的儿子！

“喜”到底“来”了！

而且是两喜都到：美满幸福的家庭和事业上的成功！他父亲的期盼实现了，不管是期盼前者还是期盼后者。我为那个受了一辈子苦的老人高兴，我对喜来说：该把你父亲接来让他享享福！

我听到的是一句沉痛的回答：“他已去世了。”

我意外地望着喜来伤悲的面孔，最终也只能发一声长长的叹息。

那位慈祥敦厚满脸皱纹的老人，又浮现在我的眼前。我有些恨命运的不公：你原本应该再给老人几年欢“喜”的时间，要知道，那老人对“喜来”曾怀了怎样的希冀和期盼！

我和喜来那天谈得很多，记得谈话的末尾，我们说到了阳阳。喜来当时满怀憧憬地说：阳阳什么时候能成了才成了家，我这心就放下了……

哦，又是一代！

又在盼着“喜来”！

上一代切盼着下一代“喜来”，老一代含辛茹苦地为小一代创造着“喜来”的条件，这大概是我们这个世界繁衍发展的规则！

但愿阳阳这一代“喜来”得更令人振奋，更叫人激动！

发 祥

有人说，人的出身实际上是有印记的，不管你后天如何消除那印记，但有经验的人还是一眼就能看出来。我对这话生了怀疑就是在见了发祥的时候。发祥是我军校里的同学，在最初那段相识的日子里，他那白净的面孔，异常整洁的衣着，讲究的发型，相当标准的普通话，儒雅的笑容，总之，那风度、气质，使我断定他是书香门第出身，从小就受到过良好的教育。不仅我一人这样认为，别的同学也私下这样议论。那时我们都已届中年，眼睛看人不能说没有经验，然而我们都错了，发祥其实是一个汉中地区农民的儿子！

看来，什么事情都有例外。

我和发祥相熟起来，则是因为一篇稿子。一日，他交我一篇小说稿，是一个中篇，说是他妻子写的，让我看看给提提意见。我读后觉得文笔不错，情感真挚，但略显散一些，建议改改再投。由此，我们的交谈多起来，我方知道他的爱好在书法、绘画方面。他常于课余时间练书法、绘画，床头柜上、床板底下都摆放着写字作画的用品。学校每次举办书画展览，他的作品是都会入选参加的。我曾看过在我们学员队会议室悬挂的他的书法、绘画作品，那些作品已显示出他的功力不浅。他的字要比画更强一些，笔力遒劲、挥洒自如，带着一股气势，看后让人有一种心中块垒得以化解的快感。

我和发祥相处，他给我印象最深之处，是他的为人诚挚平和。我从未见他对同学盛气凌人、强词夺理、蛮声争执，他动怒的时候，也不过面孔发红不出声罢了。他对同学们的帮助，向来是诚心诚意而不声不响的。我们就学的西安城，是他们陕西人的省会，他熟人多些，我们同学中间有谁需要他帮办什么事，只要说一声，他从未拒绝，总是尽力去办。我去过他的家里，他对妻子、儿子也如平日待同学，十分平和，很少高声训斥，是妻、儿尊敬热爱的丈夫和父亲。

我是很乐意和发祥在一起的，自己也是农民出身，身上也沾染了小生产者家庭出身的人常有的那些毛病，诸如狭隘、自私、短视、拘谨等，我很希望自己和他在一起受其潜移默化影响从而像他一样，在待人接物、在风度气质上有一个大的改变。但职业使我们分开了，他如今在一家报社分管一个部门的工作，虽然不在一处，但他的言行举止对我的影响会是长久的！

兼维居士

兼维今年三十来岁。

兼维出身于官家，其父曾官至正县级，按老辈人的说法，叫官至七品。兼维的父亲在政界有许多朋友，兼维有从政的条件，但他却不喜做官。他愿用毛笔写字——练书法；愿治印——刻各种形状的印章；愿研究汉代的历史尤其是汉代的画像石。

兼维在他所爱好的三个方面，都达到了不错的水平。他的书法作品曾参加过省级大展，他刻的印章为不少名人收藏，他主编的刊物《汉画研究》是国内所有汉画研究专家都读的刊物。他曾向我赠过他的书法作品，是一副对联，上联是：孤月一轮三界净；下联是：素心半点十方圆。

懂行的朋友都能看出，这副对联带着佛界的味道。

兼维信佛。兼维是一名居士。居士就是不入寺院的佛祖的信徒。

兼维的信仰很虔诚。他常利用假日自费去洛阳白马寺，开封相国寺，桐柏水濂寺拜谒佛祖，去烧香叩头，去参加法会，去向方丈借经来读。倘是哪处寺院要兴土木而资金匮乏，兼维会自动出来为寺院化缘筹资，而后把筹集的资金一分不少地交给寺院。

兼维吃斋。他一日三餐都是素食，各种荤食一概拒绝，连鸡蛋也不吃，他说鸡蛋可以孕育生命，吃一个鸡蛋就是毁一个生命。兼维曾到我家做过几次客，招待他这个客人简直太容易了，用素油炒两盘青菜再端上两个馒头和一碗稀饭即可，根本不用买鱼买肉买鸡买鸭买酒。因为他坚持素食，所以他有些瘦，双颊清癯，但人很精神。

兼维严守不杀生的佛门之规。他见了苍蝇、蚊子，至多是挥手赶走，从不拿苍蝇拍去打。有一次，他养的那只猫撞坏了他女儿的玩具，而且在女儿去赶猫时，那猫还抓伤了他的女儿，这让他非常生气，女儿是他的宝贝。全家人也都要求惩罚那只猫。他最后把猫抱放到床上，用木棍重重地砸了十下床算是惩罚，而后开门把猫放到了门外，说：你走吧，我不想养你了！那猫淡淡一笑，轻轻松松地另觅主人了。

兼维相信报应。

我第一次认识兼维是在一个朋友家里。那天，兼维正在向朋友一家讲一个报应的故事。他说：有两个人在信阳东部的一个战场上死里逃生往西走，半路上碰见一个病倒在地的老人，那老人恳求他俩把他背到前边村里。但两人中的一个说：我们已经累得没一丝力气了，哪背得动你？说罢就径直走了；另一个见那老人可怜，就勉力把老人背起，艰难地背到了村里。那老人为了表示谢意，执意送了一个银圆给背他的那个人,那个人见推辞不掉,就随手装进了左胸前的衣兜里。之后,两个从战场上逃亡的人继续西行,不幸半路上碰见了两股土匪火并的流弹,两个人都中了子弹,没背老人的那个人当场中弹倒地;背老人的那个人挨的那发子弹刚好打在他衣袋里的银圆上,子弹滑走了……

这个故事显然是别人编的,但兼维讲述时的那份真诚和自己首先坚信不疑的神情给我留下了深刻印象,我想,和这样的人交往交往也许会挺有意思。

兼维的家里今年出了一件大事。

那件事发生于春天的一个早晨。那天早晨起床后,兼维的女儿乐乐去洗脸时突然说:我腿疼。兼维和妻子当时都没在意,说:活动活动就好了。不想乐乐的疼痛很快加剧,不久就不能走路,疼得冷汗直流。兼维见状,慌忙将女儿送进医院检查,他原以为女儿是扭伤了什么地方,不料检查结论竟是:白血病!他和妻子都被这个结论惊呆了。亲友们闻知,伤心之余都叹道:可怜兼维诚信佛祖,佛祖竟不给他女儿半点保佑……

兼维在最初的震惊过去之后,喃喃道:我不信上天会对我如此狠心,不信佛祖对我和小女会不加护佑,不信!

医院当时告诉兼维,应赶快开始为女儿准备化疗,兼维摇头,兼维固执地认为当地医院诊断不确,要去省医院复诊。他说:我相信佛祖不会让这样可怕的灾难降到我女儿的头上。

于是,他背上女儿去了省立医院。

省立医院做了更全面的检查之后,仍然断言:乐乐得的是急性单核性白血病!并一再告诫,勿再上投医院耽误时间,抓紧施治为紧。

这次,亲友们都绝望了,都主张马上筹款为乐乐做脊髓手术或开始化疗,可兼维仍然固执地认为这诊断也不确,他一方面给水濂寺住持印恭法师去信请他为乐乐诵经消灾;一方面借钱准备去天津再做一次检查。他坚信:佛祖不会这样对待我和我的女儿。

他背上女儿到天津医院检查后,医生说,乐乐的血液中出现毛病是因为她患了骨癌!这结论虽与先前的结论有所不同,但本质是一样的,仍然是不治之症:癌。

这回,所有的亲友都认为这个结论千真万确,人们开始捐款预备给乐乐做手术,可兼维仍然摇头,他说:"我要带乐乐去北京再检查一次,我没有做过任何有愧于他人有愧于社会有愧于佛祖的事情,佛会保佑我和我的乐乐的!"

他背上孩子又去了北京。这期间,朋友们电话告知他,水濂寺住持印恭法师带领全寺僧众为给乐乐消灾祛难诵了七天经。兼维笑笑,兼维进京安排好女儿住院后,便去雍和宫进香祈佑。兼维自信地对女儿说:佛不会不管我们的!

北京那家医院的医生们在检查后也认为,乐乐的骨瘤很可能是恶性的,他们决定做手术,手术计划把乐乐的一条腿从大腿根那儿切除。兼维同意做手术切除瘤子,但仍不相信女儿得的是癌,他说:佛祖没有理由让我的女儿得癌,没有!医生们都有些奇怪地看着这位固执的父亲。当乐乐被推进手术室时,兼维双手合十地坐在手术室外的走廊上诵经。

他说,他那天看见菩萨在天空中飘然而过。

五个小时后,主刀医生欣喜地出来告诉他和妻子,乐乐的骨瘤属良性已顺利切除。乐乐的妈妈高兴得跳了起来,兼维仍双手合十只让眼泪顺颊爬行。

这之后不久,兼维由京给我来信,在报告了乐乐正在康复的喜讯后写道:许多祸难往往是为教益来,为磨砺真性,去贪去欲,非祸难不能动心,亦不能悟理。兼维由小女病,认识更有进步,亦更觉进步不易……

我为乐乐高兴,也为乐乐庆幸,我想,乐乐若不是有兼维这样一个父亲,她此刻也许正躺在病床上接受化疗。乌黑的头发可能正一绺一绺向下落着。

我并不信佛,和兼维不是一界中人,也并不认为乐乐的康复全在佛的保佑,我只是由他身上发现:执着的信仰有时也能创造奇迹。

我感兴趣的只是这个人:姓张,名兼维。

中 义

中义多才多艺。

在我的朋友中,很早就学画的,是中义;很早就练书法的,是中义;很早就学摄影的,是中义;很早就给广播站、报纸写稿的,是中义;很早就学播音的,也是中义。

很多行当,中义都有兴趣钻进去,并做出一番成绩来。他的画,曾被中学时的不少同学挂在家里墙上;他拍的照片,获过优秀摄影作品奖;他写的消息、通讯,也多次获过省和地区的优秀新闻奖。

中义也是出自寒门,他的父母同我的父母一样,都是很地道的庄稼人。他的兄弟姊妹不少,家境也不好,但他的父母在培养儿子上却有主见,那就是不干涉他的爱好,让他循着自己的兴趣自由自在地发展,尽可能满足他多方面的学习需要。

我和中义相识在初中,成为朋友是在“文化大革命”中。

那时学校已不开课，学生们除了“革命”，就是各自干点自己感兴趣的事情。我那时迷上了拉二胡，整日咿咿呀呀地操动琴弓；而中义则专心作画，已能画出乡间农人中堂上挂的“四扇屏”了，这使我很佩服，于是我和他的交往渐多，成了好友。

中义所掌握的多方面的知识和本领，在他三十多岁的时候派上了用场。当时，他的上级让他负责创办一份刊物，这份双月刊名义上也设立了编辑部，但主编、副主编、编辑部主任都是领导们兼任的，真正的编辑、记者就他一个。他既要审稿、改稿、编稿，也要采访、拍照、配画、制作标题，这么多工作集中到一个人身上，一般人很难承担得了，可他却胜任有余。不过两年多时间，刊物就在读者中有了影响，获得了上级的好评，在全省同系统的刊物中声名鹊起。我知道，他的这番成功，得益于他当初的爱好广泛多才多艺。试想，如果他不懂摄影，刊物上那么多的照片谁来拍？如果他不懂绘画，刊物的封面、封底及插图怎会设计得那样精彩？如果他不懂书法，刊物中的文章标题会制作得那么新奇有趣？

中义的成功，让我懂得了做人切不要委屈自己的兴趣和爱好。自己爱什么，就去学什么，干什么，甭自己扼制自己，别怕别人评头品足，不理他人的讽刺挖苦，要紧的是自己的愿望得到实现，是自己畅畅快快过日月；相信天生我材必有用，自己对自己充满信心。

新星徐帆

认识徐帆是在西安电影制片厂把我的小说《步出密林》改编拍摄成电影《人猴大裂变》的时候。我那次去剧组拜访导演，在门口看见一个端庄清丽的少妇正在逗弄自己的稚子，母子两人的清脆笑声吸引了我的眼睛。做母亲的脸上流露出的那种满足、慈祥和欢乐，做儿子的颊上那种天真和娇稚，让人立即想到蓝天、白云、鲜花、蜜蜂、蝴蝶、轻风、青草这些让人心情舒畅的东西。我进屋见了导演问到女主角，才知道刚才在门口见到的那位"少妇"就是女主角——北京人民艺术剧院的青年演员徐帆。我这才去重新打量对方，才看出她身上的艺术气质，才看出她做母亲还嫌太年轻。我为她在不拍戏的时候也能把"母亲"扮得那样成功竟唬过了我的眼睛感到一阵高兴。

后来我们有过一次面谈。我接触过不少演员，和一些演员交谈你得有一点倾听他们炫耀的思想准备，可徐帆没有向我炫耀什么，她只是轻柔地叙说着她对剧本、对人物的理解，叙述着她对艺术的追求，显得文静而腼腆。其实此时徐帆已很有些资本向人炫耀了：她出生于武汉市一个艺术家庭；她高中毕业就顺利地跨进了武汉话剧院；她是明星辈出的中央戏剧学院表演系的毕业生；她已演过电影《特殊手术室》的女主角，演过《李莲英》里的珍妃，演过《大撒把》中的林周云。我一向认为，炫耀是一种浅薄的表现，我们每个游在艺海的人所游的那点地方，与艺海的阔大相比其实都算不了什么。不爱炫耀的徐帆也许会在艺海里驶得更远一些。

深秋的一个黄昏我凑巧看见徐帆在拍戏。景地是在一个村边的小河畔，一座小桥贴在清澈的水面上。戏的要求是徐帆要和“丈夫”双双从桥上跳落水中而且要坐在水中说阵话。深秋的黄昏刮来的风已没有任何好意，吹得我们这些身着毛衣的人都有冷感，可着了单衣的徐帆还是毫不犹豫地向水中扑去，而且不厌其烦地一遍又一遍地按导演要求做着动作，当她最后出水时已是浑身打战。我听剧组的人说，前不久徐帆还因病在吃着中药。那一刹我想，只要徐帆对艺术有这么一股认真劲儿，她早晚会获得大成功。真正搞艺术的人都不是先去想会获得什么，而是先甘愿付出，甘愿付出汗水，付出心血甚至付出健康。上帝会根据你付出的情况决定你的获得，他老人家大多数时候是公平的。

在表演艺术这个行当中，有人演一剧一片就会走红，有人则是一步一个脚印地向艺术高峰攀登。我看徐帆属于后者。她目前虽未声震影坛，但我相信凭她的艺术素养和对艺术的态度，她会有大红的一天！

出垃圾的老人

家居的那个院落，有着几排三层的楼房，每栋楼的每个单元都有两个倒垃圾的通道，通道下边是砖砌的垃圾箱。垃圾箱有满的时候，需要有人来出，于是管理部门便雇了一个家住农村的六十多岁的老汉，每日拉一辆板车，轮流地到各个垃圾箱前清理。

我第一次对那老人留意，是因为他那伛得很厉害的脊背。他的背伛得太严重了，差不多快弯成了直角，他挥着铁锨把垃圾往板车上铲时，他肩挂背带拽着满车垃圾往外走时，那份吃力和额头就要低触地面的样子，简直叫人有些不忍目睹。我估摸以他这样的年纪和身体，坚持着来干这个苦活儿，大约是因为家境太贫，不挣钱便难以糊口。

大院里每家每天都有垃圾倒出，可想而知老人的劳动量不会很小，我注意到他每天上午和下午各拉四车，脊背上烂了洞洞的褂子天天总有一片被汗水洇湿着。他对这份工作很认真,每把一个垃圾箱清理完毕,他都要用扫帚把四周扫得干干净净;他拉了装满垃圾的车往院门口走时,倘颠掉了一块煤渣,或被风吹掉了一片脏菜叶在路上,他也总要停下车,回身去捡起放到车上再走。

我和老人熟络起来是一个夏日的中午。那天盛放垃圾的铁簸箕满了,妻和我正忙着炒菜做饭,七岁的儿子便自告奋勇地去倒垃圾。我们家住在三楼,倒垃圾的通口在三楼楼梯的转弯平台处,垃圾从三楼顺通道向下落时,通常都要发出轰隆隆一阵响声。那天垃圾下落时的响声中又加了一种玻璃瓶摔破飞崩的声音,我刚想到该开口告诉儿子要径到底楼倒进垃圾箱时,楼下已传来了一声人的哎哟。我闻声知道糟了,怕是摔碎的玻璃片伤了人,急忙和儿子一起跑下楼去。到垃圾箱前一看,只见那出垃圾的老汉正仰靠在垃圾箱壁,一只手捂在左额上,血正从他的指缝中涌出。原来他刚才正站在垃圾箱里,脸对着通道口扒垃圾,一块玻璃飞过他的眼眉上方,把额头划破了。我一边在口上道歉,一边在心中叫苦:这穷老头,倘是赖起人来,怕是要花去不少钱的。我急忙反身上楼去拿纱布和紫药水,可下来时,老汉已用自己的擦汗毛巾把额头缠了,仍伛着腰在对垃圾箱做最后的清理。见我下来,他扭了头说:不用忙,用毛巾扎一会儿就好了,快回去拾掇中饭吧,别为了这骇唬孩子,孩子也不是有意,他这样小,知道倒垃圾干活就不错了。我的心里起了一阵深深的歉疚和感动,这老汉,受了伤非但没有抱怨,倒先想着我的孩子。

这之后,我便常同他搭话,偶尔得空,给他送上一杯两杯茶。在同他的闲聊中才知道,他六十五岁,家境其实可以,日用钱原本不缺,他所以通过熟人揽了这个活儿干,每月挣这一百来元钱，是因为小儿子的关系。小儿子大学毕业后，一心想去外国自费留学，他和家人屡劝不行，只好借钱为他买了机票，置办行装。眼下，他是在挣钱还账。

自此，每当我看见老人在垃圾堆上捡拾可以卖钱的废纸旧瓶，看见老人吃力地低着头拉着垃圾车时，眼前总会浮出一个年轻人的身影，那年轻人正在洛杉矶或费城的大学院里走，怀里抱满了书……

爱之歌

——中国肝脏外科创始人、中科院院士吴孟超纪事

生与死相隔多远?

很少有人去想这个问题。其实,想一想你会发现:生与死相离很近!一个人前一分钟还在对妻子交代事情,后一分钟地震突然发生,一下子就被倒下的屋梁砸死,你说,生与死能相隔多远?我猜,大概生命之神和死亡之神曾结下了死仇,所以生命之神每让一个人诞生之后,死神便指定一个下属潜伏在那个人身旁,随时准备借疾病和意外灾祸之力再毁掉那个生命。

所幸,聪明的人类有了分工,他们让一部分人不再从事衣与食的生产和其他劳动,而让他们专当医生和医学家——专职护卫人的生命。

我今天要讲的,就是一个医生和医学家的故事,一个顽强

的生命护卫者吴孟超的故事——

一

我想,你应该见过年已九十拄杖而行的老人。在这太平盛世,高寿者多了,活到九十岁的人不少。你在乡村或城市的街头看见他们,可能会向他们投去惊喜和羡慕的一瞥:嗬,老寿星!

我猜,你可能也见过年已九十仍能劳作的老人,他们或在田头薅草,或在家中做饭,你看见后会很意外,会向他们投去惊奇和钦佩的目光:天哪,九十岁了还能干活?多精神的老人!

可我估计,我若是告诉你,有一个九十岁的外科医生,仍能上手术台为病人做肝胆外科手术,有时一天还能做三台时,你一定会皱起眉头对这话表示怀疑:哥们,太夸张了吧?给我讲神话?!

我当初和你一样:不相信!

因为谁都知道,外科医生要能做到术前准确诊断,手术做得精致,术后治疗得当,并不容易,其最佳年龄是三十五至六十岁。三十五岁之前,手术本领很难达到精妙;六十岁之后,体力、眼力、手的灵活反应能力又大大降低。站在手术台前的外科医生,除手术本领之外,还需要有很强的体力、绝好的眼力和一双灵活的手。因此,聪明的外科医生过了六十岁,大都会"封刀",会有意让位给弟子来做手术,自己在一旁出出主意,以免失手毁了名声;而聪明的病人,一般也不找过了六十岁的外科医生动手术,怕他们力不从心出意外。开腹做肝胆手术是大手术,一个九十岁的老人怎么还可能去做这样的手术？

所以，我最初从文字材料上看到九十岁的吴孟超还在做肝胆外科手术时，我的本能反应是，吹牛！

这年头，啥样的假话不敢说？

因此，我今年2月下旬到了上海第二军医大学之后，提出的第一个要求是，去东方肝胆外科医院看吴孟超做手术。我心中想的是，我一定要看出个真假来！

没想到校方和院方都痛快地答应了。

那是乍暖还寒的一个早饭后，我被告知今天可以看吴孟超做手术。我带着一睹究竟的急切到了东方肝胆外科医院，然后在一位医生的带领下，到医院手术准备处领取一套消过毒的隔离服。随后，便随那位医生走进了手术医生的换衣间。

这时，我看见了吴孟超。这之前，我只是在报刊书籍里发表的照片上见过他。

他也在换衣服。

和照片上的他相比，他失去了伟岸和威武，真实的他原来就是一个身个不高、体态偏瘦的普通老人。

我朝他点头致意，他也朝我点头笑笑，他一定已经知道我们的来意。

我注意他换衣服的动作。不慌不忙，有条不紊。但那动作里，也有老年人特有的那种“慢”。

换好衣服的他向手术室走去，我急忙跟上他。他走路的动作让我略有些意外：两脚迈得很快捷。从背后看他走路，猜不出他的年龄已到九十岁。

手术室总共有十间，他的那间在最里边。我们走进手术室时，要做手术的病人已躺在了手术台上，他的助手们已做好准备，器械护士也已就位。

大家好！他一边给大家打招呼一边掏出手术专用的眼镜戴上，开始麻利地戴上手术手套，然后走到墙前去查看病人的CT 片子。陪我进来的医生低声给我介绍道：这是他最后一遍看片子，其实这片子他已看过多次，而且昨天他还亲自去 B 超室为病人做过 B 超检查。

他开始向手术台走去。他眼中浮起严肃郑重的神色。我注意到他双脚踏上了一个约二十厘米高的木台。陪我的人附耳轻声告诉我：他身高只有一米六二，那木台是为他特制的。站在手术台前的他和在换衣间的他有了明显的区别：老态一扫而光，一副昂然冷峻之状。随着他的眼神改变，手术室里的气氛也骤然一变：一股紧张弥漫开来。

他站的是主刀的位置，看来他是真的要亲自为病人做手术。

他双手开始伸进病人的腹腔进行探摸，他的眼睛未看触摸的部位，好像全凭手的感觉……

他简短地发出指令：止血……

他的一只手朝器械护士这儿一伸，一把手术刀已准确地放到了他的手中……

有血喷出来，气氛更显紧张，他威严地说了句什么，喷血骤然停了……

一块血乎乎的东西被他放到了托盘里……

陪我的医生低声告诉我：已切下病人病变的胆。

我俯身去看那个血乎乎的“胆”，这是我此生第一次看见人的“胆”，好家伙，比我想象的大。

吴孟超继续低头在病人的腹腔里忙，我这个外行看不懂，但我感受到他的动作纯熟而有把握。他下命令的样子像极了战场上掩蔽部里的指挥员，简短、清楚、有力，而且很快被助手执行……

开始缝合了。可他没有停手,一直坚持到缝完最后一针,坚持到护士开始数纱布……

他的全程表现和全部动作,像极了一个五十多岁的外科医生。一个人一下子显得年轻了几十岁,这真是神了!

是不是对老爷子的表现感到奇怪?护士长程月娥大概看出了我的疑惑,微笑着说,吴老平日开会要吃降压药,可一上手术台开刀,血压立马正常了;平日拿笔签字手会抖,可一拿手术刀就不抖了;他平日脾气好,可一上手术台就急得不得了,还有一点霸气,完全像一个年轻人。我也曾同他开玩笑说:你一定在家偷吃了人参和灵芝,而且是野生的,要不你哪有这样的状态?……

又一个病人被推了进来。

他走下手术台,走近第二个被推进来的手术病人,先是亲切地摸了一下对方的脸,然后轻声说:别害怕。那病人很激动地答:有你在,我啥都不怕,你给我动手术,那是我的福气。他无声一笑,向休息室走去,开始两台手术间的短暂休息。十几分钟以后,第二台手术就要开始……

眼见为实。一个九十岁的老人在这天上午为两个病人动了肝胆手术,耗时三个多小时。而且都非常成功。这就是说,文字材料上说他只要在医院,几乎每天都要为病人做手术的事不是吹的。

我不能不信!

接下来,我就特别想弄明白:他,吴孟超,已经功成名就,已经权钱都有,已经获过了国家最高科学技术奖,已经获过中央军委授予的"模范医学专家"称号,什么样的荣誉都有了,为何还要如此辛苦自己?为何不歇息歇息,享一享晚年之乐?

我是第三天下午向他提出这些问话的。

他照旧一笑，他的笑容里带着一种温暖和真诚。他说，我是一个外科医生，我的工作岗位是手术台，我从二十几岁上手术台，已经几十个年头了。我已经习惯了那里的环境、氛围甚至气味，只有在手术台上，我的心里才踏实，才舒服，才痛快；才能从心里感受到，我虽然年纪大了，可对于国家、军队、百姓还有些用处；才觉得浑身都来了劲。再说，我也希望和年轻人在一起，做手术时我的三个助手加上护士和麻醉医生，都很年轻，和他们在一起工作，有时聊聊天，说说话，我很开心，觉得自己身上也添了活力，好像又回到了年轻时代。还有一条就是我们外科医生带学生，不上手术台是不行的，你想要多带出好学生，你就必须上手术台。最后一个原因，是有好多病人希望我亲自给他们主刀，他们信任我，我不能辜负了他们。总之，只要我身体好，只要我还能干，就坚持做到最后，如果有一天真倒在手术室里，倒在工作岗位上，那我会感到幸福……

我默望着他，我没想到，在今天这个物欲张扬享乐至上的社会，还有人如此热爱自己的工作岗位！

吴老手术室的护士长程月娥告诉我：吴老到这个年纪还做手术，作为护士，从近处看他，其实是能看出他的累来。有一天，因手术时间长，出汗多，他下手术台时双腿都有些打晃，我扶他在手术椅上坐下，轻声问他：很累吧？他沉默了一刹，才叹口气说：唉，身上的力气越来越少，哪能不累，看来，我的有生之年是不会多了。小程，如果哪一天我真的在这手术室里倒下去了，你不要慌张，你知道我爱干净，记住给我擦干净些，别让人看见我一脸汗污的狼狈样子……我一听他这话，眼泪立马下来了，我阻止他：你可不能说这种不吉利的话，你一定得长寿，还有那么多的病人等着你去救他们的命哩……

我查了一下有关吴老的统计资料，仅 2010 年，他就主刀完成手术一百九十六台。他主攻肝脏外科以来，已主刀完成一万四千多台重大肝脏手术。按每天平均两台算，他得连续工作七千多天。

换算一下，是得连续工作二十年呀！

二

每个人都有肝脏。

可并不是每个人都知道肝脏这个消化器官对人体所起的重要作用。你知道它分泌胆汁，储藏动物淀粉，调节蛋白质、脂肪和碳水化合物的新陈代谢，同时还干着解毒、造血和凝血的事情吗？

也不是每个人都知道保护自己的肝脏。君不见，有多少人每天都让自己的肝脏浸泡在愤怒的情绪、透明的酒精和肥腻的肉食里。

也不是每个人都知道中国人的肝脏最易受肝癌的袭击。可能是基因也可能是生活习惯在起作用，世界上白种人得肝癌的比率较小，亚洲、非洲人得肝癌的比率则比较高；在全球的肝癌患者中，中国人占了百分之四十多，肝癌是我们国家的一种多发病。肝癌和胰腺癌一样，是人体内最凶险的癌症，致死率非常高，人称“癌中之王”。因其恶性度高，病情进展快，病人早期一般没有不适，一旦出现症状就诊，往往已属中晚期，故治疗难度大，一般人发病后，生存时间仅为六个月。

早在二十世纪五十年代中期，当吴孟超掌握了普通外科手术本领，开始思考自己在医学上的主攻方向时，他就注意到了肝癌对中国人生命的威胁，所以当他的老师裘法祖建议他向肝脏外科发展时，他没有任何犹豫，毅然决定直面这个凶恶的敌人，在肝脏外科这个医学的空白地域开辟向肝癌进攻的通道。

争取把肝癌扼止住，为国民造福！

吴孟超下了决心。

吴孟超是个不下决心便罢，一旦下了决心就要付诸执行的人。当年，十七岁的他在马来西亚诗巫下了回国抗日的决心后，和其余六个同学一起，历尽千辛万苦，时而上小舟时而登大船，绕道西贡、河内，坐车、步行交替，餐风沐雨，终于回到了国内。后来，他在同济医学院毕业后，下了当外科医生的决心后，尽管主管分配的人嫌他个子小不同意，让他去小儿科，他还是想尽办法如了愿。再后来，他下了和恋人吴佩煜结婚的决心，尽管有的领导阻拦，给他制造各种麻烦，他还是机智地想出主意，在上海办成了简单而热闹的婚礼。如今，既下了主攻肝脏外科的决心，他便立刻开始行动。

他的第一个行动，是和同事方之扬一起，翻译美国人Gans于1956年写的《肝脏外科入门》。这虽是一本普及性质的入门读物，但却是当时他能找到的仅有的参考书。他和方之扬商定，两人各译一半。为了尽快把书译出来，他在得了细菌性痢疾，高烧四十度住进隔离病房的情况下，仍在为一个词一句话的译法琢磨。病情稍轻，他就让妻子把书和英文字典拿到了病房，在病床上译了起来。1958年5月，中文版的《肝脏外科入门》，在上海科学技术出版社出版了。

接下来，他向医院党委写了一份建议组织攻关、向肝脏外科进军的报告。院党委很快批准了这份报告，并决定成立由他和张晓华、胡宏楷两位同事参加的三人“攻关小组”。

紧跟着，他带领两个同事开始研究肝脏解剖理论。用他的话说:做肝脏外科当然首先要了解肝的解剖,肝分左右两叶,人云亦云,我决定亲自看看,直接摸摸……为此,他和他的两个同事一起,经过数十次实验,用做乒乓球的赛璐珞当灌注材料,先后做成了一百零八个肝脏腐蚀标本和六十个肝脏固定标本。在制作标本熟悉肝脏血管走向的基础上,他摒弃肝分左右两叶的传统看法,提出了肝分左外、左内、右前、右后和尾状五叶、左外叶和右后叶各分两段的"五叶四段"肝脏解剖理论。

就在他和两位同事抓紧进行肝脏解剖理论研究的时候,一位肝癌病人走进了他们所在的外科就诊。那是一个被肝癌折磨得痛不欲生的男人:肝区持续性胀痛、黄疸、瘦得皮包骨头,且伴有腹水、恶心、呕吐、持续发烧。看着病人辗转反侧不能安卧片刻的可怜模样,听着病人时高时低无奈无助的痛楚呻吟,吴孟超心疼难忍,他仿佛听到了癌魔得意扬扬的讥笑:嗨,你们这些医生,竟想和我作对,没门！现在知道我的厉害了吧？病人的家属恳求施救,说:治不好我们也不抱怨。医生们决定为其做手术,从别的医院请来了手术高手主刀,当时还年轻的吴孟超站在一旁观看。那台手术最后失败了,病人死在了手术台上。当护士出门告诉病人亲属手术失败时,病人亲属们的哭声轰然响起。那尖厉的哭声像刀一样地扎着吴孟超的心。不,不能让类似的悲剧再继续发生,不能让癌魔肆意猖狂！吴孟超更加坚定了与肝癌搏斗的决心。

1960 年 3 月 1 日,经过理论武装的他们,终于成功地进行了首例肝癌切除手术,实现了肝胆禁区的手术突破。

但吴孟超没有沉浸在这次成功的喜悦里,他和他的攻关小组成员很快又向前闯去。他接着又发现了术后肝脏的生化代谢规律,发现了常温下间歇肝门阻断切肝法,进行了肝中叶癌瘤切除术,突破了禁区中的禁区。

1971 年,当时的美国总统尼克松在致美国国会的国情咨文中,首次正式提出:美国人医治这种该死的疾病——癌症的时机成熟了,我们应该集中像研究核裂变以及登陆月球所付出的力量一样来做这件事。尼克松总统不知道,在他发表这番言论之前很久,中国的吴孟超和他的医学家同事们,已经倾注全力在和癌症搏斗了。

1974 年,在吴孟超的极力要求下,二军大附属医院有了独立的肝胆外科病房。仅仅几个月之后,他们人生中的一个巨大考验和巨大成功就同时来到了。

1975 年 1 月 3 日,二军大附属医院肝胆外科门口来了一个四十来岁的男人,这人的肚子大得惊人,像极了一个怀孕十月的女人。他双手捧着肚子,痛苦万状地说:求神医们救命!吴孟超看到病人时吃了一惊,他还从没有见过这样的病例。上前一问才知道,来人叫陆本海,安徽舒城人,他老家的医院说他得的是肝癌。吴孟超和同事们为他做了仔细的检查,最后断定他腹内长的是一个特大肝海绵状血管瘤。这种病最理想的治法是手术切除,但手术难度很大,极容易造成大出血,使病人的生命不保。国外也没有类似的手术成功记录。当时国外把直径四厘米的肿瘤称为"巨大",美国斯隆·凯特林肿瘤研究中心对一例 45×25×25 厘米的肝海绵状血管瘤只是做了剖腹检查,并没有切除。

咋办?切除还是不切除?

不切除不手术,理由很充分,病人也无话可说。

可遇难而退不是吴孟超和他的同事们的性格!

他决定干!前人没干过,外国人没干过,咱也要干。不干怎能在医学上有所进步?!

他们针对陆本海的病情,制订了周密的手术方案,并对可能的意外做了急救准备。学校和医院也全力支持,调集了几十名医护人员从各个方面给予协助。

病人的腹部正中被勇敢地划下了第一刀……

那是一场危机四伏惊心动魄的战斗。当切口完全打开,一个被血液充涨成蓝紫色的超大瘤子在无影灯下猛然显露了出来,只见它上部顶入胸腔,下部浸入盆腔,随着病人的呼吸一起一伏,活像一个怪胎。看着这个罕见的瘤子,在场的所有医护人员都不由得吸了一口冷气……手术整整进行了十二个小时,最后一刀下去,超大的瘤子离开了人体。一个助手双手抱住那个瘤子,小心地将它抱出了手术室。一测之后才知道:瘤体重 18 千克,体积为 63×48.5×40 厘米。它是至今为止国际文献报道的最大的被切掉的血管瘤,为世界之最。

十一天之后,病人开始下床活动。

一个月后,病人体重增加了 7.5 千克。

一个半月后,病人痊愈出院。

直到今天,2011 年 3 月,陆本海还在健康地活着。

吴孟超和他的同事们通过了一个巨大的考验,也收获了一个巨大的成功。这例手术的成功,标志着我国肝脏外科技术已臻成熟。

紧跟着,吴孟超又开始了肝癌早期诊治的课题研究,首创了扁豆凝集素、醛缩酶同工酶等先进的肝癌早期检测方法;提出了巨大肝癌二期切除、肝硬化肝癌的局部根治性切除、肝癌复发再手术的肝癌外科治疗概念;并率先开展小儿肝脏外科研究……

1986 年,拥有一百张床位的肝胆外科病房——康宾楼,在他的手上建成。

1996年，独立的团级编制的肝胆外科医院在他的积极推动下成立。

1999年，独立的师级规模的拥有六百六十个床位的肝胆外科专科医院又在他手上建起，使其成为国内最大，国际唯一的肝胆外科疾病诊疗和研究中心。现在一年收治的病人超过一万名，一年的手术量达到四千例。

吴老在长期和肝癌作战的过程中还意识到，肝癌光靠开刀解决不了问题，必须找出导致肝癌的病因和机理，进行综合治疗。所以他对基础研究极为重视，先后建立了中德合作的生物信号转导研究中心，中日合作的消化道内镜临床研究中心，中美合作的肿瘤免疫和生物治疗中心，沪港合作的基因病毒治疗中心等四个在国际上具有较大影响的基础研究基地。并在研究的基础上，逐渐在临床上开展了肝癌的介入治疗、微创治疗、生物治疗、免疫治疗和病毒治疗。

在这同时，他发表学术论文八百余篇，主编《黄家驷外科学》等专著十八部，获得国家级和省部级一等奖十个，各种荣誉二十六项，十二次担任“国际肝炎和肝癌会议”等重要学术会议的主席或共同主席……

他对自己所选择的事业倾注了全部的热情和热爱。

由于他的努力，肝癌这个中国的多发病在早期诊断、外科手术和综合治疗上取得了巨大进步。目前，肝癌的早期诊断率上升到98%以上；小肝癌术后五年生存率提高到79.8%以上，一些人术后已存活三十多年，最长存活已达四十五年；晚期肝癌术后五年生存率，由二十世纪六七十年代的16%，上升到今天的53%，肝癌对国人的伤害力得到了有效的遏制。国际著名肝脏外科专家、国际肝胆胰协会前主席威廉姆斯评价说：吴教授对肝癌的基础研究和临床工作，在国际上处于领先地位，他的成就令全球同行所瞩目和敬佩。

三

像所有的画家都想成为名家一样，所有的医生也都想成为名医。

如今，成为“名医”的手段很多。像张悟本，敢发表令人震惊的言论：绿豆汤可治百病。像李一，敢以道长身份表明自己的医功：能在水下憋气两小时二十二分钟。

吴孟超成为名医则是靠几十年治病救人累积起来的实绩，靠病人和病人亲属们的口口相传。

2010年冬天一个寒冷的上午，两位女性拎着CT片子满眼焦虑脚步匆匆地走进了上海东方肝胆外科医院。

半个小时后，她们在东方肝胆外科医院一位医生的陪同下，站在了吴孟超的面前，其中一位急切地递上手中的CT片子，说：这是我哥哥的肝脏片子，麻烦吴老看看，我哥哥几个月前发现患了肝癌，你看还能不能动手术把肿瘤切了。吴老仔细看完后说：可以呀，可以切。那女士一听这话忽然哭了起来，说：我们原来送哥哥去了上海另一家医院，那家医院在没有征得我们的同意之下，就把他收进了肝移植病房，三天后告诉我们，肝上的瘤子包着血管，无法取，病人需要做肝移植。并说他们手上有两个供体肝，和我哥的肝能配上型，一个是好肝，四十万元；另一个是带有乙肝菌的肝，可以便宜到二十万元。我们根本没有换肝的思想准备，更没有那么多钱，只好说不换肝。他们听后就给我哥开了腹把长了息肉的胆切掉，又给缝了起来。原来他们是存心逼我们换肝他们好赚钱呀……

吴老一听这个怒不可遏，猛地站起来说：怎么可以如此对待病人？简直是医学的败类！这个手术我来做！

吴老为了做好这个手术，先后两次召集多名专家会诊，然后亲自主刀，顺利切下了病人的肿瘤。四十二天后，病人平安出院。到目前为止，病人身体的各项指标均很正常。

今年2月28日上午，笔者见到了病人的妹妹和妻子，那是两个刚从一场劫难中走出来的普通中年妇女，脸上都还残留着受到惊吓的痕迹。她们一听我问到病人的现况，立刻流出了眼泪，说：病人很好，我们遇到吴老算是遇到了活菩萨，他和我们非亲非故，待我们就像他的亲人，他这么高的年纪，这么大的名气，还亲自为病人做B超，亲自主持专家会诊，会诊时我们就坐在旁边，他的负责精神感动得我们泪水不断，后来他又亲自主刀。他不收礼物，我们无以为报，只能祝他老人家长寿了……

这就是吴孟超和患者的关系！

类似的故事，在吴孟超的行医生涯中，不知已发生了多少。

香港的洪兰珍女士被确诊为晚期肝癌，医生告诉她只能活三个月。丈夫不忍看她等死，四处打听，知道了上海有个专治肝癌的吴孟超，就想来上海求医。可他们家住香港的贫民区，钱少，丈夫无力陪着，洪兰珍只好一人来了。吴孟超接诊后，前前后后共为她动了三次手术，终把她救了过来。在她住院期间，吴孟超经常到病床前探望，有时外出开会或巡诊，也要打电话询问她术后吸引出来的血量和颜色，询问她的血压、脉搏和小便量。八月十五中秋节那天，洪兰珍正一人躺在病床上思念香港的亲人，只见吴孟超和夫人一起提着一盒月饼来到了她的床头含笑说：我想香港人和广东人的饮食习惯差不多，所以买了盒上海产的广东月饼，不知合不合你的口味？

洪兰珍的眼泪顿时下来了，她紧紧握住吴孟超的手说：怪不得大陆老百姓都称解放军为亲人，你们待我真是比亲人还亲呀……鉴于她家的贫穷状况，吴孟超向医院领导申请，减免了她的大部分医疗费用。她最后一次病愈出院时，无法用言语表达感激，竟号啕大哭起来……

一位福建籍的许姓老人，身患晚期肝癌，因为四处买药治病，家里已是一贫如洗。为了不再拖累家人，他孤身来上海寻找求医的机会。临走时，他给家里人说：你们不必找我，我就是死，也死在外头。他在上海流浪许久，才在别人的指点下找到了吴孟超所在的医院，当班医生见他面容枯槁，衣衫褴褛，钱带得也不多，根本不够住院所需的费用，便请示吴孟超：收不收这个病人？吴老的回答毫不含糊：收下！

吴孟超亲自为他做了手术。术后初期老人进食困难，吴孟超来看他时还亲手给他喂饭，一小碗稀饭喂了好长时间，把老人感动得一边吃一边流泪。当老人的家人知道他开了刀治了病还活着时，忙带着家中仅有的几只鸡来到医院，见到吴老就跪倒在地，感谢他的救命之恩……

吴孟超说，一个医生，只有好医术，成不了名医；世上所有的名医，都同时还具备另一个特点，那就是仁，对病人有爱心。他至今还记着自己的老师裘法祖说过的一句话：医生治疗病人，就等于要将他们一个个地背过河去。

他正是怀着对病人深切的爱，才每逢要把手伸到病人腹部检查时，都要先搓搓手，把手搓热后再伸到病人的腹部上去。每次检查完，还要帮病人把裤带系好。

他正是怀着对病人深切的爱，才坚持每做一例手术前，不管此前病人已有多少检查结果，他还要亲自去 B 超室为病人做一次 B 超检查，亲眼看看 B 超的检查结果，好做到术前心中有数。

他正是怀着对病人深切的爱，虽届高龄仍经常亲自到病房查房，而且查得特别“慢”，为病人查体特别仔细，从头查到脚；问也问得细，从过去问到现在，从不放过任何一个疑点。有时查房临走时，还特意弯腰把病人鞋尖朝里的鞋子拿起，摆放成鞋尖朝外，好让病人下床就能方便地踏上鞋。

他正是怀着对病人深切的爱，才告诉自己的助手们，得了癌肿的病人，常常为求医已耗尽了积蓄，对凡能用低价消炎药解决问题的病例，决不能给人家开高价药；手术中凡能自己缝线的部位，就不要使用收费一千多元的缝合器，要为病人节约每一块钱。

他正是怀着对病人深切的爱，才坚持对病人写来的求医信每信必复。复杂的信他亲自回，简单的信他口述由秘书代复。对于病人打到家里的求医电话，他是每个都接。对于赶到他家来找他的病人，他都是热情接待。曾当过他秘书的李捷玮说，有一天，他陪吴老外出开会、会诊和研究生答辩，回到吴老家已是晚上十一时十五分了，整个家属区亮灯的人家已所剩无几。吴老这时对他说，累得腿都快抬不动了。话音未落，吴老家门口站着的几个人便迎了过来，原来是从福建慕名来看病的病人，也不知是怎样打听到吴老的地址，一直等到现在。李捷玮当时冲动地对他们说，这么晚了，你们怎么好意思？他决意要为吴老挡驾。吴老也开口道：你们能不能明天来看……可话刚说了一半，他顿了一下又改了口：那么进屋坐吧。那天病人的家属又特能唠叨，吴老一直耐心地听，详细地看，直到十二点才送走这批病人……

他正是出于对病人深切的爱，才从不收病人的任何礼物。一天傍晚，一位妇女提着一袋甲鱼，来敲吴老的家门，恰好吴老和夫人都不在，保姆把门打开后，那妇女说：我是肝外科×床病人的家属，请转告吴教授，给我们找个好医生开刀呀！说完把甲鱼朝门旁一放就走了。保姆只好将那些甲鱼拎到屋里，打开袋子数了数，有好几只。晚上九点多钟吴老回来，保姆说了这件事后，吴老严肃地说：你不了解我们的家规，这次不怪你，但下不为例！他随后就拿起电话向肝外科病房进行核实，安排了手术医生，但让保姆拎着甲鱼又退回给了病人家属。有的病人给他送来了现金，他推让不及，就交到医院收费处，算做病人上交的押金，在病人结账时再还给病人。

在吴老这里，从未出现过医患矛盾。每个经他治疗的患者，临走时对他都是千恩万谢，眼里含着感激的泪水。病人们知道他的医术和医德，都对他怀着极高的信任，很多病人说：经吴老看过病，就是死，也无遗憾了。

他对他接诊的每一个患者，都充满了爱意。

四

独木不抗风。

单兵难排阵。

护卫生命和打仗一样，一个人的力量太小。

吴孟超在长期的临床实践中深深体会到，自己的刀法再精，能治疗的肝癌病人也有限，必须不断地培养人才，建成一个强大的医学攻坚团队，才能持续地向肝癌发动攻击，达到最终制服它的目的。

于是，他对培养人才倾注了极大的精力。

1978 年国家恢复高考和研究生制度后，他在第二军医大学第一个打报告，要求在肝胆外科设立硕士点。国家教委批准后，他 1979 年就招收了两名硕士研究生。1981 年，他又申请并建立了二军大的第一个博士点，开始培养肝胆外科的专业精英。至今，他还带着博士生。这些年，他先后培养了二百六十多名硕士、博士研究生，一千多名肝胆外科专业人才，其中有十八人获得了中国青年科学家、长江学者奖励计划特聘教授等荣誉。

他对弟子们的专业学习抓得极严。会做、会说、会写这六个字，是当年他的老师裘法祖对他的要求，如今，他也用这六个字来要求他的学生。会做，就是手术做得漂亮；会说，就是能在讲坛上阐述自己的看法；会写，就是能发表论文撰写专著。对于吴老在学业要求上的严格，他的许多学生都记忆深刻。吴老的学生严以群教授说：老师"训人"实在太狠了，有时简直一点面子都不给。他训人的途径有二，一是考，二是查。考，就是当众提问。在手术台上，在病房里，他随时都会对你发问，而且有时还"诈问"。比如某个问题的答案是甲不是乙，你开始答甲，明明对了，若神情紧张，心里也无把握，这绝逃不过他的眼睛，他会盯着你追问：到底是甲还是乙？你心中一慌，可能就又答乙了，当众出丑了。他紧跟着就会板着脸说：为什么不多读点书？要是人命关天的紧要关头，能犹犹豫豫吗？再就是查，他每次查看病历查化验结果时，你站在旁边看得心里直发毛，多半会有毛病被挑出来。查病人，如果发烧的没有看咽部，没有行肺部听诊没有查血象；如果有内科情况没有及时请会诊；如果大便次数多的没及时做直肠指诊或者便秘几天没有采取通便措施，所有外科医生容易疏忽的事都会被他很容易地查出来。一旦查出来就训你，训的话还很难听：如果让你也憋上几天大便，你会怎么样？挨训的时候心里真不舒服。但我听他说过：你心里难过，我的目的就达到了……

他慧眼识珠，特别善于发现人才。王红阳并不是他的研究生，不是“吴门嫡传弟子”，只是他在一次中德医学协会学术年会上偶然发现的一个苗子。当时，王红阳还是一个消化内科医生，被临时抽调到会上做会务工作，她冷静的头脑、严谨的作风、好学的精神、扎实的英语功底给吴孟超留下了深刻印象，他觉得这个女子身上有一股潜下心来做学术研究的素质，是一个可造之材，值得培养。于是他就问王红阳愿不愿到德国进修学习。王红阳脱口而出：当然愿意。当时，德国医学协会每年给我国十个进修学习的名额。没过多久，吴老就与裘法祖教授联名写信推荐她到德国攻读博士学位。王红阳未负吴老希望，在德国学习和工作期间，做出了突出成绩，德国著名科学家乌尔里希教授说，在他所接触的研究者中，她是最出色的百分之十中的一员。吴老每次到欧洲开会，都会专程到王红阳所在的德国马普研究院去看望她。每次看望之后，吴老都会不失时机地说：希望你将来能到肝胆医院工作。王红阳被吴老的真诚感动，苦读十年回国时，提出在东方肝胆外国医院建立一个与德国马普研究院的合作研究中心，专门研究生物信号转导问题，而且要能保证工作人员来去方便。吴老当即答应，然后到北京找人多方疏通，最终得到军队和国家有关部门的允许。之后，她带着二百五十万元经费及一些仪器设备和技术员，来到了东方肝胆外科医院，主持中德合作生物信号转导研究中心工作。如今，她在肝癌等疾病信号转导上取得突破性进展，先后发表论文七十余篇，其中影响因子在八分以上的就有五篇；获得发明专利五项；筛选和研发了新的肝癌诊断标志物及血清检测单克隆抗体，获国家专利；已克隆多个新的肝癌相关基因并阐明了功能；首次发现新的抑制性受体对肝癌细胞生长、凋亡的调控机制和癌基因 P28 在肝癌上的异常信号通路，为肝癌防治提供了新的靶标……如今，她已是中国工程院院士，并荣获亚太女科学家奖。

他的人才观极为超前，是他首次提出了出国学者服务国家的“哑铃”模式。他带出的博士郭亚军告诉笔者：你别看吴老年纪大，可他的观念新，人极为开放。1989 年他送我去美国哈佛大学医学院学习，临行前嘱咐我，要学会用国外的先进研究手段来进行国内急需的科研项目研究。我到美国后，于 1991 年开始主持肿瘤转移免疫治疗研究室的工作，有了自己的实验室和数目可观的科研经费。那年，吴老赴美进行学术交流，特地去看我，我俩就中外科技合作和人才培养的事情，进行了彻夜长谈。当时困扰中国出国学者的一个最大的问题是，要不要回国进行科研。不回，容易被人说成是不爱国；回，又会失去在国外的研究条件和实验室。吴老当时大胆设想，能不能让这些学者在进修国和祖国同时拥有实验室，人两边跑。具体到我的安排，就是在第二军医大学东方肝胆外科医院建立一个与美国西方储备大学相应规模和水平的实验中心，由我及一些中美学者穿梭在中美两个中心之间，追踪国际前沿水平开展科研，培养人才，从而形成一种长期稳定的国际科技合作研究关系。我当然高兴。吴老的这一构想，很快得到了第二军医大学、总后勤部、国家自然科学基金会、上海市科委的大力支持。在吴老的努力下，经过五个多月的紧张筹备，在新落成的东方肝胆外科医院和东方肝胆外科研究所大楼里，肿瘤免疫和基因治疗中心就宣告成立。此后，我就在中美两个中心之间飞来飞去地工作，解决了“回国服务”和“为国服务”的关系，使两个中心优势互补，很快出了一批成果……如今，吴老提出的这种模式，已被命名为国际科技合作的“哑铃模式”，在全国推行。

他对他的学生，不仅在专业发展上倾力扶持，在生活上也极为关心。杨甲梅没成家时，逢节假日，吴老总会叫他到家里吃饭，以消除他的思亲恋家之心。有好多个春节，他都是在吴老家吃的过年团圆饭。杨广顺硕士毕业后，被吴老留下，而且还悄悄和干部部门联系，办好了他妻子调入上海的全部手续，使他无了后顾之忧。王红阳初由德国回来时，儿子尚小，工作时，就把儿子带到实验室。有一天傍晚，孩子突然病了，她急急把他送到医院急诊室输液，自己坐在一旁看书，恰好吴老那刻从急诊室过，看到了这一幕，他当时就打电话给医院一个工作人员，让他马上到急诊室来帮助照看王红阳的儿子，并批评他们没有照顾好王红阳的生活。王红阳的孩子上小学时，又是吴老亲自找了地方上一个姓王的处长，联系好了孩子上学的事情。吴老的每个学生，在从他这里学到专业本领的同时，还得到了一份浓浓的爱和关怀。

如今，吴老的学生都成了硕士生导师和博士生导师，每个人都带出了许多学生，都有了自己的团队，这许多团队加起来，组成了一个更大的吴氏团队。吴老说，我这一辈子可能看不到肝癌被制服的一天了，但我有了这个医学团队，就可以组成多个进攻梯队，前赴后继地向肝癌发起冲击，总有一天，肝癌会被制服会不再危害国人。

一般人活到九十岁，想得最多的可能是自己的身体状况和身后事的安排：孙子孙女去哪里就业？房产和存款如何分给孩子们？遗嘱怎么写？该向组织再提哪些要解决的问题？可九十岁的吴孟超没想这些，他眼下想得最多的是：在上海郊区安亭新建的国家级肝癌研究和治疗中心何时能建成？何时能开业？我们采访他的那天，他的一个下属说希望我们的采访中间能暂停一下，说吴老要去安亭处理肝癌研究和治疗中心建设中的问题。我当时很诧异，低声问那位下属：天这样冷，为何偏要一个老人跑那么远去处理事情？你们为何不去？那位下属苦笑一下：他不去他会不放心，而且要与地方上打交道，很多事情只有他出面才能很快解决……那一刻，我望着这个老人，在心里涌上了真正的感动：真是一个罕有的老人！他的心里一定储满了对我们党、国家和军队的爱，所以才能把爱四处抛洒，才能如此挚爱自己的工作岗位，挚爱自己所从事的事业，挚爱自己的病人，挚爱自己的学生和所有可用的人才。要是我们都能像他一样，那我们中华民族的复兴大业怎么可能会不成功？！

画出世间之美

——陈虹其人其画

二十世纪七十年代初的一个夏天，在美丽的新疆伊犁，在这座边城斯大林街上的一个小院里，诞生了一个漂亮的女孩。父母为这个新添的女儿起名为虹，希冀着她能像彩虹一样给人间带来美丽。这个女孩没有辜负父母的希望，很小就开始对美的事物产生了兴趣。

她最早喜欢做的事是刺绣。她在母亲的指导下，很小就拿着母亲的绣圈去绣花草。她为父母卧室绣了一条门帘——白色棉布之上，“梅兰竹菊”四君子交相辉映，下面，是红线绣的“梅兰竹菊”四个字。这件作品得到了邻居的夸赞，这是她艺术天分的最早呈现。

她后来开始喜欢父亲的笔墨纸砚。有时，趁父亲不备，她会拿起毛笔，在宣纸上画花草树木，小猫小狗小房子。父亲虽然觉得她瞎画浪费了纸张，但看她画出的小东西，虽然笨拙，却神态各异，让人忍俊不禁。

慢慢地，她在宣纸和毛笔里真正找到了乐趣。她开始用毛笔让各种东西在这神奇的宣纸上出现：瓢虫、螳螂、蚂蚁、蒲公英，还有蝴蝶和亮闪闪的葡萄……

对绘画的这种直觉爱好开始左右她此后的人生选择。1988 年，十七岁的陈虹考入新疆艺术学院美术系本科，正式开始了她艺术领域的跋涉之路。

那时候，从北疆到乌鲁木齐，交通还很不方便，坐汽车要走三天三夜。尤其是寒冷的冬天，狂风、大雪、冰路，这样的长途往返对一个姑娘来说并不轻松，但学习绘画艺术的迫切心情，让陈虹往返在这样的长路上一直激动不已。

大学里种类繁多的艺术课程和志同道合的同学，让陈虹的每一天都充满新奇。造型、素描、水粉、工笔……几年的大学学习让她打下了坚实的绘画基础，也让她对绘画这门艺术有了更深的理解。她开始明白，画家的任务，其实就是用画笔去表达自己对这个世界的认识，去发现世间之美，去画出世间之美，从而给活在世间的人送去一份精神慰藉。认识到这些之后，她更加坚定了此生要以绘画为业的决心。

她从新疆艺术学院毕业后，一边在家里全心作画，一边寻找着新的学习深造的机会。当听说西安美术学院国画系招生，她立即争取到了一个研修的机会。之后，她又到中国美术家协会高研班进修。2008 年，她又走进了国家画院周邵华工作室精英班深造。一系列的深入学习，使她的绘画技艺和理论水平迅速得以提高。她在中国山水画和花鸟画创作上开始逐渐有了自己的理念和绘画风格；她的画作开始在大陆和澳门连续获奖；她的作品先是多次参加国内各种美术大展，然后到新加坡、泰国、马来西亚、俄罗斯、日本、韩国参加展览；她的一些作品开始被国内博物馆和尼泊尔、法国、韩国等国家收藏。她在大学毕业后，仅仅用了二十年时间，就使自己成了中国山水画创作领域的一颗新星。

陈虹的山水画作，在艺术上具有三个鲜明的特点：其一是在画里倾注着浓烈的情感。她认为，具有真情实感的作品才是感人和诱人的。她不止一次地说过，只有那些倾注了真挚情感来源于灵魂的画作才是美的。她特别推崇十七世纪的文人画家八大山人，认为漂泊四方、饱经忧患的八大山人，是将自己的国破家亡之痛和无力抗争之怨都抛洒在纸绢上，读他的画，就像看到了一个孤傲、倔强、玩世不恭却才思过人的灵魂。陈虹的画笔，也都饱蘸着自己的情感，读她的画，我们能感受到她是一个热爱自然，钟情山水，对一草一木一花一鸟都怀着深切爱心的人，能感受到她对人间的一切都充满着善意和保护之心，感受到她的淡泊宁静情怀。其二是画里充满着诗意。一幅画里有无诗意，是区别画匠和画家的重要标志。我们看有些人的画，觉得他画物画景画得都很像，却就是死板刻板让人爱不起来，这其实就是缺乏诗意的表现。陈虹认为，画应该有诗的意境与品性，一幅好画同时也应该是一首好诗。读她的画，我们首先会有一种像读诗那样的流畅感，好像画中的一切都是一气呵成的；其次是一种像读诗那样的韵律感，好像能听到风过山巅和林梢的响声与水越岩石的叮当之音，让你也想快活地喊唱几声。再次是一种像读诗时所感受的那种意境美，山中的一座小屋，水上的一座小桥，雾中的一片竹林，能让我们体会到那种自由自在自得其乐自然的生活态度。其三是画里充满着一股宏阔之气。气在画中是看不见的，但却又是让人可以清晰感知的东西。其实，所有的画都有一股气贯注其中，不同的只是贯注的气的内容，有的是一股衰败之气，有的是一股颓废之气，有的是一股贱气，有的是一股小家子气，有的是一股昂扬之气，有的是一股乖戾之气。我们从陈虹的画作中感受到的，是一股宏阔之气。站在她的画作前，不管她画的是西部冰山，还是中部秀水，如果一开始不告诉你作者是男是女，你一定会认为这是一个男画家的作品，原因就是她的画作里充溢着一股宏阔之气，一股俯视天下、舍我其谁的大气，而这，通常是男性才会拥有的东西。她的山水画里所以能充溢着这股宏阔之气，可能来源于她阔大的胸襟和博大的抱负，来源于她要用画笔把握和表现世界的雄心。

随着陈虹思想的深刻和画艺的精进，随着她名声的扩大，她的画作的价钱也在不断升高，原本经济拮据的她开始变得富有了。富裕之后的陈虹并没有像有的富人那样去花天酒地，去打麻将吸毒品，去醉生梦死，去一心钻进钱眼里。她的变化是开始关心并参与慈善事业，开始以感恩的心态去回报社会。2008 年国内发生大地震后，她亲自跑到震区去救助受灾的人，去关爱那些失去父母的孩子，她先后资助过两个孩子上学。2013 年春节，她开始与陈香梅基金会结缘，先后捐出了三百多万元的画作。对身边生活困难的朋友和邻居，甚至陌生的打工者，她都愿意伸出援手。她听说一位朋友要办一个文学培训中心，慷慨地捐出一张九十平方尺的大画，市值几百万元。她说，积攒钱财不是人活着的全部目的，人活着是为了感受这个世界的美好并给这个世界增添一份美好。

在这个物欲充分张扬、很多人把金钱当作人生唯一奋斗目标的时代，陈虹用一个艺术家的良知，清醒地抵抗着龌龊世风的影响，始终没有忘记：爱和被爱，才是人活着的目的。正因为陈虹有一颗美好的心灵，她才能在艺术上不断进取，不断用画笔去发现和呈现出人间的美好来。

艺无止境是陈虹长久以来就明白的道理。她从来都没有满足于目前取得的这一份成绩，她知道要成为一个无愧于这个时代的大画家，她还有很远的路要走。她还在努力学习，她先后去过美、英、法、德、意大利等多个国家的美术馆，去零距离细看西方画家的经典作品，从中吸取养分；她曾到国内的很多名山大川和村落古寺去写生拍照，从中收获创作素材；她曾积极报名参加多位名师举办的培训班，去进一步提高自己的绘画技能技法；她广泛阅读中外文史哲名著，去汲取创作的思想资源。从去年开始，她由自己对基督教的信仰出发，反复诵读《圣经》，并萌发了新的创作冲动，决心画出一百幅独特的山水画——用中国的山水画形式来阐述自己对圣经，对信仰，对冰山，对中西文化的理解。

这是一次新的艺术远征。她要让自己的画由人文之境界上升到天地之境界。目前，她已经画出了几十幅这样的作品，从这批作品中，你能感受到：天地之道，博也，厚也，高也，明也，悠也，久也。你既能看出宇宙天地的"道法自然"，又能看出神之博爱和宽恕。

支撑她进行这次艺术远征的力量，是信仰。

陈虹过去的经历和成就使我们有理由相信，她的这次远征会取得成功，让我们耐心等待她画完那一百幅作品，耐心等待她送来新的捷报。

那将是她对美好人间的新贡献！

年老未曾忘忧国

一般人退休之后，多开始谋划如何快乐度过余年，有照料孙辈享天伦之乐的，有四方周游观天下美景的，有到朋友企业兼职赚钱的，有养花种菜自得其乐的，把不再上班的自由日子过得有滋有味。这当然好，忙碌了大半生，歇息歇息完全应该，值得我们去效仿。不过也有人另有选择，如我的学友贾雪阳将军，身退心未退，仍把国家大事放在心上，尽力去做一些于国家有益的事情，可谓将军暮年，壮心不已。对此，我们也当然应该献上敬意。

雪阳将军当年从军时，进的是野战部队，由战士，提班长，升排长，一级一级历练；在部队参加日常训练、长途拉练、战备值勤，样样事情都干得精彩。后来调总部机关，由干事，提处长，升主任，当政委，在每一个岗位上全干得有声有色。由于年龄到了，退下来后，照说也可以歇息歇息，可他忙惯了，歇不住，自己给自己找事情做。

他找的第一件事情，是修建一座烈士陵园。当年打石家庄战役时，我军在河北平山河渠村设立了战地医院，有一百一十多名重伤员在医院里没能救治过来，遗体就葬在村东的一片岭地里。由于岁月更替，风雨剥蚀，墓平碑失草长，年轻人渐渐忘了这件事情。雪阳回乡见到这种情况，心中不安，觉得对不起烈士们，不仅不公正，于后人价值观的确立也有负面影响。遂四方奔走，八面化缘，带头捐款，开始为那批牺牲多年的烈士修建陵园。几经努力，终于使一座烈士陵园在河渠村东岭落成，让为国捐躯的烈士们有了一个美好的栖息之地，也让年轻人有了一个祭奠烈士表达感恩之心的场所。

全力支持宣传烈士素云的事迹，是他做的第二件事。顺义一个叫史庆云的女士在捐献一件老棉袄时，意外发现袄里藏有十一份历史资料，经解读之后才知，原来这是史庆云的母亲素云所留。素云当年是经戎冠秀介绍，加入八路军的地下工作者队伍，替八路军送情报的人。1942 年 9 月 15 日，二十四岁的素云在抱着三个月大的女儿小云送情报时，被日本鬼子杀害，遗体被抛在荒野里。这件事被雪阳知道后，觉得应该还素云一个公正，他八方找人求证，使素云烈士的事迹得以完整还原；然后又四处宣传素云的事迹并上报民政部，正式追认素云为革命烈士；最后，又把烈士遗骨迎回烈士陵园安葬。他说，我们不能让任何一个为国尽忠的人遭到冷待。

捐建家乡河渠希望小学，是他做的又一件大事。家乡孩子们的教育，他始终在关心着。他知道只有办好教育，才能使农村的孩子们不输在起跑线上，才能从根本上改变家乡的面貌，所以下决心要在村子里建一所希望小学，使村里孩子们上小学后有和北京的小学生同等的受教育条件。他在自己捐款的同时，多方寻求支援，最终使河渠希望小学得以建成。小学建成使用时，他还请李瑞环、迟浩田等同志题了词，办了一个隆重的开学典礼。至今，只要需要，他就会回到这所小学去看望孩子们，有时一周由北京来小学校就达两次。眼下，他还经常参加“善行河北·爱心教育远程行”活动，被人们称为教育爱心将军。

组织村民修路，是他做的另一件大事。他年轻时在河渠村种过地，至今，河渠村到乡里的路及连接邻县灵寿的三四公里路还都是土路，每逢下雨和浇地时，村民们骑自行车都无法出村。看到这种情况，他心里着急，就组织村民们“花明天的钱修今天的路”，把土路修成了水泥路。村民们出行方便了，他自己却为此欠下了债，还了好几年的账。有人问他，你什么时候能不再管农村的事了？他笑答：和我一起种过地的村民们日子都过得比我好了，我就再也不管了。

他做的第五件事，是呼吁国家建立一个公祭烈士纪念日。他说世界上很多国家都设有烈士日，1月7日是巴勒斯坦烈士纪念日，1月30日是印度烈士节，2月11日是也门烈士节，2月21日是孟加拉国烈士节，3月3日是加拿大烈士纪念日，5月9日是俄罗斯战胜德国法西斯纪念日，5月最后一个星期一是美国阵亡将士纪念日，6月6日是韩国显忠日，离11月11日最近的周日为英国阵亡将士纪念日。我们国家为国牺牲的烈士千千万万，也应该有一个公祭烈士的纪念日，好让年轻人知道今天的和平生活来之不易，好让烈士们在九泉之下感到欣慰，好激励更多的后来者。

担任中国秦文研究会会长，练习书法，是他做的第六件事。雪阳的母亲在世时，是中国秦文研究会的会长，她的秦篆书法作品，在国内享有很高的声誉。母亲去世后，他主动挑起了老人留下的担子,为秦朝文化的研究出谋划策。在书法上,他在继承母亲书艺的基础上另辟新路,练习行草,在长期临摹大家作品的基础上,开始自己的创造。如今,他的书法作品已成气象,多次参加各类展览,获很多书法家称赞,被很多名人收藏,成为了名副其实的将军书法家。

参与筹备拥军优属基金会,是他做的第七件事。他在长期的军旅生活中发现,军队的基层干部和战士,在服役期间一旦受伤致残或因病致残,退伍后的生活就会陷入困境。对这部分人给以帮助,既是一项社会慈善活动,也是稳定部队的一项工作。为此,他退休后在国家民政部的指导和支持下,和其他热心此事的朋友一起四处奔走,多方筹集经费,终使这项基金得以成立。

传承抗日军政大学的光荣传统和革命精神,是他做的又一件大事。他作为北京抗大光荣传统研究会会长,带领研究会的同事们,亲自到抗大老学员家里采访,多次到档案馆查阅历史资料,参观抗大旧址和纪念馆,主办研究刊物,召开座谈会,把抗大当年的好传统收集整理出来,以便把这笔宝贵的精神财富传承下去。

此外,他还热心参与各项社会文化活动,为文化的发展繁荣出力。他支持佛教艺术家协会的工作开展,为他们提供多种方便;他参与道教协会献爱心的字画拍卖活动,提供自己的多幅书法作品用于拍卖,所得钱款全部用于慈善救助活动;他在平山县组织举办“柏坡魂”杯全国书画邀请展,推动平山的书画创作;他支持河北梆子戏《白毛女》的晋京演出,为地方戏的发展操心;他组织策划残疾人艺术团到老区及哈尔滨等地演出,激励年轻人拼搏向上的意志;他积极参加北京市的文化活动,担任北京市军棋委员会主任。只要是于社会国家有益的社会文化活动，他都尽可能积极参与。

军人，因其职业与国家的安危和人民的福祉紧密相关，故易生忧国忧民之心。雪阳将军退休后，并没有退而全休，并没有忘掉自己的军人身份，依然在为事关国家和军队的事情操心忙碌着，这其实并不容易，这是需要牺牲掉一些关注个人健康、关注自己家庭的时间与精力的。

但愿我们的社会上像雪阳这样的人能更多些！

戏剧人生

与河南豫剧三团团长、著名豫剧表演艺术家汪荃珍相识，是缘于根据我的小说改编的现代豫剧《香魂女》。我记得那是多年前的一个晚上，我应河南文化厅领导之邀，到郑州去看豫剧《香魂女》的彩排。彩排地点好像是在三团的排练厅。那晚我看得很兴奋也很满意，导演和演员对原作的理解和表现超过了我的预想，尤其是女一号——扮演二嫂的演员，在扮相、唱腔和对角色心理的把握上，非常出色，彩排结束后，我高兴地先走到那位演员面前向她表示祝贺，文化厅的同志在一旁向我介绍说，她叫汪荃珍……

那是我第一次见到她。

后来豫剧《香魂女》在中国第六届艺术节上演出获得巨大成功，一举获得艺术节大奖，一下子填补了河南省戏曲无全国性大奖的空白，作为主角的她功不可没，河南省人民政府对她通令嘉奖并记大功一次，社会上一时对她好评如潮，我当然为她高兴。再后来，她多次晋京演出《香魂女》，我每次都是热情的看客，和她就逐渐熟悉了起来。

汪荃珍能在豫剧《香魂女》中有精彩的表演，成为众人交口称赞的表演艺术家，并不是偶然的，这来源于她在豫剧表演艺术道路上的不懈跋涉和追求。当年，十三岁的她怀抱着对戏曲艺术的热爱，考入河南省戏曲学校戏曲表演专业后，刻苦学习戏曲表演艺术的基本功。晚睡早起，听看记仿，学得如痴如醉；唱作念打，一招一式，习得认认真真。五年间，她把全部精力都投入到了学习中，不敢稍有松懈。功夫不负有心人，毕业时，十八岁的她不仅迎来了自己生命中最美丽的年华，而且在戏剧表演事业上也为自己打下了坚实的基础。之后，她成为了河南省实验豫剧团的演员；再后来，她成为河南豫剧一团的演员，正式开始了自己的艺术生涯。在豫剧一团这个名震中原的集体里，她悉心向前辈和同行学习，在艺术上锐意进取，精益求精，先后在舞台和荧屏上成功塑造了一系列性格迥异、形象丰满的戏剧人物，为自己赢得了无数的观众，也为河南省的文艺事业做出了卓越的贡献。1986 年，香港举办“首届中国地方戏曲展”，她领衔主演《香囊记》，饰演周凤莲取得很大成功，被誉为“亚洲最佳女旦角”。她在一团先后主演过《穆桂英下乡》《破陈州》《拷红》《八件衣》和《凤冠梦》等剧目，受到广大观众和前辈艺术家的一致好评，成为豫剧艺术大师常香玉的得意门生。1989 年她调入以演现代戏闻名全国的河南省豫剧三团后，又先后主演了《成龙梦》《儿大不由爹》《村官李天成》《女婿》和《刘青霞》等现代剧目，塑造了一批当代生活中的典型人物形象，受到了广大普通老百姓的真心喜爱和热烈称赞。

获得成功的汪荃珍并没有躺在业绩簿上，她之后又开始了新一轮的学习，决心把自己的艺术追求建立在宽厚的知识基础之上。她报考了戏剧表演专业的研究生，利用一切业余时间学习专业知识，并于2005年顺利毕业。毕业不久，她在三团出演大型现代豫剧《风雨故园》中的女主角朱安，成功塑造了鲁迅夫人的形象，并因此获了第十六届上海“白玉兰”戏剧表演主角奖。此后，她的影响溢出中国大陆，先后到澳大利亚、新加坡和我国台湾地区进行文化交流演出，把豫剧的影响扩展到了世界上更多的地域。经过多年来的学习和艺术实践，她的舞台演出经验日益丰富，无论是演青衣、闺门旦、花旦，还是演刀马旦和帅旦，她都能游刃有余；无论是演古装戏还是演现代戏，她都能演出彩来。她在表演上追求自然、质朴、大方、飘逸的艺术风格，善于准确把握人物心理和性格，并根据人物特征设计形体动作，表演分寸适度得当；她在唱腔上博采众家之长，结合自己的嗓音特点，科学地运用现代发声方法，吐字不死不飘，行腔声情并茂，逐步形成了自己特有的华丽明快、韵味浓郁、刚柔相济、细腻委婉的演唱风格。如今可以毫不夸张地说，她已成为名副其实的豫剧表演艺术大家，成为新时期豫剧现代戏的领军人物，成为振兴和发展河南戏曲事业的将帅之一。

作为她的一名观众和朋友，我为她在事业上取得的成就感到由衷的高兴。

在厚重的中原文化里，戏曲文化占有重要的地位，中原文化的复兴和发展，离不开戏曲文化的繁荣。愿汪荃珍能在今后的岁月里，用她艺术大家的影响和努力，更快地推动河南戏曲艺术取得更骄人的实绩。

邮递员

第一次见到邮递员，是在我老家构林镇的邮电所门前。那时我有多大？记不太清了，大概是八九岁。我随父母去镇街上买东西，路过邮电所的时候，看到几个人骑着一色的自行车从邮电所院里鱼贯而出，每个人的自行车后座上，都驮着两个鼓鼓囊囊的大帆布袋。我问娘那些人是干什么的，娘答：送信的。我当时对这些人的职业并没有了解的兴趣，我的兴趣在于那些自行车，那些自行车可真是漂亮，我们家啥时候才能拥有一辆？看来，当个送信的也不错，可以骑这样好的自行车，长大之后，就干这个吧！

那是我对职业的最早向往。

那时，我还不知道命运其实已安排了我去过另一种生活：当兵。

真正和邮递员结缘是在当兵之后。

1970年12月，十八岁的我当兵到了山东，在不通电话只能写信的当时，和家乡的联系就靠邮路和邮递员了。我记得我到部队的第二天，就匆匆给爹娘写了一封报告平安抵达的平信，后来得知，这封信到了老家所在的河南邓州构林公社的邮电所，是邮递员骑着自行车把信送到了冯营，然后由村里人捎给了爹娘。那，大概是我第一次麻烦邮递员。

此后，我的家信就都靠邮递员传递了。当我给家里寄钱和包裹的时候，邮递员们便直接骑车去到家里，亲手将汇单和包裹单交到我爹娘手上。

在我开始创作之后，和邮局及邮递员们的联系就更多更紧密了。我的作品，都是经邮递员送到我投稿的各家报社、杂志社和出版社的，发表、出版的作品及获得的稿费，包括退稿，又都是经由邮递员送到单位的收发室，交到我手上的。身为游子和作家的我，邮局，一直是我去得最频繁也感到很亲切的地方；而邮递员，则一直是我感到很亲近的人。

我和邮递员们没有更多的接触，只是偶尔看到过他们忙碌的身影。在山东沂蒙山区的山间小道上，参加野外训练的我，碰见过身背邮包的邮递员，和他们擦肩而过时，瞥见他们的脸上满是汗水；在泉城济南的街巷里，逛街购物的我，遇见过骑着绿色自行车的邮递员，见识过他们娴熟的车技，看见他们不时单腿着地伸着手把报纸和信件塞进住户们的信报箱里；在驶往渤海深处一个小岛的交通船上，去岛上调研的我，遇见过坐在甲板上怀里搂着邮包的邮递员，他一边抹去飘来的水珠，一边平静地望着前方的海水……这些偶然入眼的画面，便让我对他们生出了敬意。

今天，因为快递公司的出现，邮递员的队伍空前扩大——快递公司的员工实际上也是邮递员。由于人们希望自己的邮件能尽快寄达目的地，邮递员们使用的交通工具在不断变化，摩托车、电动车、汽车成了寻常的代步公具，也许，在不远的将来，邮递员们还会使用小型快艇和无人机。但不管交通工具怎么变，邮递员们的使命都不会变——在人与人之间传递信息、物资和爱意！

邮路的长短，是衡量一个国家施政能力的重要指标；邮递员的工作，其实是在执行团结国民凝聚人心的任务。当一个邮递员，固然辛苦，却也真的值得自豪。当然，所有享受邮递员服务的人，也应该对他们心怀感激！

随时准备出征

路，曲曲折折；沟，深深浅浅；山，高高低低；树，密密麻麻。当我在暮霭四阖时下火车转汽车赶赴某后方战略仓库时，一边望着车窗外渐渐没入夜暗的景致，一边在心里想，在中国的腹心地带，在这大山深处当一名军人，尤其是当一个仓库主官，离可能爆发战争的沿海和边境千里万里，按照正常的心理，最可能的表现应该是守住摊子，谋点利益，争取早日离开这偏僻之地吧？

待见到了仓库主任张存志和政委杨忠这两名主官，待看到了他们的所作所为，在见识了他们带领的团队的表现之后，才知道自己的猜测和揣度离真相太远。原来这两位身处僻远之地的上校军官，一刻也未忘自己的军人职责，平日里克服着种种困难，一心想让自己管理的仓库，在未来的战争中能真正发挥保障作用，为前方的胜利贡献一份力量。

在金钱至上、物欲膨胀的今天，在享乐奢靡之风弥漫的当下，这两名团职军官的行为令我眼睛一亮。

张存志告诉我，他是 1989 年由家乡河南扶沟县入伍的，先到京城一个汽车团当兵，然后考上石家庄军械工程学院，于 1993 年 7 月来到仓库，转眼间已经二十年过去。他说，这二十年间，他当过技术员、保管队长、业务处助理员、仓库副主任，走过了仓库的每一个角落，如今闭着眼也能摸进每一个洞库。他说，他这二十年里能在这个偏僻的山沟里坚持干下来，重要的精神支撑是，这里也是保家卫国的地方，是一个男人应该站立的岗位。

在安徽寿县长大从军的杨忠说，不论是干部还是战士，来到这位于深山沟里的仓库工作，必须有精神支撑才能顶住寂寞坚持下来。所以我们始终注意向大家强调和灌输三个观念。其一，管理和守卫后方仓库，就是一个军人尽职的岗位。站在这个岗位上，与站在炮位上的陆军官兵，与立在舰艇上的海军官兵，与坐在飞机里的空军官兵，与操纵导弹的二炮官兵，是一样重要和光荣的。其二，仓库官兵的所作所为，将对前方的胜利产生直接的影响。如果我们不能把弹药及时送上去，前方战士们手中的火炮和枪支怎么能打响？胜利怎么会到来？其三，我们必须随时做好出征的准备，我们的出征，就是将上级要我们保存的弹药安全快捷地收进洞库，把作战部队急需的弹药迅速地由库里取出发送出去。

为了让干部战士做好随时出征的精神准备，张存志主任和杨忠政委坚持抓好三件事。一是每年都组织大家去库区旁边的烈士陵园拜谒烈士，让干部战士从几十名为仓库建设牺牲的烈士身上，汲取一种勇敢的献身精神。在松柏掩映的陵园里,在字迹斑驳的烈士墓碑前,在简陋的烈士事迹陈列馆里,年轻的干部战士们的心中,会升起一种为国献身的崇高感,会生出一种勇往直前的激情。二是经常组织紧急拉练,让大家养成应对紧急情况的精神习惯。蹲山守库时间长了,天天看山石绿树,月月听风唱鸟鸣,人的精神容易松懈麻痹,经常组织拉练,能让大家在精神上保持一种警惕和警觉。三是搞好文化生活,激发干部战士的精神活力。他们建起了擂鼓队、军乐队和军体操表演队,逢了节假日就开始演出,让大家在隆隆的鼓声中,在激昂的军乐声中,在雄壮的军体操动作声中,生出一股豪情,荡起一股豪气。我曾有幸看了他们擂鼓队、军乐队和军体操队的一次表演,那种激昂的声响和动作,让我这颗已开始衰老的心脏一下子激跳起来,能感到周身的血管随之扩张,血流明显加速,年轻时在训练场上训练的场景飞快地在脑中闪过,一种昂扬之气开始在体内激荡。我想,这,大约就是一种出征的精神准备……

一个军人,要出征作战,就必须有作战的本领。冷兵器时代,你要么学会用刀,要么学会用剑,要么学会用弓箭。今天,你是装甲兵,你得学会开坦克;你是舟桥兵,你得学会架桥;你是防空兵,你得学会操纵防空导弹。作为一名仓库兵,同样得有本领才能出征打仗。张存志和杨忠告诉我,他们主要训练仓库官兵们掌握三种本领:第一种,是军人通用的基础性本领,包括越野长跑、轻武器射击、全副武装通过沾染区、封锁区等。除了在营区的训练场上练,他们还曾把部队拉进秦岭深处训练。第二种,是收发弹药的本领,也就是把上级指令储存和发放的弹药如何安全快速地收进来、发出去。包括卡车司机如何将车靠近站台、开进洞库,弹药如何安全装车卸车,弹药如何在洞库和火车车厢里码放,铲车驾驶员在铲送弹药箱时如何准确无误等。我曾看了他们库里铲车驾驶员的精彩表演:先在铲车的铲子上绑上一根针,然后让驾驶员驾驶铲车,把那根针准确插进前方一块有机玻璃上一个直径几毫米的细孔里;然后在地上放三个啤酒瓶,让铲车驾驶员用铲车把放有三个酒瓶的另外一块玻璃铲起,稳稳地放在那三个酒瓶上。这两项表演,让我们看到了铲车驾驶员用铲车精准堆放物品的本领。第三种,是管理洞库的本领,就是如何开关库门以保证洞库内的温度和湿度,如何消除静电和其他外力对洞库的危害,如何严格钥匙保管制度以管好人员进出洞库,等等。

正是因为他们狠抓了这三种本领的训练,仓库连续四年被评为一级训练单位,全库的干部战士个个都有一身好武艺。战士们说,只要上级给我们下达战斗任务,保证能顺利完成任务,用我必胜!

一支部队要打胜仗,一定要预先做好战场准备。所谓战场准备,就是要千方百计把敌人诱进我预设的战场上打。在我们预设的战场上,我方各部队的部署位置,进出方向和道路,各种打法的预案都要先做好。张存志和杨忠认为,对于我们这个后方仓库的官兵来说,战场就在军用专线站台和藏有洞库的十公里长的山沟里。我们做战场准备,就要在这个范围内做。在这个范围内,他们主要抓了三个方面的准备。一个是道路准备。所有的战场准备,道路都很重要,对于弹药仓库来说,道路准备更加重要。没有好的道路,收发弹药的车根本无法通过。这几年,他们一直在想办法改造道路质量,把原来用水泥铺设的路面,逐渐更换成条石铺成的路面,这样,更能承受住重载卡车的碾压。我在库区内曾亲眼看见他们正在修复一段被山洪冲毁的道路，设计合理施工认真，把质量放在第一位来考量，以保证战时的使用。另一个是库房准备。后方仓库的战场准备，最重要的当是库房准备。他们在库房准备上主要是抓两点，一是安全，所有洞库必须达到防爆要求，为此，他们改造了所有洞库的电线设置；二是方便装卸，为此，他们扩大了一些洞库的库门，使汽车能直接开进洞库。再一个是网络准备。未来的战争肯定是机械化和信息化密切结合的战争，战场准备中如果缺了信息化这一项，很可能会对未来夺取胜利造成负面影响。试想一下，如果上级下达一批弹药发送的命令后，仓库领导再去翻记录本查找这批弹药放在哪个洞库的哪个区域，再起草通知告知有关分队行动，那势必会耽误不少时间，而如果仓库的局域网建设好了，库领导一点鼠标，各种记载清清楚楚，然后按一下发送指令，分队的终端机上就是清清楚楚的装载数字，战士们马上就可以展开行动，那将节省多少时间？所以，张存志和杨忠宁可使用库里自己积攒的钱，也要把局域网建设好。现在库里的光缆全部入地，网络四通八达，机关、分队、哨所、洞库，全用网络联系了起来，领导在网上一下指令，下边瞬间就能清清楚楚。

张存志和杨忠这两位主官明白，国家养军队，就是为了在战端一旦开启后赢得胜利；如果我们军人不会打仗，我们的军队不能打胜仗，那要我们军人和军队有何用？正是因此，他们时刻提醒自己：做好一切谋划，随时准备出征打胜仗！

大红门笔会忆

二十世纪八十年代，中国文学复兴繁荣的表现之一，就是文学笔会很多。几乎每个省的作协都在办，文学刊物编辑部更在积极地办，部队各大军区也在办，这使得很多文学青年有了学习的机会，一些作家和诗人，就是通过笔会这个园地走上文坛的。我，也是这些笔会的受益者。大红门笔会就是让我受益最大的一次笔会。

那是我从前线采访归来参加的第一个笔会。笔会是《解放军文艺》办的，记得通知我参加笔会的，是刊物主编陶泰忠先生，他亲自给我打了电话，叮嘱务必要参加。我当然高兴，高兴的缘由一是有了新的学习机会，二是能去北京看看，那时进一趟北京不容易。

到大红门一处空军的营区报了到，才知道参加笔会的作家中有获过全国短篇小说奖的宋学武，有兰州军区的李镜等；

主持者是《解放军文艺》的编辑刘林。这几个人都是我佩服和喜欢的作家,年纪又都相近,相处起来会很开心。刘林告诉我,这次来笔会讲课的,有几个大腕老师,他们的课值得一听。我听说其中有《棋王》的作者阿城,更是高兴。

如今,那些大腕老师讲的内容,与同期学员们相处的细节,已很难忆起了。能记起的,是讲课阶段过去后,刘林逐个听我们这些学员讲自己的创作打算,他每听一个学员讲完,当即就会表态哪个选题值得写。我记得兰州军区作家李镜兄讲他想写一个红军墓地的守墓人,刘林立刻觉得这个题材好,让他尽快写出来。我讲了两个想写的题材,刘林听罢也很快表态:你赶紧把它写出来!

我用了不到三天的时间,写出了短篇小说《汉家女》;又用了几天时间写出了短篇小说《小诊所》。在《汉家女》中,我写了人性在战场上的表现,这在当时是犯禁的,可我想,如果作家不把自己有激情写的东西写出来,那还不如不干这个行当。刘林看完《汉家女》后,说尽管其中有犯禁的东西,可它是一篇好作品,他将推荐给泰忠主编看。我听了自然高兴,那一年我有几篇作品被别的刊物相继退稿,正是不自信很需要鼓励的时候,刘林的看法让我得到了很大的安慰。作家在成长过程中,遇到有胆量又识货的编辑太重要了。

很快,泰忠来笔会上看稿子。我知道泰忠的艺术鉴赏力高,经他的手,已推出很多好作品,我焦急地等待着他的艺术鉴定,但他看完后却没有立刻表态,我心里当时一咯噔,以为完了,他没看中。没想到第二天刘林告诉我,泰忠看完《汉家女》后觉得很好,稿子留用,至于用在哪一期,等候通知。

我心里的一块石头落了地。于是快快活活地回了济南军区。

不久,我在济南接到刘林的电话:稿子很快会发,而且发在重要位置。等我拿到刊物的时候,才知道,稿子发在头题。

我那个高兴呀,头都高兴得有些晕了。

正在兴头上的我,没有料到社会上和军队里有人会对这篇作品有不同看法,待我听到和看到那些不同意见和争论时,我有点害怕了,我当时特别怕有些人会把那顶“宣扬人性论”的帽子戴在我的头上,那帽子可是太压人。

还好,在1985—1986年度的全国短篇小说评奖中,《汉家女》被评为了全国优秀短篇小说,这个奖给了我很大的安慰和鼓励……

大红门笔会已过去很多年了,每一想起它,心里就充满了对《解放军文艺》的感激。